SOBREVIDAS

ABDULRAZAK GURNAH

Sobrevidas

Tradução
Caetano W. Galindo

Copyright © 2020 by Abdulrazak Gurnah

Grafia atualizada segundo o Acordo Ortográfico da Língua Portuguesa de 1990, que entrou em vigor no Brasil em 2009.

A pedido do autor, mantivemos inalteradas suas transliterações do árabe e sua grafia de vocábulos de línguas africanas.

Título original
Afterlives

Capa
Oga Mendonça

Imagem de capa
Ah Susan Whoosh, de Frank Bowling, 1981. Acrílica sobre tela, 241,3 × 175,9 cm.
© Bowling, Frank/ AUTVIS, Brasil, 2022
Reprodução de Anna Arca/ © Frank Bowling. Todos os direitos reservados, DACS/ Artimage 2022

Preparação
Ciça Caropreso

Revisão
Carmen T. S. Costa
Angela das Neves

Dados Internacionais de Catalogação na Publicação (CIP)
(Câmara Brasileira do Livro, SP, Brasil)

Gurnah, Abdulrazak.
    Sobrevidas / Abdulrazak Gurnah ; tradução Caetano W. Galindo. — 1ª ed. — São Paulo : Companhia das Letras, 2022.

    Título original: Afterlives
    ISBN 978-65-5921-228-6

    1. Ficção inglesa I. Título.

22-102835   CDD-823

Índice para catálogo sistemático:
1. Ficção : Literatura inglesa   823

Maria Alice Ferreira – Bibliotecária – CRB-8/7964

[2022]
Todos os direitos desta edição reservados à
EDITORA SCHWARCZ S.A.
Rua Bandeira Paulista, 702, cj. 32
04532-002 — São Paulo — SP
Telefone: (11) 3707-3500
www.companhiadasletras.com.br
www.blogdacompanhia.com.br
facebook.com/companhiadasletras
instagram.com/companhiadasletras
twitter.com/cialetras

UM

1.

Khalifa tinha vinte e seis anos quando conheceu o mercador Amur Biashara. Na época ele trabalhava para um pequeno banco privado que pertencia a dois irmãos guzerates. Os bancos privados de donos indianos eram os únicos que negociavam com os mercadores locais e que aceitavam sua maneira de trabalhar. Os bancos grandes queriam que tudo fosse feito no papel, com seguros e garantias, o que nem sempre funcionava para os mercadores locais que operavam através de redes e associações invisíveis a olho nu. Os irmãos empregavam Khalifa porque ele era parente deles por parte de pai. Talvez parente fosse exagero mas seu pai também vinha de Guzerate e em certos casos isso já era um parentesco. A mãe dele era nativa. O pai de Khalifa a conheceu quando trabalhava na fazenda de um grande proprietário de terras indiano, a dois dias de caminhada da cidade, onde passou quase toda a sua vida adulta. Khalifa não parecia indiano, ou não o tipo de indiano que eles estavam acostumados a encontrar naquele canto do mundo. Sua tez, seu cabelo, seu nariz, tudo se inclinava mais para sua mãe africana mas ele adorava proclamar suas origens quando lhe convinha. Isso mesmo, meu pai era indiano. Eu nem tenho cara, né? Ele casou com a minha mãe e foi fiel. Alguns indianos se engraçam com as africanas até que chega a hora de mandar vir uma noiva indiana e aí eles abandonam as africanas. O meu pai nunca largou a minha mãe.

Seu pai se chamava Qassim e nasceu num vilarejo de Guzerate que tinha sua cota de ricos e pobres, de hindus e muçulmanos, e até alguns cristãos hubshi. A família de Qassim era muçulmana e pobre. Ele foi um menino esforçado, acostumado às dificuldades. Foi enviado a uma escola islâmica do vilarejo e depois a uma escola pública numa cidade próxima onde as aulas eram em guzerate. O pai dele era cobrador de impostos e viajava pelo interior por determinação do governo, e foi ideia dele mandar Qassim para a escola, para ele poder se tornar cobrador de impostos ou alguma coisa que tivesse o mesmo tipo de respeito. O pai dele não morava com a família. Só vinha vê-los duas ou três vezes por ano. A mãe de Qassim cuidava da sogra cega e de cinco crianças. Ele era o mais velho e tinha um irmão mais novo e três irmãs. Duas irmãs de Qassim, as duas mais novas, morreram quando eram pequenas. O pai lhes mandava dinheiro vez por outra e eles tinham que dar um jeito, trabalhar no que encontrassem no vilarejo. Quando Qassim chegou à idade certa seus professores na escola guzerate o encorajaram a fazer a prova para uma bolsa de estudos num ginásio de língua inglesa em Bombaim, e depois disso sua sorte começou a mudar. Seu pai e outros parentes conseguiram um empréstimo que lhe permitisse encontrar alojamentos minimamente decentes em Bombaim enquanto estivesse na escola. Com o tempo sua situação melhorou porque ele passou a morar como inquilino da família de um colega de escola que também o ajudou a encontrar um trabalho de tutor de crianças mais jovens. Os poucos annas que ele ganhava com isso o ajudavam a pagar as contas.

Logo depois de se formar na escola ele recebeu uma proposta para trabalhar na equipe de contadores de um proprietário de terras no litoral da África. Aquilo pareceu uma bênção, algo que abria a porta para um meio de sustento e talvez para algumas aventuras. A proposta foi trazida pelo imame de seu vilarejo. Os antepassados do proprietário de terras tinham vindo do mesmo vilarejo no passado distante e a família sempre procurava um contador que viesse de lá quando surgia a necessidade de uma contratação. A ideia era ter certeza de que uma pessoa leal e confiável estivesse cuidando do dinheiro deles. Todo ano, no mês do jejum, Qassim mandava ao imame de seu vilarejo natal uma certa soma em dinheiro que o proprietário separava de seu ordenado para ser repassada à sua família. Ele nunca mais voltou a Guzerate.

Foi essa a história que o pai de Khalifa lhe contou sobre as dificuldades que enfrentou na infância. Ele lhe contou porque é isso que os pais fazem com os filhos e porque queria que o menino quisesse mais da vida. Ele o ensinou a ler e escrever no alfabeto latino e a entender aritmética básica. Depois, quando Khalifa já tinha crescido um pouco mais, lá pelos seus onze anos, mandou o menino estudar com um tutor particular na cidade vizinha onde aprendeu matemática e contabilidade além de um vocabulário básico de inglês. Essas eram ambições e práticas que seu pai trouxera da Índia mas que continuavam sem realização em sua vida.

Khalifa não era o único aluno daquele tutor. Havia quatro, todos garotos indianos. Moravam com o professor, dormindo no chão do corredor do térreo, embaixo da escada, onde também faziam as refeições. Não tinham permissão para subir ao primeiro andar. A sala de aula era um cômodo pequeno com esteiras no chão e uma janela alta e gradeada, alta demais para eles enxergarem lá fora embora pudessem sentir o cheiro do esgoto que corria a céu aberto atrás da casa. O tutor trancava a sala depois das aulas e a tratava como se fosse um espaço sagrado que eles precisavam varrer e espanar de manhã antes de começarem as aulas. Eles tinham aula logo cedo e também no fim da tarde antes que escurecesse demais. No começo da tarde, depois de almoçar, o tutor sempre ia dormir e eles não tinham aula à noite para poupar o dinheiro das velas. Nas horas que lhes restavam eles achavam o que fazer para ganhar algum dinheiro no mercado ou na praia ou acabavam andando à toa pelas ruas. Khalifa nem imaginava a saudade que teria desses dias no futuro.

Ele começou a estudar com o tutor no ano em que os alemães chegaram à cidade e ficou cinco anos com ele. Foram os anos do levante de al Bushir, durante os quais mercadores de caravanas árabes e waswahilis contestaram a ideia dos alemães de que eles é que mandavam ali. Os alemães e os ingleses e os franceses e os belgas e os portugueses e os italianos e sabe-se lá mais quem já tinham realizado seus congressos e desenhado seus mapas e assinado seus tratados, portanto essa resistência não valia nada. A revolta foi abafada pelo coronel Wissmann e por sua recém-formada Schutztruppe. Três anos depois da derrota da revolta de al Bushiri, quando Khalifa já terminava seu período com o tutor, os alemães se envolveram em outra guerra, agora com os wahehes no distante sul. Eles também não estavam convencidos da autoridade alemã e se revelaram mais obstinados que al Bushiri, provocando perdas inesperadamente altas na Schutztruppe, que retaliou com grande determinação e crueldade.

Para o imenso prazer de seu pai, Khalifa de fato tinha talento para ler e escrever e para a contabilidade. Foi então que, seguindo o conselho do tutor, o pai de Khalifa escreveu aos irmãos banqueiros guzerates que trabalhavam na mesma cidade. O tutor esboçou uma carta que deu para Khalifa levar ao pai. Seu pai copiou com sua letra e deu para um carroceiro devolver ao tutor que a levou aos banqueiros. Todos concordaram que o aval do tutor só podia ajudar.

Honrados senhores, escreveu seu pai, haveria uma oportunidade para o meu filho em sua estimada empresa? Ele é um rapaz trabalhador e um contador talentoso, ainda que inexperiente, que sabe escrever em alfabeto latino e tem domínio básico do inglês. Ele lhes será grato por toda a vida. Seus humildes irmãos de Guzerate.

Vários meses se passaram até receberem uma resposta, que só veio porque o tutor foi falar com os irmãos, para salvaguardar sua reputação. Quando a carta chegou ela dizia: Mande ele aqui para um teste. Se tudo der certo, nós lhe oferecemos um emprego. Os muçulmanos guzerates têm sempre que ajudar uns aos outros. Se nós não cuidarmos de nós mesmos, quem vai cuidar?

Khalifa não via a hora de sair da casa da família nas terras do proprietário para quem seu pai trabalhava como contador. Enquanto eles esperavam por uma resposta dos irmãos banqueiros, ele ajudou o pai com o trabalho: registrando salários, anotando pedidos, arrolando despesas e ouvindo reclamações a que não podia atender. O trabalho na propriedade era pesado e o pagamento dos trabalhadores era magro. Eles viviam enfrentando febres e dores e miséria. Os trabalhadores melhoravam sua dieta cultivando a pequena roça que a propriedade lhes permitia ter. A mãe de Khalifa, Mariamu, também fazia isso, plantando tomate, espinafre, quiabo e batata-doce. A horta dela ficava grudada na casinha apertada da família e por vezes a penúria daquela vida deixava Khalifa tão deprimido e entediado que ele sentia saudade dos tempos austeros da vida com o tutor. Então, quando a resposta dos irmãos banqueiros chegou, ele estava pronto para partir e determinado a não deixar que eles o detivessem. Haviam feito isso por onze anos. Se de início ficaram surpresos com sua aparência, eles não demonstraram, e nunca comentaram com

Khalifa embora alguns de seus clientes indianos tenham comentado. Não, não, ele é nosso irmão, guji como nós, diziam os irmãos banqueiros.

Ele era um mero funcionário, registrando cifras num livro e mantendo a contabilidade em dia. Só lhe permitiam esse tipo de trabalho. Ele não achava que confiassem totalmente nele no que se referia às contas, mas era assim que funcionavam as coisas com dinheiro e negócios. Os irmãos Hashim e Gulab eram usurários, o que, como explicaram a Khalifa, era no fundo o caso de todos os banqueiros. Só que, ao contrário dos grandes bancos, eles não possuíam clientes com contas privadas. Os irmãos tinham idades próximas e eram muito parecidos: baixos e troncudos, com rostos que se abriam facilmente num sorriso, zigomas largos e bigodes aparados com cuidado. Um pequeno número de pessoas, todos empresários e financistas guzerates, depositava com eles o dinheiro que lhes sobrava e eles emprestavam esse dinheiro com juros para mercadores e vendedores locais. Todo ano no aniversário do Profeta eles faziam uma leitura do mulude no jardim de sua mansão e distribuíam comida a todos que aparecessem.

Khalifa estava havia dez anos com os irmãos quando Amur Biashara lhe surgiu com uma proposta. Ele já conhecia Amur Biashara porque o mercador fazia negócios com o banco. Nessa ocasião, Khalifa lhe forneceu certas informações que os donos do banco não sabiam que ele conhecia, detalhes sobre comissões e juros que ajudaram o mercador a conseguir um acordo melhor. Amur Biashara lhe deu dinheiro por essa informação. Ele o subornou. Foi só um pequeno suborno, a vantagem que Amur Biashara tirou daquela negociação foi modesta, mas o mercador tinha uma reputação implacável a zelar e de qualquer maneira não resistia a algo feito por baixo dos panos. Para Khalifa, a modéstia do suborno lhe permitiu suprimir qualquer sentimento de culpa por ter traído seus empregadores. Disse a si mesmo que estava ganhando experiência bancária, que também incluía conhecer seus caminhos tortuosos.

Alguns meses depois de Khalifa ter feito sua pequena transação com Amur Biashara, os irmãos banqueiros decidiram se transferir para Mombaça. Isso foi quando a estrada de Mombaça a Quisumu estava em construção e a política colonial de estímulo a assentamentos de europeus na África Britânica Oriental, como eles chamavam a região na época, foi aprovada e iniciada. Os irmãos banqueiros esperavam que oportunidades melhores surgissem por lá, e não estavam sozinhos nessa crença entre os mercadores e artesãos indianos. Ao mesmo tempo Amur Biashara estava ampliando seus negócios e contratou Khalifa como funcionário porque ele próprio não sabia escrever em alfabeto latino e Khalifa sabia. O mercador achou que esse conhecimento poderia lhe ser útil.

Os alemães a essa altura tinham abafado todas as revoltas na sua Deutsch-Ostafrika, ou achavam que tinham. Eles deram um fim em al Bushiri bem como aos protestos e à resistência dos mercadores das caravanas do litoral. Sufocaram essa rebelião depois de alguns conflitos, capturaram al Bushiri e o enforcaram em 1888. A Schutztruppe, o exército de mercenários africanos conhecidos como askaris sob a liderança do coronel Wissmann e seus oficiais alemães, naquela época se compunha de soldados núbios desmobilizados que tinham servido no exército britânico contra o Mádi no Sudão, além de recrutas "zulus" shangaans vindos do sul da África Oriental Portuguesa. A administração alemã transformou o enforcamento de al Bushiri num espetáculo público, como faria com as muitas execuções realizadas nos anos seguintes. Como belo tributo à sua missão de trazer a ordem e a civilização para esse canto do mundo, os alemães transformaram a fortaleza de Bagamoyo, um dos bastiões de al Bushiri, num posto de comando alemão. Bagamoyo era também o ponto final da velha rota das caravanas e o porto mais ativo daquele trecho do litoral. Conquistar e manter o domínio desse posto foi uma demonstração importante do controle alemão sobre sua colônia. Mas restava muito a fazer, e ao penetrarem o interior eles encontraram vários povos que relutavam em se tornar súditos dos alemães: os wanyamwezys, os wachaggas, os wamerus e os wahehes do sul, os mais incômodos de todos. Eles acabaram vencendo os wahehes depois de oito anos de guerra em que a fome, a violência e o fogo extinguiram sua resistência. Em seu triunfo, os alemães cortaram a cabeça de Mkwawa, o líder dos wahehes, e a enviaram como troféu à Alemanha. Os askaris da Schutztruppe, com o auxílio de soldados recrutados entre os povos vencidos, a essa altura já eram um grupo forte e com muita experiência de destruição. Orgulhavam-se de sua reputação de maldade, e seus oficiais e os administradores da Deutsch-Ostafrika adoravam que eles fossem exatamente como eram. Eles não sabiam do levante Maji Maji, que estava prestes a eclodir no sul e no oeste bem quando Khalifa foi trabalhar para Amur Biashara e que se transformaria na pior de todas as rebeliões e provocaria uma ferocidade ainda maior dos alemães e de seu exército de askaris.

Naquela época, a administração alemã estava implementando novos regulamentos e regras nos negócios. Amur Biashara esperava que Khalifa soubesse negociar em seu nome. Esperava que ele lesse os decretos e relatórios que a administração publicava e que preenchesse os formulários aduaneiros e fiscais exigidos. Fora isso, o mercador cuidava ele mesmo de seus negócios. Estava sempre envolvido em alguma coisa, portanto Khalifa era um assistente geral que fazia o que fosse preciso e não um funcionário de confiança como tinha imaginado. Às vezes o mercador lhe contava coisas e às vezes não. Khalifa escrevia as cartas, ia aos prédios do governo em busca dessa ou daquela licença, reunia boatos e informações e levava presentinhos e agrados a pessoas que o mercador queria agradar. Mesmo assim, achava que o mercador confiava nele e em sua discrição, tanto quanto era capaz de confiar em alguém.

Amur Biashara não era um patrão difícil. Era um homenzinho elegante, sempre cortês e de fala mansa, e membro constante e prestativo da congregação da mesquita local. Fazia doações para campanhas de caridade quando um pequeno desastre acontecia com alguém e nunca perdia o enterro de um vizinho. Nenhum desconhecido de passagem por ali seria capaz de confundi-lo com alguém que não um membro modesto e até pio daquela comunidade, mas as pessoas sabiam mais e falavam com admiração de seu estilo impiedoso e de sua propalada riqueza. Sua atitude reservada e cruel nos negócios era considerada uma qualidade essencial para um mercador. Ele tocava seus negócios como se fossem uma conspiração, as pessoas diziam. Khalifa o via como um pirata, nada era pequeno demais para ele: contrabando, usura, acumular tudo que estivesse em falta, além das coisas de sempre, importar isto ou aquilo. O que fosse necessário, ele estava disposto a fazer. Registrava suas operações de cabeça porque não confiava em ninguém e também porque alguns de seus contratos tinham que ser discretos. Khalifa achava que o mercador sentia prazer em pagar propinas e executar transações ardilosas, que ele ficava mais tranquilo quando fazia um pagamento secreto para garantir o que desejava. Sua mente estava sempre calculando, avaliando as pessoas com quem fazia negócios. Por fora era gentil e podia ser bondoso quando queria mas Khalifa sabia que ele também podia ser muito severo. Depois de passar anos trabalhando para ele, sabia como era duro o coração do mercador.

Portanto Khalifa escrevia as cartas, pagava as propinas e ia recolhendo as migalhas de informações que o mercador deixasse cair, e estava razoavelmente satisfeito com isso. Levava jeito para a fofoca, para receber e transmitir, e o mercador não o censurava se passasse muitas horas conversando nas ruas e nos cafés em vez de na sua escrivaninha. Era sempre melhor saber o que estava sendo dito do que ficar no escuro. Khalifa teria achado melhor contribuir mais e saber mais sobre os negócios mas isso não parecia uma coisa que pudesse acontecer. Ele nem conhecia a combinação do cofre do mercador. Se precisava de um documento tinha que pedir que o mercador fosse buscar. Amur Biashara deixava muito dinheiro naquele cofre e nunca abria a porta toda quando Khalifa ou outra pessoa estavam no escritório. Quando precisava de alguma coisa ali, se punha na frente do cofre e cobria a rodinha da combinação com o corpo enquanto a fazia girar. Depois abria a porta alguns centímetros e metia a mão lá dentro como se fosse um ladrão.

Khalifa estava havia mais de três anos com bwana Amur quando ficou sabendo que sua mãe Mariamu tinha morrido de maneira repentina. Ela ainda não tinha cinquenta anos e seu falecimento foi totalmente inesperado. Ele voltou correndo para casa, para ficar com o pai, que estava mal, profundamente perturbado. Khalifa era o único filho do casal mas nos últimos tempos não tinha visto muito os pais, então foi com alguma surpresa que ele viu como seu pai estava cansado, frágil. Tinha alguma doença mas não havia conseguido ir ver um curandeiro que lhe dissesse o que estava errado. Não existiam médicos por ali e o hospital mais próximo era na cidade em que Khalifa morava no litoral.

"Devia ter me contado. Eu teria vindo ficar com o senhor", lhe disse Khalifa.

O corpo de seu pai tremia ligeiramente o tempo todo e ele não tinha forças. Não conseguia mais trabalhar e ficava o dia todo sentado na varanda de seu casebre de dois cômodos nas terras do proprietário, olhando para o vazio.

"Começou do nada, essa fraqueza, uns meses atrás", ele disse a Khalifa. "Achei que eu ia ser o primeiro, mas a sua mãe passou na minha frente. Ela fechou os olhos, foi dormir e pronto. Agora o que é que eu faço?"

Khalifa ficou quatro dias com ele e pelos sintomas soube que seu pai estava com uma forma grave de malária. Tinha febre alta, não conseguia comer sem vomitar depois, seus olhos estavam amarelos e a urina avermelhada. Ele sabia por experiência que os mosquitos eram um risco naquela propriedade. Quando acordou no quarto que dividia com o pai, suas mãos e orelhas estavam cobertas de picadas. Na manhã do quarto dia, acordou e viu que o pai ainda dormia. Khalifa o deixou ali e foi até os fundos da casa para se lavar e ferver a água para o chá. Enquanto esperava a água ferver sentiu um arrepio de pavor, voltou para dentro e constatou que seu pai não estava dormindo, mas morto. Khalifa ficou um tempo olhando para ele, tão magro e encolhido na morte, ele que em vida era tão vigoroso, um verdadeiro campeão. Cobriu o pai e foi ao escritório da propriedade pedir ajuda. Eles levaram o corpo até a pequena mesquita do vilarejo vizinho da propriedade. Ali Khalifa lavou o corpo do pai como o costume exigia, auxiliado por pessoas que conheciam os rituais. Naquela mesma tarde o enterraram no cemitério atrás da mesquita. Os poucos bens deixados pelo pai e pela mãe ele doou para o imame da mesquita e pediu que ele distribuísse para quem se interessasse.

Quando voltou para a cidade, e durante os meses que se seguiram, Khalifa se sentiu sozinho no mundo, um filho ingrato e inútil. A sensação era inesperada. Ele tinha passado quase a vida toda longe dos pais, os anos com o tutor, depois com os irmãos banqueiros, depois com o mercador, e não tinha sentido remorsos por deixá-los de lado. A morte repentina dos dois parecia uma catástrofe, uma censura a ele. Estava levando uma vida inútil numa cidade que não era seu lar, num país que parecia estar sempre em guerra, com relatos de mais um levante no sul e no oeste.

Foi então que Amur Biashara falou com ele.

"Você já está há vários anos comigo… quantos mesmo, três… quatro?", ele disse. "Você se comportou com eficiência e respeito. Eu agradeço por isso."

"Eu fico agradecido", disse Khalifa, sem saber se ia ganhar um aumento ou ser demitido.

"O falecimento dos seus pais foi um golpe muito triste para você, eu sei bem. Eu vi o quanto isso o perturbou. Que Deus tenha piedade da alma dos dois. Como você trabalhou para mim com tanta dedicação e tanta humildade durante todos esses anos, acho que não é inadequado eu lhe oferecer um conselho", disse o mercador.

"Eu agradeço os seus conselhos", disse Khalifa, começando a achar que não ia ser demitido.

"Você é como um membro da minha família, e é minha obrigação lhe oferecer orientação. Está na hora de você casar e acho que conheço uma boa noiva. Uma parenta minha acabou de ficar órfã. É uma moça de respeito, e também herdou uma propriedade. Sugiro que você peça a mão dela. Eu mesmo teria casado com essa moça", disse o mercador com um sorriso, "se não estivesse tão contente como estou. Você me foi muito útil por vários anos, e esse será um bom arranjo para você."

Khalifa sabia que o mercador estava lhe dando aquela moça como um presente e que ela mal seria consultada. Ele disse que se tratava de uma moça de respeito mas na boca de um mercador pragmático aquelas palavras não revelavam muita coisa. Khalifa concordou com o trato porque não achava que pudesse recusar e porque desejava aquilo, mesmo que em seus momentos de pânico imaginasse sua futura noiva como uma pessoa ríspida e exigente, com hábitos repulsivos. Eles não se conheceram antes do casamento e nem mesmo no casamento. A cerimônia foi simples. O imame perguntou se Khalifa queria pedir a mão de Asha Fuadi em casamento e ele disse que sim. Então bwana Amur Biashara como o parente homem mais velho consentiu em nome dela. Feito. Após a cerimônia foi servido o café e depois Khalifa foi até a casa dela acompanhado do mercador para ser apresentado à nova esposa. A casa era a propriedade que Asha Fuadi tinha herdado, só que ela não herdou.

Asha tinha vinte anos e Khalifa trinta e um. A falecida mãe de Asha era irmã de Amur Biashara. Os olhos de Asha ainda estavam obscurecidos pela dor recente. Seu rosto tinha formato oval, agradável, seus modos eram solenes, sem sorrisos. Khalifa se apegou a ela sem hesitar mas teve consciência de que num primeiro momento ela apenas suportou seus afagos. Levou tempo para ela retribuir o ardor dele e lhe contar sua história e para ele compreendê-la integralmente. Não porque a história dela fosse incomum, muito pelo contrário, na verdade, pois se tratava de prática comum entre os mercadores piratas daquele mundo. Ela foi reticente porque demorou um pouco para confiar em seu novo marido e ter certeza de que sua lealdade era a ela e não ao mercador.

"Meu tio Amur emprestou dinheiro ao meu pai não uma mas várias vezes", ela contou a Khalifa. "Ele não tinha escolha, já que meu pai era marido da irmã dele, membro da família. Quando pedia, ele tinha que dar. O tio Amur não queria saber do meu pai, achava que ele era leviano com dinheiro, o que provavelmente era verdade. Eu ouvi minha mãe dizer isso na cara dele várias vezes. No fim o tio Amur pediu que meu pai oferecesse a casa dele... a nossa casa, esta casa aqui... como garantia de um empréstimo. Ele aceitou mas não contou para a minha mãe. Os homens são assim com seus negócios, furtivos e ressabiados, como se não pudessem confiar em suas mulheres frívolas. Se ela soubesse não teria deixado meu pai fazer uma coisa dessas. É uma prática maldosa emprestar dinheiro a quem não tem como pagar e aí ficar com a casa da pessoa. É roubo. E foi o que o tio Amur fez com o meu pai e com a gente."

"Quanto o seu pai devia?", Khalifa perguntou quando Asha ficou em silêncio por um longo tempo.

"Não importa quanto era", ela disse sem rodeios. "De um jeito ou de outro nós não íamos poder pagar. Ele não deixou nada."

"A morte dele deve ter sido repentina. Talvez ele achasse que teria mais tempo."

Ela fez que sim com a cabeça. "Ele certamente não se planejou muito bem para a morte. Durante aquelas chuvas intermináveis do ano passado ele teve uma recaída da malária, o que acontecia todo ano, mas dessa vez foi pior do que nas outras vezes e ele acabou não sobrevivendo. Foi repentino e horrível ver meu pai naquele estado antes de tudo acabar. Que Deus tenha piedade de sua alma. A minha mãe não conhecia os negócios dele a fundo, mas nós logo descobrimos que o empréstimo ainda não tinha sido pago e que não havia sobrado nada, nem para um fiapo de pagamento. Os parentes homens vieram exigir sua parte da herança, que na verdade era apenas a casa, mas logo descobriram que ela era do tio Amur. Foi uma notícia horrível para todos, especialmente para a minha mãe. Nós não tínhamos mais nada no mundo, nada. Menos que nada, nós não éramos donas nem da nossa vida porque o tio Amur era o nosso guardião, na qualidade de parente homem mais velho. Ele podia decidir o que ia acontecer conosco. Minha mãe nunca se recuperou depois da morte do meu pai. Ela ficou doente pela primeira vez muitos anos atrás e depois disso ficou fraca para sempre. Eu achava que era o luto, que ela não estava tão mal quanto dizia, mas que se deixava abater porque estava sofrendo. Realmente não sei por que sofria tanto. Talvez alguém tivesse feito um feitiço contra ela ou talvez a vida dela fosse uma decepção. Às vezes minha mãe recebia espíritos e falava com vozes estranhas, e um dia chamaram um curandeiro, mesmo que o meu pai não gostasse da ideia. Depois que ele morreu o sofrimento dela se transformou numa dor absurda, mas nos últimos meses de vida ela sofreu com outra agonia: dores nas costas e alguma coisa que ia comendo seu corpo por dentro. Foi como ela disse que se sentia, que alguma coisa estava comendo ela por dentro. Então eu soube que ela ia partir, que aquilo era mais que luto. Nos seus últimos dias ela estava preocupada com o que ia ser de mim, implorou que o tio Amur cuidasse de mim e ele prometeu fazer isso." Asha olhou longa e seriamente para o marido e disse: "Aí ele me deu para você".

"Ou me deu para você", ele disse, sorrindo para contrabalançar a amargura na voz dela. "Será que foi um desastre assim tão grande?"

Ela deu de ombros. Khalifa entendia, ou imaginava, os motivos que levaram Amur Biashara a lhe oferecer Asha. Em primeiro lugar ele estava deixando a moça sob a responsabilidade de outra pessoa. E desse modo também se evitavam quaisquer relações impróprias a que Asha pudesse se ver tentada, estivesse ou não pensando nisso. Era como pensaria um poderoso patriarca. Utamsitiri, Khalifa era quem a salvaria da vergonha e manteria limpo o nome da família. Ele nada tinha de especial mas o mercador sabia quem ele era e o casamento com Khalifa protegeria o nome da moça e portanto também o de Amur Biashara de qualquer desonra possível. Um casamento seguro com alguém que dependia dele como Khalifa também iria manter intacto o interesse do mercador na propriedade, mantendo a casa na família, por assim dizer.

Mesmo quando Khalifa ficou sabendo da história da casa e entendeu a injustiça da posição de sua esposa ele não conseguiu falar disso com o mercador. Eram questões de família e ele não era realmente da família. O que fez foi convencer Asha a falar ela mesma com o tio, pedindo sua parte de volta. "Ele sabe ser justo quando quer", lhe disse Khalifa, fazendo força para acreditar. "Eu sei muito bem. Já vi ele trabalhando. Você tem que fazer ele ficar com vergonha, obrigá-lo a lhe dar o que é seu direito, senão ele finge que está tudo bem e não vai mover um dedo."

Ela acabou falando com o tio. Khalifa não estava presente na ocasião e disse não saber de nada quando mais tarde o mercador educadamente lhe perguntou a respeito. O tio disse a Asha que já tinha deixado uma parte para ela em seu testamento e queria que por enquanto as coisas ficassem assim. Em outras palavras, não queria mais ser incomodado com essa história da casa.

Khalifa e Asha se casaram no começo de 1907. O levante Maji Maji vivia os estertores de sua brutalidade, e sua repressão custou muitas vidas e meios de subsistência de africanos. A rebelião começou em Lindi e se espalhou por todo o interior e por cidadezinhas do sul e do oeste do país. Durou três anos. À medida que foi ficando clara a extensão da resistência ao domínio alemão, a reação da administração colonial se tornou cada vez mais implacável e cruel. O comando alemão percebeu que a revolta não poderia ser dominada por meios exclusivamente militares e decidiu vergar a população através da fome. Nas regiões que se sublevaram, a Schutztruppe tratou todos como combatentes. Incendiaram vilarejos e destruíram plantações e saquearam estoques de comida. Corpos africanos foram deixados expostos, pendurados em forcas à beira da estrada numa paisagem calcinada e aterrorizante. Na parte do país em que Khalifa e Asha moravam só se ficava sabendo desses eventos por meio de boatos. Como não havia sinais de rebelião na cidade, para eles eram apenas histórias chocantes. Não existiam sinais como esses desde o enforcamento de al Bushiri embora por todo lado houvesse ameaças de retaliações alemãs.

A firmeza com que aquelas pessoas se recusavam a se tornar súditos do império da Deutsch-Ostafrika tinha surpreendido os alemães, sobretudo depois do que estes fizeram aos wahehes no sul e aos wachagga e wameru nas montanhas do nordeste. A vitória sobre os maji-majis deixou centenas de milhares de mortos pela fome e muitas outras centenas por ferimentos recebidos em batalha ou por execução pública. Para alguns administradores da Deutsch-Ostafrika o resultado foi considerado inevitável. Essas mortes ocorreriam mais cedo ou mais tarde. Enquanto isso, o império tinha que fazer os africanos sentirem o punho cerrado do poderio alemão para aprenderem a se dobrar obedientes ao jugo da servidão. A cada dia que passava o poderio alemão ia firmando mais aquele jugo no pescoço de seus relutantes súditos. A administração colonial ia fortalecendo seu domínio da terra, aumentando seus contingentes e seu alcance. As terras boas iam sendo tomadas à medida que mais colonos alemães chegavam. O regime de trabalhos forçados se estendia à construção de estradas e à abertura de valas à beira dessas estradas, e à construção de avenidas e jardins para o lazer dos colonos e a boa reputação do Kaisereich. Os alemães eram retardatários na corrida do imperialismo naqueles cantos do mundo mas faziam questão de se estabelecer por um longo tempo e queriam conforto enquanto estivessem por ali. Suas igrejas e seus escritórios com colunatas e fortalezas com ameias eram construídos tanto para possibilitar a vida civilizada quanto para aturdir seus novos súditos e impressionar seus rivais.

Esse último levante fez alguns alemães mudarem de ideia. Ficou claro para eles que apenas a violência não seria o bastante para controlar a colônia e torná-la produtiva, então propuseram a abertura de clínicas e iniciaram campanhas contra a malária e o cólera. A princípio essas iniciativas se dirigiam à saúde e ao bem-estar dos colonos e oficiais e soldados da Schutztruppe, mas depois estenderam-se também aos nativos. A administração abriu ainda novas escolas. Já havia uma escola avançada na cidade, criada muitos anos antes para treinar os africanos para carreiras no funcionalismo público e na educação, mas ela acolhia poucos alunos e sempre de uma elite subordinada. As novas escolas ofereceriam uma educação básica a uma parcela maior da população colonizada, e Amur Biashara foi um dos primeiros a mandar seu filho para uma delas. O filho, que se chamava Nassor, tinha nove anos quando Khalifa começou a trabalhar para o mercador e catorze quando entrou na escola. Era um pouco tarde mas isso não tinha muita importância porque a escola que ele frequentava pretendia ensinar ofícios aos alunos e não álgebra, e a idade dele era adequada para aprender a usar uma serra ou assentar tijolos ou erguer uma marreta. Foi ali que o filho do mercador conheceu o trabalho com a madeira. Ficou quatro anos na escola, de onde saiu alfabetizado e dominando a matemática e um carpinteiro competente.

Naqueles anos Khalifa e Asha também tiveram muito que aprender. Ele aprendeu que ela era uma mulher enérgica e obstinada que gostava de ter o que fazer e que sabia o que queria. De início se espantou com a energia dela e ria de suas descrições intransigentes dos vizinhos. Eles eram invejosos, eram maus, eram blasfemos, ela dizia. Ah, por favor, pare de exagerar, ele contrapunha enquanto ela fechava a cara discordando teimosamente. Ela não achava que estava exagerando, dizia. Tinha morado a vida toda ao lado daquelas pessoas. No começo ele pensou que aquele hábito dela de invocar o nome de Deus e de citar versículos do Corão era a forma que algumas pessoas tinham de se expressar, um jeito de falar, mas acabou entendendo que para ela aquilo não era apenas uma exibição de seu conhecimento e de sua sofisticação mas de uma fé sincera. Ele achava que ela estava infeliz e tentou pensar em maneiras de fazer com que se sentisse menos sozinha. Tentou fazer com que ela o desejasse como ele a desejava, mas ela era ensimesmada e relutante e ele achava que ela no máximo tolerava sua presença e acatava seu ardor e seus afagos como parte de seu dever.

Ela aprendeu que era mais forte do que ele, ainda que tenha demorado bastante para dizer isso a si mesma com todas as letras. Ela era decidida, quase sempre, e uma vez que se decidia mantinha-se firme enquanto ele se deixava convencer facilmente por palavras, às vezes pelas próprias. O que ela lembrava do pai, a quem tentava respeitar como mandava a religião, interferia em suas opiniões sobre o marido e cada vez mais ela tinha que se esforçar para conter a impaciência com Khalifa. Quando não conseguia, falava com ele de uma forma ríspida que não era intencional e de que às vezes se arrependia. Ele era confiável mas obediente demais ao tio dela que não passava de um ladrão e de um hipócrita infiel com aqueles trejeitos falsos de santinho. Seu marido se contentava com muito pouco e viviam se aproveitando dele, mas era tudo como Ele queria que fosse e ela faria o possível para ficar bem. Achava as histórias infindáveis dele muito chatas.

Asha sofreu três abortos espontâneos nos primeiros anos do casamento. Depois do terceiro em três anos os vizinhos a convenceram a consultar uma herborista, uma mganga. A mganga a fez se deitar no chão e a cobriu da cabeça aos pés com uma kanga. Depois sentou ao lado dela por um longo período, cantarolando baixinho e repetidamente, e dizendo palavras que Asha não conseguia distinguir. Depois a mganga lhe disse que um invisível tinha ocupado seu corpo e se recusava a deixar que uma criança crescesse dentro dela. O invisível poderia ser convencido a sair mas elas teriam que descobrir o que ele pedia e atender a tudo. A única maneira de conhecer as exigências dele era permitir que o invisível falasse através de Asha, e isso teria mais chances de acontecer quando deixassem que ele a possuísse completamente.

A mganga trouxe uma ajudante e fez Asha se deitar de novo no chão. Elas a cobriram com um pano grosso de marekani e ambas começaram a cantar cada vez mais alto, com o rosto perto da cabeça dela. À medida que o tempo passava, com a mganga e sua ajudante cantando, Asha ia tremendo com maior intensidade até acabar jorrando dela um fluxo de palavras e sons incompreensíveis. Essa explosão chegou a um clímax com um grito e em seguida ela falou de maneira lúcida mas com uma voz que não era a sua, dizendo: Eu saio do corpo desta mulher se o marido dela prometer levá-la ao Haje, que passará a ir sempre à mesquita e que não vai mais cheirar rapé. A mganga gargalhou satisfeita e administrou uma infusão de ervas que acalmou Asha e a fez dormir.

Quando, diante de Asha, a mganga contou a Khalifa a história do invisível e de suas exigências, ele assentiu com a cabeça obedientemente e pagou o que lhe devia. Eu paro agora mesmo com o rapé, ele disse, já vou fazer as abluções e depois vou à mesquita. Na volta eu começo a perguntar sobre o Haje. Agora por favor se livre de uma vez desse demônio.

Khalifa largou o rapé, foi à mesquita um dia ou dois mas nunca mais falou do Haje. Asha sabia que mesmo quando se fazia de obediente Khalifa não tinha sido persuadido, apenas estava rindo dela. E tudo só ficou pior quando ela se deixou convencer a seguir os tratamentos blasfemos sugeridos pelos vizinhos. Aquela cantoria em sua orelha tinha ficado desagradável mas ela não podia evitar, o que de fato ela achava irritante era a falta de orações de Khalifa, e acima de tudo ela queria ir ao Haje. Para ela, o fato de ele silenciosamente fazer pouco-caso desses desejos aumentava demais a distância entre os dois. Isso a fazia resistir a tentar uma nova gravidez e ela encontrava maneiras de desencorajar o ardor do marido e evitar o desagradável rebuliço que ele fazia quando estava excitado.

Depois de aprender tudo o que lhe cabia, Nassor Biashara saiu da escola alemã de ofícios com dezoito anos, apaixonado pelo cheiro da madeira. Amur Biashara era tolerante com o filho. Não esperava que ele ajudasse nos negócios pelo mesmo motivo que o fazia não exigir que Khalifa conhecesse os detalhes de suas múltiplas transações. Preferia trabalhar sozinho. Quando Nassor pediu que o pai lhe financiasse uma carpintaria para ele trabalhar por conta própria, o mercador contribuiu de bom grado tanto porque lhe parecia um bom investimento quanto porque aquilo por ora manteria seu filho longe de seus assuntos. Ainda haveria tempo para iniciá-lo nos negócios.

Os velhos mercadores trabalhavam emprestando dinheiro uns para os outros num sistema de honra. Alguns só se conheciam por cartas ou amigos em comum. O dinheiro passava de mão em mão — uma dívida vendida como pagamento de outra dívida, remessas compradas e vendidas de olhos fechados. Essas conexões se estendiam até Mogadíscio, Aden, Mascate, Bombaim, Calcutá e a todos esses lugares de nomes lendários. Esses nomes eram como música para os ouvidos de muitos habitantes da cidadezinha talvez porque quase toda aquela população não conhecia esses lugares. Não que eles fossem incapazes de imaginar que provavelmente eram lugares de dificuldades, carestia e pobreza como todos os outros, mas não conseguiam resistir à estranha beleza daqueles nomes.

Os negócios dos velhos mercadores dependiam do sistema de honra mas isso não significava que eles confiassem uns nos outros. Por isso Amur Biashara guardava suas transações na memória, só que ele não se dava ao trabalho de registrar tudo direito e no fim sua esperteza o traiu. Foi má sorte, ou destino, ou o desígnio de Deus, tanto faz, mas de repente ele caiu doente numa daquelas terríveis epidemias que ocorriam com uma frequência bem maior antes de os europeus chegarem com seus remédios e sua higiene. Quem poderia imaginar que tantas doenças se escondiam na imundície em que as pessoas estavam tão acostumadas a viver? Ele adoeceu numa dessas epidemias apesar dos europeus. Quando a hora chega, chega mesmo. A causa pode ter sido a água suja ou a carne estragada ou a mordida de algum animal peçonhento, mas o resultado foi que ele acordou de manhã bem cedo com febre e vômitos e nunca mais se levantou da cama. Mal se manteve consciente e morreu em cinco dias. Naqueles cinco dias ele nunca recobrou a presença de espírito e todos seus segredos foram enterrados com ele. Seus credores não deixaram de aparecer com sua papelada bem organizada. Quem lhe devia dinheiro ficou de cabeça baixa e a fortuna do velho mercador de repente era bem menor do que se dizia. Talvez ele tivesse a intenção de devolver a casa a Asha e nunca tenha cuidado disso mas não deixou nada para ela no testamento. A casa agora era de Nassor Biashara, assim como tudo que foi deixado depois que sua mãe e suas duas irmãs pegaram sua parte e que os credores levaram a deles.

2.

Ilyas chegou à cidade um pouco antes da morte repentina de Amur Biashara. Trazia consigo uma carta de apresentação ao gerente de uma grande fazenda alemã de sisal. Não se encontrou com o gerente, que também era sócio da propriedade e não haveria de ter tempo para uma coisa tão insignificante. Ilyas entregou sua carta no escritório da administração e lhe disseram para esperar. O assistente do escritório ofereceu-lhe um copo d'água e também puxou conversa com ele, tentando obter informações, avaliando quem ele era e o que queria. Depois de um momento, um rapaz alemão saiu do escritório interno e lhe ofereceu um emprego. O assistente do escritório, que se chamava Habib, iria ajudá-lo a se acomodar. Habib o encaminhou a um professor chamado Maalim Abdalla que o ajudou a alugar um quarto na casa de uma família que ele conhecia. No meio da tarde do seu primeiro dia na cidade, Ilyas estava empregado e acomodado. Maalim Abdalla lhe disse: Depois eu passo para te buscar para você ir conhecer algumas pessoas. Naquela tarde ele passou ali e levou Ilyas para rodar pela cidade. Eles pararam em duas cafeterias para beber café, conversar e fazer apresentações. "Nosso irmão Ilyas veio trabalhar na grande fazenda de sisal", anunciou Maalim Abdalla. "Ele é amigo do gerente, do grande senhor alemão em pessoa. Ele fala alemão como se fosse sua língua nativa. Por enquanto está hospedado com Omar Hamdani até o senhor encontrar uma acomodação adequada a um membro tão eminente de sua equipe."

Ilyas sorriu, protestou e brincou em resposta. Sua risada fácil e seus modos humildes deixavam as pessoas à vontade, garantindo-lhe novos amigos. Era sempre assim. Depois Maalim Abdalla o levou para os lados do porto e da parte além da cidade. Ele apontou para o boma e Ilyas perguntou se tinha sido ali o enforcamento de al Bushiri e Maalim Abdalla disse que não. Al Bushiri foi enforcado em Pangani, e de qualquer forma aqui não cabia aquela multidão toda. Os alemães fizeram um grande espetáculo do enforcamento e provavelmente houve uma banda, desfile militar e plateia. Eles iam precisar de muito espaço para isso. O passeio dos dois terminou na casa de Khalifa, que era a baraza habitual do professor aonde ele ia quase todo fim de tarde para saber das fofocas e para conversar.

"Seja bem-vindo", Khalifa disse a Ilyas. "Todo mundo precisa ter uma baraza para o fim da tarde, para ver os outros e saber das novidades. Não há muito mais para se fazer aqui depois do trabalho."

Ilyas e Khalifa logo se tornaram bons amigos e em questão de dias já conversavam com toda liberdade. Ilyas contou a Khalifa que tinha fugido de casa ainda criança e passado dias andando sem rumo até ser raptado na estação de trem por um askari da Schutztruppe que o levou para as montanhas. Lá foi libertado e enviado a uma escola alemã, uma escola religiosa.

"Eles te fizeram rezar como um cristão?", perguntou Khalifa.

Eles estavam caminhando à beira-mar e ninguém ouvia o que diziam mas Ilyas ficou quieto um minuto, os lábios atipicamente cerrados. "Você não vai falar disso com ninguém se eu te contar, não é?", perguntou.

"Fizeram", disse Khalifa, encantado. "Eles te fizeram pecar."

"Não conte para ninguém", implorou Ilyas. "Era isso ou sair da escola, então eu fingia. Eles ficavam muito felizes comigo e eu sabia que Deus ia ver o que eu tinha de verdade no coração."

"Mnafiki", disse Khalifa, sem querer parar de atormentá-lo. "Existe um castigo especial para os hipócritas quando você chegar lá. Quer que eu te conte? Não, é um horror e você vai acabar recebendo mesmo."

"Deus sabe o que eu tinha no coração, trancafiado naquele lugar", disse Ilyas com a mão no peito e também sorrindo agora que Khalifa tinha transformado a coisa numa piada. "Eu morava e trabalhava numa fazenda de café que era do alemão que me mandou para a escola."

"Os combates ainda estavam acontecendo por lá?", perguntou Khalifa.

"Não, eu não sei quanto combate aconteceu antes, mas quando eu cheguei tudo já tinha acabado", disse Ilyas. "Estava tudo muito tranquilo. Havia fazendas e escolas novas, cidades novas também. O pessoal dali mandava os filhos para a escola religiosa e trabalhava nas fazendas alemãs. Se acontecia alguma perturbação era por causa de gente ruim que queria tumultuar. O fazendeiro que me mandou para a escola, foi ele mesmo quem escreveu a carta que me garantiu um emprego aqui na cidade. O gerente da fazenda é parente dele."

Depois Ilyas disse: "Eu nunca voltei ao vilarejo onde a gente morava. Não sei o que aconteceu com os velhos. Agora que eu vim morar nesta cidade foi que percebi que não estou muito longe de lá. Para ser sincero percebi antes de eu vir que eu ia estar perto da minha antiga casa mas tentei não pensar no assunto".

"Você devia ir lá fazer uma visita", disse Khalifa. "Faz quanto tempo que você foi embora?"

"Dez anos", disse Ilyas. "Ir lá fazer o quê?"

"Você devia ir", disse Khalifa, lembrando como ele mesmo tinha abandonado os pais e como isso lhe fez mal depois. "Vá ver a sua família. É só um dia ou dois de viagem se você conseguir uma carona. Não está certo ficar afastado deles. Você devia ir para avisar que está bem. Eu vou com você se quiser."

"Não", disse Ilyas na defensiva, "você não imagina o quanto aquele lugar é mesquinho e desgraçado."

"Então você pode ir mostrar a eles sua história de sucesso. É a sua casa, e a sua família é a sua família, não importa o que você pense", disse Khalifa com mais firmeza enquanto Ilyas ia perdendo o vigor.

Ilyas ficou um tempo sentado de cara fechada e depois seus olhos lentamente se acenderam. "Eu vou", disse, empolgado com a ideia. Ele era assim, Khalifa iria descobrir. Quando embarcava num projeto Ilyas se atirava com tudo. "Sim, você tem razão. Eu vou sozinho. Já pensei muito nisso mas sempre dei um jeito de ir adiando. Foi preciso um falastrão como você para forçar a situação e me obrigar a ir."

Khalifa combinou com um carroceiro que estava indo na direção do vilarejo para dar uma carona a Ilyas até um primeiro trecho. Também lhe deu o nome de um contato comercial seu que morava na estrada principal não muito longe do destino dele. Ele podia passar a noite ali se precisasse. Dias depois Ilyas era o passageiro de uma carroça puxada por um burro que seguiu seu caminho esburacado para o sul pela estrada costeira. O carroceiro era um velho balúchi que estava levando mercadorias para as lojinhas de beira de estrada. Ele não tinha muita coisa para entregar. Parou em duas lojas e depois eles se afastaram da costeira, pegando uma estrada melhor, seguindo num ritmo tão bom que chegaram à casa do contato de Khalifa ainda no meio da tarde. O contato era um mercador indiano de alimentos frescos chamado Karim. Ele comprava comida dos habitantes locais e vendia no mercado da cidade: banana, mandioca, abóbora, batata-doce, quiabo — vegetais resistentes que aguentavam uma viagem de um ou dois dias. O balúchi deu comida e água ao seu burrico e em seguida pareceu iniciar uma conversa com ele aos sussurros. Depois disse aos outros que ainda dava tempo de começar a viagem de volta e passar a noite numa das lojas onde tinha feito suas entregas, e que o burrico estava disposto. Karim supervisionou o carregamento da mercadoria na carroça do balúchi, anotando tudo em seu caderno e copiando os números numa tira de um papel grosseiro para o carroceiro entregar ao comprador no mercado da cidade.

Depois que o carroceiro partiu, Ilyas explicou o que queria e Karim fez cara de desconfiado. Olhou em volta para conferir a luz, puxou um relógio do bolso do colete, abriu a tampa com um gesto elegante e sacudiu a cabeça num lamento.

"Amanhã de manhã", disse. "Hoje não é possível. Falta só uma hora e meia para o maghrib, e até eu arranjar um carroceiro para te levar já vai ser quase o pôr do sol. Não é bom ficar na estrada à noite. É procurar problema. Você pode se perder fácil ou topar com gente ruim. Amanhã de manhã bem cedinho você vai. Eu converso hoje à noite com um carroceiro mas agora você descansa e aceita a nossa hospitalidade. Temos um quarto para visitantes. Venha."

Ilyas foi levado a um quarto pequeno com piso de terra ao lado da loja. Tanto a loja quanto o quarto tinham como portas folhas empenadas e enferrujadas de metal corrugado que se fechavam com cadeados de ferro que pareciam mais protocolares que seguros. Dentro do quartinho havia um catre de corda coberto por uma esteira, seguramente coalhado de percevejos, pensou Ilyas. Ele percebeu imediatamente que não havia um mosquiteiro e suspirou resignado. Eram acomodações para intrépidos vendedores itinerantes mas não havia alternativa. Ele não podia esperar que Karim convidasse um homem desconhecido para entrar na casa de sua família.

Ilyas pendurou sua sacola de lona no batente da porta e saiu para dar uma olhada no entorno. A casa de Karim ficava no mesmo terreiro batido e era uma estrutura sólida com duas janelas gradeadas que davam para a frente, uma de cada lado da porta. Tinha uma varanda elevada que ficava três degraus acima do chão. Karim estava sentado numa esteira na varanda e quando viu Ilyas o chamou com um gesto. Os dois ficaram algum tempo conversando, sobre a cidade, sobre a notícia de uma devastadora epidemia de cólera em Zanzibar, sobre negócios, e depois uma menininha de sete, oito anos saiu da casa com duas xícaras pequenas de café numa bandeja de madeira. Com o pôr do sol chegando, Karim puxou de novo o relógio e conferiu as horas.

"O maghrib", disse. Chamou, e logo a menina voltou, agora lutando para trazer um balde d'água que Karim pegou risonho de suas mãos. Ele desceu os degraus e pôs o balde numa plataforma de pedras dispostas para a lavagem dos pés. Gesticulou para que seu hóspede fosse fazer as abluções primeiro mas como Ilyas fez que não com veemência Karim foi em frente e começou a se lavar para as orações. Depois foi a vez de Ilyas e ele fez o que viu Karim fazer. Os dois voltaram para o pátio, que seria o lugar da oração e, como era tradicional e educado, Karim convidou Ilyas para puxar a oração. Novamente ele fez que não com veemência e Karim tomou a dianteira.

Ilyas não sabia rezar, não conhecia as palavras. Nunca entrara numa mesquita. Não havia mesquitas onde ele morava quando criança e não havia mesquitas na fazenda de café onde depois passou tantos anos. Havia uma mesquita na cidade mais próxima, nas montanhas, mas ninguém na fazenda ou na escola lhe disse para ir lá. Depois de determinado momento ficou tarde demais para aprender, vergonhoso demais. Àquela altura ele já era um adulto trabalhando na plantação de sisal e morando numa cidade cheia de mesquitas, mas ali também ninguém lhe falou para ir à mesquita. Ele sabia que mais cedo ou mais tarde alguma coisa constrangedora ia acabar acontecendo. O convite de Karim para a oração foi a primeira vez em que ele foi desmascarado e ele fingiu o melhor que pôde, copiando cada gesto e sussurrando como quem pronuncia palavras sagradas.

Conforme prometido, Karim conseguiu outro carroceiro para levar Ilyas a seu vilarejo natal, que não era longe. Depois de uma noite inquieta, ele saiu assim que ouviu movimento no pátio e lhe foi oferecida uma banana e uma caneca de chá preto como desjejum enquanto esperava o carroceiro aparecer. Notou a menina varrendo a varanda mas nenhum sinal da mãe dela. O carroceiro agora era um adolescente que estava feliz de sair um pouco dali e que passou a viagem toda falando das coisas que ele e seus amigos tinham aprontado. Ilyas ouviu educadamente e riu quando era o caso de rir mas ficou pensando: capiau.

Chegaram ao vilarejo em questão de uma hora. O carroceiro disse que ia esperar na estrada porque a trilha que levava ao vilarejo era estreita demais para a carroça. Era só uma caminhada curta pela trilha que estava logo ali onde ele havia encostado. É, eu sei, disse Ilyas. Ele pegou a trilha que levava ao lugar onde a antiga casa da família ficava, e tudo parecia tão bagunçado e familiar como se ele tivesse saído dali havia poucos meses. Não era um grande vilarejo, um punhado de palhoças com pequenas roças atrás. Antes de chegar à sua antiga casa ele viu uma mulher cujo nome não lembrava mas cujo rosto lhe era familiar. Estava sentada num pedaço limpo de terreno diante de sua frágil casinha de juncos e barro tecendo uma esteira de folhas de coqueiro. Uma panela estava sendo aquecida sobre um trio de pedras junto dos pés dela e duas galinhas bicavam o chão em torno da casa. Quando ele se aproximou ela ajeitou a kanga e cobriu a cabeça.

"Shikamoo", ele disse.

Ela respondeu e ficou esperando, correndo os olhos por ele de cima a baixo, com aquelas roupas da cidade. Ele não conseguiu imaginar a idade dela mas se fosse quem ele estava pensando seria mãe de filhos da idade dele. Um deles era Hassan, Ilyas lembrou de repente, um menino com quem ele brincava. O nome do pai de Ilyas também era Hassan, por isso o nome lhe veio tão fácil. A mulher estava sentada num banquinho baixo e não esboçou nenhuma menção de se levantar ou sorrir.

"Meu nome é Ilyas. Eu morava ali", ele disse, dando o nome de seus pais. "Eles ainda moram lá?"

Ela não respondeu e ele não soube se ela tinha ouvido ou entendido o que ele disse. Ilyas estava quase se afastando para ir ver com os próprios olhos quando um homem saiu da casa. Era mais velho que a mulher e veio até Ilyas num passo hesitante para vê-lo de perto, como se tivesse vista fraca. Seu rosto era enrugado e tinha a barba por fazer, e parecia frágil e indisposto. Ilyas repetiu seu nome e o dos pais. O homem e a mulher trocaram um olhar e em seguida foi ela quem falou.

"Eu lembro desse nome Ilyas. Foi você o menino que se perdeu?", ela disse, e cobriu de repente a cabeça com as mãos, compadecida. "Estava acontecendo muita coisa horrível naquela época e todo mundo achou que tinha te acontecido alguma desgraça. A gente achou que os ruga-rugas ou os wamangas tinham raptado você. A gente achou que os mdachis tinham te matado. Nem sei o que a gente não achou. É, eu lembro do Ilyas.

É você? Você parece um homem do governo. Sua mãe morreu faz tempo. Ninguém mora mais lá, a casa desmoronou. Sua mãe teve tanto azar que ninguém mais quis morar lá. Ela deixou uma bebê para o seu pai cuidar, com um ano e três meses, ou um ano e quatro meses, e ele o deixou com outras pessoas."

Ilyas pensou sobre isso por algum tempo, depois disse: "Deixou com outras pessoas. Como assim?".

"Ele deu ela embora." Agora era o homem quem falava, a voz fraca e rouca pelo esforço. "Ele era muito pobre. Muito doente. Como todo mundo aqui. Ele deu ela embora." Ergueu o braço e apontou na direção da estrada, cansado demais para falar.

"Afiya era o nome dela. Afiya", continuou a mulher. "De onde é que você veio? A sua mãe morreu. O seu pai morreu. A sua irmã foi dada embora. Onde é que você estava?"

De certa forma era o que ele esperava, que eles estivessem mortos. Seu pai passou toda a infância de Ilyas com diabetes e sua mãe vivia mal, com doenças inomináveis que afligiam as mulheres. Além disso sofria de dores nas costas, dificuldade para respirar, tinha o peito cheio d'água e vivia vomitando por estar sempre grávida. Era o que ele esperava, mesmo assim ficou abalado ao ouvir aquelas mortes anunciadas de maneira tão abrupta. "Minha irmã está aqui no vilarejo?", ele perguntou por fim.

O homem falou de novo e com sua voz torturada lhe disse onde morava a família que tinha levado Afiya. Ele acompanhou Ilyas até a estrada e ensinou o caminho ao jovem carroceiro.

O pequeno vilarejo de beira de estrada onde ela cresceu ficava perto de um morro cônico e escuro coberto de mato. Ele estava sempre ali quando ela saía da casa, debruçado sobre casas e pátios do outro lado da estrada, mas ela não o via quando era criancinha e só tomou consciência dele mais tarde quando aprendeu a conferir sentido para as coisas que via. Diziam para ela nunca subir o morro mas não lhe diziam por que, então ela preencheu o morro com todos os terrores que ia aprendendo a imaginar. Foi sua tia quem lhe disse que ela nunca devia subir o morro e quem também lhe contou histórias de uma cobra que podia engolir uma criança, de um homem alto cuja sombra voava sobre o telhado das casas na lua cheia e de uma velha desgrenhada que andava pela estrada que levava ao mar e que às vezes se transformava em um leopardo que atacava o vilarejo em busca de um bode ou de um bebê. Sua tia não lhe disse com todas as palavras mas a menina tinha certeza de que a cobra e o homem alto e a velha desgrenhada viviam todos no morro e desciam dali para aterrorizar o mundo.

Atrás das casas e dos quintais ficavam os campos e atrás deles erguia-se o morro. À medida que ela envelhecia o morro parecia se projetar cada vez mais sobre o vilarejo, especialmente no fim da tarde, assomando sobre eles como um espírito insatisfeito. Ela aprendeu a desviar os olhos quando tinha que sair de casa à noite. No profundo silêncio da noite ouvia sussurros baixos e sibilantes que desciam e às vezes contornavam a casa e seu quintal também. Sua tia lhe disse que eram os invisíveis que só as mulheres escutavam e que por mais que os sussurros lhe parecessem tristes e insistentes ela nunca devia abrir a porta para eles. Muito mais tarde ficou sabendo que os meninos subiam o morro e voltavam em segurança, e eles nunca falavam de uma cobra ou de um homem alto ou de uma velha desgrenhada e jamais mencionavam sussurros. Diziam que tinham ido caçar no morro, e se pegavam algum bicho assavam na fogueira e comiam. Eles sempre voltavam de mãos vazias então ela não sabia se estavam brincando com ela.

A estrada que passava pelo vilarejo levava ao litoral num sentido e ao interior profundo do país no outro. Em geral era utilizada por gente que seguia a pé, às vezes com fardos pesados, e ocasionalmente por homens montados em burros ou que tocavam carros de boi. Sua largura acomodava os carros mas a estrada era ruim, esburacada. Ao longe, atrás deles, a silhueta das montanhas percorria o horizonte. Elas tinham nomes estranhos e a faziam pensar em perigo.

Ela morava com a tia e o tio e o irmão e a irmã. Seu irmão se chamava Issa e sua irmã Zawadi. Ela devia acordar no mesmo horário que a tia, que a despertava com uma sacudida e lhe dava uma palmada forte na bunda para fazê-la se levantar. Acorda, estrupício. O nome de sua tia era Malaika mas todos eles a chamavam de mama. A primeira obrigação da menina depois de se levantar era ir pegar água enquanto a tia acendia os braseiros, que na noite anterior haviam sido limpos e lotados de carvão. Não faltava água mas era preciso ir buscar. Havia um balde e uma concha diante da porta do banheiro para o uso ali dentro. Havia outro balde junto à calha que ia para a valeta lá fora, que era onde elas lavavam as panelas e os pratos, onde jogavam a água da lavagem das roupas, mas para o banho do tio e para fazer o chá ela precisava ir buscar água no imenso tanque de barro, coberto e mantido sob um toldo para ficar fresco. Tinha que ser água limpa para o banho do tio e para o chá dele, e a água dos baldes só servia para o trabalho sujo. Às vezes a água causava doenças, por isso ela precisava esquentar água limpa para o banho do tio e para o chá.

O tanque era alto e ela era pequena então tinha que subir num caixote emborcado para conseguir alcançar a água, e quando o nível estava baixo ou se o aguadeiro não tinha vindo encher o tanque de novo, ela precisava se debruçar tão lá dentro que ficava com metade do corpo no interior do tanque. Se falasse enquanto estava com a cabeça dentro do tanque sua voz assumia um som demoníaco que lhe dava a sensação de ser imensa. Ela fazia isso às vezes mesmo quando não estava pegando água, punha a cabeça no tanque e fazia uns barulhos, uns gemidos satisfeitos, como se fosse gigante. Com a concha, vertia a água em duas panelas, mas só enchia pela metade para não ficarem pesadas demais para carregar. Levava as panelas uma por uma para os dois braseiros que a tia havia acendido, depois completava as panelas com repetidas viagens ao tanque até que a água lá dentro chegasse ao nível certo, uma para o banho do tio e outra para o chá.

Desde que se conhecia por gente ela morava com eles, a tia e o tio. O irmão Issa e a irmã Zawadi eram mais velhos que ela, talvez uns cinco ou seis anos. Eles não eram irmão e irmã dela, claro, mas ela ainda pensava neles dessa maneira apesar das provocações e dos machucados que suas brincadeiras lhe rendiam. Às vezes batiam nela de maneira deliberada e não porque tivesse feito alguma coisa para provocar os dois mas porque gostavam de bater e ela não tinha como detê-los. Batiam sempre que ficavam só as crianças em casa sem ninguém para ouvir os gritos, ou se estivessem entediados, o que vivia acontecendo. Eles pediam para ela fazer coisas que não gostava de fazer e quando ela chorava ou se recusava eles lhe davam tapas e cuspiam nela. Não havia muito o que fazer depois das tarefas domésticas, mas se fosse atrás deles quando iam brincar com os amigos ou roubar frutas das árvores dos vizinhos, eles nem sempre gostavam, nem seus amigos. As meninas a chamavam de nomes sujos para fazer os meninos rirem e às vezes a enxotavam dali. Era por motivos diferentes mas seu irmão e sua irmã batiam nela ou beliscavam ou roubavam sua comida todos os dias. Ela não se sentia muito triste por apanhar, levar beliscões ou ficar sem comida. Não machucava muito e outras coisas a deixavam mais triste, fazendo-a se sentir pequena e deslocada no mundo. Outras crianças também apanhavam todos os dias.

Desde que era bem pequena ela teve obrigações em casa. Não lembrava quando aquilo começou mas sempre era chamada para fazer alguma coisa, varrer ou buscar água ou correr até a lojinha para a tia. Depois começou a lavar roupa e cortar e descascar vegetais quando mandavam, e esquentava a água para o banho do tio e o chá da família. Outras crianças do vilarejo também precisavam fazer coisas para seus tios e suas tias na casa e nos campos. O tio e a tia dela não tinham nem campo nem horta, então as tarefas dela eram todas na casa ou no pátio. Sua tia às vezes falava duro com ela mas normalmente era boazinha e lhe contava histórias. Algumas dessas histórias eram de dar medo, como a do homem inchado e esfarrapado com unhas imensas que passava à noite pela estrada arrastando uma corrente de ferro, querendo pegar uma menininha para levar para sua toca embaixo da terra. Sempre dá para ouvir ele chegando por causa da corrente se arrastando pelo chão. Várias histórias da tia eram sobre velhos sujos que roubavam menininhas. Quando via Issa ou Zawadi maltratando a criança ela brigava com eles ou até os castigava. Tratem a menina como irmã, coitadinha, ela dizia.

Sua mãe tinha morrido, ela sabia, mas não sabia por que a tia e o tio foram as pessoas que ficaram com ela. Um dia quando estava em seu sexto ano a tia lhe contou: "A gente te pegou porque você era órfã e o seu pai estava ficando doente. Sua mãe e seu pai moravam estrada abaixo e a gente se conhecia. Sua pobre mãe não tinha sorte com a saúde e morreu quando você era bem pequena, uns dois anos. Seu pai te trouxe aqui e pediu para a gente ficar com você até ele melhorar, mas ele não ficou bom e Deus também levou ele embora. Essas coisas estão nas mãos de Deus. Daí em diante você virou o nosso fardo".

Sua tia lhe contou isso enquanto passava óleo em seu cabelo, que ia trançando como fazia toda semana, para afugentar os piolhos. Estava sentada entre as pernas da tia e não conseguia ver o rosto dela mas sua voz era delicada, quase terna. Depois de ouvir isso, ela soube que eles não eram seus tios de verdade e que seu pai também estava morto. Ela não se lembrava da mãe mas mesmo assim ficava triste ao pensar nela. Quando tentava imaginar a mãe, só conseguia ver uma das mulheres do vilarejo.

Seu tio não falava muito com ela, nem ela com ele. Ele fechava a cara quando ela lhe dirigia a palavra, mesmo quando era só para dar um recado da tia. Quando queria que ela viesse, ele estalava os dedos ou gritava: Você! O nome dele era Makame. Era grandalhão, com um rosto redondo e um nariz redondo e uma barriga imensa e redonda. Ficava satisfeito quando tudo estava como ele queria. Quando falava feio com um de seus filhos a casa tremia inteira com sua fúria e todo mundo se calava. Ela evitava os olhos dele por viverem ardentes e hostis naquele rosto irritado. Sabia que ele não gostava dela mas não sabia o que tinha feito para ele agir assim. As mãos dele eram grandes e seu braço era da grossura do pescoço dela. Quando ele lhe dava um tapa na parte de trás da cabeça ela cambaleava tonta.

Sua tia tinha o costume de ficar fazendo que sim com a cabeça quando queria falar com firmeza, e como seu rosto era estreito e cansado, com um nariz pontudo, ela parecia estar bicando alguma coisa no ar quando fazia isso. "Seu tio é um homem muito forte", lhe dizia a tia. "É por isso que ele trabalha de segurança no depósito do serikali. Ele abre e fecha as portas para deixar os vagabundos de fora. Ele foi escolhido pelo governo. Todo mundo tem medo dele. Eles dizem: As mãos do Makame parecem um porrete. Se não fosse ele, todo mundo ia virar bandido e roubar as coisas."

Desde que se lembrava ela dormia no chão logo na porta de entrada da casa. Quando abria a porta de manhã ela via o morro, e até quando a porta estava fechada à noite ela sabia que ele estava ali, assomando sobre todos eles. Os cachorros latiam à noite e os mosquitos zuniam em volta do rosto dela e os insetos chocalhavam e berravam logo ali do outro lado da porta fina e rachada. Depois eles se calavam quando os sussurros começavam a descer do morro até os fundos da casa. Ela ficava de olhos bem fechados para o caso de ver olhos insatisfeitos espiando pelas frestas dos painéis da porta.

Era uma casa pequena de tijolos de barro caiada por dentro e por fora. Havia dois quartos pequenos divididos pela entrada e uma porta dos fundos que dava para o quintal. Uma cerca de junco contornava o terreno e lá fora ficavam o banheiro e a cozinha. Os outros quatro dormiam no quarto mais amplo, mãe e filha numa cama e pai e filho na outra. Às vezes os mais jovens dormiam no quarto menor que durante o dia era usado como sala ou como um lugar para armazenar coisas, comer ou receber os vizinhos que aparecessem. O vilarejo ficava bem no interior, então não havia água corrente, por isso ela tinha que ir buscar água para o banho do tio e para o chá lá no imenso tanque de barro que o aguadeiro enchia sempre que esvaziava. O aguadeiro apanhava água no poço do vilarejo perto dali e depois ia de casa em casa, puxando sozinho sua carroça, e enchia o tanque das pessoas que pagavam por isso. Muita gente enchia os próprios tanques ou mandava uma criança mas sua tia e seu tio podiam pagar.

Um dia ela estava no quintal ajudando a tia com a roupa para lavar quando as duas ouviram alguém chamando na porta da frente. Vá ver quem é, disse sua tia. À porta ela viu um homem com camisa branca de mangas compridas e calça cáqui, além de sapato de couro com solado grosso. Ele estava parado no degrau, recém-saído da estrada, segurando uma sacola de lona na mão direita. Era nitidamente um homem da cidade, do litoral.

"Karibu", ela disse, usando a palavra educada de boas-vindas.

"Marahaba", ele disse, sorrindo. Depois de um momento ele disse: "Posso perguntar o seu nome?".

"Afiya", ela disse.

Ele abriu um sorriso largo e suspirou ao mesmo tempo. Depois se agachou de modo a ficar com o rosto na altura do dela. "Eu sou seu irmão", disse. "Faz muito tempo que estou procurando você. Eu não sabia se você estava viva ou se a Ma e o Ba estavam vivos. Agora te achei, graças a Deus. Os donos da casa estão aí?"

Ela fez que sim e foi chamar a tia, que veio limpando as mãos na kanga. O homem, de novo ereto, apresentou-se pelo nome. "Eu sou Ilyas, irmão dela", disse. "Passei pela nossa casa e fiquei sabendo que minha família tinha morrido. Os vizinhos me disseram que a minha irmã estava aqui. Eu não sabia."

A tia dela por um instante pareceu perturbada ao ouvir isso, e talvez também por causa da aparência dele. Ele se vestia como um homem do governo. "Karibu. A gente não sabia onde você estava. Por favor espere aqui que a Afiya vai buscar o tio", ela disse. "Anda, vai logo."

Ela correu até o depósito e disse ao tio que sua tia tinha pedido para ele ir para casa e ele perguntou qual era o problema. Meu irmão chegou, ela disse. De onde?, ele perguntou, mas ela foi correndo na frente dele. Quando chegaram em casa, ele estava meio sem fôlego mas foi educado e sorridente, o que não era seu comportamento normal em casa. O irmão dela estava no cômodo menor, como sempre entulhado e apertado, e o tio foi encontrá-lo ali, apertando sua mão com um sorriso encantador. "Seja bem-vindo, nosso irmão. Damos graças a Deus por te proteger e te fazer chegar à nossa casa para poder encontrar a sua irmã. Seu pai disse que você tinha se perdido. A gente não sabia o que fazer para te encontrar. Fizemos o melhor que podíamos para cuidar dela. Ela agora é como se fosse nossa filha", ele disse com a mão esquerda no coração enquanto mantinha o braço direito bem aberto num gesto de boas-vindas.

"Não sei se você se lembra de mim, mas garanto que sou quem eu digo que sou", o irmão dela disse.

"Eu vejo a semelhança física", disse o tio dela. "Não há necessidade de garantias."

Quando depois de alguns minutos Afiya voltou com dois copos d'água numa bandeja, encontrou ambos envolvidíssimos numa conversa. Ela ouviu seu irmão dizer: "Obrigado por ter cuidado dela tanto tempo. Eu mal tenho como lhe agradecer mas agora que a encontrei queria levá-la para morar comigo".

"Vamos ficar tristes de perder a menina", disse o tio dela, o rosto brilhando com um suor seco. "Ela agora é nossa filha, e a permanência dela aqui é uma despesa que assumimos sem reclamar, mas claro que ela deve morar com o irmão. Sangue é sangue."

Conversaram por mais algum tempo antes de chamá-la para entrar. Seu irmão fez um gesto para ela sentar enquanto explicava que ela iria morar com ele na cidade. Era para ela pegar suas coisas e se preparar para ir embora dali a pouco. Ela juntou sua pequena trouxa e ficou pronta em minutos. Sua tia não tirava os olhos dela. "É assim, sem mais nem menos, nem para agradecer, adeus", ela disse reprovadora. "Obrigada, adeus", disse Afiya, com vergonha da sua rapidez.

Ela ainda não acreditava que tinha um irmão de verdade. Não conseguia acreditar que ele estava ali, que havia simplesmente aparecido vindo da estrada e estava esperando para levá-la dali. Ele era tão limpo e tão lindo, e ria tão fácil… Depois ele contou a ela que tinha ficado com raiva do seu tio e da sua tia mas que não demonstrou porque isso ia parecer ingratidão já que eles ficaram com ela mesmo não sendo parentes. Tinham ficado com ela, e isso não era pouca coisa. Ele lhes deu dinheiro de presente pela sua bondade mas não precisava dar, porque ela estava usando trapos imundos quando a encontrou, como se fosse escrava deles. "Na verdade eles é que deviam te pagar por terem feito você trabalhar para eles desse jeito, e por tanto tempo", disse. Na época ela não pensava assim, só depois que foi morar com ele.

Naquela mesma manhã em que a encontrou, ele a levou embora na carroça, para a loja de Karim. Ela nunca tinha andado numa carroça puxada por um burro. Eles ficaram esperando uma carona na loja e no dia seguinte pegaram outra carroça de burro onde ela se acomodou entre cestos de mangas e de mandioca e sacos de grãos enquanto seu irmão dividia o banco com o carroceiro. Ele a levou para a cidadezinha litorânea onde morava. Na cidade, alugou um quarto térreo numa casa de família, e quando chegaram ele a levou ao primeiro andar para conhecer as pessoas que moravam ali. A mãe e suas filhas adolescentes estavam em casa e disseram que ela podia subir quando quisesse. No período em que morou com seu irmão Afiya dormiu numa cama pela primeira vez na vida. Tinha sua cama num canto do quarto sob seu próprio mosquiteiro e ele tinha a sua no outro canto. Havia uma mesa no meio do quarto onde toda tarde ele a fazia estudar quando voltava do trabalho.

Certa manhã, pouco depois de ter trazido a irmã para a cidade, ele a levou ao hospital do governo perto da praia. Ela nunca tinha visto o mar. Um homem com um jaleco branco arranhou seu braço e depois pediu para ela urinar num potinho. Ilyas explicou que o arranhão era para evitar a febre e que a urina era para ver se ela tinha esquistossomose. É remédio alemão, ele disse.

Quando Ilyas ia trabalhar de manhã, ela subia para ficar com a família e eles abriam espaço para ela sem dificuldade. Faziam-lhe perguntas e ela contava o pouco que havia para contar. Ajudava na cozinha porque eram coisas que ela sabia fazer ou ficava sentada com as irmãs enquanto elas conversavam ou cerziam, e às vezes elas a mandavam comprar coisas na lojinha da rua. Elas se chamavam Jamila e Saada e ficaram amigas dela desde o começo. Mais tarde, ela comia com elas quando o pai das meninas chegava em casa. Disseram para ela chamá-lo de Tio Omari, o que a fazia se sentir parte da família. À tarde, depois que seu irmão voltava do trabalho e se lavava, ela descia com o almoço dele e lhe fazia companhia enquanto ele comia.

"Você tem que aprender a ler e escrever", ele disse. Ela nunca tinha visto alguém ler nem escrever embora soubesse o que era a escrita porque viu nas latas e caixas da lojinha do vilarejo, e tinha visto um livro numa prateleira que ficava atrás do banco do vendeiro. O vendeiro lhe disse que era um livro sagrado que você não podia tocar sem antes se lavar como se estivesse se preparando para as orações. Ela não achava que ia conseguir aprender um livro tão sagrado assim mas seu irmão riu dela e a fez sentar ao lado dele enquanto escrevia as letras e a fazia repetir. Depois ela foi praticando sozinha para escrever as letras.

Uma tarde, quando a família do andar de cima não estava, ele a levou consigo quando foi visitar um de seus amigos. Seu nome era Khalifa e Ilyas disse que era o melhor amigo que tinha ali na cidade. Eles se provocaram e riram e depois de algum tempo seu irmão disse que eles iam continuar seu passeio mas prometeu trazê-la de novo para uma visita. Quase todas as manhãs ela subia e ficava com Jamila e Saada enquanto elas cozinhavam e conversavam e cerziam, e às vezes de noite quando Ilyas ia ao café ou ficar com os amigos ela subia e praticava para poder ler e escrever as letras ante o olhar de admiração das irmãs. Nenhuma delas sabia ler, nem sua mãe.

Mas o irmão dela não saía sempre, e em algumas noites ele ficava em casa e lhe ensinava jogos de cartas ou canções ou lhe falava de suas experiências. Ele disse: "Eu fugi de casa quando a Ma estava grávida de você. Não sei se eu queria mesmo fugir. Acho que não. Eu só tinha onze anos. A nossa Ma e o nosso Ba eram muito pobres. Todo mundo era pobre. Não sei como eles viviam, como sobreviviam. O Ba tinha açúcar no sangue e vivia mal e não podia trabalhar. Vai ver os vizinhos ajudavam. O que eu sei é que as minhas roupas eram trapos e eu vivia com fome. A Ma perdeu duas das minhas irmãs mais novas depois que elas nasceram. Deve ter sido malária mas eu era criança e não sabia dessas coisas naquela época. Lembro quando as duas chegaram. Depois de uns meses elas ficaram doentes e eu chorei dias e dias antes delas morrerem. Às vezes eu não conseguia dormir à noite de tanta fome e porque o Ba gemia alto demais. As pernas dele ficavam inchadas e cheiravam mal, como carne apodrecida. Não era culpa dele, era o açúcar. Não chore, eu estou vendo os seus olhos marejarem. Eu não estou dizendo isso para ser malvado mas para te explicar que talvez tenham sido essas coisas que me fizeram querer fugir.

"Acho que eu não queria fugir de verdade mas quando pus o pé na estrada não parei. Ninguém prestava muita atenção em mim. Quando eu ficava com fome pedia comida ou roubava frutas, e de noite sempre achava um buraco para me esconder para dormir. Às vezes tinha muito medo mas outras vezes eu me desligava e só ficava olhando o que acontecia em volta. Depois de vários dias cheguei a uma cidade grande no litoral, esta cidade aqui. Eu vi soldados marchando na rua, música tocando, coturnos pesados batendo na estrada e uma multidão de jovens que marchava com eles, fingindo que também eram soldados. Eu fui com eles, empolgado com os uniformes e a marcha e a banda. O desfile terminou na estação de trem e eu fiquei ali parado para ver os grandes vagões de ferro do tamanho de uma casa. O motor estava gemendo e soltando fumaça, igualzinho a uma coisa viva. Eu nunca tinha visto um trem. Uma tropa de askaris estava na plataforma esperando para embarcar, e eu ali à toa junto com eles, só olhando e escutando. Os combates com os maji-majis ainda estavam acontecendo. Você conhece essa história? Na época eu também não conhecia. Outra hora eu te falo dos maji-majis. Quando o trem estava pronto, os askaris começaram a embarcar. Um askari shangaan me empurrou para dentro do trem e me segurou pelo pulso e ficou rindo enquanto eu me debatia mas ele não me soltou mais. Disse que eu ia ser o menino de armas dele, para carregar o seu fuzil quando eles marchavam. Você vai gostar, ele disse. Ele me levou de trem até o fim da linha, ou até onde tinham botado trilhos na época, e aí nós marchamos dias e dias até a cidade nas montanhas.

"Na chegada tivemos que ficar um tempo esperando num pátio. Acho que o shangaan pensou que eu não estava mais tentando fugir porque ele nem me segurava mais pelo pulso. Vai ver ele pensou que eu não tinha para onde fugir. Vi um indiano parado em cima de uma carga, dando ordens aos carregadores e anotando alguma coisa num pedaço de papelão. Eu corri para ele e disse que o askari tinha me raptado. O indiano me disse: Some, ladrãozinho imundo! Eu devia estar muito sujo. As minhas roupas estavam em farrapos, um calção de aniagem e uma camisa velha e rasgada que eu nem me dava mais ao trabalho de lavar. Eu disse ao indiano: O meu nome é Ilyas e aquele askari shangaan grandalhão que está ali olhando direto para nós me raptou da minha casa. O indiano primeiro nem me olhou mas aí pediu para eu repetir o meu nome. Ele me fez dizer mais duas vezes, daí sorriu e disse meu nome também. Ilyas. Ele assentiu com a cabeça e me levou pela mão" — Ilyas segurou a mão de Afiya quando disse isso, sorrindo como o indiano e se pondo de pé — "indo na direção do oficial alemão de uniforme branco que também estava ali no pátio. Ele era o chefe dos askaris e estava ocupado com os soldados. Tinha cabelo cor de areia e as sobrancelhas também. Eu nunca tinha chegado perto de um alemão e foi isso que eu vi. Ele fechou a cara quando me olhou e disse alguma coisa ao indiano que disse que eu estava livre, podia ir. Eu falei que não tinha para onde ir e quando o chefe dos askaris ouviu isso ele fechou a cara de novo e chamou outro alemão."

Eles voltaram a sentar, com Afiya ainda sorrindo e de olhos extasiados com a história. Ilyas fez uma cara feia e continuou.

"Esse outro alemão não era um oficial com um lindo uniforme branco mas um sujeito de aparência grosseira que estava dando ordens ao pessoal que carregava as mercadorias, que o indiano ia contando. Quando o oficial terminou de falar com ele, me chamou e disse de maneira ríspida: Qual é a tua história? Eu disse: O meu nome é Ilyas e um askari me raptou da minha casa. Ele repetiu meu nome e sorriu. Ilyas, ele disse, é um belo nome. Espere aqui até eu acabar. Eu não fiquei esperando, fui atrás dele caso o askari shangaan viesse me pegar de novo. O homem trabalhava numa fazenda de café na encosta da montanha. Ela era de outro alemão. Ele me levou para a fazenda com ele e me arranjou o que fazer nos currais. Eles tinham vários burros e um cavalo que ficava lá no estábulo. Era uma égua, muito grande e assustadora para um menino pequeno como eu. Era uma fazenda nova e havia muito trabalho. Por isso o alemão grosseiro me levou para lá, porque eles precisavam de gente para trabalhar.

"O fazendeiro me viu no curral limpando esterco de burro ou sei lá o quê, não lembro direito. Ele perguntou quem eu era ao homem que tinha me trazido da estação. Quando soube que eu tinha sido raptado por um askari ele ficou bravo. Nós não temos que agir como selvagens, disse. Não foi isso que viemos fazer aqui. Eu sei que foi isso que ele disse porque depois ele me contou. Ele se orgulhava do que fez e gostava de falar a respeito daquilo comigo e com outras pessoas. Disse que eu era novo demais para trabalhar, que primeiro eu tinha que ir à escola. Os alemães não vieram para cá fazer escravos, ele disse. Então me deixaram frequentar a escola religiosa, que era para os convertidos. Fiquei muitos anos ali na fazenda."

"Eu já tinha nascido?", perguntou Afiya.

"Ah, sim, você deve ter nascido uns meses depois que eu fugi", disse Ilyas. "Eu fiquei nove anos na fazenda então você deve ter uns dez anos de idade. Eu gostava muito de morar lá. Eu trabalhava na fazenda e ia à escola e aprendi a ler e escrever e a cantar e falar alemão."

Ele se interrompeu e cantou alguns versos do que devia ser uma canção alemã. Ela achou a voz dele linda e se pôs de pé para aplaudir quando ele parou. Ele sorria feliz. Adorava cantar.

"Um dia, não faz tanto tempo assim", ele continuou, "o fazendeiro me chamou para uma conversa. Era como um pai para mim, aquele homem. Cuidava de todos os trabalhadores, e se alguém ficava doente ele mandava o sujeito para a clínica da missão para ser medicado. Ele me perguntou se eu queria ficar na fazenda. Disse que eu tinha talento demais para ficar trabalhando de peão na fazenda e perguntou se eu não tinha curiosidade de voltar para o litoral onde havia muito mais oportunidades. Ele me deu uma carta para eu apresentar a um parente dele aqui na cidade que tem uma fábrica de sisal. Na carta ele escreveu que eu era de confiança e de respeito, e que sabia ler e escrever em alemão. Ele leu a carta para mim antes de selar. É por isso que eu tenho esse emprego de contador numa fazenda alemã de sisal, e é por isso que você também vai aprender a ler e escrever, para um dia conhecer o mundo e saber se cuidar."

"Sim", disse Afiya, ainda não muito disposta a começar a pensar no futuro. "E o fazendeiro também tinha cabelo cor de areia como o outro alemão do uniforme branco?"

"Não, não tinha", disse Ilyas. "Seu cabelo era escuro. Ele era magro e ponderado, nunca gritava com os trabalhadores nem abusava deles. Parecia um... um schüler, um homem estudado, contido."

Afiya pensou um pouco sobre a descrição do fazendeiro, depois perguntou: "O nosso Ba tinha cabelo escuro?".

"Puxa... provavelmente. Estava todo grisalho quando eu fui embora mas acho que antes deve ter sido escuro, quando ele era mais jovem", disse Ilyas.

"E o seu fazendeiro parecia o nosso Ba?", perguntou Afiya.

Ilyas caiu na risada. "Não, ele parecia alemão", disse. "O nosso Ba..." Ilyas parou, sacudiu a cabeça e ficou um momento de boca fechada. "O nosso Ba era doente", disse.

"Eu não quero falar mal dos mortos assim tão cedo", Khalifa disse a Ilyas, "mas aquele velho era um pirata. Quanto ao jovem tajiri, bom, eu conheço há anos. Era um menino de nove anos, acho, quando comecei a trabalhar para bwana Amur. Agora ele virou um rapaz meio assustado — e quem não seria com um pai que deixou o menino tão no escuro? Aí de repente aqui está ele também à frente desse roubo enquanto os credores dão as caras. Ele perdeu muito dinheiro no caos que reinou depois da morte do pai. Não sabia nada dos negócios e aqueles outros piratas meteram a mão em tudo que era dele. Ele só quer saber é de madeira. Chegou até a convencer o pai a abrir aquele depósito e a carpintaria de móveis. É isso que ele adora fazer — ficar por ali no depósito e cheirar a madeira. Enquanto isso, o resto vai por água abaixo.

"Eu te falei da casa. Bom, a gente achou que ele não era farinha do mesmo saco horroroso do pai dele, e que talvez fosse ouvir com mais generosidade os apelos de Bi Asha pela casa dela, mas ele é avarento como o pai. Ele não tem direito a esta casa. Devia ter devolvido a quem de direito mas se recusa terminantemente a desistir dela, embora também tenha ficado surpreso quando soube que ela não era de Bi Asha. Ele podia pedir para a gente ir embora, imagino, mas acho que morre de medo da minha mulher. Eles são primos, sabe, quase irmãos, mas ele se nega a devolver a casa que por direito é da família dela. Ele não passa de outro canalha avarento."

Os dois homens começaram a se encontrar no fim da tarde ou no comecinho da noite para passar uma ou duas horas no café. Eles participavam da conversa geral, o que era o maior objetivo de quem se reunia ali, e Khalifa, que conhecia muita gente, apresentava Ilyas aos outros e o estimulava a contar suas histórias, que muitas vezes tratavam de seu tempo na escola alemã na cidade das montanhas e do fazendeiro alemão que era seu benfeitor. Outras pessoas também tinham histórias para contar, algumas bem improváveis, mas era este o estilo dos cafés: quanto mais exagerado melhor. Khalifa era um conhecido especialista em histórias e fofocas e por vezes o chamavam para arbitrar sobre duas versões conflitantes. Quando ficavam satisfeitos com a conversa do café, iam caminhar pela beira da praia ou voltavam para a varanda da casa de Khalifa onde à noite alguns amigos dele chegavam para a baraza. Na época estavam preocupados com os boatos de um conflito com os britânicos que as pessoas diziam que ia se tornar uma grande guerra, não como as guerrinhas de antes contra os árabes e os waswahilis e os wahehes e os wanyamwezis e os wamerus e todos os outros. Aquelas já tinham sido um horror mas esta agora ia ser uma grande guerra! Eles têm navios do tamanho de um morro e outros que andam embaixo da água e armas que bombardeiam uma cidade a quilômetros de distância. Andam até falando de uma máquina que voa, ainda que essa ninguém tenha visto.

"Eles não têm a menor chance, esses ingleses", disse Ilyas, e um murmúrio de afirmação percorreu o grupo. "Os alemães são um povo talentoso e inteligente. Eles sabem se organizar, sabem lutar. Eles pensam em tudo… e além disso são muito mais bondosos que os ingleses."

Os homens que ouviam gargalharam solto.

"De bondade eu não sei", disse um dos experts em café, um homem chamado Mangungu. "Para mim é a dureza e a maldade dos askaris nubis e dos wanyamwezis que vão dar cabo dos ingleses. Não tem ninguém mais duro que um alemão."

"Você não sabe o que está dizendo", disse Ilyas. "Eu só vi bondade neles."

"Escuta, só porque um alemão foi bom com você isso não muda o que aconteceu aqui nesses anos", disse outro homem, Mahmudu, dirigindo-se a ele. "Nos trinta e tantos anos em que eles ocuparam esta terra, os alemães mataram tanta gente que o país está cheio de caveiras e de ossos e a terra está encharcada de sangue. Eu não estou exagerando."

"Está sim", disse Ilyas.

"Vocês aqui não sabem o que aconteceu no sul", continuou Mahmudu. "Não, os ingleses não têm a menor chance, não se a guerra for em terra, mas isso não vai ser por causa da bondade dos alemães."

"Eu concordo. Os askaris deles são ferozes, totalmente selvagens. Só Deus sabe como eles ficam desse jeito", disse um homem chamado Mahfudh.

"São os oficiais deles. Eles aprendem a ser cruéis com os oficiais", disse Mangungu, falando com um tom de autoridade que pretendia encerrar o assunto como ele gostava de fazer.

"Eles estavam revidando, combatendo um inimigo que foi tão selvagem quanto eles", disse Ilyas, inabalável. "Vocês não ouviram nem metade do que aquele pessoal fez com os alemães. Eles tiveram que revidar com severidade porque é só assim que os selvagens conseguem entender ordem e obediência. Os alemães são um povo honrado e civilizado e fizeram muita coisa boa desde que chegaram aqui."

Os ouvintes ficaram calados diante de tamanha veemência. "Meu amigo, eles te engoliram", acabou dizendo Mangungu, como sempre ficando com a última palavra.

Apesar desses encontros foi uma grande surpresa para Khalifa quando Ilyas anunciou que planejava se apresentar como voluntário para a Schutztruppe. "Você ficou louco? Desde quando isso é problema seu?", seu amigo perguntou. "Isso é assunto de dois invasores violentos e cruéis, um que está aqui e outro que vem do norte. Eles estão brigando pra ver quem vai nos engolir por inteiro. Desde quando isso é problema seu? Você vai entrar para um exército de mercenários famosos pela crueldade e pela brutalidade. Não ouviu o que todo mundo está dizendo? Você pode se machucar feio... ou coisa pior. Você está pensando direito, meu amigo?"

Ilyas não aceitava argumentos e se recusava a defender sua decisão. A única coisa que o preocupava, ele disse, era cuidar da situação de sua irmãzinha.

Um ano inteiro passou a jato. Para Afiya pareceu o tempo mais feliz de sua vida desde que seu irmão voltou e encheu seus dias de alegria. E ele fez isso mesmo, Ilyas vivia rindo e ela não conseguia não rir quando ele ria. Aí do nada, ou foi assim que ela sentiu, ele disse: "Eu me alistei na Schutztruppe. Você sabe o que é isso? Quer dizer tropa de proteção, jeshi la serikali. Eu vou ser um askari. Vou ser soldado dos alemães. Vai ter uma guerra".

"Você vai ter que ir embora? Vai ser por muito tempo?", ela lhe perguntou, falando com calma apesar de estar assustada com aquela notícia.

"Não muito", ele disse, sorrindo para tranquilizá-la. "A Schutztruppe é um exército poderoso e invencível. Todo mundo morre de medo deles. Eu volto daqui a uns meses."

"Eu vou ficar aqui até você voltar?", ela perguntou. Ele sacudiu a cabeça. "Você é muito jovem. Não posso te deixar aqui sozinha. Eu perguntei ao Tio Omar se você podia ficar com a família mas ele não quer essa responsabilidade, caso... Nós não somos parentes", Ilyas disse e deu de ombros. "Você não pode ficar aqui e não pode ir para a guerra comigo. Eu não quero te mandar de volta para eles, os teus tios lá no interior, mas não resta alternativa. Agora eles vão saber que eu volto para te buscar e vão te tratar melhor."

Ela não entendeu como ele podia mandá-la de volta para lá depois de tudo o que ele disse e depois de ter lhe ensinado a ver a crueldade da vida que levava com eles. Ela demorou muito para conseguir parar de chorar. Ilyas a abraçou e ficou afagando seu cabelo e sussurrando palavras tranquilizadoras. Naquela noite deixou que ela dormisse na cama com ele e ela caiu no sono enquanto Ilyas falava da época que passou na escola da cidade das montanhas. Ela sabia que ele estava com pressa para ir embora e não queria que ele deixasse de gostar dela e não voltasse para buscá-la então parou de chorar quando ele disse para ela parar. As irmãs lhe fizeram um vestido como presente de despedida, e a mãe delas lhe deu uma de suas kangas velhas. Tenho certeza de que você vai ser feliz lá no interior, as irmãs disseram, e Afiya disse que sim. Ela não lhes contara nada sobre o tio e a tia — Ilyas disse para ela não fazer isso — e não lhes falou do medo que tinha de voltar. Eles também foram se despedir de Khalifa e de Bi Asha. Ilyas sabia que seria enviado a Dar es Salaam para treinamento.

Khalifa, o amigo de seu irmão, disse para a menina: "Eu não sei por que o seu irmão está indo para a guerra em vez de ficar aqui para cuidar de você. Essa luta não é problema dele. E ele vai lutar na companhia de askaris assassinos que já estão com as mãos cobertas de sangue. Ouça o que eu te digo, Afiya, até ele voltar você tem que nos avisar se precisar de qualquer coisa. Mande um recado para mim lá no meu trabalho, aos cuidados do mercador Biashara. Não vai esquecer?".

"Ela sabe escrever", disse Ilyas.

"Nesse caso mande um bilhete", disse Khalifa, e os dois amigos riram ao se despedir.

Em poucos dias tudo estava feito e logo ela voltou a ficar com a tia e o tio no interior. Seus poucos pertences estavam numa pequena trouxa de pano: o vestido que as irmãs fizeram, a velha kanga que a mãe delas lhe deu, uma pequena lousa e um maço de papel velho que seu irmão tinha trazido do trabalho para ela praticar a escrita. De novo ela ia dormir no chão da entrada da casa à sombra do morro. Sua tia a tratou como se ela tivesse passado apenas alguns dias longe dali e como se esperasse que ela reassumisse seus deveres de antes. O tio a ignorou. A filha Zawadi olhou-a com desprezo e disse: "Nossa escrava voltou". Ela não era boa o bastante para o irmão mais velho lá na cidade. O filho Issa estalava os dedos na cara dela quando o pai dele a chamava. Tudo foi um pouco pior do que antes e doeu mais. Ela disse a si mesma para aguentar aquilo porque foi o que seu irmão lhe disse para fazer até ele voltar de vez. Sua tia resmungava com ela um pouco mais do que antes, sobre como ela era lenta com o que precisava fazer, sobre a despesa que era tê-la de volta embora seu irmão lhes tivesse dado dinheiro para o sustento dela. O filho agora tinha dezesseis anos e às vezes se esfregava nela e apertava seus mamilos quando ninguém estava olhando e ela não era rápida o suficiente para escapar.

Nas horas quentes e mortas da tarde, dias depois de ela ter voltado a morar com eles, sua tia a viu sentada no quintal, escrevendo na lousa. A tia havia acabado de acordar de seu sono da tarde e estava indo para o banheiro. Primeiro ficou olhando sem dizer uma palavra, depois chegou mais perto. Quando viu que as marcas não eram só rabiscos, apontou para a lousa e perguntou rispidamente: "O que é isso aí? Você está escrevendo? O que está escrito?".

"Jana, leo, kesho", disse Afiya, apontando para uma palavra de cada vez. Ontem, hoje, amanhã.

A tia pareceu transtornada e aborrecida mas não disse nada. Foi para o banheiro e Afiya correu a esconder a lousa, lembrando de praticar mais discretamente no futuro. Sua tia não voltou a mencionar a lousa mas deve ter falado para o marido. No dia seguinte depois do almoço dele, que ela sentiu ter acontecido sob uma tensão incomum na família, ele estalou os dedos para Afiya e apontou para o cômodo menor. Quando ela se levantou para obedecer à ordem, percebeu um sorriso satisfeito no rosto do filho. Ela já estava no cômodo, virada para a porta, quando seu tio entrou com uma vara na mão direita. Ele trancou a porta e ficou um momento olhando para ela com cara de nojo. "Me disseram que você aprendeu a escrever. Nem preciso perguntar quem foi que te ensinou uma coisa dessas. Eu sei exatamente quem foi — alguém sem nenhum senso de responsabilidade. Não, alguém sem juízo nenhum. Para que uma menina precisa saber escrever? Para poder escrever para um cafetão?"

Ele deu um passo à frente e com a mão esquerda bateu num dos lados da testa dela, depois trocou a vara de mão e lhe deu tapas no rosto e na cabeça com a mão direita. As pancadas a deixaram tonta e ela foi se encolhendo enquanto ele gritava e rosnava. Depois de uma pausa longa e silenciosa, ele a agrediu com a vara, primeiro errando de propósito porém chegando cada vez mais perto. Ela berrava de medo e fazia o possível para fugir mas o cômodo era pequeno e ele tinha trancado a porta. Como não havia onde se esconder ela correu e se esquivou e levou as pancadas que não conseguiu evitar. Quase todas a acertaram nas costas e nos ombros e a fizeram estremecer e berrar, e no fim ela acabou tropeçando e caiu. Quando isso aconteceu ela estendeu a mão esquerda para proteger o rosto e a vara atingiu sua mão com toda a força. A dor a deixou sem fôlego, ela engasgou com o choque e um grito a dilacerou. Estava caída aos pés dele, berrando e chorando, enquanto ele a atacava furiosamente e ninguém vinha detê-lo. Quando se deu por satisfeito, ele abriu a porta e saiu do quarto.

Depois, entre soluços e lágrimas, ela percebeu que sua tia veio, tirou seu vestido sujo e a limpou. Cobriu-a com um lençol e ficou murmurando até ela desmaiar. Deve ter sido algo passageiro porque quando ela despertou a luz ainda brilhava forte pela janela e o cômodo pulsava de calor. Ficou ali a tarde toda num delírio lacrimoso, às vezes consciente de que a tia estava ali sentada, apoiada na parede ao lado. À noite ela levou a menina à herborista para enfaixar a mão, e a mganga disse à mulher: "Você devia ter vergonha. O vilarejo inteirou ouviu ele gritando e surrando essa criança. Foi como se ele tivesse perdido o juízo".

"Ele não quis machucar desse jeito. Foi acidente", disse sua tia.

"Você acha que ninguém está prestando atenção?", disse a mganga.

A herborista fez o que sabia fazer porém a mão não se recuperou direito. Mas Afiya tinha outra mão, e dias depois da surra ela escreveu um bilhete num pedaço de papel para o homem com quem seu irmão tinha feito amizade na cidade. Endereçou o bilhete aos cuidados de bwana Biashara como ele tinha dito para ela fazer se precisasse de ajuda. Ela escreveu: Kaniumiza. Nisaidie. Afiya. Ele me machucou. Me ajude. Deu o bilhete ao dono da loja, que o leu e dobrou ao meio e depois entregou a um carroceiro que ia para o litoral. O amigo do seu irmão voltou com o carroceiro que tinha levado o bilhete. Ele o pagou para voltar no dia seguinte. Ela ainda estava dolorida por causa dos hematomas e da mão quebrada, e estava sentada na frente da porta olhando para o morro quando eles encostaram diante da casa. O dono da loja tinha indicado o lugar. Seu tio estava no trabalho mas não voltou. Devia ter sabido quem havia chegado. Era um vilarejo pequeno. Quando viu o amigo do irmão ela se pôs de pé.

"Afiya", ele disse, e foi até ela e viu como ela estava. Ele segurou sua mão boa e levou-a até a carroça sem dizer uma única palavra.

"Espere", ela disse. Ela entrou correndo na casa e pegou sua trouxa, que estava na entrada onde ela dormia.

Por muito tempo Afiya preferiu não sair, receando que viessem atrás dela. Tinha medo de todo mundo com exceção do amigo de seu irmão, que tinha ido buscá-la e que agora ela chamava de Baba Khalifa, e de Bi Asha, que a alimentou com mingau de trigo e sopa de peixe para ela ganhar força e que agora devia chamar de Bimkubwa. Ela tinha certeza de que se seu Baba não tivesse chegado, seu tio ou então o filho dele a teria matado mais cedo ou mais tarde. Mas Baba Khalifa chegou.

DOIS

3.

Ele o escolheu com o olhar durante a inspeção daquela primeira manhã. O oficial. Isso foi no campo boma aonde eles foram levados para se juntar aos outros recrutas que tinham sido reunidos ali. Enquanto eles marchavam do posto ao boma, sua escolta os ameaçava, ria deles e os apressava, à frente e atrás e às vezes ao lado deles. Vocês são todos uns washenzis, diziam. Uns fracos, comida de bicho selvagem. Não rebolem que nem uns shogas. Não estamos levando vocês para o bordel. Ombros para trás, seus chupadores de pica! O exército vai ensinar vocês a endireitar essa coluna.

Os recrutas estavam na marcha com diferentes graus de consentimento: uns eram voluntários, outros tinham sido apresentados como voluntários pelos anciãos que por sua vez estavam sendo pressionados, uns foram arrebanhados ou coagidos pelas circunstâncias, outros pegos na estrada. A Schutztruppe estava se expandindo e ansiava por combatentes. Alguns falavam bastante, já cheios de pose, familiarizados com esse tipo de vida, rindo das palavras ameaçadoras da escolta, ansiosos para serem recebidos na linguagem do desprezo. Outros estavam calados e tensos, talvez até medrosos, sem saber ainda o que os esperava. Hamza era um destes, silenciosamente torturado pelo que tinha feito. Ninguém o forçara, tinha se voluntariado. Saíram do posto de recrutamento ao nascer do sol. Ele não conhecia ninguém mas para começar se pavoneou com os outros, encorajado pela estranheza daquela circunstância, de manhã tão cedo numa marcha para o campo de treinamento que marcava o começo de uma aventura. Os homenzarrões musculosos saíram na frente com passo confiante, arrastando os outros logo atrás. Um deles começou a cantar com uma voz grave e crepuscular, e alguns que conheciam seu idioma se juntaram a ele. Hamza achou que era kinyamwezi porque era o que os homens lhe pareciam ser. Os homens da escolta, alguns também com cara de wanyamwezis, sorriam e até cantavam junto de vez em quando. Numa pausa alguém começou a cantar outra música em kiswahili. Não era uma canção de verdade, era mais uma conversa cantada, seguindo o andamento animado da marcha e com uma resposta explosiva ao fim de cada verso:

Tumefanya fungo na Mjarumani, tayari.
Tayari!
Askari wa balozi wa Mdachi, tayari.
Tayari!
Tutampigania bila hofu.
Bila hofu!
Tutawatisha adui wajue hofu.
Wajue hofu!

Cantavam animados, meio a sério meio rindo de si mesmos com os socos que davam no peito:

Estamos com os alemães,
Estamos prontos!
Somos soldados do governador dos mdachis,
Estamos prontos!
Vamos lutar por ele sem medo,
Sem medo!
Vamos aterrorizar nossos inimigos e encher seu coração de medo,
De medo!

Os homens da escolta riam com eles enquanto cantavam essas palavras arrogantes e acrescentavam versos obscenos que inventavam.

Depois, enquanto marchavam para o interior e o calor aumentava e o sol lhe martelava a nuca e os ombros, e o suor lhe jorrava do rosto e escorria pelas costas, a angústia de Hamza voltou. Tinha se voluntariado por impulso, fugindo do que lhe parecera intolerável, mas desconhecia aquilo a que agora tinha se vendido e se estaria à altura do que aquilo tudo exigiria dele. Não desconhecia a companhia em que tinha escolhido estar. Todos sabiam do exército askari, da Schutztruppe e de sua ferocidade contra o povo. Todos sabiam de seus oficiais alemães com coração de pedra. Ele tinha escolhido ser um daqueles soldados, ir embora, e enquanto suava e se fatigava, enquanto eles marchavam pela estrada de terra sob o calor do dia claro, a angústia pelo que tinha feito às vezes vinha à tona com tanta força que ele perdia a respiração.

Pararam para beber um gole d'água e comer tâmaras e figos secos. Passaram por muitas trilhas que saíam da estrada e seguiam para vilarejos ocultos pelo biombo das folhas mas não viram ninguém. Parecia que todos estavam se mantendo longe. Num certo ponto ao lado da estrada, numa pequena clareira sob um grande tamarindeiro, havia cachos de banana, uma pilha pequena de mandioca, um cesto com pepinos e outro com tomates. O mercado tinha sido abandonado às pressas. As pessoas deviam ter sido pegas de surpresa pela chegada iminente deles e não puderam recolher a tempo suas mercadorias, optando por uma retirada segura. Todos sabiam que os esquadrões de recrutamento estavam percorrendo o interior.

A escolta os fez parar ali e gritou para que os donos daqueles bens aparecessem mas ninguém veio. Enquanto isso, os homens da escolta iam distribuindo as bananas para os recrutas, só as bananas, e aos gritos diziam aos vendedores escondidos que eles fossem apresentar a conta para o governador do Kaiser. Os recrutas jamais escapavam do olhar dos homens da escolta. Tinham que se aliviar à margem da estrada à vista de todos, seis de cada vez, precisassem ou não. É para vocês irem ganhando disciplina, a escolta ria. Tirem essa imundície de dentro de vocês antes de chegarem ao campo e depois cubram de terra.

Caminharam o dia inteiro, quase todos descalços, alguns com sandália de couro. Os alemães construíram esta estrada, a escolta ia dizendo, só para vocês não terem que atravessar a floresta. Só para a gente conseguir fazer esse bando de comedores de irmãs chegar lá bem tranquilo. No meio da tarde as pernas e as costas de Hamza doíam tanto que ele caminhava sem pensar, por instinto, sem qualquer escolha que não fosse seguir em frente. Mais tarde ele não conseguiria se lembrar dos estágios finais daquela marcha, mas como animais aproximando-se de seus currais os recrutas ganharam vida novamente quando a escolta informou que estavam quase lá.

Chegaram ao campo ao pôr do sol, passando pelos arredores de um grande vilarejo onde uma multidão se reuniu para ver aquele desfile arrastado. Gritos amistosos e algumas gargalhadas os acompanharam até cruzarem os portões do boma murado. Uma comprida construção caiada ocupava o lado direito do campo. Os cômodos do primeiro andar, alguns já iluminados por lâmpadas, tinham sacadas voltadas para o imenso pátio interno. No térreo via-se uma fileira de portas fechadas. Outra construção menor ocupava os fundos do terreno aberto, de frente para o portão. O térreo ali tinha apenas uma porta e duas janelas, todas fechadas. À esquerda do grande pátio interno havia dois paióis semifechados e alguns currais. No canto mais próximo do portão ficava uma pequena construção de dois andares que, como eles vieram a saber, era a cadeia. Eles foram levados para lá, para dentro de um grande cômodo térreo com lâmpadas penduradas nas vigas do teto. A porta para o andar de cima estava fechada mas a deles foi deixada aberta assim como a porta principal da fachada. Os askaris que os acompanharam na marcha ficaram ali, ainda de olho neles, mesmo parecendo eles próprios exaustos pela marcha. Estavam cansados demais para ridicularizar ou maltratar e permaneceram sentados junto à porta esperando a troca de turno.

Havia dezoito novos recrutas naquele grupo, cansados e suados e agora calados na cela cheia de gente. Hamza estava amortecido pela fome e pela fadiga, o coração disparado numa tensão que ele não conseguia controlar. Três velhas do vilarejo trouxeram uma panela de barro com bananas cozidas com bucho, que os recrutas se reuniram para comer como podiam, revezando-se para pegar um punhado enquanto ainda havia comida. Quando os homens do segundo turno da guarda chegaram, levaram os recrutas para fora no escuro um de cada vez para que usassem um balde como latrina numa casinha ao lado da cadeia. Depois os guardas escolheram dois deles para levar o balde a uma fossa que ficava do lado de fora dos muros e se livrarem dos dejetos.

"Boma la mzungu", disse um dos guardas. "Kila kitu safi. Hataki mavi yenu ndani ya boma lake. Hapana ruhusa kufanya mambo ya kishenzi hapa." Este é o campo do mzungu. Tudo aqui é limpo. Ele não quer a bosta de vocês dentro do campo dele. Aqui não é permitido ter esses hábitos selvagens de vocês.

Depois disso os portões do boma foram fechados. Nesse momento já era noite cerrada embora Hamza ouvisse o murmúrio do vilarejo do outro lado dos muros e depois, para sua surpresa, o muezim convocando as pessoas para a isha. Mais tarde, pela porta aberta da cadeia, Hamza viu candeeiros a óleo riscando o pátio interno no escuro mas nenhum deles se aproximou. Quando acordou no meio da noite, viu a construção caiada brilhando no escuro. Os guardas não estavam à vista. Parecia não haver ninguém de olho neles. Talvez estivessem do lado de fora, esperando para ver se eles iam criar algum problema, ou talvez soubessem que os recém-chegados não tinham como se abrigar num destino seguro na calada da noite.

De manhã foram perfilados para a inspeção, virados de frente para a longa construção branca. À luz do dia Hamza viu que o telhado era de folhas de flandres e que havia uma plataforma de madeira ao longo de toda a fachada da construção. Também notou que as portas fechadas que tinha visto ao pôr do sol eram escritórios ou lojas. Contou sete portas e oito janelas com venezianas fechadas. As janelas e as portas no meio do bloco estavam abertas. Um mastro estava fincado em algum ponto próximo do centro do pátio que mais tarde ele aprenderia a chamar de Exerzierplatz.

O ombasha nubi que tinha vindo acordá-los para levá-los até o pátio caminhou diante deles e depois atrás do grupo, cutucando os homens em silêncio com sua firme bengala de bambu para endireitar a fileira. Estavam todos descalços, mesmo os que haviam chegado de sandália, e com as roupas de todo dia, enquanto o ombasha vestia roupas militares cáqui, um cinturão de couro com cartucheiras, botas com rebites e um tarbuche com um emblema de águia na frente e um protetor de pescoço. Era um homem já maduro, barbeado, seco e sólido apesar da barriga. Seus dentes estavam manchados com o marrom-avermelhado dos comedores de khat. Seu rosto brilhava, sério, severo e com cicatrizes dos dois lados da testa — o medonho rosto impassível dos askaris nubis.

Quando o ombasha se convenceu de que a fileira estava reta e imóvel, virou-se para o oficial que tinha aparecido na frente da porta aberta do escritório situado do meio do prédio diante do qual eles estavam reunidos. O ombasha endireitou a coluna e gritou que os porcos estavam prontos para a inspeção. Hawa schwein tayari. O oficial, que também trajava cáqui e usava um capacete, não se moveu de imediato mas ergueu seu rebenque como sinal de que tinha ouvido o ombasha. Depois da breve pausa que sua dignidade exigia, desceu da plataforma e caminhou na direção dos recrutas. Começou numa ponta da fileira e foi caminhando devagar, detendo-se para olhar mais longamente alguns homens mas sem falar. Tocou em quatro deles com seu rebenque. O ombasha tinha mandado todos ficarem imóveis e olharem direto para a frente sem de maneira alguma — jamais — fazer contato visual com um oficial alemão. Hamza sabia que já havia sido escolhido com os olhos. Tinha visto isso antes de o oficial se afastar da porta aberta — um homem magro de barba feita — e não conseguiu evitar um arrepio quando ele parou à sua frente. Ele não era tão alto como pareceu na plataforma mas era mais alto que Hamza. Só ficou alguns segundos parado diante dele, depois seguiu em frente mas Hamza viu sem olhar que seus olhos eram duros e quase transparentes. Ele deixou atrás de si um pungente cheiro de remédio.

Quatro deles foram enviados ao escritório do corpo de carga para serem recrutados como maqueiros ou carregadores, aqueles que o oficial tinha tocado com o rebenque ao passar. Talvez fossem velhos demais ou parecessem lentos, ou simplesmente não tivessem agradado os olhos do oficial. Ele deixou os outros aos cuidados do ombasha. Hamza estava confuso e morrendo de medo e ficou pensando se teria preferido o corpo de carga apesar da posição degradante na hierarquia. Sabia que era sua covardia se manifestando. Os carregadores não escapavam das dificuldades da vida dos askaris, além disso andavam com andrajos e às vezes sem sapato, ridicularizados por todos. Os novos recrutas tiveram que marchar mais alguns metros e sentar no chão em frente à construção menor, cuja porta térrea central agora estava aberta. A porta na outra extremidade da construção estava fechada com cadeados em cima e embaixo.

Não havia árvores à vista em torno dos muros do campo nem sombra no pátio central. Era de manhã bem cedo mas como Hamza tinha que ficar parado o sol estava insuportavelmente quente em sua nuca e na cabeça. Depois de vários minutos outro oficial alemão saiu da construção, seguido por um homem uniformizado que se postou um ou dois metros atrás dele. O oficial alemão era roliço, usava uma calça que lhe chegava aos joelhos e uma túnica com vários bolsos. No alto do braço esquerdo usava uma faixa branca com uma cruz vermelha. Tinha tez avermelhada e um abundante bigode cor de bronze além de cabelo fino e ralo, e a calça curta, a circunferência e o bigode enorme lhe davam um ar vagamente cômico. Depois de ter olhado um bom tempo para eles, ordenou que se levantassem, depois disse para sentarem e então para se levantarem de novo. Ele sorriu, disse alguma coisa ao homem atrás dele e voltou lá para dentro. O assistente, que também usava uma faixa branca com a cruz vermelha, assentiu com a cabeça para o ombasha e voltou à enfermaria. Em seguida eles foram enviados um por um até lá para os exames.

Quando chegou a vez de Hamza, ele entrou num cômodo arejado e bem iluminado com seis camas vazias bem-arrumadas. Em uma extremidade ficava um pequeno consultório separado do cômodo, com uma mesa de armar num canto e um leito de exames no outro. O assistente, que era magro e baixo e parecia curtido pelo sol, experiente e cínico, sorriu para ele e em kiswahili lhe perguntou nome, idade, residência e religião. Ele falava com o oficial em alemão num tom algo cético sobre as informações que transmitia. O oficial também refletia sobre esses dados à medida que os recebia e lançava olhares rápidos para Hamza como se para confirmá-los antes de anotar tudo numa ficha. Hamza tinha mentido a idade, dizendo ser mais velho do que era.

"Suruwali", disse o assistente, indicando-lhe a calça, que Hamza tirou com relutância. "Haya schnell", disse o oficial, porque Hamza demorava demais. Ele se inclinou para a frente com certa dificuldade e deu uma bela olhada nos genitais de Hamza, depois com um súbito movimento para cima lhe aplicou um leve tapa nos testículos. Riu quando Hamza pulou de susto, e trocou um sorriso com o assistente. Depois estendeu de novo a mão e delicada e repetidamente apertou o pênis de Hamza até ele começar a enrijecer. "Inafanya kazi", ele disse ao assistente — funcionando bem —, mas as palavras saíram desajeitadas, como se não coubessem em sua boca ou ele tivesse uma dificuldade de fala. Soltou o pênis, com certa relutância, pareceu. O oficial examinou os olhos de Hamza, o fez abrir a boca e o agarrou pelo pulso brevemente. Depois pegou uma agulha em uma bandeja de metal, abriu uma pequena ampola e mergulhou a agulha no líquido espesso. Rapidamente arranhou o alto do braço de Hamza com a agulha e colocou-a em um prato que continha um líquido claro e translúcido. Depois o assistente deu um comprimido para Hamza engolir com um copo d'água. Sorriu quando

Hamza fez careta ao sentir o gosto amargo. Enquanto isso o oficial escreveu mais alguma coisa em sua ficha, olhou pensativo para Hamza por algum tempo e em seguida o dispensou com um gesto de mão, sorrindo de leve. Esse foi seu primeiro encontro com o oficial médico.

Eles receberam farda, cinto, bota e um fez. O ombasha nubi lhes disse: "Meu nome é Gefreiter Haidar al-Hamad e sou o ombasha que vai treinar vocês bil-askari. Vocês vão sempre agir de maneira educada e me obedecer. Eu lutei no norte e no sul e no leste e no oeste pelos ingleses, pelo quediva e agora pelo Kaiser. Sou um homem honrado e experiente. Vocês são porcos até eu lhes ensinar bil-askari. Vocês são washenzis como todos os civis até eu lhes ensinar bil-askari. Vocês vão lembrar todo dia que têm a sorte de ser askaris. Respeitem e obedeçam ou wallahi — vocês vão ver. Unafahamu? Digam todos juntos: Ndio bwana. Agora essa farda, essa bota, esse cinto, esse fez… essas coisas são importantíssimas. Vocês usam com cuidado, a limpam sempre. Limpem todo dia, esse é o seu primeiro dever, bil-askari. Todo dia vocês têm que conferir a farda, a bota, o cinto, e tudo mais confere. Se não estiver limpo vocês vão levar kiboko na matusi na frente de todo mundo, hamsa ishirin. Vocês sabem o que é isso? Vinte e cinco pancadas de vara nessa bunda gorda de vocês. Quando vocês chegarem a askari khasa, vão usar um tarbuche como eu. Eu vou ensinar vocês e vocês vão se manter limpos ou wallahi — vocês vão saber. Deixem o equipamento de vocês sempre limpo. Unafahamu?"

"Ndio bwana."

Ele explicou detalhadamente como cada item deveria ser usado e limpo. Falava com rispidez em vários idiomas, kiswahili, árabe e um pouco de alemão, com frases cortadas e incompletas. Ele acrescentava sinais e gestos impossíveis de não entender e se repetia até que todos balançassem a cabeça dizendo que entendiam. Ndio bwana. "Shabash. É assim que se fala no campo, unafahamu", disse o ombasha, sacudindo a bengala no ar para eles. "Se vocês não entenderem alguma coisa, isto aqui vai explicar."

Foram alojados numa quadra de dormitórios no vilarejo logo além-muros do boma. Depois daquela primeira manhã a vida deles foi tomada por um exaustivo treinamento diário que começava com um toque de clarim ao nascer do sol e ia até o meio-dia. As sessões aconteciam dentro do boma e eram conduzidas pelo ombasha nubi primeiro, pelo Gefreiter Haidar al-Hamad e depois assumidas pelo shaush, Unteroffizier Ali Nguru Hassan, também nubi, um homem severo de aparência ascética que era difícil de agradar. Só depois, quando já estavam sendo treinados havia dias, é que conheceram o suboficial alemão Feldwebel Walther.

O Feldwebel era alto e sólido, com uma voz alta, estentórea. Tinha cabelo escuro com um bigode grande e olhos castanhos que saltavam e inchavam quando ele ficava enfurecido ou insatisfeito. Seus lábios se contorciam de desdém praticamente a cada frase que dizia. Suas sessões de treinamento eram intensas e exigentes, e ele encontrava muito com que se irritar no desempenho deles. Ele os fazia trabalhar duro quando estava no comando, mãos nos quadris enquanto os criticava numa linguagem baixa e ofensiva, que jorrava dele como o esgoto descendo de uma sarjeta. Mesmo quando calado, ele lutava para conter sua exasperação. Era tudo que Hamza esperava de um oficial alemão. Estava o tempo todo com um rebenque na mão, que batia impaciente contra a perna direita, às vezes com bastante força. Fora isso só usava o rebenque para apontar ou cortar o ar com grande violência quando sua raiva crescia tanto que não conseguia mais controlá-la. Não era digno de um oficial alemão bater num askari, e ele esperava que o ombasha, presente em todas as sessões, se encarregasse das pancadas quando suas palavras precisavam de ênfase.

O dia começava com uma dose de quinino seguida por horas e horas de treinamento de marcha. Era importante que a Schutztruppe fizesse boa figura, urrava o Feldwebel para eles, e para isso a precisão na marcha era essencial. Eles aprenderam a manter o corpo em postura militar, e então aprenderam a marchar individualmente um na frente do outro e depois como grupo enquanto o ombasha ou o shaush ou o Feldwebel gritava ordens e xingamentos. Depois disso aprenderam a segurar e a usar as armas, a deitar no chão fazendo mira, a atirar e acertar o alvo, a se movimentar com rapidez e recarregar. Os askaris da Schutztruppe não batiam em retirada sem receber ordens expressas, não entravam em pânico quando atacados e acima de tudo eram imperturbáveis. Unafahamu? Cada ordem era gritada e acompanhada por um xingamento. Ndio bwana. Cada erro era castigado com violência ou com trabalhos forçados, de acordo com sua gravidade. Os castigos eram constantes e públicos, e com frequência a tropa toda, tanto recrutas quanto os askaris veteranos, marchavam até o boma para testemunhar o hamsa ishirin, as vinte e cinco varadas, um homem sendo açoitado em público por um delito qualquer, que com frequência não parecia merecer tamanha humilhação. Aquilo era para eles ficarem obedientes e destemidos, lhes dizia o ombasha. Os açoites sempre eram dados por um askari africano, nunca alemão.

À tarde eles arrumavam o boma e o prédio do alojamento, e cumpriam outras tarefas que tivessem recebido. Limpavam as armas, sapatos e perneiras, limpavam as fardas. Havia muitas inspeções e cada mácula recebia uma punição, individualmente ou em grupo. Eles faziam exercícios físicos para fortalecer o corpo, corridas, marchas forçadas e treinos de musculação. Quase todos os recrutas do grupo de Hamza eram daquela região e se entendiam, mas outros idiomas eram falados na tropa: sobretudo árabe, kinyamwezi e alemão. Palavras de todas essas línguas se misturavam ao kiswahili, que em uma ou outra de suas formas era o idioma principal dos soldados.

Hamza rendeu-se àquela rotina exaustiva. Na primeira onda de pânico após se alistar teve medo de ser tratado com desdém e desprezo por homens acostumados à violência e que respeitavam apenas a força e a dureza. E a ordem logo se evidenciou em seu grupo, e força e agilidade eram parte dela. O entusiasmo e o vigor de dois homens, Komba e Fulani, os colocou na posição de líderes naturais e ninguém contestou esse direito. Fulani já tinha experiência militar, ainda que não do calibre da Schutztruppe. Ele era um mnyamwezi que tinha trabalhado como guarda no exército particular de um mercador, e foi o mercador que o apelidou de Fulani, fulano, porque nunca conseguia lembrar seu nome em kinyamwezi. Fulani gostou da vitalidade daquele nome e o adotou. Komba parecia muito forte e confiante, um atleta por natureza. Os dois lideravam todos os treinamentos, puxavam conversa com as mulheres que lhes traziam comida, trocavam indiretas com elas e prometiam visitá-las à noite. Eram sempre servidos primeiro, e servidos em abundância. Eram eles que o ombasha sempre elogiava e que o Feldwebel admirava abertamente e depois xingava com violência. Komba ria do Feldwebel pelas costas e o chamava de Jogoo, pavão. Ele se empertigava como um sempre que havia mulheres por perto. Todos entendiam que os ataques do Feldwebel aos dois homens, e principalmente a Komba, eram um reconhecimento da importância deles na tropa. Ele precisava dominar os dois para impor sua autoridade sem diminuir a deles. Hamza se virava para aceitar essa ordem e encontrar seu lugar nela, como fazia o restante dos soldados.

A influência de Fulani e Komba não parecia nem importante nem problemática para Hamza porque eram a intensidade do treinamento e o medo geral dos castigos o que mais preocupava o grupo. Ninguém tinha qualquer resposta ao desprezo e à violência do Gefreiter ou do Unteroffizier, e especialmente aos do Feldwebel Walther. Nenhum dos instrutores era chamado pelo nome, eles mal eram chamados, só obedecidos com a maior celeridade possível. Apenas Komba saía impune às vezes porque era um dândi insolente que fazia parecer que não tinha consciência de estar ofendendo ou que estava longe de querer ser desrespeitoso.

Mesmo assim, apesar do sistema rígido, Hamza encontrou uma inesperada satisfação em ver sua força e suas habilidades aumentando, e depois de algum tempo ele não se encolhia mais com os gritos de schwein ou washenzi ou com as palavras alemãs que ainda não entendia e que seus oficiais cuspiam neles o tempo todo. Inesperadamente, começou a sentir orgulho de ser parte daquele grupo, não rejeitado e ridicularizado como temera mas alguém que estava ali para participar com os outros das rotinas torturantes e da exaustão e dos gemidos, para sentir seu corpo ficando mais forte e reagindo habilmente às ordens, para marchar com a precisão que seus instrutores exigiam. Ele demorou mais para se acostumar ao fedor dos corpos exaustos adormecidos e dos gases que expeliam. A zombaria era brutal mas todos sofriam com ela e Hamza aprendeu a aceitar a parte que lhe cabia e a manter a cabeça baixa. Quando começaram a sair para manobras táticas ele viu o terror dos habitantes do vilarejo quando os askaris chegavam e não conseguiu conter o entusiasmo e o prazer diante do medo deles.

O oficial permaneceu uma figura distante depois daquela primeira manhã. O treinamento matinal com frequência era conduzido no pátio do boma, o Exerzierplatz, e o oficial às vezes aparecia para observar. Ele não descia da plataforma de madeira nem ficava muito tempo olhando. Quase sempre estava fora do boma em manobras de campo com as unidades regulares. Eles ficaram sabendo pelos outros askaris que essas missões eram chamadas de shauri, reuniões de discussão para explicar políticas de governo ou resolver disputas jurídicas ou implementar castigos contra vilarejos e chefes faltosos. Quando a unidade deles saiu em treinamento numa missão shauri, Hamza percebeu que não havia muita discussão. As manobras eram para disciplinar e aterrorizar camponeses washenzis imbecis e fazer com que obedecessem às ordens do governo sem questionar.

Depois de várias semanas de treinamento, o oficial desceu da plataforma certa manhã e foi até eles. O momento parecia ter sido combinado já que os três oficiais de treinamento se achavam presentes, o Gefreiter Haidar al-Hamad, o Unteroffizier Ali Nguru Hassan e o Feldwebel Walther. Estavam com seus uniformes de gala, assim como o oficial com seu uniforme branco reluzente. O ombasha havia explicado que os soldados do grupo que iriam passar pelo treinamento especial do destacamento de sinais ou da banda seriam escolhidos durante aquele desfile. Um deles tocava trompete, ainda que ninguém tivesse ouvido, e pretendia se candidatar para a musikkapelle. Pediu permissão ao ombasha para se apresentar. A seleção para o destacamento de sinais exigia alfabetização, mas embora Hamza soubesse ler ele não tinha se apresentado para a vaga. Tinha decidido não fazê-lo, preocupado em não chamar atenção, mas Haidar, o ombasha, o tinha visto ler em voz alta para os outros o *Kiongozi*, jornal oficial em kiswahili, em um dos períodos de descanso. Quando estava explicando a eles o processo de seleção que ocorreria durante o desfile, o ombasha olhou rapidamente para Hamza ao mencionar o destacamento de sinais.

O oficial percorreu a fileira como tinha feito naquela primeira manhã, só que dessa vez parou diante de cada um para uma inspeção detida. Quando isso acabou ele se manteve a poucos metros da tropa, que estava em posição de sentido. O Feldwebel gritou o nome do trompetista, que era Abudu, e este deu dois passos à frente, conforme tinha sido instruído a fazer. Depois gritou o nome de Hamza e ele fez o mesmo. O oficial bateu continência e retornou a seu escritório. A tropa saiu em marcha, deixando Abudu e Hamza parados na Exerzierplatz. Ficaram em posição de sentido, conforme as ordens recebidas, sob o sol do final da manhã. Os dois sabiam que se tratava de outro teste cruel e que se eles se mexessem ou falassem haveria um castigo pesado na sequência e o fim de todo o treinamento. Para Hamza aquilo parecia um capricho cruel e sem sentido mas era tarde demais para esse tipo de bom senso e só lhe restava resistir.

Foi difícil dizer por quanto tempo eles ficaram em posição de sentido sob o sol do final da manhã, talvez quinze minutos, mas passado algum tempo o ombasha Haidar voltou e disse para Abudu segui-lo enquanto Hamza continuou de pé na Exerzierplatz. Depois foi a vez dele, e ele marchou à frente do ombasha, como tinha sido instruído a fazer, até a porta aberta do escritório onde ficou momentaneamente cego com a escuridão. Uma voz soou vinda lá de dentro. Era a primeira vez que ouvia a voz do oficial, e Hamza sentiu sua severidade em cada tendão do corpo. Ele entrou num grande escritório com duas janelas na frente e uma mesa no fundo voltada para a porta. Havia uma cadeira diante da mesa e uma mesinha contra a parede com uma prancheta de desenhista em cima. O oficial estava sentado atrás da mesa, recostado na cadeira. Seu rosto era mais magro sem o capacete e havia uma marca acima da bochecha esquerda e naquele mesmo lado da testa, abaixo da linha do cabelo. Seus olhos eram de um azul penetrante.

Depois de um longo e deliberado silêncio o oficial falou em alemão e o ombasha traduziu. "O Oberleutnant está perguntando se você quer ser sinaleiro."

"Sim, senhor", disse Hamza em alto e bom som, dirigindo-se ao espaço acima da cabeça do oficial e falando com toda a convicção possível. Não sabia se ser sinaleiro era mais seguro do que ser askari mas não era hora de discutir isso.

O oficial falou de novo laconicamente. "Por quê?", traduziu o ombasha.

Hamza não tinha pensado numa resposta para essa pergunta embora devesse ter uma pronta. Depois de pensar por um momento disse: "Para aprender algo novo e servir ainda melhor à Schutztruppe".

Olhou rapidamente para o oficial e viu que ele estava sorrindo. Foi a primeira vez que Hamza viu o sorriso frio que viria a conhecer muito bem. "Você sabe ler?", o ombasha traduziu de novo.

"Um pouco."

O oficial fez uma expressão interrogativa pedindo que ele se explicasse. Hamza não sabia o que acrescentar. Ele conhecia todas as letras e com paciência conseguia entender palavras se elas estivessem em kiswahili. Como não tinha certeza se era isso que o oficial queria saber, continuou olhando para o espaço acima da cabeça dele e não abriu a boca. O oficial falou devagar em alemão olhando para o ombasha, que o esperou terminar e depois traduziu. As palavras vieram no estilo truncado que era a marca do nubi, e como Hamza estava virado para o oficial, viu com o canto dos olhos que ele por vezes estremecia com os excessos do ombasha. Diziam que o oficial era entre os alemães o que falava o melhor kiswahili.

"O Oberleutnant diz por que não aprendeu a ler mais? Por que você não lê tudo assim como ele? Tudo que ele põe na sua frente, kelb, você não aprende. Você não tem civilidade, por isso é selvagem. Ele diz que você tem que aprender. Que palavra ele disse... messatik... alguma coisa assim. Isso você não sabe."

"Matemática", disse o oficial.

"Isso, mesthamatik, isso você não sabe, seu kelb, seu cachorro selvagem", disse o ombasha.

"Nini jina la matemática kwa lugha yako?", perguntou o oficial, sem precisar do ombasha afinal. Como se diz matemática na sua língua? "Você sabe o que quer dizer matemática? Você não vai entender o conhecimento do mundo sem matemática, nem música nem filosofia, sem falar na mecânica dos sinais. Unafahamu?"

"Ndio bwana", Hamza disse alto.

"Você nem sabe o que é matemática, não é verdade? Nós viemos trazer isso a vocês, a matemática e tantas outras coisas inteligentes que vocês não teriam sem nós. Essa é a nossa Zivilisierungmission", disse o oficial, e com o braço esquerdo fez um gesto na direção da janela, para o boma, seu rosto magro e os lábios finos vincados num sorriso sardônico. "Esse é o nosso plano ardiloso, que só uma criança conseguiria entender. Nós viemos civilizar vocês. Unafahamu?"

"Ndio bwana."

O oficial falava kiswahili cuidadosamente, procurando o vocabulário certo, mas era como se estivesse dando voz a uma língua que não controlava, como se tivesse as palavras mas não a emoção de cada uma, desejando que elas falassem de uma maneira que não lhes cabia. Os olhos dele tinham um brilho atento que oscilava entre a curiosidade e o desprezo, constantemente procurando ver o efeito que suas palavras causavam em Hamza. Este por sua vez estudava o oficial o quanto podia sem olhar para ele. Em outras ocasiões, como ele viria a saber, aqueles olhos tinham o brilho de um homem capaz de violências.

"Só que eu acho que vocês nunca vão aprender matemática. Ela requer uma disciplina mental de que vocês não são capazes. Por enquanto é só isso", disse o oficial abruptamente, e com um aceno de mão mandou que os dois saíssem do escritório.

Hamza depois soube que naquele dia tinha recebido o encargo de criado pessoal do oficial, seu ordenança, e que devia se apresentar na residência dele assim que acordasse para aprender o que lhe cabia com o ordenança que substituiria. Seu pedido de um posto no destacamento de sinais foi recusado. Não lhe disseram por quê. Komba foi o primeiro a zombar dele quando sua posição se tornou conhecida.

"Você é shoga", disse, "foi por isso que ele te escolheu. Ele quer um sujeito manso e bonitinho para fazer massagem nas costas dele e servir o jantar. Faz frio lá nas montanhas e ele vai precisar de alguém para o esquentar de noite, igual uma esposa. O que é que você está fazendo aqui? Está na cara que você é bonito demais para ser soldado."

"Esses alemães, eles gostam de brincar com rapazinhos bonitos, especialmente com os bem-educados como você. Kwa hisani yako", disse Fulani, sacudindo a mão e amansando a voz. Ora veja só.

"É, que coisinha mais linda você é", disse Komba, estendendo a mão como se fosse afagar o rosto de Hamza.

Outros os acompanharam imitando-o, caminhando com exagerada efeminação enquanto faziam de conta que serviam comida e aplicavam massagens. "Quando o alemão se cansar de você, você pode voltar e fazer massagem em mim", alguém disse. Demorou bastante para eles se cansarem da brincadeira e o deixarem em paz. A essa altura Hamza chorava quieto por causa da humilhação e com medo de que as previsões deles sobre o que lhe aconteceria fossem verdadeiras. Tinha se sentido um deles, tinha partilhado suas privações e castigos, e ninguém antes havia se dirigido a ele com todo esse menosprezo. Era como se o estivessem expulsando à força do meio deles.

4.

Eles não tinham notícias de Ilyas mas isso não era motivo de preocupação, disse Khalifa. "Dar es Salaam é bem longe. A gente não deve ficar sabendo de nada assim tão cedo. Vamos ouvir alguma coisa só quando alguém vier de Dar es Salaam, ou talvez ele nos mande um recado. Mais cedo ou mais tarde vamos saber dele."

Nos primeiros dias em que foi morar com Bimkubwa e Baba Khalifa, Afiya dormia num colchão fino de kapok no chão do mesmo quarto em que eles dormiam. Havia um cômodo no quintal que era usado como despensa. O cesto de carvão ficava ali, e algumas panelas velhas e móveis estragados que um dia haveriam de ser úteis. Khalifa disse que ia limpar aquilo tudo e arrumar para ela. Seria preciso passar uma demão de cal para matar os bichos mas depois seria um quarto confortável. Havia outra despensa na parte da frente da casa, com porta. "A gente pode colocar as tralhas lá", disse Khalifa. "Não tem pressa. Primeiro vamos deixar ela se acostumar aqui com a gente. Ela ainda é uma criança. Vamos deixar ela superar esses medos."

"Ela não é um bebê", disse Bi Asha, mas não insistiu.

Afiya ainda estava febril e sua mão doía, mas melhorava dia após dia. Bi Asha levou-a a um endireitador de ossos que tratou da mão e a imobilizou com uma mistura de ervas, farinha e ovos. "Vai ajudar os ossos a curar", ele disse. Tirou o gesso depois de uns dias e lhe ensinou exercícios para melhorar os movimentos da mão. Ele disse a Bi Asha: "Não sei se ela vai recuperar totalmente os movimentos. Pode ser que as fibras da mão tenham sofrido um dano permanente".

Bi Asha rezou por ela e a ensinou a ler o Corão. Se nós lermos juntas você não vai ficar pensando tanto na dor e Deus vai te dar bênçãos e recompensas, ela disse. Foram várias semanas de esforços diários até Afiya avançar o suficiente nos estudos para dar conta das suras pequenas, e quando conseguiu Bi Asha a enviou a uma vizinha, Bi Habiba, que dava aulas em casa para quatro outras meninas toda manhã. Bi Asha acreditava que a companhia de outras crianças faria Afiya aprender melhor. A Khalifa ela confidenciou que tinha lá suas dúvidas quanto a Bi Habiba como professora. As menininhas abusavam da tolerância da vizinha e evitavam as lições fazendo com que ela lhes contasse histórias.

"Que histórias?", perguntou Khalifa. Ele gostava de histórias.

"Não sei", Bi Asha disse rabugenta, vendo que ele não tinha entendido o principal. "Imagino que sejam histórias sobre o Profeta e seus companheiros, mas elas deviam é praticar leitura. É para isso que eu lhe pago."

"Ah, histórias boas", disse Khalifa, exasperando Bi Asha, que pensou ter ouvido algo de insolente no tom de voz dele. Ela vivia irritada com a indiferença proposital que ele demonstrava com as questões de fé.

"Sim, espero que sejam histórias boas", ela disse. "Você acha que eu estou pagando para Afiya ir lá ouvir fofoca?"

"Provavelmente fofoca sairia mais caro", ele disse, satisfeito com seu gracejo. Com o passar das semanas, Afiya lia com mais fluência e sua mão melhorou o suficiente para ela poder ajudar nas tarefas domésticas depois da aula, que duravam mais ou menos duas horas logo cedo. Quando voltava da casa de Bi Habiba, contava o que tinha lido naquela manhã e às vezes tinha que fazer uma demonstração para Bimkubwa. Depois Afiya ia com ela até o mercado comprar frutas e verduras, e carne nos dias de comer carne. Bi Asha lhe ensinou o preço dos vegetais e como pagar por eles, como lidar com o dinheiro. Quando você já tiver idade para isso, vai fazer as compras para mim, ela dizia. Às vezes passavam pela casa do mercador Nassor Biashara e viam Khalifa sentado à mesa de seu escritório, de frente para a porta aberta. O escritório ficava no piso térreo da casa do mercador. Ele morava no primeiro andar com a família. Mais tarde, todas as manhãs depois que elas voltavam do mercado, um homem passava de casa em casa vendendo o peixe fresco que levava num cesto. Ele comprava dos pescadores na praia para seus clientes não precisarem ir até lá regatear no meio de escamas e tripas. Afiya aprendeu a fazer o pescado: amassar o alho com gengibre e pimenta no almofariz e esfregar essa pasta por fora e por dentro do peixe. Ela conseguia moer a pasta com uma das mãos e estabilizar a pedra com a outra, mesmo sem ter muita firmeza na mão esquerda. Nisso e em muitas outras coisas ela aprendeu a conviver com seu ferimento.

Ela foi ver a família com quem costumava ficar quando morou com Ilyas, as irmãs Jamila e Saada e sua mãe. Elas se mostraram felizes ao vê-la e a receberam de braços abertos como antes. Perceberam que ela estava incomodada com a mão e perguntaram o que tinha acontecido. Ela contou que o tio batera nela por ela saber escrever e a mãe disse que uma ignorância dessas era pecado. Jamila, a irmã mais velha, estava agora com casamento arranjado mas seu pai disse que ela era muito jovem para casar e devia esperar até ter dezoito anos, do contrário a maternidade destruiria a vida dela sem ela ter tido juventude. Jamila disse que estava feliz em casa e que não se importava de esperar, nem seu noivo. Ele morava em Zanzibar e eles só tinham se encontrado uma vez, portanto eles não se conheciam tão bem para que Jamila sentisse sua falta. Perguntaram-lhe sobre Ilyas, e Afiya disse que não tinha notícias. Que Deus o proteja, a mãe disse. Sempre que passo pelo seu antigo quarto lá embaixo, penso em vocês dois morando aqui.

Khalifa ia almoçar em casa todos os dias, e o almoço era servido imediatamente depois que Bi Asha terminava a oração do meio-dia. Afiya tinha que fazer a oração com ela mas Khalifa normalmente dava um jeito de chegar logo depois que as duas tinham terminado. No começo Bi Asha dizia as palavras rituais em voz alta para Afiya aprender e repetir. Na oração, ela explicou, a pessoa fala diretamente com Deus e não pode se interromper para se dirigir a outra pessoa ou fazer outra coisa. Por isso ela não podia parar para explicar e instruir durante a oração e Afiya teria que aprender pelo exemplo e pela repetição. Depois do almoço Khalifa ficava à toa no quarto de camisa e kikoi, e se estendia numa esteira para uma soneca. Bi Asha fazia o mesmo na cama e Afiya tinha que se divertir sozinha. Ela gostava dessas horas calmas no meio do dia quando até as ruas pareciam se calar com o calor. Ela lavava as panelas, limpava os braseiros e varria o quintal. Depois sentava num canto do quintal com sua lousa ou com tiras de papel e treinava a escrita ou lia o Corão que Bi Asha comprara para ela. Todos deviam ter um exemplar, ela disse, sem nem olhar para Khalifa, que tinha perdido o seu tempos atrás.

O chamado do muezim para a oração da tarde era o sinal para os adultos se levantarem, para Khalifa se lavar rapidamente e voltar ao trabalho por mais uma ou duas horas, para Bi Asha tratar de algumas tarefas domésticas e depois ir visitar as vizinhas ou recebê-las em casa. Um dia Khalifa perguntou se Afiya queria ir com ele ao escritório ou se preferia ir ver as vizinhas, e ela foi com ele. Havia três mesas no escritório, o cômodo amplo que dava para a rua por onde Bi Asha e ela passavam a caminho do mercado. A mesa do meio, de frente para a porta, era de Baba Khalifa. A que ficava à direita da porta era do mercador Nassor Biashara, que Afiya encontrava agora pela primeira vez apesar de ter ouvido falar muito dele como um canalha avarento ou, mais sarcasticamente, como nosso rico mercador. Ela esperava ver um homem bem mais velho do que ele era, com traços maus e mesquinhos.

Ela se instalou à mesa que ficava à esquerda da porta com um lápis e umas tiras de papel que Baba Khalifa encontrou para ela. Às vezes homens chegavam para conversar ou tratar de negócios mas basicamente para saber das novidades e fofocas. Para muita gente era a única maneira de ficar sabendo o que estava acontecendo no mundo. Os visitantes normalmente comentavam alguma coisa sobre ela. Estou vendo que você contratou uma nova funcionária, ou estou vendo aqui ao menos uma pessoa com cara de que sabe o que está fazendo. Ela ouvia aquelas conversas de política e de crises no governo enquanto fingia estar ocupada com seus rabiscos. A conversa deles muitas vezes era sobre a guerra que estava por vir e sobre a ferocidade da Schutztruppe, de quem eles falavam com uma mistura de repugnância e admiração. São animais, esses askaris, ela ouvia. Perguntou a Khalifa se aqueles eram os mesmos askaris que seriam os companheiros de luta de Ilyas ou se eram outros.

"São os mesmos mas também são diferentes", disse Khalifa. "Nem todos são esses monstros ferozes de que os homens aqui estavam falando. Alguns são policiais ou funcionários ou ordenanças médicos, alguns até tocam música numa banda. Acho que Ilyas vai ser desse tipo. Com certeza logo vamos saber alguma coisa dele. Ele já deve ter terminado o treinamento e vai voltar para ficar em casa alguns dias, não há dúvida. A gente pergunta quando encontrar com ele."

O mercador não costumava falar muito com ela. Vivia ocupado com seus livros-caixa, suas cartas ou seus visitantes, e de todo modo não era muito de falar. Quando as pessoas estavam conversando, normalmente ele era quem mais ouvia enquanto seus visitantes e Baba proseavam. Usava óculos de aro de metal quando escrevia e Afiya nunca tinha visto uma pessoa usar uma coisa daquelas. Sem se dar conta, uma vez ela ficou encarando o mercador enquanto ele trabalhava. Imaginou se aqueles óculos machucavam, com aquelas alças enroscadas atrás das orelhas. Nassor Biashara por fim acabou erguendo os olhos e empurrando os óculos para o alto da cabeça. Esfregou os olhos por alguns segundos, se reclinou na cadeira e a fitou.

"O que você está olhando?", perguntou.

Ela apontou para os óculos e Khalifa disse rispidamente: "Não aponte assim para a cara das pessoas".

O mercador falou com a mesma rispidez. "Deixe a menina em paz", disse, e ela entendeu que ele tinha tanta aversão por Baba Khalifa quanto Baba tinha por ele.

Um dia ela teve uma crise de tosse no escritório, e Nassor Biashara olhou na direção dela com expressão preocupada. Vem comigo, ele disse quando a tosse não parou. A porta da residência da família no primeiro andar ficava ao lado do escritório, ele foi até o pé da escada e gritou: "Khalida, Afiya vai subir para tomar um pouco d'água". Foi assim que ela conheceu a esposa do mercador, e depois disso toda vez que ia ao escritório com Baba Khalifa, o que não acontecia todos os dias, ela subia para tomar água e às vezes comer uma fatia de bolo de arroz. Khalida tinha um bebê pequeno e não saía muito, então vivia recebendo visitas, amigas e vizinhas, esposas e parentas de outros mercadores, além de pessoas que trabalhavam para eles. Essa gente ficava ali sentada com ela com suas kangas perfumadas e vestidos farfalhantes de chiffon, falando de casamentos e nascimentos e heranças. Afiya ouvia boquiaberta enquanto elas riam das pessoas com um prazer perverso: homens cheios de si, mulheres que se achavam importantes, dignitários que segundo as más-línguas eram hipócritas, alguns vivos e outros já falecidos. Elas poupavam seus maridos e os parentes deles mas eram impiedosas com qualquer outra pessoa que virasse assunto. Afiya nem se dava ao trabalho de fingir que não estava ouvindo. Elas riam de sua concentração e ficavam mandando alertas umas para as outras com piscadelas e sobrancelhas erguidas e palavras cifradas, para segurarem a língua diante da menina. Afiya sabia quando elas estavam falando de alguma coisa que não queriam que ela soubesse — tem gente aqui com uma orelha comprida... — porque elas cochichavam e davam tossidinhas e falavam de maneiras tortuosas e usavam gestos, rindo umas das outras enquanto se entregavam a esses joguinhos. Ela normalmente conseguia entender o que as mulheres tentavam esconder dela embora fingisse não saber de nada. Demorou muito para Afiya perceber que nem tudo o que elas diziam sobre os outros era verdade.

Afiya ocupava seu tempo assim: a aula com Bi Habiba, que acontecia no corredor de sua minúscula casa, as histórias que ela lhes contava de acontecimentos miraculosos da vida dos Profetas de Deus, de Nabi Musa, Nabi Ibrahim e Nabi Issa, e acima de tudo do Mensageiro de Deus, salallahuwaale. Visitava Jamila e Saada e sua mãe, ficava no escritório do mercador enquanto os homens conversavam e escrevia ou desenhava em suas tiras de papel, depois subia para ver Khalida, a esposa do mercador, com suas amigas e comer bolo de arroz enquanto ouvia suas calúnias. Ela não achava isso na época mas depois entendeu que aquele foi um período de felicidade para ela, os primeiros meses em que morou com Bimkubwa e Baba Khalifa.

Finalmente as tralhas do quartinho dos fundos foram transferidas para a despensa que ficava na parte da frente da casa. Depois as paredes foram caiadas, o piso varrido e lavado com água e sabão, os caixilhos da janela foram envernizados e as barras repintadas.

"Antigamente, meu pai guardava as mercadorias na despensa da frente da casa", disse Bi Asha. "Nosso tajiri Nassor pediu para deixar essa porcariada ali mas eu disse que não. Ele ia querer trancar e levar a chave. Ia ser só o começo — primeiro a despensa, depois o pátio e aí a casa toda — e depois disso a gente ia estar na rua. Nada é demais para esse calhorda. Que mercadorias o meu pai guardava ali? O que aparecesse. Todo mundo vendia o que tivesse pela frente: sacas de arroz barato, que podiam ser revendidas, milho e painço depois de uma boa colheita, para serem exportados, bandejas de metal, água de rosas, tâmara. Algumas mercadorias eram locais e outras vinham pelo mar. Num certo ano ele comprou dúzias de cântaros de barro da Índia, ninguém soube por quê. Ficaram anos na despensa, e eu não sei o que acabou sendo feito deles. O meu pai não era muito bom vendedor e sempre dava um jeito de tomar uma decisão equivocada, comprar ou vender na hora errada ou pelo preço errado. Enfim, ele não ganhava dinheiro, o coitado do meu pai, e aí deixou o tio Amur lhe roubar a casa."

Uma cama nova com suporte para mosquiteiro foi encomendada na oficina de Nassor Biashara como presente do mercador para Afiya. O fabricante de colchões veio descoser o velho colchão em que ela dormia no chão e enchê-lo de novo com kapok nova. O alfaiate fez uma rede nova para o mosquiteiro que ficou reluzindo de tão branca no suporte. Pela primeira vez na vida, aos doze anos de idade, Afiya tinha o inesperado luxo de um quarto todo dela. No início sentiu um pouco de medo em seu quartinho dos fundos mas não abriu a boca. Trancava a porta e deixava um dos batentes da janela entreaberto como lhe tinham dito para fazer. Depois prendia as bordas do mosquiteiro embaixo do colchão e aos poucos foi aprendendo a ignorar os ruídos sinistros que fervilhavam no escuro.

"Você não sabe a sorte que tem", lhe disse Bi Asha, mas com um sorriso, não uma repreensão. "Espero que você não acabe ficando mimada com tanto conforto."

Khalifa começou a dizer que na idade dela ele dormia numa esteira a céu aberto na casa de seu professor com vários outros meninos e que no final das contas aquilo valeu a pena, mas Bi Asha o interrompeu. Lá vem ele com essas histórias da Índia, ela disse. Khalifa sorriu indulgente e foi se deitar depois do almoço.

Certa manhã, quando Afiya se punha a caminho da aula de Corão de Bi Habiba, Bi Asha lhe deu uma kanga e a ensinou a usá-la. Você está crescendo. Para preservar a decência você tem que se cobrir quando sair, ela disse.

Ela sabia que seus mamilos doíam e estavam ficando inchados e tinha percebido que os olhos dos homens desciam para o seu peito quando ela passava pela rua. Também percebeu que Nassor Biashara preferia que ela fosse para o primeiro andar quando ele recebia visitantes do sexo masculino no escritório. Ela pensou que ele ficaria envergonhado com o jeito como eles olhavam para ela. Sabia o que estava acontecendo sem ninguém explicar, e aceitou agradecida a kanga e se cobriu como mandavam.

5.

O oficial ocupava o apartamento de dois cômodos numa das extremidades do primeiro andar da construção situada do lado direito do boma. Havia um quarto pequeno e outro com duas poltronas confortáveis e uma mesinha que às vezes o oficial usava para escrever. Ao todo eram sete cômodos no primeiro andar, uma réplica da planta do térreo, e essa disposição seguia uma hierarquia. Os dois cômodos de uma das extremidades para o uso do oficial comandante ficavam ao lado de um cômodo amplo no meio do bloco que era o refeitório, depois havia um cômodo para cada um dos outros quatro oficiais, começando com o oficial médico e terminando com o Feldwebel, que possuía o cômodo pequeno da ponta por ter o posto mais baixo. Os outros três oficiais do boma ocupavam os aposentos na construção menor de frente para o portão, cujo térreo servia como enfermaria e depósito trancado com cadeado. O depósito continha provisões para o refeitório dos oficiais: latas de acepipes europeus e garrafas de cerveja e de vinho, de schnapps e brandy. Tudo era organizado metodicamente nos dois blocos. Os banheiros desses blocos eram no térreo em construções separadas. Os alojamentos dos homens que serviam os oficiais ficavam numa construção menor de dois cômodos atrás dos blocos com um banheiro anexo que eles dividiam. Hamza e Julius, que era o criado dos outros quatro oficiais daquele bloco, dividiam um dos quartos, e os dois que trabalhavam para o bloco menor dividiam o outro.

Julius era bem mais velho que Hamza, estava chegando aos quarenta. Era o ordenança mais experiente e já estava na Schutztruppe havia mais de dez anos. Falava um pouco de alemão e entendia bem mais. Era o único autorizado a entrar no depósito de provisões, cuja chave ficava com o oficial encarregado dos suprimentos. Julius tinha essa responsabilidade porque sabia escrever, ele explicava aos outros. Se tirava qualquer coisa do depósito, tinha que anotar no registro que ficava lá dentro. Contou a Hamza sobre sua educação na escola missionária de Bagamoyo mas preferiu ser vago sobre quanto tempo passou na escola. Tinha orgulho de sua educação e de sua religiosidade. Vez por outra dizia: Se vocês fossem educados e cristãos como eu, iam pensar diferente sobre isso e aquilo. Julius foi ferido superficialmente numa ação de cobrança de impostos em um vilarejo e seu comandante o transferiu para o cargo de ordenança quando ele se recuperou. "Eu já estou no meu terceiro ano e ninguém pensou em me transferir, então devo estar indo bem", disse.

Não havia água corrente no primeiro andar, não ainda, embora já houvesse planos para isso, então de manhã Hamza enchia a bacia do oficial com água fresca e depois ia pegar o café dele no galpão da cozinha. As refeições dos oficiais eram preparadas num galpão que ficava fora do boma, por mulheres do vilarejo que eram todas casadas com askaris. Quando Hamza voltava o oficial já tinha saído de seu quarto e estava de camisa e calça esperando a chegada do café. Hamza então entrava no quarto para arrumar a cama e cuidar das roupas dele, muitas vezes sentindo o olhar do oficial através da porta aberta. Depois ia para o refeitório ajudar Julius a pôr a mesa para o café da manhã. Os oficiais dos dois blocos tomavam o café da manhã no refeitório e se encontravam ali para um jantar formal toda noite. Julius explicou sobre as louças e os talheres exigidos e os rudimentos da arte de servir à mesa. Em seguida eles desciam para esperar que os criados do bloco menor viessem entregar o café da manhã que vinha do galpão da cozinha e depois disso Hamza e Julius punham a mesa no refeitório e iam chamar os oficiais.

Depois do café eles tiravam a mesa e lavavam a louça que era de uso exclusivo dos oficiais, guardavam tudo nos armários, limpavam o refeitório e iam cuidar dos quartos privados. Hamza ajeitava e tirava pó e arejava o apartamento do oficial, esvaziava e limpava a bacia e o penico, depois varria as varandas da frente e dos fundos e punha a roupa de cama suja em um saco identificado com o nome do oficial para a lavadeira recolher. Era uma rotina muito organizada e se esperava que ele já tivesse cuidado de tudo antes das sete da manhã.

Nas primeiras semanas desse seu novo posto como criado particular do oficial ele se juntou à tropa para a ordem unida logo depois das sete porque não tinha completado seu treinamento inicial. Hamza via os outros na Exerzierplatz antes disso, sendo aquecidos pelo ombasha ou pelo shaush enquanto ele varria a varanda ou passava a túnica do oficial, e desejava estar com eles. Quando podia, mergulhava na rotina do treinamento numa tentativa de apagar a sensação de indignidade que sua íntima servidão ao oficial o fazia experimentar. Às vezes eles saíam para o campo a fim de praticar tiro ou fazer manobras táticas mas ele não podia se juntar a eles se estivessem indo muito longe. Logo antes do meio-dia precisava sair correndo para limpar tudo e estar pronto para servir o almoço aos oficiais que porventura fossem comer no refeitório naquele dia. Não era raro que na hora do almoço estivesse quente demais para ficar por ali, e os oficiais engoliam a comida e saíam correndo para seus quartos, a fim de descansar até o tempo ficar mais fresco. Para Hamza era um momento abençoado do dia quando o boma e todo o assentamento em volta sossegavam e ficavam quietos. Até os bodes e os cachorros do vilarejo se largavam ofegantes num canto sombreado. Ele trabalhava com calma no refeitório e na varanda dos fundos porque ali era mais fresco naquela hora, e quando se retirava para o quarto compartilhado do térreo era comum ele já encontrar Julius dormindo.

Aproximadamente às quatro da tarde, quando o muezim chamava as pessoas para a oração do alasiri na mesquita do assentamento, perto do boma, Hamza levava uma xícara de café para o oficial que a essa altura já tinha tomado banho e ido para o escritório. O Oberleutnant lhe dava ordens de ficar por perto e seu posto era do lado de fora, na plataforma, sentado num banquinho e de orelha em pé para o caso de ser chamado. Era essa a rotina de todas as tardes. Os outros oficiais o mandavam realizar várias pequenas tarefas ou pediam que lhes providenciasse comodidades como um copo d'água, uma xícara de café ou uma toalha limpa. Desde o começo, em algum momento dessas tardes o oficial mandava Hamza entrar e lhe ensinava alemão, primeiro provavelmente para se divertir mas também por Hamza ter se mostrado um aluno muito interessado. Começava por dar nome às coisas.

"Fenster. Diga você", dizia o oficial, apontando para a janela. "Tür, diga você. Stuhl, auge, Herz, Kopf." Porta, cadeira, olho, coração, cabeça, apontando para as coisas ou tocando no próprio corpo enquanto falava.

Depois Hamza teve que repetir sentenças inteiras: "Mein Name ist Siegfried. Não, não, você diz o seu nome. Mein Name ist Hamza. Sie sind herzlich willkommen in meinem Land. Diga você, mas você tem que dizer de coração. Sie sind herzlich willkommen in meinem Land. Muito bem. Você falou certinho. Quer dizer seja bem-vindo à minha terra", disse o oficial com um sorriso cínico.

Depois ele mandava Hamza ir até a prancheta, sobre a qual havia um livro de instruções de campo aberto com uma folha de papel em branco ao lado. Ele o fazia copiar umas poucas linhas para se familiarizar com a escrita das palavras alemãs. Todo dia ele escrevia algumas, que depois tinha que ler em voz alta sem saber no início o que significavam. Sempre que podia o oficial se dirigia a ele em alemão, o que às vezes ele achava divertido, e Hamza exagerava seu espanto para fazer seu superior rir. Se Hamza não entendia alguma coisa, o oficial traduzia, mas na vez seguinte já esperava que ele compreendesse e respondesse. Às vezes o oficial lhe pregava peças fazendo-o repetir palavras que o ridicularizavam, depois ria e as explicava. Para o oficial era uma brincadeira, e ele ficava satisfeito em ver como Hamza era bastante receptivo e rápido. Logo você vai estar lendo Schiller, dizia, seus olhos brilhando travessos.

Seus olhos. Às vezes, quando Hamza estava arrumando a cama ou varrendo a varanda da frente ou passando uma camisa, ele olhava em torno e percebia aqueles olhos azuis transparentes presos firmemente nele. Na primeira vez que isso aconteceu, pensou que o oficial tivesse dito alguma coisa e estivesse esperando uma resposta, mas os olhos não se moveram e os lábios não se abriram. Então Hamza se afastou desorientado, perturbado pela intensidade daqueles olhos. Passou às vezes a sentir certa imobilidade no ar quando estava perto do oficial, e sabia que se olhasse encontraria aqueles olhos presos nele daquela mesma maneira. Era uma inspeção insolente e invasiva, que não lhe deixava opção a não ser permitir aquele escrutínio tão longo, ser visto como se fosse incapaz de devolver a mirada. Aprendeu a não olhar.

Seus bons resultados em aprender a falar e a ler um pouco de alemão encantavam o oficial. Ele exibia o sucesso de Hamza aos outros oficiais no refeitório, especialmente durante as refeições noturnas e depois delas, quando tomavam cerveja e schnapps. Ele os convidava a falar com Hamza, a testá-lo. O oficial médico sorria benignamente e olhava de cima a baixo como se estivesse procurando no corpo de Hamza indícios de sua facilidade para a língua alemã. Os outros dois oficiais daquele bloco se deixavam atrair com mais facilidade pelo joguinho do oficial e faziam as perguntas simples e amigáveis que um adulto faria a uma criança. Wie alt sind Sie? Os outros oficiais riam e acrescentavam comentários que Hamza não entendia, o que os fazia rir ainda mais. O Feldwebel Walther não via graça na nova brincadeira dos oficiais e ria torto, fazendo pouco daquilo e depois sussurrando num tom raivoso e zombeteiro palavras que Hamza não conhecia mas que pelo tom com que eram pronunciadas imaginava ser obscenas ou cheias de desdém. Julius sorria condescendente durante esses exercícios e depois lhe disse que os oficiais o estavam fazendo de macaco. Hamza saía dali assim que conseguia, para fugir da arrogância deles antes que a bebedeira e a hilaridade piorassem.

"Não ligue para o Feldwebel", lhe dizia Julius. "Ele é um sujeito sem classe que não devia estar acomodado no mesmo lugar em que estão esses honrados oficiais. Ele fuma bangi demais e aí sai atrás de rabo de saia no vilarejo. O quarto dele fede a fumaça."

Às vezes eles ficavam bebendo até mais tarde, talvez quando um dos oficiais iria sair numa missão para disciplinar um vilarejo ou um chefe tribal, ou em alguma complexa manobra tática. Então as vozes e o riso deles se faziam ouvir por todo o boma, e na manhã seguinte o Oberleutnant sofria de dores de cabeça terríveis, agarrando as têmporas com os dedos esticados enquanto seus olhos se comprimiam de agonia. Ele sempre sofria desse modo depois das noitadas.

Uma tarde, Hamza entrou no escritório com o café e cumprimentou o comandante em alemão como devia, mas ele estava tão compenetrado no que lia que não respondeu. Os papéis que tinha na mão pareciam um documento oficial, e Hamza viu o emblema do governo no alto da página. Por fim o oficial percebeu a presença de Hamza e fez um sinal para ele sair do escritório, e não o chamou para a aula de conversação de meia hora que normalmente tinham. Quando ele voltou para pegar a xícara de café, o oficial estava recostado na poltrona com um olhar perdido, mergulhado em pensamentos. Hamza esperou para ver se receberia novas ordens. Quando elas não vieram, ele foi pegar a bandeja do café. Estava tão absorto em seu exame atento do oficial que acabou se descuidando de seus gestos. Bateu com o corpo na mesa e a louça que estava na bandeja chacoalhou ruidosamente. A cabeça do oficial se virou com uma expressão furiosa no olhar. "Saia já daqui, caralho", ele disse.

A atmosfera do refeitório naquela noite estava carregada, o que devia ter relação com o que o oficial estava lendo no começo da tarde. O oficial devia ter recebido novas ordens. A conversa entre os oficiais era normalmente animada mas às vezes sentia-se uma sombra passageira, e era fluente e veloz demais para Hamza acompanhar com segurança. Ele não achava que estivessem falando tão rápido de propósito só para que Julius e ele não entendessem. Por algum tempo pareceram até ignorar a presença dos criados ali mas em dado momento trocaram olhares e devem ter decidido não correr o risco de ser compreendidos. O comandante fez um gesto de cabeça para o Feldwebel, que ordenou que Julius e Hamza saíssem do refeitório. Hamza ouviu muitas palavras cujo sentido veio a entender melhor depois, mas a que já conhecia era "Krieg". Vita. Guerra.

Perguntou a Julius quando voltaram ao quarto: "Nós vamos lutar contra quem?".

"Quem é que você acha? Não ouviu eles dizerem que ia ser uma grande guerra? Eu achava que você era um milagre como aluno de alemão", ele disse com expressão carrancuda e desdenhosa. "Podiam ser os belgas ou os portugueses, mas os ingleses não iam deixar eles fazerem uma coisa dessas, então devem ser todos eles. Nós vamos lutar contra todos. Os alemães não iam dizer que vai ser uma grande guerra se estivessem falando de wachaggas ou wahadimus."

Na manhã seguinte, quando Hamza levou seu café, o oficial disse com um de seus sorrisos sardônicos: "Hoje você não participa do treino. Você perdeu uma aula ontem. Quero você no meu escritório assim que tiver feito suas tarefas. Nós não podemos deixar que comunicações do alto-comando atrapalhem suas aulas".

Com o tempo a rotina mudou. Cada vez mais o oficial queria Hamza por perto. A brincadeira de ensinar seu criado a falar e a ler alemão o entusiasmou e começou a ficar séria. Ele até desafiou seus subordinados, depois de vários copos, apostando que faria seu jovem schüler ler Schiller antes da chegada das monções. Que monções? Os outros oficiais riram. Talvez daqui a dez anos.

Como antes, toda manhã Hamza enchia a bacia do oficial com água limpa e morna e depois ia pegar seu café que tinha que ser feito todo dia com grãos torrados na véspera e moídos logo cedo. Ele não sabia se as mulheres do galpão da cozinha seguiam essas instruções com muita exatidão mas o oficial não reclamava. Quando ele voltava com o café o oficial ainda estava na cama do quarto interno e tomava o café ali quando antes já teria se levantado e vestido calça e camisa. Hamza ficava esperando na varanda dos fundos enquanto o oficial se lavava e depois o chamava para ajudar com a bota e as perneiras. Certa vez Hamza voltou muito cedo, quando julgou que o oficial tinha terminado de se lavar, e o viu parado sem camisa no quarto interno. Seu tronco era riscado de cicatrizes de queimaduras. Hamza recuou depressa e aguardou ser chamado para voltar. Esperava uma repreensão mas o oficial apenas conversou com ele como sempre ocorria nessa hora e fez com que ele respondesse. Disse que era a primeira aula de conversação do dia. Talvez não tivesse visto Hamza entrar. Depois Hamza foi para o quarto interno arrumar a cama enquanto o oficial continuou a conversa fazendo a barba. Por vezes o Oberleutnant ficava calado e Hamza sabia sem olhar que estava sendo examinado daquele jeito estranho.

Depois do café da manhã ele e Julius limpavam o refeitório e cuidavam dos quartos e das outras tarefas, e depois Hamza se dirigia ao escritório do Oberleutnant. Ele ajeitava o que precisava ser ajeitado ali e ficava esperando do lado de fora até receber ordens. Levava recados para os outros oficiais e às vezes para tropas que estavam fora do boma, no vilarejo. Andava um pouco por lá se não estivesse apressado, e se fosse a hora certa ia à mesquita para orar e ter companhia. Todo dia pegava o relatório das doenças com o oficial médico que se recusava a deixar seu assistente levá-lo ao Oberleutnant porque dizia que ele era um ordenança médico e não garoto de recados. Muitos oficiais e askaris tinham malária de vez em quando, mesmo que todos tomassem sua dose diária de quinino e dormissem sob mosquiteiros. Alguns já tinham contraído a doença antes de se alistar mas também havia momentos durante as manobras em que eles ficavam desprotegidos e os mosquitos podiam fazer seu trabalho. Havia casos de disenteria e de doenças venéreas e bichos-de-pé. Houve pequenos surtos de febre tifoide que precisaram ser rigorosamente isolados e confinados à enfermaria. Foi lendo furtivamente o relatório das doenças que Hamza ficou sabendo do bem guardado segredo que era o vício em ópio dos suboficiais nubis.

Quando ele fazia sua visita diária à enfermaria, o oficial médico sorria para ele de um jeito cúmplice que passou a desagradar Hamza mas que ele tinha que fingir não perceber. Certa manhã quando lhe entregava o relatório, o oficial médico disse a seu assistente, falando cuidadosamente para que Hamza entendesse: "Esse rapaz virou uma obsessão para o nosso Oberleutnant. Ele vai torná-lo um erudito. Ele nos prometeu que esse rapaz logo estará lendo para ele na hora de dormir".

Os dois homens trocaram um sorriso, que o assistente deixou se deformar numa careta maliciosa. Às vezes, quando Hamza estava servindo no refeitório e passava perto da cadeira do oficial médico, sentia uma mão lhe afagar a coxa. O oficial médico fazia isso sem ninguém perceber e depois, quando Hamza olhava para ele, dava-lhe aquele mesmo sorriso. Hamza perguntou a Julius se aquilo também acontecia com ele e a resposta foi um sorriso e um não.

"Ele está atrás só de você. Ele gosta de você. Não sabia? Todo mundo sabe que o oficial médico é um basha. Dizem que o assistente é a esposa dele. Mesmo lá na Alemanha os soldados podem fazer sexo uns com os outros. Um dos governadores de toda essa Deutsch-Ostafrika aqui era um basha. Houve um julgamento uns anos atrás quando ele foi acusado de ter um criado homem só por causa de sexo."

"O governador foi levado à justiça? Quem é que pode levar o governador à justiça?", perguntou Hamza. "O governador não é dono da justiça?"

"Este aqui é um sistema de governo cristão", disse Julius com um discreto sorriso convencido. "Ninguém é dono da justiça."

"Mas o governador, levado à justiça porque é um basha!", disse Hamza, ainda incrédulo.

"Isso, o próprio governador e vários oficiais dele. Você não ficou sabendo?"

"Não", disse Hamza.

Julius olhou compadecido para ele. Considerava Hamza desafortunado de várias maneiras e lhe dizia isso, inclusive por não ter recebido uma educação missionária e por sua religião atrasada. Hamza imaginava que Julius se considerava mais adequado para a posição de criado do comandante em vez de ter que cuidar dos oficiais subalternos, especialmente do irascível Feldwebel, um sujeitinho que Julius vivia classificando de infame. Ele continuou, falando mais baixo: "Ouvi dizer que até o próprio Kaiser", sussurrou, meneando a cabeça de forma significativa.

"Não, você está colocando sal demais nessa história", disse Hamza, numa exagerada descrença. "O próprio Kaiser."

"Fale baixo! Isso mesmo, só que eles tentam abafar tudo com medo de que a gente ria deles."

Quando Hamza não estava cumprindo tarefas ou sentado no banquinho diante do escritório para não atrapalhar, e o comandante não estava ocupado com deveres militares no boma ou no campo, ele o mandava entrar, aparentemente porque lhe dava na veneta, e o fazia sentar à prancheta com algum exercício de escrita. Muitas vezes tratava-se de copiar o manual de campo, que tinha traduções de expressões simples do alemão para o kiswahili e várias instruções em alemão que Hamza tinha que copiar e traduzir. Quando não conhecia uma palavra, ele a dizia em voz alta e o oficial explicava o sentido. Às vezes a aula se invertia e o oficial perguntava como se dizia alguma coisa em kiswahili. Como se diz olíbano? Ubani. E amortecido? Ganzi. Como se diz espuma? Espuma? Bolhas. Mapovu.

O oficial às vezes interrompia seu trabalho para conversar alguns minutos com Hamza. Ele lhe dirigia um aceno de cabeça quase imperceptível como aprovação quando ele ia bem, e sorria com relutante empolgação quando ele atingia algum marco inesperado. Você está indo muito bem, ele dizia, mas ainda não está pronto para Schiller. As aulas às vezes continuavam também à tarde, o que fazia Hamza se sentir, como nunca antes, alguém que frequentava a escola. Elas terminavam com o muezim chamando as pessoas para o maghrib no vilarejo que cercava o boma e que normalmente era a indicação para o oficial se servir do primeiro schnapps da noite.

Hamza agora estava visivelmente debaixo da asa do Oberleutnant, e por mais que não fosse poupado das provocações e dos xingamentos que era a prática regular no boma, ao menos estava a salvo dos açoites e dos trabalhos forçados que eram inevitáveis para muitos soldados. Mas não era poupado do desprezo do Feldwebel. Ele chamava Hamza de soldadinho de brinquedo pelas costas do comandante.

"Você é brinquedinho de quem? Você é o brinquedinho bonito dele, bonequinho shoga, não é?", ele dizia, balançando o dedo indicador de maneira desdenhosa e como quem faz um alerta, chegando uma vez a estender a mão e espremer o mamilo de Hamza. "Você me dá nojo."

Uma espécie de tristeza invadia o Oberleutnant de vez em quando e ele ficava calado por longos períodos ou dizia palavras crípticas que pareciam autodepreciativas. Quando Hamza erguia os olhos com curiosidade, ele dizia algo cruel ou desdenhoso. Quer saber exatamente o que eu disse, seu babuíno retardado? Hamza aprendeu a não erguer os olhos quando percebia esse estado de espírito e, se pudesse, mantinha distância do comandante. Soube desde o início que o oficial era capaz de atos violentos. Tinha visto isso na luz de seus olhos, que brilhavam involuntariamente, e na tensão repentina da pele de suas têmporas, como se estivesse reprimindo um desejo premente. Quando estava profundamente concentrado ou afundado na tristeza, ele massageava distraído aquela dobra da pele. Hamza morria de medo desses momentos obscuros em que se sentia vulnerável a qualquer humilhação que o oficial desejasse lhe infligir. Ele tinha maneiras próprias de fazer isso, que envolviam um olhar de desprezo e por vezes a pancada de algum objeto contra a mesa, seguida de um jorro de xingamentos durante o qual Hamza ficava bem parado enquanto o oficial explodia e depois lhe dava uma ordem abrupta para sair dali. Ele fazia o possível para ficar longe quando suspeitava que esse estado de espírito tinha começado, mas isso também podia ser considerado uma provocação se o oficial chamasse e ele não estivesse ali ou demorasse demais para atendê-lo.

Como Hamza entendia cada vez mais alemão, assimilava mais o que o oficial dizia, às vezes era a mesma coisa repetidamente, sobretudo quando escrevia: Por que tinha que acabar desse jeito? Por que tinha que acabar desse jeito? Ele exclamava enfurecido com o calor ou com um correspondente a quem escrevia: Não adianta nada ficar dizendo a mesma coisa sem parar — embora seja bem isso que eu estou fazendo. Em outros momentos falava diretamente com Hamza, como se estivessem no meio de uma conversa: A estupidez de ficarmos nos explicando e justificando o que fazemos não tem limites porque nada ali é convincente, nem de longe. Nós só dizemos a mesma coisa repetidamente. Nesses momentos Hamza fingia que era surdo, e talvez para o oficial ele fosse invisível.

Um dia o Oberleutnant anunciou uma manobra de grandes proporções que aconteceria dali a dois dias, para deixar todos os soldados prontos para o combate. As preparações vinham se intensificando e mensagens de campo e telegramas se tornavam mais frequentes. Eles esperavam uma ordem para se deslocar. Os oficiais faziam reuniões longas e sombrias e levavam os soldados para exercícios regulares. A guerra estava chegando. Num momento tranquilo ao final daquele dia frenético em que Hamza estava arrumando o apartamento do oficial ele sentiu um silêncio sinistro que era tão denso que o deixou apavorado.

"O que é que você está fazendo aqui? O que alguém como você está fazendo nessa vida brutal?", o comandante perguntou para o silêncio.

"Estou aqui para servir a Schutztruppe e o Kaiser", disse Hamza, pondo-se ereto e olhando direto à frente.

"Sim, claro que está. Que dever poderia ser mais nobre que esse?", disse o oficial jocosamente, virando-se para encará-lo. "Imagino que você pudesse me fazer a mesma pergunta. O que um homem da linda cidadezinha de Marbach está fazendo aqui neste cu de mundo? Minha família tem tradição militar e isso é meu dever. Por isso eu estou aqui — para tomar posse do que é nosso por direito, por sermos mais fortes. Nós estamos lidando com um povo atrasado e selvagem e a única forma de dominá-lo é incutir terror nas pessoas e em seus inúteis sultões de Liliputmajestät e produzir obediência na base da pancada. A Schutztruppe é o nosso instrumento. Vocês também são. Queremos vocês disciplinados, obedientes e cruéis muito mais do que imaginam. Queremos que vocês sejam fanfarrões duros e de casca grossa para cumprir nossa vontade sem hesitar e depois serão bem pagos e vão receber o respeito que merecem, sejam escravos, soldados ou párias. Só que... você não é um deles. Você treme e olha e ouve cada batida do coração como se tudo isso te atormentasse. Eu te observo desde o começo, quando te trouxeram aqui pela primeira vez. Você é um sonhador."

Hamza permaneceu imóvel, olhando à frente.

"Eu tirei você daquela fileira porque fui com a sua cara", disse o oficial, parado a dois passos dele. "Você tem medo de mim? Eu gosto que tenham medo de mim. Isso me fortalece."

O oficial deu um passo à frente e estapeou o lado esquerdo do rosto de Hamza e em seguida lhe deu um tapa com as costas da mão no lado direito do rosto. Hamza teve um sobressalto e depois de um instante sentiu sua carne formigar de dor. O oficial estava a poucos centímetros dele e Hamza respirava de novo o aroma adstringente e medicinal que havia sentido na primeira manhã em que o Oberleutnant inspecionou os recrutas, só que agora sabia que era schnapps.

"Machucou? Seu sofrimento não me diz respeito", disse o oficial, parado bem perto dele. Hamza evitou olhar nos olhos dele e viu a pele distendida na têmpora do oficial estremecer sobre o crânio. "Responda o que eu perguntei. Você tem medo de mim?"

"Ndio bwana", Hamza disse bem alto.

O oficial riu. "Eu te ensino a falar e ler alemão para você entender Schiller e você me responde nessa língua de criança. Agora responda direito."

"Jawohl, herr Oberleutnant", disse Hamza, e depois para si próprio: Scheißer.

O oficial olhou para Hamza por um instante com expressão fechada, depois disse: "Você perdeu o seu lugar no mundo. Eu não sei por que isso me diz respeito, mas diz. Bom, talvez eu saiba. Eu imagino que você não saiba do que eu estou falando. Eu imagino que você não faça a menor ideia do risco que te cerca. Muito bem, vá cuidar do seu trabalho". Enquanto Hamza se virava e seguia para o quarto interno, o oficial disse por sobre o ombro: "Saia, e verifique se todas as minhas coisas estão prontas para as manobras".

A guerra começou dois dias depois. O telegrama com as ordens chegou na manhã seguinte ao retorno das manobras.

Eles deveriam pegar o trem para Moshi e depois marchar para suas posições perto da fronteira a fim de reforçar a linha de defesa. As ordens foram cumpridas com uma precisão bem treinada e executada. Os soldados marcharam do boma até a cidade em fileiras cerradas, cantando suas canções de marcha, enquanto os oficiais iam a cavalo na frente ou caminhando ao lado deles. O corpo de carga, as esposas, crianças e o gado seguiam atrás deles, de modo que quando todos tinham embarcado o trem estava tão cheio que os carregadores e os meninos armeiros tiveram que ir no teto. Depois de Moshi eles marcharam na direção norte rumo à fronteira com a África Oriental Britânica. Assim era essa parte do mundo na época. Cada pedacinho pertencia aos europeus, ao menos no mapa: British East Africa, Deutsch-Ostafrika, África Oriental Portuguesa, Congo Belge.

A coluna de cento e cinquenta askaris se estendia por quase dois quilômetros com o acréscimo dos acompanhantes. Os askaris seguiam na frente da coluna com seus oficiais a cavalo na dianteira e os cirurgiões e ordenanças médicos logo atrás destes. Essa era sempre a formação nas marchas e nos combates. Depois vinham os carregadores trazendo equipamentos, munição, suprimentos e os pertences dos oficiais. Atrás deles vinham os agregados civis com um pequeno grupo de askaris comandado por um oficial alemão como retaguarda, para evitar deserções e pequenos roubos.

As esposas e os parceiros não eram apenas agregados civis. Quando a Schutztruppe marchava, todo o assentamento do boma marchava com eles. Primeiro porque os askaris não iriam para a guerra sem suas parceiras. Depois porque a Schutztruppe vivia da terra quando era possível e as mulheres é que obtinham comida e informações, que cozinhavam para os soldados, comerciavam onde comércio houvesse e mantinham seus maridos satisfeitos. Foi uma concessão que Wissmann teve que fazer quando criou a Schutztruppe e era impossível desfazer esse sistema sem correr o risco de que motins e deserções se espalhassem.

Muitos askaris da tropa de Hamza eram veteranos de outras campanhas e alguns conheciam a região. Quando erguiam acampamento nas linhas defensivas à noite eles contavam histórias de suas aventuras anteriores por ali: sobre como tinham vencido os desobedientes líderes tribais wachaggas, Rindi e seu filho Meli, e enforcado treze outros líderes, sobre como tinham arrasado vilarejos inteiros por esconder comida ou praticar sabotagem e sobre como tinham lidado com as populações rebeladas de Meru e Arusha que tinham matado missionários alemães. Para os askaris, eram todos washenzis. Tinham que ser vencidos e açoitados e disciplinados e aterrorizados. Quanto mais se rebelassem, maior seu castigo. Era assim que funcionava a Schutztruppe. Ao menor sinal de resistência, os schweins eram aniquilados, seu gado abatido e seus vilarejos incendiados. Eram essas as ordens que recebiam e eles as executavam com uma eficiência entusiasmada que apavorava seus inimigos e lhes trazia respeito aos olhos de outros askaris e da comunidade. Eram ferozes e impiedosos, wallahi.

Enquanto se vangloriavam com suas histórias e marchavam pelas planícies onde a grande montanha não deixava chover, eles não sabiam que passariam anos lutando em pântanos e montanhas e florestas e savanas, com chuva pesada e estiagens, matando e sendo mortos por exércitos de pessoas sobre as quais nada sabiam: punjabis e sikhs, fantes e acãs e hauçás e iorubás, congos e lubas, todos mercenários que lutavam nas guerras europeias pelos europeus, os alemães com sua Schutztruppe, os ingleses com seus King's African Rifles e Royal West African Frontier Force e batalhões indianos, os belgas com sua Force Publique. Além deles havia sul-africanos, belgas e uma multidão de voluntários de outras nações europeias que achavam que matar era uma aventura e que se sentiam felizes de estar a serviço da grande máquina de conquista do imperialismo. Era um espanto para os askaris ver a grande diversidade de povos de cuja existência nem suspeitavam. A magnitude do que viria não estava clara naqueles primeiros dias da guerra quando eles marchavam para a fronteira, seus oficiais alemães na frente, montados em mulas, suas esposas e filhos alegres atrás da coluna, e de algum modo todos encontravam maneiras de cantar e rir e de participar de demonstrações animadas.

As hostilidades na fronteira começaram com o comandante alemão tentando ocupar Mombaça a algumas centenas de quilômetros dali. O alvo se revelou distante demais para as linhas de suprimentos e a Schutztruppe foi forçada a recuar. Por meses a fio, a guerra para Hamza e sua tropa consistiria de repetidas patrulhas e ataques para cortar a estrada de ferro da África Oriental Britânica. No litoral, os ingleses desembarcaram em Tanga. Em novembro de 1914 a Royal Navy e os navios de transporte de tropas chegaram ao porto e exigiram a rendição. O pequeno destacamento da Schutztruppe se preparou para resistir, recuando da cidade por medo de um bombardeio lançado pelos navios da Royal Navy. Os moradores da cidade, que não tinham nada a ver com aquela guerra, esconderam-se apavorados e quem pôde fugiu do país. A razão de tentar ocupar essa cidade é que nela estava o terminal da estrada de ferro que vinha de Moshi, no norte.

O desembarque britânico resultou num desastre. Vários batalhões, em geral de soldados indianos, foram desembarcados um pouco além do porto. Como seus comandantes não sabiam ao certo que tipo de oposição esperar, adotaram essa estratégia cautelosa. O desembarque ocorreu no escuro, os soldados andando dentro do mar com a água batendo no quadril. De manhã as tropas viram-se em meio a uma vegetação densa com grama alta e sem nenhuma certeza sobre em que direção ficava a cidade. Ao se dirigirem ao que julgavam ser a cidade, foram atacados e exterminados pela Schutztruppe, que tinha sido reforçada por soldados vindos às pressas de Moshi, de trem. A Schutztruppe era especialista nessa guerra de emboscada e sua tática gerou pânico entre os soldados e carregadores, que fugiram amedrontados. À medida que as baixas se acumulavam mais soldados fugiam, e depois de repetidos momentos de pânico todos fugiram, e os que ainda estavam sendo desembarcados voltaram correndo para o mar.

Enquanto isso a Royal Navy disparava seus canhões contra a cidade, destruindo construções e matando um número desconhecido de habitantes. Ninguém se deu ao trabalho de contar depois. Um dos alvos que a Royal Navy atingiu foi o hospital onde os feridos estavam sendo tratados pelos alemães, mas isso foi o azar aleatório da guerra. Quando tudo acabou os britânicos pediram uma trégua, deixando quase todo o equipamento para trás e centenas de soldados mortos na estrada e nas ruas da cidade. Um número desconhecido de carregadores também foi morto ou se afogou. Ninguém se deu ao trabalho de contar também os carregadores mortos, nem ali nem durante a guerra toda. Assim que esse encontro teve seu resultado definido, a tropa de Hamza foi mandada de trem para Moshi, de volta à posição original. Seria esse o tipo de guerra da Schutztruppe, um frenesi de avanços e recuos rápidos.

Apesar do fracasso do desembarque, a máquina imperial britânica se pôs em funcionamento, e começaram a chegar soldados de várias partes do mundo. Com certeza seria questão de meses para o conflito acabar, eles acreditavam, mas o comandante alemão tinha outras ideias. Toda vez que as forças imperiais britânicas julgavam ter encurralado a Schutztruppe ela escapava, deixando seus homens doentes e mais gravemente feridos para ser tratados pelos britânicos. Os soldados da Schutztruppe viviam exaustos e muitos caíam doentes, mas havia também entusiasmo nos ataques repentinos e nas retiradas que desorientavam os inimigos. Eles se alimentavam com o que encontrassem nos vilarejos e nas fazendas, saqueando e confiscando comida onde conseguissem. Pressionada por todos os lados, a Schutztruppe se retirou em duas colunas, uma seguindo os lagos, rumo ao oeste, a outra direto para o sul, saindo de Moshi. Hamza estava na coluna que seguiu para o sul. Eles arrastaram seus grandes canhões e seu equipamento, suas esposas, seus criados e a bagagem na retirada que atravessou a cadeia de montanhas Uluguru. Foi na retirada de Morogoro atravessando as Uluguru que Komba, o líder de seu pelotão, foi morto. Um enorme pedaço de metal de uma bomba chocou-se contra seu peito e o destroçou. Vários membros do pelotão também foram mortos na mesma ação ou não regressaram. Por vários meses a tropa de Hamza bateu lentamente em retirada para o sul, na direção do rio Rufiji, lutando com frequência, às vezes batalhas violentas como em Kibati onde milhares foram mortos.

O Rufiji vivia uma grande cheia naquele ano e estava coalhado de mosquitos. Mais askaris morreram de febre da água negra que por qualquer outro motivo. Carregadores foram apanhados por crocodilos quando atravessaram terrenos alagados. Hienas desenterraram os mortos. Foi um pesadelo. Finalmente eles atravessaram o Rufiji e depois lutaram a Batalha de Mahiwa, que foi a pior batalha para todos os membros da tropa de Hamza e da Schutztruppe. Foi uma vitória custosa para eles, que mesmo assim recuaram para as terras altas do sul e depois para o rio Ruvuma e para a fronteira com a África Oriental Portuguesa. Pelo caminho abandonaram equipamentos, esposas, filhos, para serem presos pelos britânicos. Nem sempre eles sabiam onde estavam, nem com os mapas, e eram forçados a capturar e interrogar os locais. Havia sempre algum askari que entendia o suficiente do idioma para fazer a pergunta e de todo modo infligir alguma dor extraía a resposta necessária. Ninguém precisava ordenar aos askaris que cometessem violências e brutalidades contra a população. Eles sabiam o que era necessário e não precisavam de instruções. Naquele estágio da guerra quase todos os soldados em combate eram africanos e indianos: tropas da Niassalândia e de Uganda, da Nigéria e da Costa do Ouro, do Congo e da Índia, e do outro lado a Schutztruppe africana.

Mesmo com a Schutztruppe perdendo soldados e carregadores em batalha, por doença ou deserção, seus oficiais seguiam lutando com uma obstinação e uma persistência loucas. Os askaris deixaram a região devastada, as pessoas passando fome e morrendo às centenas de milhares, enquanto eles lutavam com sua aceitação cega e assassina de uma causa cujas origens desconheciam e cujas ambições era fúteis e destinadas no fim a dominá-los. Um grande número de carregadores morreu de malária e disenteria e exaustão, e ninguém se deu ao trabalho de contá-los. Eles desertavam de puro medo, para morrer naquelas regiões rurais esgotadas. Depois esses acontecimentos seriam transformados em histórias de um heroísmo absurdo e desinteressado, um assunto secundário diante das grandes tragédias da Europa, mas para os que viveram tudo aquilo foi um tempo em que sua terra se encharcou de sangue e se cobriu de cadáveres.

Enquanto isso os oficiais se encarregavam de manter seu prestígio europeu. Quando acampavam, os alemães ficavam em fileiras separadas dos askaris, dormindo em suas camas de campanha com mosquiteiros. Quando paravam à margem de um rio, ficavam sempre corrente acima, com os askaris rio abaixo e os carregadores e animais ainda mais para trás. Os oficiais faziam o possível para jantar juntos todas as noites, a etiqueta sendo observada na medida do possível. Eles não faziam nenhum trabalho físico associado aos askaris ou aos carregadores: transportar equipamentos, procurar comida, montar acampamento, cozinhar, lavar pratos. Mantinham-se distantes, comendo separados, exigindo deferência sempre que podiam. Todo o exército da Schutztruppe, oficiais e soldados, vestia agora qualquer peça de roupa que conseguisse arrancar de seus companheiros mortos ou inimigos, o que alguns askaris usaram como desculpa para adotar visuais extravagantes compostos de penas e brasões, embora seus oficiais ainda desfilassem como se estivessem cobertos de fivelas de prata e dragonas de ouro. Os askaris também tinham sua honra para manter. Insistiam em se diferenciar dos carregadores e consideravam que levar carga estava abaixo de seu prestígio como soldados.

Dos outros oficiais do boma, o oficial médico e o Feldwebel Walther, o Jogoo, ainda estavam com a companhia. Dois oficiais foram mortos na retirada do Rufiji e substituídos por um oficial da musikkappele e por um colono voluntário. Três foram transferidos para outras companhias. Todos os askaris que tinham entrado para a tropa ao mesmo tempo que Hamza estavam mortos ou desaparecidos ou tinham sido capturados. Depois de meses e anos de manobras apressadas e combates desastrosos os homens que sobraram estavam maltrapilhos e exauridos. O oficial médico tinha perdido peso e deixado crescer uma barba grossa cor de bronze. Estava sempre ocupado cuidando de ferimentos e doenças, fornecendo doses diárias de quinino aos soldados enquanto houvesse suprimentos. Tinha que fazer o possível para conservar os suprimentos, então os carregadores não recebiam mais quinino. Seu ordenança ainda estava com ele, esguio e fleumático como sempre. O oficial médico estava ainda mais animado do que era no campo, rindo e gargalhando do que ele chamava de suas tarefas macabras, mas era uma animação que ele mantinha viva com seu estoque de brandy que vigiava atentamente e com outras substâncias químicas de sua caixa de medicamentos. Tinha febres causadas pela malária pontualmente de dois em dois dias e ficava acamado por horas. Esses acessos cobravam seu preço, e cada vez que ele se levantava da cama parecia ter perdido mais peso e seus sorrisos pareciam ter ficado mais fracos.

O Feldwebel agora vivia fora de si, enfurecido com qualquer aborrecimento que eles tivessem, seu frenesi alimentado por bangi e pela cerveja de sorgo que eles confiscavam dos habitantes dos vilarejos. Ele parecia nunca cair doente, como acontecia com todos os outros oficiais numa ou noutra ocasião. Seu estado de espírito estava tão descontrolado que com frequência ele batia nos askaris e nos carregadores com o que tivesse na mão: uma bengala, um chicote ou uma acha de lenha. Estava ainda mais cruel do que antes em seu ódio e desprezo pelo povo cuja terra eles haviam saqueado. Para ele não passavam de selvagens e falava sobre eles com uma ferocidade maior do que a que dedicava ao inimigo britânico. Sentia um ódio profundo por Hamza e o xingava sempre que o pegava cometendo algum erro trivial ou às vezes imaginário. Hamza se mantinha longe dele sempre que possível mas às vezes parecia que o Feldwebel o perseguia.

Hamza era inseparável do Oberleutnant, por insistência de seu comandante, o que provocava uma tremenda indignação em alguns oficiais, zombaria em outros e ainda mais ódio no Feldwebel. Os askaris torturavam Hamza com suas reclamações e lhe diziam para levá-las a seu oficial. Hamza fazia que sim com a cabeça e não abria a boca. Exigia-se que ele estendesse a esteira ao lado do catre do oficial ao pôr do sol durante uma ou duas horas enquanto ele continuava com o que chamava de aulas de conversação. Depois disso Hamza tinha que pegar a esteira e voltar para as fileiras dos askaris. Em algumas noites o oficial esticava a mão e o tocava no escuro. Você ainda está aí. Você está tão quieto, dizia. Hamza não sabia o que ele queria dele. Sentia-se aprisionado nos braços do oficial e aquela intimidade forçada lhe dava engulhos embora fosse mais fácil fugir dela na guerra do que no boma. No campo havia muitas outras coisas que ocupavam o oficial comandante enquanto eles saqueavam e se escondiam e procuravam comida, e as aulas de conversação às vezes pareciam perfunctórias.

O oficial perdeu boa parte de sua aura desdenhosa e satírica à medida que as dificuldades deles cresceram e agora com frequência mostrava-se frio e recolhido, às vezes calado por longos períodos quando tomado pela melancolia. Os outros oficiais alemães mantinham um clima de sinistra camaradagem, o que deixava o recolhimento do Oberleutnant ainda mais evidente. As privações e a vida na guerra haviam enfraquecido muitos deles mas acabaram empurrando o oficial para dentro de si e o tornando hesitante, ele que antes era tão firme. Estava mais irritadiço com seus oficiais e com os askaris, e impaciente com os habitantes dos vilarejos que saqueavam, às vezes ordenando castigos duros para o que chamava de atos de sabotagem, queimando suas palhoças depois de confiscar todos os seus suprimentos. Em um vilarejo os outros oficiais sugeriram executar um ancião que tinha se recusado a revelar a localização de um depósito subterrâneo de inhame que eles só conseguiram descobrir quando espancaram um menino e o forçaram a dizer. O oficial baixou os olhos ao ouvir o pedido dos oficiais, concordou com um aceno de cabeça e se afastou. O Feldwebel deu um tiro na cabeça do velho.

Naquelas centenas de quilômetros de pesadelo que enfrentaram, Hamza executou toda e qualquer ordem que seu oficial achou possível dar nas circunstâncias limitadas em que viviam, e até onde pôde tentou atender às necessidades dele. Fazia o melhor para não chamar atenção para si próprio. Marchava com a tropa e corria agachado como foi treinado a fazer e disparava sua arma quando precisava mas nunca soube direito se alguma vez acertou alguém. Ele se abaixava e fazia zigue-zagues e berrava como os outros askaris mas disparava contra sombras, evitando os alvos. Por uma sorte milagrosa não teve que se envolver em combates corpo a corpo, e conseguiu não fuzilar nenhum habitante dos vilarejos que eles por vezes recebiam ordens de punir por traição ou por tentar enganá-los. Ele comia a comida roubada como qualquer um deles, via a destruição da terra e se afastava apressado como todos faziam. Vivia aterrorizado desde o momento em que abria os olhos até o nascer do sol, mas às vezes chegava a um estado de exaustão em que não sentia mais medo, e isso sem bravata, sem pose, desconectado do momento e aberto a tudo o que lhe pudesse acontecer. Às vezes caía em desespero.

6.

Falou-se da guerra em Tanga durante semanas por todo o litoral, mas para a maioria das pessoas a situação se acalmou depois do ataque desastroso. Foi como todos haviam imaginado: os britânicos não estavam à altura da Schutztruppe. À medida que as notícias de Tanga iam descendo o litoral, os boatos cresciam e douravam a ferocidade e a disciplina dos askaris assim como o pânico desorganizado dos soldados indianos, que se supunha terem deflagrado o pânico. Khalifa disse que logo Ilyas iria se manifestar a respeito dessa vitória alemã — ele não resistiria a elogiar a Schutztruppe — mas não chegaram notícias dele.

A resposta britânica à derrota foi determinar que a Royal Navy bloqueasse o litoral. O comércio com Zanzibar ou Mombaça ou Pemba ficou impossibilitado no estreito, e ainda mais nas linhas oceânicas de longa distância. Da noite para o dia bens começaram a escassear, com os mercadores se apressando para estocar o que pudessem, tanto para manter seus suprimentos quanto para esperar o aumento dos preços enquanto mantinham suas mercadorias longe das mãos das autoridades alemãs, que certamente confiscariam tudo para si mesmas e seus soldados. Nassor Biashara, cujos negócios vinham se recuperando lentamente depois do baque e da quase falência que ocorreu quando precisou pagar os credores depois da morte do pai, agora se via em apuros ainda piores. Tinha se comprometido com a compra de vários itens para distribuir no atacado a clientes do interior: açúcar indiano, trigo para moendas, sorgo e arroz, tudo já pago e por ser entregue. Achou que pudesse compensar suas perdas para os credores com um plano ambicioso, mas o bloqueio o deixou de mãos atadas.

Não foram só homens de negócios como Nassor Biashara que sentiram as consequências do bloqueio. Muitas coisas ficaram mais difíceis de encontrar: arroz, café e chá — apesar de produzidos ali mesmo —, açúcar, peixe salgado, farinha de trigo. A Schutztruppe se alimentava do que a terra produzia sempre que possível, e agora que estavam em guerra tudo ficava à disposição dos soldados. Ainda havia muito peixe e coco e bananas e mandioca apesar da Royal Navy e da Schutztruppe. Por algum tempo as pessoas fizeram compras oferecendo em troca outra coisa: uma camisa por um cesto de mangas, um rolo de tecido de algodão por um bode. Ninguém pensou muito em dinheiro por algum tempo. Onde não houvesse itens adequados para o escambo, sempre haveria joias. Quase todas as famílias tinham uma ou outra joia que veio como dote e que tinha sido passada de geração para geração. Mercadores e comerciantes sabiam do valor permanente do ouro e das pedras preciosas e não conseguiam resistir a essa oferta. Por algum tempo o pânico da carestia se instalou.

Ficavam sabendo muito pouco da guerra no interior e o que chegava até eles passava pela administração alemã. Parecia que a experiência de Tanga tinha sido o bastante para dissuadir os britânicos de um novo desembarque em qualquer outro ponto do litoral, e como o período de tranquilidade foi se estendendo mesmo que estivessem sofrendo aquele bloqueio, as pessoas se adaptaram e encontraram formas de viver, e com o aumento do caos conseguiram evitar o pagamento dos impostos que as autoridades alemãs normalmente lhes impunham. Os negócios e o comércio começaram a se recuperar, embora as contas de Nassor Biashara ainda estivessem com problemas.

"A sua esperteza só causou desgraça", Khalifa disse a ele.

O mercador não apreciava o tom que Khalifa por vezes adotava ao se dirigir a ele, como se Nassor ainda fosse um novato naquele trabalho. Ficou claro que ele tentou controlar a raiva ao ouvir Khalifa dizer isso. Ele o olhou fixamente, os lábios contraídos, desviou o rosto um instante e depois começou a falar devagar. Ainda não estava pronto para um enfrentamento.

"Não houve esperteza ali. Só achei que era preciso fazer alguma coisa para recuperar os negócios. Como é que eu ia saber da guerra e do bloqueio?"

"Apostar tudo num empreendimento só", disse Khalifa, "não foi uma boa mostra de tino comercial."

"O que você queria que eu fizesse? Que ficasse esperando até empobrecer? Eu não pus tudo naquele empreendimento. Nós ainda temos a madeira", disse Nassor Biashara com raiva. Depois respirou fundo e passado um instante continuou num tom mais controlado. "Aliás, se você entende tanto de negócios, onde é que você estava enquanto todas essas dívidas iam se acumulando na época do meu pai? Por que você não disse algo assim para ele em vez de vir resmungar comigo agora?"

"Eu não conhecia todos os negócios dele. Já lhe contei isso", disse Khalifa.

"Você era o contador dele. Devia saber", disse Nassor Biashara. "Devia ter registrado tudo."

"Você está me culpando pelos segredos do seu pai?", perguntou Khalifa suavemente, sorrindo com desdém.

Nassor Biashara baixou os óculos, que tinham ficado no alto de sua testa durante a conversa, e voltou ao livro que verificava mais uma vez em busca de registros das transações do pai, caso tivesse lhe escapado alguma coisa em suas consultas anteriores. Não falou mais com Khalifa naquele dia e evitou contato visual com ele. Continuou taciturno por alguns dias, falando com educação mas apenas o necessário. Não havia muitos negócios a fazer. Nassor Biashara passava cada vez mais tempo no minúsculo escritório que tinha no depósito de madeira. Em geral eles ficavam à toa no escritório e conversavam com quem calhasse de aparecer. Não tiveram outra conversa como aquela mas um dia Nassor Biashara anunciou que havia encontrado alguém interessado no escritório do térreo, para transformá-lo num armazém de secos e molhados, uma duka. "Vou levar a papelada para o depósito de madeira e vender toda a mobília. Daqui para a frente você cuida do depósito já que não temos mais contabilidade para fazer, e a papelada que surgir eu mesmo resolvo. Você também vai ter que aceitar um corte de salário. Nós todos, enquanto as coisas estiverem deste jeito."

Ele fez esse anúncio com certa aspereza, sem dar trela a mais conversa. Assim que acabou de dizer o que tinha a dizer, pôs seu barrete e subiu.

"Ele está tentando se livrar de você", disse Bi Asha. "Esse ingrato desgraçado, esse ladrãozinho hipócrita mirrado, depois de tudo o que você fez por ele e pelo pai dele." Ela continuou nesse tom por um longo tempo enquanto Khalifa ouvia agradecido sua fúria. Ele sabia que Nassor Biashara não tinha escolha e precisava fazer cortes mas ainda assim gostava de ouvir o pequeno tajiri sendo destroçado daquela maneira. Ficou surpreso ao ver que o rapaz que sempre tinha tomado por uma pessoa tímida e até amedrontada agisse de maneira tão decidida. Até sorriu em segredo ao pensar nisso. Alugar o escritório era uma medida um tanto desesperada mas sem maior importância já que sempre poderia ser revertida. Que tipo de trabalho ele teria a fazer num depósito quase vazio? Temia que Bi Asha tivesse razão, que o mercador quisesse cortar suas asas e que logo não houvesse mais salário. Talvez logo não houvesse mais mercador. Quem é que precisava de um contador nesses tempos bicudos?

Mas o mercador não se livrou de Khalifa. Enquanto a guerra ia se reduzindo a boatos de combates renhidos no interior, Nassor Biashara investia em madeira para os consertos e as reconstruções que certamente seriam necessários com o fim do conflito. Aquilo não podia durar muito mais. Tomou essa decisão sem perguntar nem se aconselhar com Khalifa, cuidou ele mesmo da contabilidade e não ficou esperando que um funcionário incompetente fizesse o serviço. Khalifa, enquanto isso, esvaziou e organizou o depósito para receber a madeira comprada pelo mercador. Ele também foi mantendo seus próprios livros-caixa caso o futuro lhe reservasse acusações de incompetência ou coisa pior.

Um dos mais antigos contatos comerciais de Amur Biashara, Rashid Maulidi, que era o nahodha de um barco que estava encostado no porto, conversou com Nassor Biashara sobre um empreendimento que tinha em mente para trazer arroz e açúcar de Pemba. O mercador sabia sem conhecer exatamente os detalhes que Rashid Maulidi fazia parte da questionável rede de comerciantes que vendiam para seu pai. Nassor disse que não, era perigoso demais. Se os ingleses ficassem sabendo, iam afundar o barco e talvez metê-lo na cadeia por anos a fio. Se os alemães soubessem que ele tinha contrabandeado arroz e açúcar, iam ficar com os produtos e lhe tascar um kiboko por estocar bens necessários. Rashid Maulidi foi procurar Khalifa que possuía mais familiaridade com esse tipo de negócio que ele tinha em mente e explicou seu plano, e Khalifa prestou muita atenção e perguntou a Rashid Maulidi se ele poderia trazer uma remessa a crédito. Seria possível? Ele disse que seu crédito era bom em Pemba, que era sua terra, mas que não sabia se queria arcar sozinho com o risco. Se alguma coisa desse errado, ele não teria recursos para compensar os prejuízos e perderia o barco. Khalifa disse que o mercador era um sujeitinho nervoso que precisava ser convencido das coisas. Sugeriu que Rashid Maulidi buscasse uma remessa pequena a crédito, só para demonstrar que o esquema era viável, e depois eles conversariam novamente com o mercador. Rashid Maulidi trouxe uma remessa modesta de arroz e de açúcar como eles combinaram, e quando ela já estava armazenada em segurança no depósito eles levaram Nassor Biashara até lá.

"Você não sabe que isto está aqui", disse Khalifa. "Você me dá o dinheiro para eu pagar por isto no meu nome e eu vendo tudo. Depois disso a coisa se paga sozinha. Nós usamos os lucros para comprar mais comida. Você não precisa se envolver. Se tivermos lucro, dividimos em quatro partes para você, duas para Rashid Maulidi e duas para mim. Você não precisa saber de mais nada."

Eles ainda pechincharam um pouco mas depois de discutirem bastante a coisa acabou sendo confirmada. Durante os anos finais do bloqueio, Rashid Maulidi trouxe pequenas remessas de tudo que conseguiu comprar em Pemba, e Khalifa escondia tudo no depósito onde comerciantes de confiança iam fazer negócio. Não eram grandes riquezas mas aquilo manteve o negócio de pé e permitiu que Khalifa encontrasse um novo papel para si como contrabandista, além de zelador de depósito. Ele tratava Nassor Biashara com educação, ainda que por vezes meio irritado, e os dois basicamente mantinham distância um do outro.

As forças britânicas entraram em Tanga em 3 de julho de 1916, quase dois anos depois da desastrosa tentativa de 1914.

Um pequeno destacamento de centenas de soldados indianos tomou o porto sem disparar um único tiro. Encontraram uma cidade que ainda ostentava as cicatrizes do bombardeio da Royal Navy, e o porto e a alfândega e o cais estavam em ruínas, explodidos pelos alemães antes da retirada. As forças alemãs que estavam na região foram se juntar a seu comandante no interior, que reagrupava suas forças antes de recuar ainda mais para o sul. Foi o fim da guerra para aquele trecho do litoral embora a luta por Bagamoyo e Dar es Salam ainda estivesse por vir em agosto. Significou também o fim do bloqueio e um lento retorno do comércio com Mombaça e Pemba e Zanzibar. Eles começaram a receber notícias mais detalhadas da guerra no interior. Todo mundo tinha certeza de que a guerra acabaria muito em breve. Não passa das monções, eles diziam.

Afiya tinha treze anos quando os ingleses assumiram o controle do litoral. Já fazia mais de dois anos que Ilyas tinha ido para Dar es Salaam e nesse tempo todo eles não receberam nenhuma notícia dele. Baba Khalifa lhe dizia que as notícias do interior davam conta de combates generalizados com muitas baixas, alemãs, inglesas, sul-africanas, indianas, mas especialmente africanas. Askaris da Schutztruppe, KARS, exércitos da África Ocidental, muitos africanos estão morrendo para resolver essa contenda europeia, ele disse. Maalim Abdalla convenceu Habib, o contador que trabalhava com Ilyas na plantação de sisal, a investigar um pouco. Ele descobriu o que eles já sabiam: que Ilyas foi enviado para treinamento em Dar es Salaam mas também descobriram que ele foi treinado como sinaleiro e enviado ao distrito de Lindi, no sul. Habib não conseguiu descobrir mais do que isso e não havia a quem perguntar já que o administrador alemão era agora prisioneiro de guerra dos ingleses.

Khalifa tinha ouvido dizer que Tabora fora conquistada pela Force Publique belga e que a batalha havia sido terrível. Depois os combates mais duros tinham passado para a região sul e agora estavam em Lindi, exatamente para onde se dizia que Ilyas tinha sido enviado como sinaleiro. Isso ele não disse a Afiya, mas estava começando a pensar que havia algo de sinistro no longo silêncio do irmão dela. Pelo contrário, ele tentava minimizar sua preocupação quando falava com ela. "Os sinaleiros fazem um trabalho mais tranquilo", ele lhe dizia. "Ilyas vai ficar bem. Vão mandar ele para alguma montanha bem longe do perigo e de onde ele vai ficar enviando mensagens com espelhos. Nem se preocupe, logo vamos saber dele."

Afiya não era mais uma menina e sim uma kijana, uma donzela, e começava a entender os infindáveis ressentimentos que faziam parte da vida reclusa das mulheres. Ela não ia mais visitar Khalida com a mesma frequência de antes porque Bi Asha disse que ela não devia. Aquela era uma família de calhordas, ela disse, e as cabeças-ocas que eram amigas de Khalida gostavam mesmo era de fofocar e falar mal dos outros, que vergonha. Afiya sabia que o principal tema de Bi Asha eram as vizinhas, cujos defeitos ela adorava e vivia descrevendo. Afiya não reclamou dessa nova proibição mas quando ia visitar a amiga não contava a Bi Asha, nem contava a Khalida o que se dizia dela e de seu marido nem as maldades dirigidas a suas amigas. Fora essas visitas a Khalida e Jamila, Afiya passava dias e noites trancada em casa ou envolta em um buibui quando saía. Podia sentir que uma parte de si ia se encolhendo e se retesando como se o tempo todo à espera de uma repreensão. Havia muitas coisas que agora ela não podia fazer por serem inadequadas. Não devia tocar a mão de um rapaz ou de um homem nem ao cumprimentá-los. Não devia falar com um rapaz ou com um homem na rua a não ser que eles se dirigissem a ela e fossem pessoas conhecidas. Não devia sorrir para um desconhecido e devia caminhar sempre com os olhos voltados levemente para o chão a fim de evitar cruzar com o olhar de alguém sem querer. Bi Asha policiava seus movimentos, ou tentava, com recomendações firmes sobre seu comportamento e as pessoas que não devia ver e as coisas que não devia fazer.

Sua amiga Jamila ainda estava solteira e Bi Asha decretou que o casamento provavelmente seria cancelado. Era o que costumava acontecer quando um noivado se estendia tanto assim. Significava que alguém estava em dúvida. O noivo de Jamila morava em Zanzibar e planejava se mudar para ficar com ela depois do casamento, o que não era uma surpresa para Bi Asha. Quem não ia querer sair de Zanzibar? Tudo quanto era doença existia em Zanzibar, até pecado e desilusão. Afiya dava de ombros e não se deixava contaminar pelo azedume. A família de Jamila não parecia estar incomodada com a demora e até falava abertamente do assunto sem perder a tranquilidade, recebendo Afiya bem quando ela os visitava e lhe contando sobre seus planos. O quarto do térreo que Ilyas alugava antigamente seria a nova casa de Jamila depois do casamento e ela já estava cuidando da decoração.

Ainda não era proibido visitá-la mas Afiya percebia que Bi Asha desaprovava cada vez mais sua velha amiga. "Jamila está com quantos anos já? Ela deve estar chegando aos dezenove. Eles deviam tratar logo desse casamento antes que ela apronte alguma coisa. Você não faz ideia da lábia dos homens e da tolice das mocinhas. Ouça o que eu digo, menininha, eles estão procurando problemas."

Eu não sou menininha, Afiya dizia a si mesma e tentava não se incomodar. Desde que estava com Bi Asha jamais desafiou os desejos dela e os pequenos ardis que empregava para conseguir o que queria se referiam apenas a questões desimportantes. Não falar de suas visitas a Khalida era seu maior ato de desobediência, mas fora isso eram coisas como esconder uma banana que ela tinha comprado para poder comer à noite quando de vez em quando sentia fome, ou ocultar um colar de búzios que Jamila e Saada encontraram na caixa de joias da mãe e lhe deram de presente. Bimkubwa não aprovava enfeites. Quando Bi Asha a pegava com a mão na botija ela sorria, sem dar importância a mentiras tão pequenas. Unakuwa mjanja we, ela dizia à menina. Você está ficando ardilosa. Baba às vezes a defendia mas Bi Asha reservava suas ordens mais duras para os momentos em que ela e Afiya estavam sozinhas.

Quando o mercador fechou o escritório e se mudou para o depósito de madeira, Baba conseguiu salvar um livro-caixa quase novo que levou para casa e deu a Afiya. As páginas eram grossas e brilhantes, e a capa marmorizada com tinta azul e cinza. Parecia um desperdício escrever seus rabiscos desajeitados em páginas tão lindas. Ele também levava para casa os exemplares antigos de *Kiongozi* que por acaso encontrava. A circulação parou com a chegada dos ingleses mas ainda havia alguns números velhos. Khalifa também encontrou exemplares de *Rafiki Yangu* graças a Maalim Abdalla. Esses jornais eram o que ela lia para depois copiar parágrafos inteiros como prática. Bi Asha desconfiava dessas publicações porque dizia que eram palavras de infiéis que queriam converter as pessoas com mentiras. O desejo que essas pessoas tinham de causar mal era incansável. Às vezes Bi Asha recitava uma qasida enquanto trabalhava, e quando lhe dava na veneta ditava um versículo e olhava com indulgência enquanto Afiya anotava as palavras. Depois ela lia os versículos para Bi Asha que dizia: Deixa eu ver, e sorria ao constatar como Afiya era inteligente. Afiya também ficava feliz mas não se tratava de inteligência de verdade já que ela só sabia ler devagar e escrevia de um jeito sofrido e desajeitado enquanto Baba o fazia com elegância.

"Você só precisa praticar mais", ele dizia. "Faça um esforço de verdade."

"Você não precisa escrever como ele", disse Bi Asha. "Ele é contador. Você não vai virar contadora, menininha."

Eu não sou menininha.

Nos seus quinze anos, no primeiro dia do Idd daquele ano, Afiya usou um vestido que suas amigas Jamila e Saada tinham feito para ela de presente. O corpete era de cetim azul e bem justo. O decote era redondo e debruado com renda branca. A saia era rodada e pregueada, de popelina azul-clara com um padrão de minúsculas flores verdes. O tecido era da mãe delas, que havia guardado de outros vestidos que elas já tinham feito. Jamila possuía talento para criar vestidos com tecidos disparatados e foi ela quem inventou o modelo. Quando Afiya provou o vestido na casa delas, as irmãs trocaram sorrisos satisfeitos e lhe disseram que ele caía muito bem. Era o vestido mais lindo que já tivera. Quando foi para casa Afiya escondeu o vestido por baixo do buibui e o guardou numa cômoda em seu quarto. Agiu dessa maneira guiada por algum instinto pois esperava desaprovação.

Quase todo mundo mandava fazer roupas novas para o Idd: um vestido ou uma kanga nova para as mulheres, um kanzu e um kofia ou até um paletó novos para os homens. Os tempos ainda eram difíceis apesar do fim do bloqueio e ela sabia que ia ganhar um vestido de Bimkubwa. Não era novo, mas um vestido que Bimkubwa tinha feito para si própria anos antes e que agora reformara para bem ou mal servir em Afiya. Afiya era esbelta e ainda estava crescendo, e o vestido lhe ficou frouxo e largo, o que Bi Asha disse não ser um problema. Você vai acabar crescendo mesmo. Quando ela provou a roupa na véspera do Idd e andou pela casa para exibi-lo, Baba fez uma careta pelas costas de Bi Asha, uma cara feia e depois um sorriso de compaixão.

Na primeira manhã do Idd, Afiya trabalhou na casa e ajudou a preparar o desjejum festivo usando suas roupas do dia a dia. Na metade da manhã, quando tinham acabado tudo e logo antes de sentarem para o desjejum, ela foi se trocar em seu quarto. Sabia que eles estavam esperando que ela saísse com o vestido que Bi Asha tinha reformado para ela. Mas ela pôs o vestido que as amigas tinham feito para ela, do qual nem Bi Asha nem Baba tinham conhecimento. Quando ela saiu minutos depois, Baba fez que sim com a cabeça, sorriu e aplaudiu calado.

"Que linda", ele disse. "Agora está parecendo uma princesa e não uma órfã. Onde foi que você arrumou esse vestido?"

"Jamila e Saada fizeram para mim", disse Afiya.

Bi Asha ficou olhando sem dizer nada por um instante, e quando Afiya já estava pensando que receberia a ordem de voltar para o quarto e se trocar, Bi Asha também conseguiu sorrir. "Agora ela é uma moça", disse.

O verdadeiro peso das palavras de Bi Asha foi ficando claro nos meses seguintes. Toda vez que Afiya se arrumava para sair de casa, Bi Asha pedia que ela dissesse aonde estava indo e o que ia fazer lá. Quando ela voltava, Bi Asha pedia que ela dissesse quem tinha visto e o que fora dito. Aos poucos, no começo sem nem se dar conta do que estava fazendo, Afiya se viu pedindo permissão a Bi Asha antes de sair. Bi Asha fazia comentários sobre suas roupas, elogiando ou reprovando de acordo com o que lhe parecia apropriado. O vestido do Idd tinha sido condenado havia muito tempo por ser muito pequeno para ela, disse Bi Asha. Muito justo no peito, ousado demais. Afiya teve até que passar a se cobrir com uma kanga quando Baba estava por perto, deixando apenas o rosto descoberto. Bi Asha parecia saber quando a menstruação dela estava para chegar e sempre lhe perguntava sobre isso. Afiya ainda não tinha superado a aversão que lhe causavam as coisas que lhe aconteciam durante a menstruação e achava humilhante ser forçada a descrever a cor e o volume daquela sujeira.

O tom de Bi Asha com ela era muitas vezes áspero, como se um resmungo baixo acompanhasse suas palavras. Ela só parecia satisfeita quando Afiya ia rezar ou ler o Corão com ela no fim da tarde. Para se preparar para uma visita às amigas, Afiya primeiro se dedicava longamente a demonstrações de fé, e às vezes fazia isso apenas para conseguir um pouco de paz. Sentia-se o tempo todo cerceada e vigiada, como se estivesse secretamente pensando em pecar. Afiya tinha certeza de que Bi Asha revistava seu quarto quando ela saía. Sentia-se ao mesmo tempo ressentida e culpada porque se lembrava da bondade que Bi Asha havia demonstrado quando ela era uma criança ferida e amedrontada. Queria dizer a Bimkubwa que ela não era mais uma criança porém não tinha coragem. Nem mesmo sabia exatamente qual a sua idade porque ninguém tinha se dado ao trabalho de registrar seu nascimento.

Quando disse isso a Baba, ele falou: "Vamos fazer as contas. Você sabe o ano em que nasceu porque foi o ano em que Ilyas fugiu. Então agora escolha o dia do seu nascimento. Nem todo mundo tem esse privilégio. O meu foi registrado pelo meu pai. O de Bi Asha foi anotado num livro-caixa que era de bwana Amur Biashara. Você pode escolher o seu aniversário. Fique à vontade".

Afiya escolheu o sexto dia do sexto mês — mwezi sita wa mfungo sita — porque gostava da cadência das palavras. Então de agora em diante você vai saber exatamente qual a sua idade, disse Baba. Poucos meses depois de seus dezesseis anos, o verdadeiro peso das palavras que Bi Asha dissera naquele primeiro dia do Idd, quando Afiya usou o vestido que suas amigas lhe fizeram, caiu sobre sua cabeça.

"Você agora é uma moça", disse Bi Asha quando as duas estavam sentadas após o desjejum de outro Idd um ano depois. "Está na hora de encontrar um marido para você."

Baba riu, por supor que Bi Asha estivesse provocando Afiya por ela ter crescido. Afiya sorriu também, pensando a mesma coisa.

"Eu não estou brincando", Bi Asha disse com secura, e Afiya imediatamente percebeu o que devia ter percebido desde o começo. Não, ela não estava mesmo brincando. "Não podemos ter uma mulher já adulta à toa aqui em casa, sem nada para fazer. Ela só vai criar problema. Ela precisa de um marido."

"Mulher adulta! Ela é só uma menina", Baba disse incrédulo, e com tamanha emoção que Bi Asha puxou o ar com força de tão surpresa. "Você vive chamando Afiya de menininha e agora de repente ela virou mulher."

"Não de repente", disse Bi Asha. "Não finja que não percebeu."

"Deixe ela viver a juventude antes do fardo de ter filhos. Por que a pressa? Alguém pediu a mão dela?"

"Não, ainda não, mas logo alguém vai pedir, eu espero. Foi você mesmo quem fez as contas. Ela tem dezesseis anos", Bi Asha disse teimosa. "É uma idade mais do que normal para uma moça se casar."

"Isso é ignorância e pobreza de espírito", Baba disse com veemência, e Bi Asha cerrou os lábios num recuo estratégico.

7.

Certa noite um destacamento de cinco pessoas sob comando do oficial e com a participação de Hamza seguiu para uma missão alemã chamada Kilemba, que eles esperavam que o comando inglês ainda não tivesse alcançado. O método dos ingleses era fechar todos os postos avançados, fazendas ou missões alemãs, para impedir a Schutztruppe de conseguir suprimentos. Os civis alemães eram tratados com a cortesia que cabia aos cidadãos de uma nação combatente esclarecida e levados para a Rodésia ou para a África Oriental Britânica ou para Blantire na Niassalândia onde podiam ficar em campos de prisioneiros de outras nações europeias até que as hostilidades acabassem. Não era concebível deixar europeus detidos e vigiados por africanos sem supervisão. Os habitantes locais, africanos que não eram nem cidadãos nem membros de uma nação, nem esclarecidos, e que estavam no caminho dos combatentes, eram ignorados ou roubados e, quando a necessidade exigia, recrutados à força para o corpo de carregadores.

O oficial tinha visto em seu mapa que a missão ficava perto

dali antes da guerra, mas não tinha certeza se ela ainda estava aberta ou se os ingleses já tinham chegado lá. Normalmente a tarefa de encontrá-la teria sido delegada aos soldados askaris que eram mestres em reconhecimento e rastreamento, mas o oficial comandante estava curioso sobre aquela missão, da qual tinha ouvido falar através de outro oficial que passara algumas semanas se recuperando lá durante a guerra Maji Maji. Havia também como atrativo a possibilidade de encontrar uma refeição alemã e um schnapps de qualidade, suspeitava Hamza.

Encontraram a missão sem dificuldade alguma e chegaram lá no fim da tarde. Eles tinham atravessado uma área arborizada que subia na direção de algumas escarpas pedregosas e que depois descia para uma planície gramada cercada de montanhas distantes. A missão ficava no alto de uma elevação no meio da planície. Era um conjunto murado, com construções caiadas e uma imensa figueira. Parecia serena e pacífica na colina. O pastor ainda estava ali com a esposa e duas menininhas louras, e eles se postaram junto ao portão interno para cumprimentá-los, quando os soldados chegaram. Era óbvio que estavam encantados por ver soldados alemães, os rostos adultos sorriam enquanto as crianças acenavam.

Havia dois canteiros pequenos, cercados, logo depois do portão externo, com abóboras, repolhos e uma planta que Hamza não reconheceu. O destacamento ficou esperando ali enquanto o oficial se adiantou para cumprimentar o missionário e sua família e em seguida foi com eles para dentro. Momentos depois um homem africano saiu e os convidou a entrar no complexo. Tinha rugas profundas na testa e no rosto e uma cicatriz irregular no lado direito do pescoço. Era fluente em kiswahili. Disse a eles que seu nome era Pascal e que trabalhava na missão. A missão era grande e tinha diversas construções, uma escola, uma enfermaria, um terreiro de galinhas, uma horta e um pomar. Houvera combates perto dali e as pessoas dos vilarejos vizinhos fugiram. Por isso tudo parecia tão vazio. Normalmente havia crianças na escola e a enfermaria estava sempre ocupada, tratando da infinidade de doenças que afligiam as pessoas ali: vermes, doença do sono, malária. Os ingleses tinham permitido que a missão continuasse aberta porque o pastor e sua família haviam cuidado de um oficial rodesiano ferido que fez amizade com eles e apelou para que recebessem autorização de ficar e cuidar da população local em vez de ser enviados para um campo de prisioneiros de guerra em Blantire.

"Por que as pessoas não vieram se proteger na missão?", perguntou um askari chamado Frantz.

"Porque o pastor disse para não virem", respondeu Pascal. "Ele não queria que os ingleses voltassem e dissessem que ele estava abrigando ruga-ruga."

"E tem ruga-ruga aqui?", perguntou Frantz, assumindo o papel de porta-voz.

"Não sei", disse Pascal. "Eu não vi nenhum. É deles que a gente tem mais medo, não dos ingleses nem dos rodesianos, mas dos ruga-rugas. Tem gente que diz que eles são canibais."

Alguns askaris riram ao ouvir isso. "Quem te falou uma coisa dessa?", perguntou um soldado chamado Albert. Era moda entre os askaris adotar um nome alemão.

"As pessoas falam", disse Pascal tranquilamente. "O oficial rodesiano que esteve aqui disse ao pastor que os ruga-rugas não fazem prisioneiros e que eles comem carne humana. Não sei se é verdade."

"Eles são só ralé, uns desordeiros, não canibais. São uns selvagens com aqueles couros de bode e penas, brincando de malvados", disse Frantz depois de um novo ataque de riso. "A gente usa esses sujeitos porque a reputação deles é um horror e eles geram caos e metem medo nas pessoas. Você sabe por que eles são chamados de ruga-rugas? Porque vivem entupidos de bangi e ficam pulando de um lado pro outro. Ruga-ruga, entendeu? É de nós que vocês deviam ter medo, da Schutztruppe. Nós somos uns filhos da puta impiedosos que gostam de sair por cima, de intimidar e mutilar os civis washenzis. Os nossos oficiais são arrogantes especializados em aterrorizar os outros. Sem nós não existe Deutsch-Ostafrika. Tenham medo é de nós."

"Ndio mambo yalivyo", Pascal disse baixinho. É assim que as coisas são. Sua indiferença bem-educada fez parecer que ele não acreditava realmente em Frantz ou que pelo menos não estava tão amedrontado quanto o askari gostaria.

Depois Pascal lhes trouxe comida — milho e um cozido de peixe salgado — além de ameixas e figos, e eles comeram no alpendre onde estenderam as esteiras e largaram os equipamentos. Pascal ficou ali com eles enquanto comiam com voracidade. Isto é um banquete, disseram. Você não sabe o que a gente comia por aí. Depois Pascal foi buscar outros dois homens que também trabalhavam na missão, Testemunha e Jeremiah, que preferia ser chamado de Juma. Eram cristãos e membros da comunidade missionária. Cuidavam dos animais e das plantas, e a esposa de Testemunha cuidava da casa. Ela estava lá dentro servindo à família e ao oficial um belo jantar alemão naquele exato momento, Pascal disse a eles. Frantz começou a falar de batalhas e dos acontecimentos horrendos de que tinham participado, e os outros askaris contribuíram com suas próprias histórias sangrentas. A ideia era apavorar os missionários mas eles ficaram ali ouvindo tudo, boquiabertos. Tinham vindo até ali para isso, para ouvir histórias da ferocidade dos askaris. Quanto mais revoltantes elas ficavam, maior o silêncio e a reverência com que eram recebidas.

"A guerra chegou muito perto de nós", disse Pascal. "Depois foi embora. Nós tratamos de um oficial alemão e daquele rodesiano de quem eu falei. Deus tratou deles todos e de nós, e não perdemos ninguém aqui na missão."

A temperatura caiu vertiginosamente depois que escureceu. Hamza subiu até o alto do muro pela escada de pedra e sentiu um vento gélido e impiedoso soprando em seu rosto. Uma poça na planície brilhava de um jeito estranho por refletir a luz da lua. Eles passariam a noite ali e regressariam ao nascer do sol. O oficial tinha satisfeito sua curiosidade pela missão e pelos missionários, ambos nitidamente seguros nas mãos de Deus. Eles deixaram Kilemba com um presente, salsichas e uma garrafa de schnapps para os outros oficiais, além de um suprimento de tabaco, que era a planta que Hamza não reconheceu entre as que cresciam no canteiro. Pascal lhes mostrara o galpão em que faziam a cura das folhas mas não deixou os askaris levarem nenhuma. O pastor cuidava ele mesmo do tabaco e sabia fazer contas. Saberia se levassem alguma folha. Pascal não queria que o pastor pensasse que ele era um ladrão.

Saíram cedo e se juntaram à tropa sem encontrar quaisquer dificuldades. Naquela mesma noite, depois do banquete dos oficiais alemães, o Oberleutnant tinha se deitado em seu catre enquanto Hamza estava sentado em sua esteira logo ao lado. Era hora da aula de conversação. A visita à missão e o schnapps tinham deixado o oficial de bom humor.

"O pastor era um sujeito decente mas talvez um pouco rígido", o oficial disse.

"Sim, ele era um homem decente", disse Hamza.

"Que ideia a dele trazer a esposa e os filhinhos para um lugar tão distante, tão isolado e cheio de doenças... Ela era encantadora e bondosa. Os pomares estavam lindos, não é verdade? Ela cuida das frutas e da escola. É o tempo mais fresco daqui que ajuda, um clima perfeito para frutas. Mas a pobre coitada, ela estava morrendo de medo dos boatos dos ruga-rugas canibais. É só propaganda dos ingleses, eu falei para ela ficar mais tranquila. Eles são nossos ruga-rugas, nossos auxiliares, e nós não iríamos tratar com canibais.

"Que bom que o senhor conseguiu deixar a esposa mais tranquila", disse Hamza. Ele tinha que falar de vez em quando senão o oficial ficava irritado e dizia que aquilo era uma conversa e não um sermão. Se Hamza não tivesse o que dizer, repetia a última coisa que o oficial tinha falado.

"É possível isso do canibalismo, não é? Tudo é possível quando os seres humanos perdem a cabeça como a gente vem perdendo, imagina no caso desses selvagens sanguinolentos dos ruga-rugas. É por isso que nós os usamos — porque eles metem medo nos nossos inimigos com essa selvageria toda. O que os impediria de comer os corpos daqueles que eles mataram? Você consegue se imaginar fazendo uma coisa dessa, comendo carne humana? Eu não estou falando de nenhum ato de loucura durante uma guerra nem de um ritual de povos primitivos que comem os inimigos mortos para adquirir a força deles, mas de um desejo, de uma curiosidade, de uma aventura. Você consegue se imaginar fazendo uma coisa dessa?"

"Não, eu não consigo", disse Hamza porque o oficial esperava uma resposta.

O Oberleutnant sorriu com desdém. "Não, você não tem cara de quem teria essa coragem", disse.

As últimas semanas da guerra foram um pesadelo em que eles fugiam e se escondiam das forças inimigas. A retirada para o sul atraiu as forças inglesas e aliadas até o Ruvuma. A Schutztruppe não se limitou a fugir e a se esconder mas foi impiedosa e bem-sucedida em castigar os ingleses e seus aliados: principalmente os sul-africanos, os rodesianos, os KARs africanos e até os portugueses que decidiram que já estava na hora de entrar na guerra. Mas a Schutztruppe também sofreu pesadas baixas especialmente na batalha por Mahiwa. Os carregadores com frequência desertavam em grandes números, ou talvez tombassem na beira da estrada, mortos de fome e de cansaço. Nem sempre desertar era seguro. Agora eles estavam nas terras em que a Schutztruppe tinha lutado contra os wahehes quase trinta anos antes e cometido as barbaridades da guerra Maji Maji cerca de quinze anos depois. As pessoas que tinham sobrevivido àqueles tempos e que agora sofriam novos atentados à vida e a suas provisões estavam esgotadas com a violência da Schutztruppe e não haveriam de se mostrar generosas com os carregadores que desertavam. Os askaris continuaram firmes e leais. E isso era espantoso. Eles não eram pagos havia meses e em alguns casos havia anos, desde a queda de Dar es Salaam, quando a administração alemã perdeu o controle da casa da moeda. Ainda assim, era mais seguro para um askari se manter nas fileiras apesar das dificuldades do que desertar em terreno tão hostil. As provisões de munição e de comida estavam baixas e seus raides para roubar suprimentos do inimigo e dos vilarejos já não eram bem-sucedidos. Eles haviam exaurido a terra, que agora estava coalhada de vilarejos famintos ou vazios que tiveram seus víveres repetidamente saqueados pelos exércitos rivais. Para além do Ruvuma, a Schutztruppe rumou para oeste, na direção das Rodésias, deliberadamente deixando para trás apenas vilarejos incinerados, a fim de frustrar o inimigo que a perseguia e que também encontrava dificuldades para conseguir suprimentos e combater doenças. A tropa de Hamza estava bem no meio da retirada, e ele se sentia tão exausto pela movimentação constante que por vezes dormia de pé. A tropa toda vestia andrajos, inclusive os oficiais alemães, que pareciam mais um bando de desordeiros que um exército. Agora refaziam seu caminho, voltando à área onde estiveram no começo do ano, perto da missão Kilemba. Foi ali que se desenrolaram os estágios finais da guerra de Hamza.

Nas primeiras horas da manhã, enquanto ainda estava escuro, ele sentiu o cheiro da chuva antes de abrir os olhos. Ao acordar eles descobriram que quase todos os carregadores restantes tinham desertado durante a noite. Não era algo tão inesperado para Hamza nem para qualquer um que compreendesse o que eles vinham resmungando sem parar havia dias. Estavam exaustos por ter que fugir da perseguição constante que sofriam, por causa das cargas pesadas e do trabalho degradante que eram forçados a executar. Eram carregadores de aluguel mas não haviam sido pagos, e além disso muitos tinham sido alistados à força para um trabalho que não queriam fazer. As baixas eram pesadas entre eles. Comiam mal e eram mal equipados, quase todos andavam descalços e vestidos com os trapos que conseguissem saquear ou roubar. Morriam por doença e falta de cuidados, e na situação difícil em que a Schutztruppe se encontrava, deviam estar desesperados para fugir de um exército que contemplava a derrota. Eles vinham desertando dia após dia em pequenos números mas agora tinha havido uma fuga organizada, o reconhecimento de que a Schutztruppe já não podia garantir a sobrevivência ou o bem-estar deles. O Oberleutnant ficou furioso e os outros alemães também se enfureceram com a indisciplina dos carregadores, como se acreditassem de verdade que os soldados maltrapilhos que eles surravam, desprezavam e faziam trabalhar até cair lhes devessem lealdade.

"Não há escolha. Os askaris vão ter que fazer o trabalho dos carregadores", disse o Feldwebel, falando com autoridade como fazia cada vez mais. Ele se dirigia ao oficial comandante, exigindo sua concordância com uma veemência que beirava a indisciplina. O Oberleutnant sacudiu a cabeça e lançou um olhar para os três outros alemães que ainda estavam com ele. O oficial médico também sacudiu a cabeça. Ele agora já estava muito mal. Além da malária estava exausto e sofria de uma infecção gástrica que o forçava a correr o tempo todo para os arbustos. Ele não tinha mais remédios para mitigar o próprio sofrimento. Os outros dois oficiais que haviam se juntado à tropa nos últimos meses daquela fuga torturada permaneceram calados. Eram um antigo maestro que exigia que os soldados se exercitassem todo dia cedo e que sacudia sua pistola na frente deles enquanto dava ordens aos gritos, e um Leutnant da reserva, de fala mansa, adoentado, um colono voluntário que parecia maltratado pela vida. O silêncio deles era respeitoso mas tinha um sentido claro. Os askaris teriam que fazer aquilo apesar de todos entenderem o protocolo férreo que ditava que um askari não trabalhasse como carregador. Era uma questão de honra. Assim como os europeus eram inflexíveis em relação ao caráter sagrado de seu prestígio, os askaris também eram em relação ao seu. O Oberleutnant sacudiu a cabeça, movido tanto por consternação e incerteza quanto por saber que não havia alternativa. Se tivessem que abandonar suprimentos e equipamentos, podiam marchar direto para o próximo acampamento inimigo e se render. Seria mais seguro que andar desarmados por terras de nativos hostis.

 Depois de alguns minutos de reflexão infrutífera ele cedeu à tensa e muda exigência de seus oficiais e ordenou que os askaris pegassem as cargas. O Feldwebel sorriu triunfante e tomou a frente. Rugiu um comando para que os soldados se pusessem em posição de sentido e quando eles o fizeram ele gritou a nova ordem. Houve um breve silêncio e depois as fileiras se desfizeram em um grande tumulto. Demorou muito para que a ordem fosse restaurada pelo indignado Feldwebel e pelos suboficiais, que se valeram de suas bengalas e até suas armas para forçar os askaris a ficar em silêncio e depois a obedecer. Nesse momento a chuva já tinha chegado, e os homens estavam perfilados em duas linhas carrancudas enquanto os oficiais os encaravam e o Feldwebel Walther os repreendia. Coube aos suboficiais a tarefa de distribuir as cargas entre os askaris antes de eles começarem a marchar. Nesse momento a chuva já estava forte e pesada, uma chuva torrencial e gelada que cortava a pele enquanto eles atravessavam o nyika em direção à escarpa. Progrediram lentamente apesar dos gritos e das bengaladas dos oficiais. Nada continha as pancadas dos suboficiais já que o ombasha e o shaush também pareciam ter perdido a cabeça, impelidos a uma ferocidade cada vez maior pelo Feldwebel. Depois de algum tempo a marcha se transformou num relutante passo arrastado apesar de todos os esforços feitos pelos exaustos suboficiais. Eles paravam o tempo todo, para descansar ou ajeitar as cargas, e a cada pausa havia resmungos e olhares penetrantes. Não eram poupados dos perigos habituais de uma marcha — as picadas e o calor, a chuva pesada que ia e vinha, os pés doloridos por andar com botas gastas, a exaustão. Tudo isso era ainda mais intolerável para os askaris, agora forçados a realizar tarefas servis. Quando eles finalmente interromperam a marcha para acampar no fim da tarde, havia uma tensa expectativa de transtornos. Os homens resmungavam baixo, querendo ser entreouvidos, reclamando que aquilo era trabalho escravo de washenzi e não o que tinham aceitado fazer quando se alistaram. Eles sabiam que os ingleses os encorajavam a desertar. Viam panfletos nos vilarejos que saqueavam em busca de comida e ouviam boatos de outros askaris. Reclamaram que os ingleses não tratavam seus soldados com aquele tipo de desrespeito. Era intolerável à dignidade deles uma provocação como aquela. Hamza se surpreendeu com o tamanho da insatisfação e do desconsolo deles. Às vezes parecia beirar a violência, e todos ali sabiam do que a violência dos askaris era capaz. Naquelas últimas semanas Hamza achava que pendia sobre os oficiais um medo de motim e de massacre. Ouviu o Oberleutnant dizer baixinho aos outros alemães: "Todos em estado de alerta. As coisas podem se complicar".

O Feldwebel viu que Hamza tinha ouvido. As privações de todos eles tinham deixado o Feldwebel magro e seco, rosto queimado de sol, olhos com o brilho de uma luz atenta, cabelo e barba longos e sujos, uma atitude ameaçadora e de desprezo com todos, inclusive com o Oberleutnant. Para Hamza parecia que seu ódio pelo oficial também se transmitia a ele, que de alguma maneira ele o exacerbava. Naquele momento, ao ver que Hamza tinha entreouvido o alerta do Oberleutnant, o olhar do Feldwebel foi cortante e ameaçador. Hamza desviou depressa os olhos. Rajadas de chuva viraram tormenta com o cair da noite. Eles tinham acampado num trecho de mata, o que não costumavam fazer, mas precisavam de cobertura para não ser vistos pelas patrulhas. Algumas árvores ali eram imensas. Durante o dia, quando Hamza abraçou um dos troncos, sentiu o coração do caule batendo e a seiva subindo até os galhos. Os relâmpagos crepitavam nas árvores e projetavam uma luz estranha no arvoredo onde tinham se abrigado. Hamza ficou pensando se era seguro eles se esconderem da tempestade ali. Estava encharcado, deitado no chão empapado e enlameado pela água que a terra já não conseguia absorver. A água pingava nele do alto das árvores e ele sentiu alguma coisa rastejar sobre seu corpo mas estava cansado demais para se mexer. Noite funda, ouviu sons de movimentos e pensou que era um animal pequeno se esgueirando por ali. Então de repente soube que eram os askaris e ficou imóvel e calado bem onde estava, comprimindo o corpo contra o solo macio como se assim pudesse desaparecer. Quando um relâmpago brilhou ele fechou os olhos sem querer, mas um pouco antes viu as formas encolhidas de homens seguindo em direção às árvores. Os ruídos furtivos continuaram por mais alguns minutos e depois cessaram e ele só ouviu o som da chuva tamborilando no chão molhado. Sabia que os askaris estavam desertando mas ficou deitado, imóvel sob a chuvarada, esperando amanhecer.

Deve ter caído no sono porque acordou de repente com gritos e ordens. O sol mal tinha nascido e um dos suboficiais, que ele julgou ser o shaush, havia descoberto as deserções e estava soando o alerta. Várias pessoas se puseram de pé rapidamente, gritando e olhando em torno, agitadas, ainda sem saber ao certo de onde vinha o perigo. Wamekimbia, wamekimbia, o shaush gritava apavorado. Eles fugiram, eles fugiram. O oficial comandante pediu uma contagem dos presentes. O Feldwebel caminhava pesado sob a chuva, espada na mão, pedindo que os suboficiais contassem os homens. Traidores, traidores, ele dizia enquanto andava para lá e para cá. Vinte e nove askaris tinham ido embora à noite, deixando doze ali. Dois eram o ombasha e o shaush que soara o alerta, ambos nubis e membros antigos da Schutztruppe. O Feldwebel lançou um olhar raivoso para os soldados que restavam e se deteve em Hamza, que desviou os olhos para fugir do olhar dele mas era tarde demais.

"Venha aqui", gritou o Feldwebel, apontando para o chão dois passos à frente. Hamza se adiantou como tinha sido determinado e parou a um ou dois passos do lugar para onde o Feldwebel apontava. "Ele ouviu você dizendo que nós devíamos esperar complicações", o Feldwebel Walther disse ao Oberleutnant. Os alemães estavam parados numa formação irregular diante da tropa africana, tanto o maestro quando o Leutnant com revólveres na mão. "Essa sua putinha traidora nos traiu. Ele incitou os outros a ir embora. Contou mentiras para eles e eles desertaram", o Feldwebel Walther gritou enfurecido. Então deu um passo à frente e com um gesto descontrolado tentou cortar Hamza que se virou rapidamente para se esquivar do ataque. O golpe o acertou no quadril, rasgando carne e osso. Ele ouviu alguém berrar e em seguida sua cabeça bateu no chão com uma força tremenda. Ouviu vozes gritando e alguém bem perto soltando berros enlouquecidos. Tentava respirar, arfando desesperado mas sem conseguir ar. Então deve ter desmaiado.

Despertou desorientado por um breve momento e viu o oficial médico ajoelhado a seu lado e sentiu que braços o sustentavam. Acordou de novo em meio a vozes irritadas e ordens emitidas aos gritos. Quando recobrou consciência percebeu que estava numa maca carregada por dois askaris. Chovia e a água escorria pelo seu rosto. Permaneceu acordado por algum tempo antes de chegar a essa conclusão, articulando apenas lentamente suas confusas impressões até perder a consciência de novo. Numa das vezes seguintes em que esteve desperto, viu o Oberleutnant caminhando ao lado da maca mas o perdeu novamente. Hamza a essa altura já tinha alucinações, talvez nem estivesse numa maca. Viu o Oberleutnant mais uma vez, caminhando a seu lado, e perguntou: Sind Sie das? É você? Seu corpo todo tremia e se contorcia e ele sentia gosto de vômito na boca. O latejar era pior do lado esquerdo, mas aquilo lhe cobria o corpo todo. Não tinha mais forças para mexer nem um dedo. Não queria mover um dedo, e abrir os olhos lhe custava um esforço imenso. Depois o colocaram no chão e a dor atravessou sua perna e arrancou de dentro dele um grito antes ainda de ele perceber que o grito estava vindo. Acordou completamente e viu o ombasha Haidar al-Hamad com um joelho no chão ao lado da maca.

"Shush wacha kelele", ele disse. "Shush shush alhamdulillah. Não grite tanto, askari." Tinha o rosto riscado de chuva, lábios franzidos, como quem tenta silenciar uma criança.

Enquanto Hamza estava deitado no chão com a dor martelando um lado de seu corpo, sufocado pela sensação de náusea na boca, ele viu o Oberleutnant a poucos metros dali, olhando para seu corpo estendido sobre o cobertor da maca. "Ja, ich bin es. Mach nichts", o oficial disse. Sim, sou eu. Não se preocupe.

Então Hamza desmaiou de novo. Eles pararam de caminhar em algum momento da noite. Ele soube disso porque acordou brevemente várias vezes. Fazia muito frio. Ele estava encharcado, com tremores e arrepios incontroláveis. Mais tarde ouviu hienas latindo e uma tosse estranha que não conseguiu identificar. Escutou o uivo de um animal tendo sua vida arrancada.

Não chovia mais quando eles partiram na aurora, e à medida que o sol foi esquentando seu corpo ele sentiu algum alívio. Sabia agora que a umidade não era apenas chuva, que ele estava sangrando muito. Moscas se juntavam à sua volta, no rosto e no corpo, e ele não tinha forças para espantá-las. Eles acharam um trapo para cobrir seu rosto, para afugentar as moscas. Os arrepios agora eram constantes e ele ficava dormindo e acordando. Estava escuro quando despertou e demorou muito tempo para ele entender que estava deitado numa cama de um quarto mal iluminado por uma lamparina a óleo em uma mesa logo ao lado. Tremia sem parar, gemendo involuntariamente quando os espasmos de dor o percorriam. Estava indiferente a tudo mais no abraço daquela dor. Depois percebeu a aurora se aproximando pela porta aberta e dali a pouco ouviu alguém entrar e se aproximar.

"Ah, você acordou", o homem disse. Era uma voz conhecida mas ele estava cansado demais para abrir os olhos. "Agora você está seguro, irmão. Você está na missão Kilemba. É o Pascal aqui — você se lembra do Pascal. Claro que lembra. Vou buscar o pastor."

"Nós fizemos o melhor possível para costurar você", disse o pastor, com seu rosto queimado de sol curvado sobre Hamza. Pascal traduzia apesar de Hamza entender, com as vozes dos dois ganhando e perdendo volume em seus ouvidos. "O sangramento já... um vazamento. Nós não sabemos... estragos dentro do osso... infecção. É importante... febre baixar... nutrição. E aí é torcer. Eu vou dizer... oficial que... acordado."

O oficial chegou e puxou uma cadeira para perto da cama. Hamza não conseguia manter os olhos abertos e perdia e recobrava a consciência, mas toda vez que abria os olhos o oficial ainda estava ali ao pé da cama. Ele tinha se lavado mas usava as roupas esfarrapadas com que chegara. Tinha no rosto o sorriso sardônico de sempre enquanto Hamza se esforçava para prestar atenção. Ele agora já acompanhava melhor as palavras. O Oberleutnant disse, falando num tom compassado, compassivo: "Parece que no fim das contas você não vai morrer. Como você dá trabalho! Agora você vai ficar deitado aqui se recuperando nesta linda missão enquanto... voltamos... tropa e continuamos a nossa guerra sem sentido. Zivilisierungmission... Nós mentimos e matamos por este império e depois chamamos isso tudo de nossa Zivilizierungmission. E agora estamos aqui, ainda matando em nome disso. Você está sentindo muita dor? Está conseguindo me ouvir? Pisque os olhos se você... Claro que está... muita dor, mas o missionário e o pessoal... me prometeram. São boas pessoas. Eles vão jogar o seu uniforme fora para ninguém... você foi askari e eles vão te dar bastante comida, uma bela dose de orações e você logo vai estar bem."

As palavras dele pareciam improváveis e distantes. Hamza nem tentou falar.

"Me diga, qual é mesmo a sua idade?", disse o oficial, e suas palavras de repente se tornaram muito claras. "O seu registro diz que você tinha vinte anos quando se alistou mas eu não acredito."

Hamza tentou mas juntar as palavras custava um esforço desmedido.

"Não, eu não acredito em você", disse o oficial. "Eu posso determinar cinquenta chibatadas por mentir para um oficial, um hamsa ishirin duplo. Você não podia ter mais de dezessete anos quando se alistou. O meu irmão mais novo tinha essa idade quando morreu. Incêndio no quartel. Eu estava lá também. Dezoito... um garoto lindo, eu sempre penso nele." Ele passou a mão pela pele lisa da têmpora e depois permaneceu sentado imóvel por alguns minutos como se não fosse mais falar. Estendeu a mão para a cama mas depois a recolheu. "Foi um incêndio terrível, furioso. Ele não queria servir no exército. Não era para ele. Meu pai queria. Era uma tradição da família… todo mundo era soldado… e o meu irmão mais novo não queria decepcioná-lo… um sonhador. Foi muito inteligente da sua parte aprender alemão… rápido, e muito bem. Ele adorava Schiller, o meu irmão Hermann. Bom, agora você precisa descansar. Nós vamos nos preparar para a partida."

O ombasha Haidar al-Hamad e os outros askaris vieram se despedir. "Você é um garoto de sorte", lhe disse o ombasha, usando seu habitual tom raivoso, lábios colados ao ouvido de Hamza como se não quisesse que ele perdesse uma só palavra. "O Oberleutnant gosta de você, por isso você tem sorte. Senão a gente te joga no meio do mato, hamal."

Os outros askaris tocaram seu braço e disseram: "Amri ya Mungu. Mungu akueke, sisi tunarudi kwenda kuuliwa". É a vontade de Deus. Fique com Deus, nós vamos voltar para sermos mortos.

Quando o oficial voltou, pronto para a partida, Hamza ouviu tudo o que ele disse. "Sabe por que eu te falei do meu irmão?" Ele voltou a exibir o velho sorriso sardônico. "Não, claro que não sabe. Você é um mero askari e não tem o direito de especular sobre os motivos particulares de um oficial alemão. Você está ficando com a ficha cada vez mais suja, com insolência além de mentira e deserção." Ele pôs um livro na mesa que ficava do outro lado do quarto. "Vou deixar isto aqui para você. Vai te fazer companhia enquanto se recupera e vai te ajudar a melhorar o alemão. Deixe com o missionário quando você estiver bom e for embora. A nossa guerra vai acabar logo, e talvez eu volte um dia para pegá-lo. Imagino que os ingleses acabem prendendo a gente junto com os criminosos negros por algum tempo, só para nos humilhar, depois do trabalho que nós demos, mas depois vão nos mandar para casa."

* * *

    Hamza ficou aos cuidados de Pascal que vinha várias vezes ao dia cuidar dele, dar água ou a sopa que o pastor receitou ou limpá-lo. Hamza tinha apenas uma noção vaga e indeterminada do que estava acontecendo. Sua febre era alta e não havia parte de seu corpo que não doesse. Ele não conseguia mais localizar a fonte da dor. O ferimento era na coxa esquerda e todo aquele lado do corpo latejava com um pulsar martelante. Ele não sentia a perna direita nem conseguia mexer os braços. Às vezes abrir os olhos já era um esforço imenso. O pastor vinha examiná-lo durante o dia e dizia a Pascal como limpá-lo e deixá-lo confortável. O rosto dos dois homens entrava e saía de seu campo de visão, e dia e noite se confundiam. Hamza por vezes sentia uma mão fresca em sua testa mas não sabia dizer de quem era.

    Uma vez acordou em plena escuridão e percebeu que era ele quem chorava em seu pesadelo. O chão estava coberto de um sangue que sugava seus pés e seu corpo estava encharcado nele. Membros e corpos destroçados comprimiam-se contra ele, e vozes gritavam e berravam num tom enlouquecido e apavorado. Ele parou de chorar mas não conseguia impedir o tremor no corpo nem enxugar as lágrimas. Pascal ouviu e entrou com uma lamparina. Sem dizer nada ergueu o lençol para olhar o curativo, depois largou a lamparina na mesa do outro lado do quarto. Foi até Hamza de novo e pôs a mão em sua testa. Enxugou as lágrimas dele com um pano úmido, limpou o muco que escorria das narinas e dos lábios e fez com que bebesse água. Por fim puxou uma cadeira e sentou ao pé da cama sem dizer nada até Hamza voltar a respirar com tranquilidade.

    "Você está seguro aqui, meu irmão. Hawa wazungu watu wema." Esses europeus são boas pessoas. "Eles são o povo de Deus", disse, e então não conseguiu conter um sorriso. "Eu não sou médico mas acho que a sua febre está baixando. O pastor disse que quando a febre baixar você estará a caminho da recuperação. Ele entende de cura. Eu trabalho há muito tempo para ele, comecei lá no litoral antes de ele vir trabalhar em Kilemba. Foi a medicina dele que me salvou quando me machucaram", disse Pascal, e passou a mão na cicatriz que tinha no pescoço. "Ele vai te fazer melhorar também, mas a gente não vai deixar tudo nas mãos dele. Vamos pedir a ajuda de Deus também. Eu vou rezar por você." Pascal fechou os olhos e cerrou as mãos e começou a rezar. Hamza conseguia vê-lo com clareza, como se uma película estivesse sendo removida de seus olhos. Ficou olhando Pascal sentado na cadeira a seu lado, rosto maltratado e enrugado, olhos fechados enquanto murmurava as palavras sagradas. Hamza passou os olhos pelo quarto — a mesa com a lamparina, a porta entreaberta — e foi como se estivesse vendo tudo aquilo pela primeira vez. No meio de suas orações Pascal pegou a mão direita de Hamza, que estava estendida na cama, e a levantou. Hamza viu sua mão presa com firmeza na mão de Pascal mas não conseguia senti-la. Pascal pôs a outra mão na testa dele e disse em voz alta uma bênção.

"Você estava lembrando de épocas ruins?", ele perguntou depois. "Eu fico com você se preferir mas talvez seja melhor dormir. Se você chamar eu escuto. A porta está aberta e eu vou dormir aqui do lado. Quer que eu fique? Acho que amanhã o pastor vai ficar bem feliz de ver os seus olhos brilhando desse jeito."

Na manhã seguinte o pastor mediu a temperatura dele e assentiu com a cabeça para Hamza. Tirou o curativo e pareceu menos feliz mas tentou estampar no rosto uma expressão otimista. Pascal ajeitou os travesseiros de Hamza enquanto o pastor aguardava. Pascal era um homem magro, limpo e íntegro que mantinha uma postura rígida, exatamente como o oficial mandava. Quando Pascal o deixou confortável, o pastor disse em alemão: "Verstehst du? Você está me entendendo? Quer que o Pascal traduza?".

"Eu estou entendendo", disse Hamza, e ficou surpreso com o quanto sua própria voz lhe soou estranha.

O rosto austero do pastor se iluminou com um sorriso. "O Oberleutnant nos disse que você entendia. Que bom. Sacuda a cabeça se não entender alguma coisa que eu disser. Acho que a sua febre baixou mas esse é apenas o primeiro passo da sua recuperação. Vai demorar", ele disse com ar sério como se Hamza pudesse entender errado e imaginar que estava fora de perigo. "O sangramento precisa parar totalmente, depois vamos fazer você se mexer um pouco e se exercitar. Por enquanto ainda há algum sangramento. Essa guerra torna tudo difícil. Vamos fazer o possível aqui até podermos te levar a um hospital onde possam cuidar direito de você. O mais importante é evitar uma infecção. Agora vamos começar a te dar alimentos sólidos, uma etapa de cada vez. Você consegue mexer o braço direito? É onde vamos começar os exercícios — com o braço direito e a perna direita. O Pascal vai te ensinar."

Pascal era o enfermeiro encarregado. Ele passava a noite no quarto ao lado apesar de ter seu alojamento na missão. Toda manhã ele lavava Hamza e o ajudava a sentar na cama, fazia massagem em seus braços e na perna direita, conversando com ele à sua maneira calma e algo solene. Depois fazia uma oração com os olhos fechados e ajudava Hamza a comer iogurte, sorgo e purê de abóbora, que segundo Pascal era o que os outros trabalhadores africanos da missão comiam. Depois deixava Hamza o mais confortável que podia e ia cuidar de suas outras tarefas.

Pela janela aberta Hamza via uma parte da figueira e uma parte da casa do missionário. Quase toda manhã via uma pequena garça verde-clara parada e imóvel por bastante tempo na beira do telhado, e depois sem qualquer motivo que ele pudesse perceber, ela decolava. Ele não sabia por que, mas a visão da garça parada e imóvel no beiral o inundava de tristeza. Fazia com que se sentisse só. No meio da manhã o pastor vinha examiná-lo. Quando ele se debruçava sobre a cama Hamza sentia a mistura de odores de sabão e carne úmida e vegetal fermentado. O pastor examinava detidamente o ferimento, exercitava os membros de Hamza, fazia um longo interrogatório e conservava uma expressão séria e solene qualquer que fosse o resultado do exame.

Pela janela Hamza ouviu um piano e as vozes das menininhas cantando e estudando e ouvia suas vozes quando elas brincavam no pátio. Em dado momento do dia, a mãe delas, a Frau pastora, vinha vê-lo. Era uma mulher loura e esbelta que parecia acostumada ao trabalho pesado, e talvez um tanto cansada, mas que sorria fácil. Ela normalmente lhe trazia alguma coisa numa bandeja de lata: biscoitos e uma caneca metálica com café ou uma tigelinha com figos ou pepino fatiado. Ela conversava com ele sobre os meses que sua família tinha passado no litoral antes de se mudar para Kilemba. A paisagem aqui não é maravilhosa? O friozinho noturno espantava os mosquitos, o que era uma bênção muito grande depois do litoral. Tanto o pastor quanto ela vinham de famílias de agricultores e o clima aqui era perfeito para o que plantavam. Você não adora este lugar? Este clima vai te fazer bem, você vai ver. Ela fazia perguntas a Hamza e se espantava com o alemão dele. Excelente pronúncia. Quando ela ia embora Hamza sempre se sentia melhor do que realmente estava. Quando a Frau pastora não podia vir com os biscoitos ou as frutas na hora de sempre, a esposa de Testemunha, Subiri, é quem trazia a bandeja, que largava na mesinha de cabeceira com um leve e bondoso murmúrio.

Demorou duas semanas para ele ver as menininhas no pátio. Uma tarde, depois de recuperar um pouco a força dos braços, ele usou as muletas de madeira que Pascal tinha feito para, com a ajuda dele, ir mancando numa perna só até a janela. Hamza sentiu o sangue correndo pela perna esquerda e um formigamento inesperado em todo o corpo. Do outro lado da janela viu um canto do pátio que ficava diante da casa dos missionários e as duas meninas sentadas ali numa esteira, brincando com uma casa de bonecas. Ouviu a voz da mãe se dirigindo a elas mas não conseguiu vê-la. Elas não perceberam que ele estava olhando. Ele colocou sua cadeira junto à janela e às vezes passava a manhã inteira ali, vendo o ir e vir da missão. À medida que ganhou mobilidade e pôde sair da enfermaria com seu passo manco para tomar sol, ele começou a acenar para as meninas e elas acenavam também, sob o olhar da mãe. Lembrou o que o oficial dissera sobre o quanto ela se preocupava com suas meninas e Hamza via como ela não saía de perto das duas. Às vezes via a Frau pastora no pomar que ficava ao lado de sua casa, com as meninas logo atrás dela com seus cestos.

Certa manhã, quando ele estava sentado ao ar livre na cadeira que tinha trazido da enfermaria, o pastor veio até ele e ficou parado com os olhos semicerrados contra a luz do sol, por um momento apenas olhando para Hamza sem falar. "Acabamos de ouvir que a guerra acabou e que a Alemanha se rendeu", disse. "Aqui na Ostafrika o nosso comandante acaba de se render aos ingleses com as tropas que ainda lhe restavam. Parece que ele passou três semanas sem saber que um armistício tinha sido negociado, mas agora tudo acabou. Deus te manteve vivo e nós temos que agradecer a Ele por isso, quando tantos foram levados deste mundo. Você deve ser sempre grato por isso, e por Ele ter feito desta missão um instrumento de Sua misericórdia."

Pascal disse a Hamza que haveria um culto dedicado a todos os que pereceram e que ele devia comparecer. "O pastor e a Frau pastora vão ficar felizes, e Deus também. Além do mais", disse, "se você não for, vai aborrecer o pastor. Vai ser melhor se você deixar ele feliz. Ele é um homem cauteloso e ia preferir que você já tivesse ido embora quando os ingleses e os rodesianos chegassem, como é certo que vão chegar. Se te encontrarem aqui, eles vão saber que você é um askari ferido e podem até fechar a missão. Se o pastor não estiver feliz com você, ele vai deixar te levarem para a detenção, mas não se você for parte do rebanho."

Um punhado de habitantes do vilarejo que faziam parte da congregação da missão já estava de volta e o culto foi assistido por mais de uma dúzia de pessoas, quase todas mulheres. Foi a primeira vez em que Hamza esteve na capela da missão, uma salinha caiada e sem enfeites com uma cruz na parede e um púlpito à frente dela. Ele achou que entendia o que Pascal estava fazendo, salvando sua vida e ao mesmo tempo tentando ganhar a alma de Hamza para o Salvador. Não conhecia nenhum dos hinos e passou o culto todo sentado de cabeça baixa enquanto a congregação cantava e o pastor rezava pelos falecidos.

A saúde de Hamza foi melhorando nas semanas seguintes embora movimentar-se por vezes ainda lhe causasse dor no quadril machucado e por toda a virilha. A ferida cicatrizou e ele recuperou a mobilidade com exercícios mas o pastor disse que devia haver alguma lesão nos tendões ou nos nervos que ele não tinha conhecimento para tratar. Hamza precisava se locomover com muletas porque a perna não tinha força para suportar seu peso. Pascal disse que parecia que ele ia continuar um tempo por ali então era melhor cuidarem para que ele ficasse confortável. Com o auxílio de Testemunha, Pascal ergueu paredes no puxadinho do quarto que ocupava com Juma, cobrindo painéis de junco com uma pasta grossa de lama, e depois ajudou Hamza a se mudar para lá. É só você falar mais alto que um de nós vai te escutar, disse.

A enfermaria voltou à sua atividade normal como o lugar aonde as pessoas iam em busca de tratamento. Ouviram boatos de doença por toda parte no fim da guerra embora Kilemba tivesse sido poupada do pior. Hamza começou a ajudar no trabalho da missão, primeiro com coisas que podia fazer sentado: separar folhas de tabaco, limpar verduras, consertar móveis. Descobriu que tinha algum talento para esta última tarefa e a Frau pastora e Pascal encontraram móveis para ele consertar. O pastor observava seu trabalho com as folhas de tabaco e com a mobília e aprovava à sua maneira taciturna. Era por natureza um homem atento que mantinha seus olhos firmes no que estava acontecendo na missão mas não intervinha com frequência para corrigir ou admoestar em público. À noite Hamza ia comer com os outros trabalhadores e eles falavam do caos que havia além dos muros da missão.

A Frau pastora disse que a recuperação de Hamza era simplesmente milagrosa. Ele devia ter levado uma vida honrada. Ele sabia que ela o estava provocando e exagerando sobre sua recuperação para animá-lo, mas ficou agradecido. As menininhas, Lise, a mais velha, e Dorthe, a mais nova, traziam partituras de hinos quando ele estava sentado à sombra e lhe ensinavam a letra, dizendo tudo para ele e o fazendo repetir quando ele podia muito bem ter lido sozinho. Ele fazia o que podia com os hinos, mas elas eram professoras exigentes e o mandavam repetir os versos inúmeras vezes. Um dia elas discordaram sobre a pronúncia de uma palavra, e sem pensar ele pegou a folha das mãos de Lise para ele mesmo poder ver. Ela imediatamente a arrancou das mãos de Hamza, como que sem pensar. É minha, ela disse. Naquele instante enquanto olhava os versos ele teve uma vaga lembrança do oficial dizendo alguma coisa sobre um livro antes de ir embora. Que livro era? Foi uma alucinação? Será que ele sonhou com aquilo?

"O Oberleutnant deixou um livro para mim?", ele perguntou a Pascal.

"Que livro?", ele perguntou. "Você sabe ler?"

Um pouco, Hamza lembrou, pensando em seu oficial. "É, eu sei ler", ele disse.

"Eu também sei. Nós temos uns panfletos no armário da capela se você quiser alguma coisa para ler", disse Pascal. "Quem sabe de noite a gente possa ler juntos? Às vezes eu leio para Testemunha e Subiri. Eles são fiéis muito devotos."

"Não... Quer dizer, claro, nós podemos ler juntos se você quiser, mas ele deixou um livro para mim? O oficial", disse Hamza.

Pascal deu de ombros. "Por que ele faria uma coisa dessas? Ele era teu irmão?"

A Frau pastora lhe disse, sorrindo: "Lise me contou que você pegou a partitura do hino das mãos dela quando ela estava te ensinando. Ela ficou indignada por você tomar essa liberdade. Eu fiquei pensando se você queria que eu te ensinasse a ler".

"Eu sei ler", disse Hamza.

Ela levantou as sobrancelhas de leve, brevemente. "Eu não sabia", disse.

"Um pouco", ele acrescentou com humildade. "Preciso praticar mais. O Oberleutnant deixou um livro para mim?"

Ela desviou os olhos sem responder, depois disse: "Vou perguntar ao pastor. Por que você quer saber?".

Um segundo antes ele a vira desviar o rosto e seus olhos se iluminarem brevemente, então soube que não tinha sido alucinação, que o oficial muito provavelmente havia deixado um livro que eles estavam escondendo dele. Hamza sacudiu a cabeça, como se não soubesse ao certo ou desse pouca importância àquilo. Não queria fazer uma cena quando aquilo podia ser mero fruto de sua imaginação febril. "Eu achei que lembrava de uma coisa assim mas não tenho tanta certeza. Minha memória está muito confusa."

Quanto mais pensava a respeito, mais certeza tinha, e as palavras do oficial lhe voltavam em fragmentos mais extensos, algo sobre um incêndio e a morte do seu irmão mais novo e como o irmão era jovem na época. Depois disse que o livro era para Hamza praticar alemão, e depois disse alguma coisa sobre criminosos pretos. Hamza não conseguia se lembrar da história. Ele fazia seus exercícios físicos e em silêncio agradecia ao pastor e a Pascal por cuidarem dele e abafava qualquer desejo por um livro, ou tentava. A ferida agora estava completamente curada por fora apesar de ele ainda precisar de uma muleta para se apoiar. Levara muitas semanas, passando pelo Natal, o Ano-Novo e a visita de um oficial inglês, durante a qual ele foi mantido longe dos olhos de todos. O oficial inglês disse ao pastor que uma epidemia de influenza devastava a região e o mundo e que milhares já tinham perecido. A Alemanha estava mergulhada no caos, ela havia expulsado o Kaiser e se declarado uma república. A Rússia estava mergulhada no caos e na guerra depois de uma revolução ter matado o tsar e toda a sua família. O mundo inteiro estava virado do avesso, ele disse. Eles tinham comida e suprimentos ali e ganhavam mais ficando onde estavam por enquanto até receberem ordens mais claras.

Foi o pastor quem mencionou de novo a questão do livro, mas não de maneira direta. Ao fim de um de seus exames regulares, o pastor sugeriu que eles fossem caminhar juntos para Hamza se exercitar um pouco. Era fim de tarde e eles foram até o portão da missão e depois até o portão do complexo. O pastor parou ali, os olhos percorrendo a planície à frente e depois as escarpas mais distantes.

"O pôr do sol dá um aspecto benévolo à paisagem, não é verdade? No entanto é uma paisagem onde se vê que nada de importante jamais aconteceu", ele disse. "É um lugar sem nenhum significado na história das conquistas e dos esforços humanos.

Seria possível rasgar essa página da história da humanidade sem que isso fizesse a menor diferença. Dá para entender por que alguém pode viver satisfeito num lugar como este, mesmo com o flagelo de tantas doenças." Ele lançou um olhar para Hamza e depois sorriu de maneira relaxada, em paz com suas próprias palavras. "Pelo menos era assim até nós chegarmos trazendo palavras de inquietação como progresso, pecado, salvação. As pessoas aqui têm uma mesma característica, que é não conseguir pensar muito tempo numa coisa só. Às vezes isso pode parecer desonesto mas na verdade é falta de seriedade, é uma instabilidade, falta de dedicação. Por isso é necessário repetir as instruções e supervisionar. Imagine só: se nós fôssemos embora amanhã eles iam voltar como uma árvore aos seus hábitos antigos."

Ele lançou outro olhar para Hamza e depois se virou para fazerem o caminho de volta. Hamza o viu como um homem dividido entre a exigência que lhe era feita, de dominar, e seu desejo interior de prestar auxílio. Ficou pensando se era assim para os missionários europeus que trabalhavam com gente atrasada como eles.

"O oficial que te atacou devia estar fora de si", o pastor continuou enquanto eles voltavam. "O Oberleutnant me contou a história dele. Disse que era um oficial de grande competência mas também um homem politizado cheio de queixas contra a nobreza e a classe dominante da Alemanha. Nosso país está rasgado ao meio e agora, depois da derrota militar, os rancorosos derrubaram o Kaiser e o caos impera. É de se estranhar o que um homem como o Feldwebel estava fazendo no exército imperial na Ostafrika. Talvez a violência o atraísse e a Schutztruppe lhe deu espaço para isso. O Oberleutnant também me disse que era difícil controlar aquele oficial — que ele odiava tanto os nativos que vivia descumprindo as regras do que podia fazer com eles, inclusive a forma como tratava os askaris. O que ele fez com você foi um crime de acordo com as regras da Schutztruppe. O Oberleutnant me disse que foi como se aquele homem quisesse atacar a ele quando golpeou você.

"Você entendeu tudo o que eu te disse? Claro que sim. O Oberleutnant me falou que o seu alemão era muito bom e eu mesmo já te ouvi falar. Talvez os outros oficiais alemães não achassem justo ele ter ficado... tão seu amigo, que a... proteção dele era muito... íntima. É um mero palpite, eu não sei, por causa de outra coisa que o Oberleutnant disse. Talvez o comportamento dele fosse considerado uma coisa que diminuía o prestígio alemão. Eu entendo que as pessoas pensassem algo nesse sentido. E também entendo que a guerra cria laços inesperados."

O pastor não disse mais nada até eles chegarem à enfermaria e depois ficou parado junto da janela olhando alternadamente para fora e de novo para Hamza, evitando fazer contato visual com ele. "Sim, o Oberleutnant deixou um livro para você como você perguntou à Frau. Ele me disse que você sabia ler mas eu não falei para ela. O Oberleutnant disse que você estava no lugar errado ali na Schutztruppe, e agora que já te vi aqui por vários meses também percebo isso. Eu vi você recuperar a saúde com a paciência estoica de alguém dotado de inteligência e fé. Não estou falando da fé religiosa. Isso eu não sei sobre você apesar de saber que Pascal tem esperança de conquistar a sua alma para o Salvador. Pascal é um grande romântico e um homem sábio.

"Quando guardei o livro, não sabia tudo isso sobre você e pensei que o Oberleutnant estivesse sendo imprudente, que estivesse se deixando levar pela emoção por se sentir responsável pelo seu ferimento. Foi isso que me fez achar que ele tinha exagerado na proteção que lhe dedicava, que foi esse tipo de... solicitude que tinha feito o Feldwebel agir com violência. O Oberleutnant disse que você o lembrava de alguém que ele conheceu na juventude, e achei que falar assim de um soldado nativo era sentimentalismo demais para um oficial alemão. Achei que o presente que ele deixou era valioso demais para um simples nativo. Quando a minha esposa me disse que você perguntou pelo livro, eu pensei de novo no que tinha feito. Eu não disse a ela que o oficial me contou que você sabia ler. Ela acreditou em mim quando eu disse que o livro era valioso demais para ficar largado por aí, o que é verdade. Quando ela me contou que você tinha perguntado do livro, também me contou que você sabia ler. Eu disse a ela que eu já sabia. Então, ela disse, você tem que devolver o livro a ele. Foi deixado para ele. Eu sabia que ela ia dizer algo assim, e foi por isso que fiquei calado. Eu disse a ela que duvidava demais que você conseguisse ler o livro com qualquer grau real de compreensão, coisa em que ainda acredito. Ela me disse que isso não era problema meu e que eu devia devolver o livro a seu legítimo dono."

O pastor sorria ao dizer essas palavras. "Ela me derrotou ponto por ponto. Talvez eu deva dizer que ela me convenceu de que eu errei quando guardei o livro, portanto decidi te devolver e explicar detalhadamente, antes de mais nada, por que o tirei de você. Eu estava errado. Talvez com o passar do tempo você consiga ler este livro com todo o prazer que o Oberleutnant imaginou."

Ele entregou um livro pequeno de capa preta e dourada: *Musen-Almanach für das Jahr* 1798, de Schiller.

TRÊS

8.

O barco em que viajavam contornou o quebra-mar ao pôr do sol e o nahodha mandou baixarem a vela para ele realizar uma aproximação cautelosa do porto. A maré estava alta e ele não tinha certeza desses canais, disse. Era depois da monção kaskazi e no período que antecede a virada de ventos e correntes para sudeste. Correntes fortes naquela época do ano alteravam a localização dos canais. Seu barco estava carregado e ele não queria ficar preso num banco de areia ou bater com a quilha no fundo. No fim, depois de discutir o assunto com a tripulação, achou que estava escuro demais para fazer a aproximação do cais em segurança, portanto eles baixaram âncora em águas rasas e esperaram amanhecer. Havia luzes acesas na praia e algumas poucas pessoas andavam pelo cais, suas sombras alongadas estendendo-se para a frente e por trás delas na semiescuridão. Para além dos armazéns do porto a cidade se espalhava e o céu se fazia cor de âmbar com o brilho do poente. Mais à direita a estradinha costeira mal iluminada seguia os contornos do promontório que depois de algum tempo se apagava nas trevas do interior. Hamza se lembrava disso, dos tempos de antes, de como a estradinha passava pela casa onde ele morava, e de como depois ela se estreitava na abertura apertada que levava ao interior. Em alto-mar, o céu ia se enchendo de estrelas e uma lua imensa começava a se erguer, iluminando o pulsar das águas para além do quebra-mar e da crista espumada do recife ao longe. Quanto mais a lua subia, mais o mundo todo submergia em seu brilho sobrenatural, transformando armazéns e atracadouro e os barcos amarrados no cais em sombras insubstanciais de si próprios. A essa altura o nahodha e seus três tripulantes tinham comido suas parcas rações diárias de arroz com peixe salgado, que dividiram com ele, e se acomodado para dormir, esticados todos bem juntos em cima das sacas de painço e de lentilhas que eram sua carga. Então ele também se deitou perto deles, ouvindo sua conversa e seus xingamentos e suas canções melancólicas de saudade enquanto o barco balançava com a chegada da maré. Dormiram quase ao mesmo tempo, todos respirando fundo algumas vezes e depois caindo no silêncio. Após a momentânea tranquilidade que se sucedeu às vozes deles, o barco retomou seus rangidos agônicos enquanto o mar puxava e empurrava seu casco, inquieto. Ele se deitou sobre o lado bom mas, como não conseguiu evitar a volta da dor, se afastou do grupo de homens e manteve alguma distância deles. Depois de algum tempo se afastou totalmente com medo de perturbá-los com sua falta de sono. Encaixou-se num espaço que lhe propiciava um desconforto que o distraía de suas dores, e de alguma forma conseguiu dormir.

Ao nascer do sol eles empurraram o barco com suas varas até o cais, trabalhando em silêncio sob a luz violácea. A maré agora estava cheia e a embarcação navegou alta sobre as águas. O nahodha recusou o oferecimento de ajuda de Hamza para desembarcar a carga. Sorriu com desdenhosa afabilidade, mostrando seus dentes manchados com ar divertido.

"Você acha que esse trabalho é brincadeira?", ele disse, olhando Hamza de cima a baixo com um tom amigável e jocoso. "A pessoa precisa ter capacidade para fazer isso e a força de um boi."

Hamza agradeceu ao nahodha que tinha aceitado trazê-lo sem pagar e apertou a mão dos tripulantes. Desceu com cuidado a prancha que levava ao cais, o corpo todo tenso com o esforço necessário para reprimir a dor no quadril agora pior com a noite passada entre as tábuas do convés. Nenhum dos homens tinha feito perguntas sobre a dor dele, ainda que não possam ter deixado de perceber seu passo manco. Ficou agradecido por isso já que a compaixão em situações como essa exigia franqueza em retribuição. Não olhou para trás enquanto percorria o cais quase vazio mas ficou pensando se o nahodha e sua tripulação estariam olhando e talvez falando dele.

Atravessou os portões do porto, que estavam abertos e sem vigias, e seguiu em direção à cidade. Cruzou com pessoas que rumavam para o porto, passo firme a caminho do trabalho. Não era uma parte da cidade que ele conhecesse bem. Tinha morado nos entornos e quase nunca havia ido ao centro, mas não queria parecer inseguro ou perdido então andava também com passo firme e com a determinação que a dor no quadril lhe permitia procurando uma rua ou uma construção conhecidas. De início a rua em que ele estava era larga e cercada de pés de nim, mas logo foi se estreitando, com outras ruas menores saindo dela. Um pouco mais à frente um leve pânico começou a surgir dentro dele. As pessoas vinham das ruas menores sabendo para onde iam e ele ainda não reconhecia onde estava. Foi ficando difícil navegar naquele terreno com as ruas se enchendo de gente, mas também foi ficando tranquilizador. Estava numa rua movimentada portanto sua hesitação e incerteza não chamariam tanta atenção. Mais cedo ou mais tarde com certeza ele iria reconhecer alguma coisa. Quando deu com o velho prédio dos Correios, sentou aliviado em um dos degraus da entrada e ficou esperando seu pânico diminuir. Pedestres e ciclistas passavam, misturando-se a um ou outro carro que com paciência abria caminho entre as pessoas.

Foi para as ruas tranquilas atrás dos Correios já com um pouco mais de clareza sobre a sua localização mas ainda longe de ter certeza. Caminhou sem rumo por alamedas frescas e sombreadas passando por portas entreabertas e sarjetas transbordantes. Atravessou ruas largas passando por cafés lotados de clientes para o café da manhã e então entrou de novo em ruelas estreitas onde as casas se inclinavam umas para as outras numa intimidade intimidante. Hamza não se sentia à vontade em ruas como essas, com seus aromas de comida e de esgoto rançoso e com o eco das vozes das mulheres em seus quintais fechados. Sentia-se um intruso. Mas continuou andando, adorando a angustiante estranheza que as ruelas produziam nele, ao mesmo tempo familiares e ameaçadoras como eram. Percebeu depois de algum tempo que caminhava novamente pelas mesmas ruas e atraía olhares interessados, então se forçou a sair do circuito em que por acaso caíra e a seguir numa direção diferente.

Já era o meio da manhã quando ele chegou a um pátio cujos portões de madeira estavam escancarados. Uma viela de terra passava por ali e em frente ao pátio, e dos dois lados havia residências, o que fazia o pátio parecer parte da vida comum da rua. Alguma coisa o reteve por algum tempo ali e depois ele se aproximou, pensando que parecia um bom lugar para encontrar trabalho ou pelo menos descansar um pouco. Pelo portão aberto vinha o clamor de vozes e o bater de martelos e um ar de trabalho honesto. Dois homens estavam trocando a roda de um furgão escorado por uma pilha de tijolos, um ajoelhado com a roda nas mãos, o outro de pé ao lado dele, segurando uma chave inglesa e um martelo, a postos. O grandalhão ajoelhado falava com voz rude. Era dele que vinha o clamor. Sua cabeça estava virada para o companheiro que tinha os lábios entreabertos à beira do riso. A cabeça do companheiro era grande para o tamanho do corpo, tão grande que era impossível não perceber. Hamza deu uma olhada na direção deles e ouviu o suficiente das gozações, da gabolice e do riso torturado para reconhecer os tons familiares da conversa de rua que queria ser ouvida de longe. Os dois não prestaram atenção nele ali parado, ou talvez tenham fingido não vê-lo.

Atrás dos dois homens e do furgão, e sob um jovem coqueiro no canto do pátio, um menino martelava pregos num caixote de carga. Havia mais três caixotes perto dele já fechados e um aberto cheio de serragem. Outros dois jovens, meros meninos, carregavam uma panela quente de metal entre duas varas e seguiam na direção da construção que ocupava integralmente um dos lados do grande pátio. Pelo cheiro ele imaginou que a panela contivesse óleo ou verniz. As portas da construção estavam escancaradas e ele ouvia as pessoas trabalhando com madeira lá dentro, o som de uma serra e de uma plaina e de marteladas intermitentes, e sentia o perfume adstringente da serragem. Uma portinha num dos lados da oficina estava aberta, e por ela ele viu um homem sentado a uma escrivaninha, debruçado sobre um livro-caixa, com óculos de aro de metal apoiados no nariz. Hamza foi mancando até onde ele estava, lentamente, com passos curtos, fazendo o que podia para disfarçar seu ferimento.

O homem atrás da escrivaninha usava uma camisa larga de mangas longas feita de tecido de algodão, e parecia refrescado e confortável. Tinha a cabeça raspada e uma barbicha rala salpicada de fios grisalhos. Seu barrete estava em cima da mesa, ao lado do livro-caixa. Tinha seus trinta e poucos anos, porte robusto, e parecia forte. Curvado sobre a mesa como estava, dava a impressão de um homem totalmente mergulhado em seus negócios, dos pés à cabeça era o dono do pátio. Hamza ficou parado à porta sem falar, esperando que o homem erguesse a cabeça e o convidasse a entrar no escritório ou que o expulsasse dali. Era uma manhã fresca e ele tinha se acostumado a esperar. Ficou ali pelo que lhe pareceram vários minutos, tentando lembrar que não podia demonstrar qualquer sinal de impaciência ou inquietude. O homem ergueu a cabeça contrariado, como se desde o começo estivesse consciente de sua presença e de repente tivesse perdido a paciência. Ajeitou os óculos no alto da cabeça e olhou para Hamza com a segurança tranquila de um homem que tinha encontrado seu lugar no mundo. Fez uma rápida careta de insatisfação mas não falou, esperando que Hamza se anunciasse e declarasse a que vinha. Depois de um momento ele baixou levemente o queixo, o que Hamza encarou como uma maneira arrogante de convidá-lo a falar.

"Estou atrás de trabalho", disse.

O homem fez uma concha com a mão em torno da orelha direita, pois Hamza tinha falado baixo.

"Estou atrás de trabalho, por favor", Hamza repetiu mais alto, e acrescentou a cortesia por não saber se o homem queria que ele implorasse, que demonstrasse humildade.

O homem se recostou na cadeira com as mãos atrás da cabeça, flexionando os ombros, descansando por um momento de seu trabalho. "Você está atrás de que tipo de trabalho?", perguntou.

"Qualquer tipo", disse Hamza.

O homem sorriu. Era um sorriso amargo, incrédulo, o sorriso de um homem cansado e prestes a perder seu tempo. "Que tipo de trabalho você sabe fazer?", ele perguntou. "Trabalho braçal?"

Hamza deu de ombros. "Sim, mas também sei fazer outras coisas."

"Eu não preciso de trabalhadores braçais", o homem disse de maneira abrupta como quem encerra a conversa e se voltou para o seu livro-caixa.

"Eu sei ler e escrever", Hamza disse com um tom um pouco desafiador, e depois, lembrando a situação em que se encontrava, acrescentou: "Bwana".

O homem olhou direto para ele e ficou esperando, querendo mais exatidão, mais detalhes. "Até que série você fez?", ele perguntou.

"Eu não fui à escola", disse Hamza. "Eu tive umas aulas... depois aprendi basicamente sozinho."

"Como foi que você conseguiu? Ah, esqueça, você sabe fazer contabilidade?", o homem perguntou, apontando para o livro-caixa, mas Hamza sabia que ele não estava falando sério. Não achava que um mercador fosse deixar um desconhecido cuidar de sua contabilidade.

"Posso aprender", ele disse depois de uma longa hesitação.

O homem suspirou e tirou os óculos do alto da cabeça. Esfregou os cabelos duros do crânio com a palma da mão direita, produzindo um leve farfalhar. "Você sabe trabalhar com madeira?", perguntou. "Alguém a mais na oficina podia ser útil."

"Posso aprender", repetiu Hamza, e o homem sorriu de novo, dessa vez com menos amargura, talvez até com certa bondade. Hamza sentiu aquele sorriso lhe provocar um pequeno espasmo de esperança.

"Então você não sabe trabalhar com madeira mas sabe ler e escrever. Qual foi o seu último trabalho?", perguntou.

Hamza não esperava por essa pergunta e se deu conta de que devia ter esperado. Demorou tanto para responder que o homem pôs de novo os óculos no nariz e voltou a se debruçar sobre o livro-caixa. Hamza ficou onde estava, um passo dentro do cômodo, e esperou enquanto o homem escrevia alguma coisa. Não sabia se devia ir embora antes que o homem se irritasse e engrossasse com ele, mas não conseguia se mexer, era como se estivesse paralisado. Depois de vários minutos o homem olhou para ele longa e fatigadamente, tampou a caneta, pegou o barrete e disse a Hamza: "Venha comigo".

E foi assim dessa maneira tão inesperada que ele começou a trabalhar para o mercador Nassor Biashara. Mais tarde o mercador disse a Hamza que o empregou por ter gostado da aparência dele. Hamza tinha vinte e quatro anos, estava sem dinheiro e sem lugar para morar, numa cidade onde tinha vivido mas que conhecia muito mal, estava cansado e com dor, e não conseguiu imaginar o que o mercador podia ter visto de bom na aparência dele.

Nassor Biashara o levou até o pátio e chamou o menino que estava fechando os caixotes. O mercador era mais baixo do que pareceu quando estava debruçado sobre a escrivaninha mas andava com um passo firme e urgente e já estava diante do menino antes que este começasse a vir até eles.

"Leve este sujeito ao depósito. Como você disse que se chamava? Diga ao Khalifa que já estou indo", o mercador disse ao menino, cujo nome era Sungura apesar de não ser seu nome de verdade. Sungura significava coelho. Também foi possível perceber que ele não era um menino mas um homem adulto do tamanho de um menino de doze ou treze anos cujo rosto inquieto, pálido e maltratado contava uma história diferente da impressão que se tinha depois de um primeiro olhar distraído. Havia algo de familiar naquelas feições angulosas e secas, com zigomas altos, queixo pontudo, nariz fino, testa enrugada: um rosto khoi. Hamza tinha visto muitos rostos khois nos últimos anos. No corpo aparentemente frágil de um adolescente adoentado aquele rosto parecia um tanto sinistro. Era mais provável que não fosse um rosto khoi mas sim de um tipo que ele ainda não tinha visto, de Madagascar ou Socotra ou de alguma ilha distante de que nunca tinha ouvido falar. O mundo deles andava cheio de rostos estranhos desde a recém-terminada guerra, especialmente nessas cidades às margens do oceano, que sempre atraíam pessoas vindas do outro lado das águas e da terra, algumas mais voluntariamente do que outras. Mas talvez não fosse nada disso, talvez fosse apenas o rosto de um homem que havia crescido na miséria e na dor, ou que tivesse sofrido com uma das muitas agonias à espreita de atacar a vida humana.

Sungura foi na frente e Hamza o seguiu. Ao passarem pelos homens que consertavam o furgão, o grandalhão ajoelhado fez um barulho molhado de um beijo, e rolou os olhos para Sungura de maneira lúbrica e sugestiva, indicativa de desejos mal contidos. Seu rosto era redondo e uma grossa barba por fazer o tornava áspero. O segundo homem, que estava com uma calça esfarrapada de chita que ia até a metade de suas canelas, soltava gargalhadas e risadinhas como um tolo, e ficava claro que ele era o vassalo na corte do valentão do pátio. Sungura não abriu a boca e sua expressão não mudou mas Hamza percebeu que seu corpo se encolheu. Alguma coisa no comportamento dele dizia a Hamza que ele estava acostumado a ser tratado dessa maneira, e que viviam pedindo que ele executasse tarefas degradantes. Depois de entrarem na rua, ele diminuiu o passo e olhou para o quadril de Hamza. Foi para lhe dizer que tinha visto seu passo manco, um aleijado reconhecendo o outro, e que o convidava a estabelecer o passo da caminhada.

Andaram lentamente por ruas empoeiradas e cheias de gente, coalhadas de lojas entupidas de mercadorias: tecidos, frigideiras e panelas, tapetes de oração, sandálias, cestos, perfumes e incenso, e de vez em quando um vendedor de frutas ou uma barraca de café. A manhã estava ficando quente mas não muito àquela altura e as pessoas que lotavam as ruas ainda se empurravam e se trombavam de maneira bem-humorada. Carroças abriam caminho à força entre os pedestres, com os condutores gritando para dar o alerta, campainhas de bicicletas soavam e ciclistas se esgueiravam entre os corpos comprimidos uns contra os outros. Duas matronas idosas arrastavam despreocupadas seus pezinhos e a multidão se abria em torno delas como se fossem rochedos no meio de um rio.

Foi um alívio depois de vários minutos de caminhada entrar numa alameda larga e sombreada que levava a uma clareira aberta cercada por um conjunto de depósitos. Havia cinco deles, três numa construção e os outros dois separados mas adjacentes. O depósito de Nassor Biashara ficava na esquina da clareira perto da alameda, afastado dos outros. A porta de madeira sem pintura estava entreaberta mas a escuridão lá dentro era grande demais para que fosse possível discernir seu interior. Sungura foi até a porta e chamou. Depois do que para Hamza pareceram vários minutos, ele precisou chamar de novo para que um homem emergisse das sombras do depósito. Era um sujeito alto e magro de seus cinquenta anos, barbeado e de cabelo grisalho. Estava bem-vestido com uma camisa xadrez e calça cáqui, parecendo mais alguém que trabalhava num escritório do que num depósito. Olhou de um visitante para outro com uma expressão nada amistosa, fechada, depois disse a Sungura: "Por que você está fazendo tanto barulho? O que é que te deu, seu idiota?". Falava de maneira exasperada e desdenhosa, como se a qualquer momento fosse cuspir algo nojento. Tirou um lenço limpo do bolso e enxugou as mãos.

Aquilo não tinha parecido tanto barulho assim para Hamza mas Sungura não contestou. "Bwana Nassor disse para trazer ele. Ele também vem. Eu vou indo", ele disse e foi saindo.

"Espera, que história é essa?", disse o homem do depósito mas Sungura continuou andando sem responder nem olhar para trás, seguindo num passo inseguro mas determinado. O homem bufou pelo nariz de maneira ruidosa na direção das costas já distantes de Sungura e disse alguma coisa que Hamza não entendeu direito. O homem do depósito ergueu o braço numa saudação a Hamza, abriu mais a porta e apontou para um banco logo depois da entrada. Ele sentou ali conforme lhe tinha sido indicado e sentiu o olhar do homem nele, examinando-o.

"É sobre o quê? Você é cliente?", ele perguntou.

Hamza sacudiu a cabeça.

"Ele te mandou aqui para quê?"

"Eu vim trabalhar", disse Hamza.

"Ele não me falou nada disso."

O homem que ele supôs ser Khalifa ficou esperando que ele dissesse mais alguma coisa e depois sacudiu a cabeça irritado quando Hamza não abriu a boca. Ele ficou parado mais um instante, tentando se controlar, depois assentiu devagar e repetidamente com a cabeça com ar de uma resignação exasperada. Depois de outra olhada seguida de um suspiro profundo, ele voltou para as sombras do depósito. Pareceu um teatrinho bastante dispensável, um sujeito azedo, aparentemente. Se era para esse sujeito que o mercador tajiri queria que ele trabalhasse, tudo bem. Ele ia aprender.

De fora não parecia um depósito grande, talvez não chegasse a sessenta passos de comprimento, o tamanho de um alojamento militar de seis quartos. Era feito de coral e argamassa, com partes expostas onde a cobertura se erodira, e seu teto era de folha de lata. Se havia janelas, elas estavam fechadas e a única luz difusa entrava por sob os beirais. Quando os olhos de Hamza se acostumaram ao escuro, ele viu caixotes e caixas perto de onde estava, e pilhas de sacas de aniagem mais longe. Achou que sentia cheiro de madeira e de couro e talvez de óleo de motor, bem como o aroma denso de fibra de juta exposta às intempéries. Os cheiros evocavam lembranças dos primeiros tempos que havia passado naquela cidade. Olhou para a clareira lá fora. Um homem caminhava no outro extremo do terreno mas fora isso nada se movia. Era uma clareira grande, talvez parecendo ainda maior por estar vazia. As portas dos outros depósitos estavam fechadas. Era um lugar desolado, silencioso, abandonado e um tanto negligenciado apesar de nenhuma das construções estar destruída. Era uma visão que sufocava a determinação.

Ele sacudiu a cabeça para tirar essas ideias da mente, resistindo à sua natural tendência melancólica. O sofrimento reduz a resistência, Pascal dizia. Sorriu ao recordar Pascal. Era uma grande felicidade ter a chance de encontrar um trabalho logo depois de chegar à cidade embora devesse ainda ter cuidado, não contar com a sorte antes de garantir o emprego. Tinham sido meses e meses de vida errante, anos e anos, e agora estava novamente começando do zero na companhia de um coro espectral de acusadores. Seu regresso à cidade era inesperado. Sua fuga tinha parecido a destruição de toda uma vida mas por ora ela tinha chegado ao fim com esse fútil regresso a um lugar onde já estivera antes, só que mais velho, alquebrado, de mãos vazias.

Hamza não sabia para que trabalho o mercador precisava dele. Ficou esperando no banco com os olhos desviados da luz, grato pela entrada sombreada, grato pelo resto. A dor no quadril estava diminuindo um pouco, disso ele tinha certeza. Melhorava no decorrer do dia, quando ele ia caminhando, mas não podia abusar. Ainda precisava parar várias vezes a fim de descansar. Teria que lidar melhor com a dor. A alternativa era permitir que ela o dobrasse e o transformasse num inválido, como a guerra tinha feito com tantos. Não valia a pena nem considerar essa possibilidade. Tinha demorado, mas ele acabou melhorando. Então, depois de sair da missão ele tinha exagerado cedo demais sem levar em consideração o que seu corpo ferido podia suportar. Teria que lidar melhor com aquilo. Sentado ali no banco sabia que estava extenuado, aflito, à beira da exaustão. Sua cabeça latejava e seus olhos doíam. Precisava dormir. Seu corpo tinha se acostumado a viver com pouquíssima comida mas ainda não à falta constante de sono.

Hamza pensou ter ouvido leves barulhos vindos do fundo do depósito escuro e ficou pensando como Khalifa conseguia enxergar na penumbra, como conseguia se mover tão silenciosamente sem tropeçar nas mercadorias. Estava havia algum tempo sentado no banquinho quando viu com o rabo do olho um movimento e tomou um susto ao perceber que Khalifa estava parado a pouco mais de um metro dele, próximo à porta do depósito, olhos reluzindo enquanto o observava. De início Hamza desviou os olhos, e por algum tempo achou que sentia os olhos de Khalifa presos na lateral de sua cabeça. Quando se virou de novo não havia ninguém ali. Não ficou preocupado. Khalifa parecia detalhista e certinho demais para representar uma ameaça, e Hamza estava cansado e só um tanto fascinado pelo comportamento excêntrico do outro.

O mercador Nassor Biashara estava apressado quando chegou, usando uma jaqueta de linho e um barrete, ambos cor de creme, a caminho de outras tarefas que precisava cumprir. Hamza se levantou do banco, pronto para executar ordens. "Khalifa!", gritou o mercador. "Cadê ele? Khalifa!"

Depois de um momento ele apareceu. "Naam, bwana mkubwa", ele disse em tom irônico e gozador. Sim, grande mestre.

"Este aqui é o nosso novo empregado", disse Nassor Biashara. "Mandei ele aqui para te ajudar nas lojas."

"Ajudar com o quê?", Khalifa perguntou com insolência. "O que é que você está inventando agora?"

O mercador não prestou atenção nessa truculência, falando com voz firme e objetiva. "Você abriu espaço para a nova entrega? Ele podia te ajudar com isso. Ela vai chegar em alguns dias."

"Está tudo pronto", disse Khalifa, esfregando as mãos para dar ênfase à informação.

"Sawa", disse Nassor Biashara. "O furgão vem pegar a madeira assim que eles trocarem a roda. Pode demorar um pouco porque eles têm que levar o outro pneu para o mecânico. Esse furgão está me custando uma fortuna. Enfim, mostre a ele como as coisas funcionam aqui. Ele podia ajudar com os carregamentos. Ele vai ser o nosso vigia noturno daqui em diante. Vá com ele até o pátio depois que trancar tudo por aqui para ele conhecer o caminho. Eu preciso ir ao banco agora."

"Como você se chama?", Khalifa perguntou depois que o mercador saiu.

"Hamza", ele disse.

"Hamza do quê?", Khalifa perguntou com o que Hamza julgou ser uma grosseria surpreendente. Hamza, por sua vez, deu de ombros. Não era obrigado a responder a esse tipo de pergunta, feita com aquele tom de voz. Ele se reclinou no banquinho. "Qual é o seu povo?", perguntou Khalifa, como se achasse que Hamza não tinha entendido a pergunta.

"Isso não é da sua conta."

Khalifa sorriu. "Sei... escondendo alguma coisa, é? Não faz mal. Você pode começar varrendo este lixo", ele disse, indicando a área em frente às portas do depósito, onde praticamente não havia lixo. "A vassoura fica atrás da porta... e não levante muita poeira. Haya haya, você não veio aqui para descansar."

Hamza ficou perplexo com tanta grosseria. Varreu o pátio conforme as ordens, fez uma pilha pequena de poeira e de lixo ao lado da porta, depois sentou de novo no banco. Quando o furgão veio buscar a madeira, Khalifa abriu uma janela gradeada e o depósito foi inundado pela luz do fim da manhã. O falastrão da dupla que Hamza tinha visto antes no pátio e que se chamava Idris ficou parado à toa na sombra do depósito, fumando e gritando palavras grosseiras de encorajamento enquanto Hamza ajudava seu companheiro maltrapilho a carregar a madeira. Eram tábuas mal aplainadas cujo destino seria a oficina de carpintaria. Eram de um tom rosa-claro e Hamza não conseguiu resistir, abaixando-se para sentir o cheiro da madeira. Khalifa estava parado junto à porta do depósito e os seguia com os olhos sem mexer um dedo para ajudar. Em poucos minutos eles carregaram o furgão e depois disso Khalifa sentou no banco enquanto Hamza foi sentar num caixote perto dali. Não parecia haver muito mais para fazer. Quis perguntar o nome da madeira a Khalifa mas aquela cara trêmula de desaprovação o conteve.

"Nosso vigia noturno", repetiu Khalifa, sorrindo desdenhosamente para Hamza antes de desviar os olhos para a clareira. "Ele te trouxe aqui para fazer o quê, mesmo? O que é que ele está inventando? Ele te prometeu um emprego de zelador do depósito? Nosso vigia noturno! Só de te olhar os ladrões vão sair correndo a toda a velocidade, morrendo de medo, hein? Nosso tajiri contratou um vigia noturno! Por que agora? Nesses anos todos nós guardamos mercadorias de valor aqui e ele nunca pensou em contratar um vigia. Ele vai te dar uma folha de marekani para você se cobrir e mais um bastãozinho e vai te fazer passar a noite toda aí sentado com os shetanis todos e os fantasmas que moram aqui. Às vezes ele fica nervoso por causa de dinheiro. É o equipamento novo que ele está comprando, acho. Você não tem cara de vigia. Vigias têm coxas fortes e pele brilhante e testículos grandes. Sei lá eu por que ele escolheu um fracote que nem você para ser o vigia."

Hamza sorriu diante desse ataque imotivado mas não conseguiu pensar em alguma coisa para dizer em sua defesa. Ele também não teria se escolhido como vigia noturno.

"Você tem cara de doente", disse Khalifa. "Deve ter despertado algum instinto bom nele, feito ele se lembrar dos seus próprios tempos de angústia. Ele às vezes tem umas ideias idiotas. Você ouviu ele dando uma de grande homem de negócios? Eu vou ao banco agora. Que sujeito mais ocupado!" Khalifa soltou um suspiro fundo e se recostou na porta do depósito, de olhos fechados. Seu rosto era estreito e de alguma maneira ascético, o rosto de um abstêmio talvez ou de alguém que tivesse conhecido amarguras e fracassos. Hamza suspirou silenciosamente ao pensar em trabalhar para um homem tão carrancudo e tão mesquinho como aquele.

"Logo não vai ter mais nada aqui", disse Khalifa depois de um longo silêncio, mexendo a boca como se estivesse prestes a cuspir alguma coisa. "Você devia ter visto como isto aqui era antes: cheio de comerciantes e de gente conversando e negociando — o vendedor de café com a sua barraquinha ali, carroças que vinham do porto com frutas, o vendedor de frutas com seu gari, o vendedor de sorvete com seu carrinho, e por toda parte barulho, agitação, conversas. Aquele lugar ali, que agora está fechado com tapumes, era um café, e tinha gente vendendo suco e mandioca ali no meio. Tinha uma bica lá no canto com uma água tão limpa que você podia beber. Agora olha só para isto. Ninguém mais vem aqui. Tudo seco de dar dó. Aqueles depósitos ali", ele disse, indicando o bloco de três, "um empreiteiro comprou os imóveis do Bohra tajiri Alidina. Que homem aquele! Já ouviu falar de Bohra Alidina? Eram os depósitos dele, apesar de ele ter lojas e outros depósitos em tudo que é canto destas terras, até os Grandes Lagos. Ele comerciava com a Índia e a Pérsia e a Inglaterra e a Alemanha. Agora eles guardam cimento e privadas e canos ali onde antes era tudo cheio de grãos e de açúcar e de arroz. Você vai ver, dia sim dia não o empreiteiro manda um caminhão que eles carregam com umas coisas e tiram outras para mobiliar as mansões dos ricos. Antigamente as pessoas iam e vinham por aqui o tempo todo, gente comprando e vendendo, tudo isto aqui fervilhando de vida e de comércio, mas agora é só onde os nossos superiores armazenam o que nós não podemos ter."

Khalifa se calou de novo por um momento, perdido em sua raiva, olhando vez por outra para Hamza com uma expressão insatisfeita como se esperasse uma reação dele. "O que é que você tem? Não sabe falar?", ele perguntou por fim, e sugava as bochechas e mexia o queixo sem parar como se estivesse mastigando alguma coisa ácida e amarga. Hamza ficou ali sentado sem abrir a boca. Depois de algum tempo, enquanto esperavam em silêncio, ele sentiu a raiva de Khalifa diminuir e ouviu sua respiração mudar, seu arroubo amainar. Quando começou a falar de novo foi com muito menos rancor que antes, como se tivesse se resignado ao que antes o irritava.

"Aquele outro depósito é de um chinês", ele apontou para a outra construção separada. "Ele guarda barbatana seca de tubarão e pepino-do-mar e vipusa ali — sabe, chifre de rinoceronte — e essas outras coisas de que eles gostam na China. Ele guarda tudo ali e de tantos em tantos meses, quando junta bastante coisa, carrega tudo num navio e manda para Hong Kong. Acho que não é uma coisa legalizada mas ele sabe evitar encrenca e deixar os rapazes da alfândega satisfeitos. Eles gostam dessas coisas na China, para ficar de zub duro. Ele nunca descansa, aquele chinês, nem deixa o pessoal da família dele descansar. Você já viu a casa dele? Tem umas bandejas de macarrão secando no quintal, uns bandos de patos que ficam rebolando ali na lama da frente da casa, o quiosque de secos e molhados fica aberto do nascer do sol até tarde da noite... e o tempo todo ele ali usando calça curta e camiseta regata como se fosse um trabalhador braçal, trabalhando sem parar, dia e noite. Você já ouviu ele falar? Ele soa bem igual à gente... nada a ver com o fong fong fong que a gente espera de um chinês. E os filhos dele são todos iguais. Se você ouvir aquele

pessoal falando de olhos fechados, nunca que você vai imaginar que está ouvindo um chinês. Você já ouviu eles falarem?"
"Não, não ouvi", disse Hamza.
Khalifa olhou um momento para ele e disse: "Você não conhece o chinês? Eu acho que nunca te vi. Você é de fora?". Hamza ficou um instante em silêncio. "Não exatamente", disse.
"Não exatamente o quê? Ainda escondendo alguma coisa", disse Khalifa, sorrindo fatigado. "Por que você não mente de uma vez? Aí é mais fácil e você evita problemas. Minta e pronto. Senão parece que você está escondendo alguma coisa."
"Eu não sou de fora", disse Hamza. "Já morei aqui por uns poucos anos mas depois fui embora."
"Qual é o seu povo?", Khalifa perguntou de novo.
"Eles moram bem longe daqui", disse Hamza, mentindo como Khalifa tinha dito para ele fazer.
"Viajou muito? Você tem cara de quem foi longe", Khalifa disse com uma expressão de leve desdém no rosto. "Me diga, você participou da guerra? Foi o que eu achei quando te vi. Você tem cara de andarilho."
Hamza deu de ombros e não respondeu, e Khalifa não pressionou. Logo depois da convocação à oração do meio do dia, ele trancou o depósito e os dois voltaram juntos ao pátio principal. Agora estava quente mas nada insuportável e a caminhada foi agradável até eles chegarem à rua movimentada onde ficavam as lojas. As mercadorias transbordavam para a rua e pioravam o congestionamento ali e nas calçadas. O caos e o barulho e as invectivas irritadas dos pedestres vespertinos os forçaram a abrir caminho à força entre pessoas que também desejavam ir para casa ou para o mercado ou para a mesquita assim que conseguissem. Nassor Biashara ainda não tinha voltado do banco, então enquanto Khalifa permaneceu sentado diante do escritório do mer-

cador para esperar, Hamza foi até a oficina agora silenciosa, atraído pelo cheiro de madeira e de resina. Viu um homem idoso sentado num canto bordando um barrete. Ele olhou por sobre os óculos e retornou ao bordado. Hamza imaginou que era o carpinteiro em horário de almoço. Disse uma palavra de saudação e foi saindo.

Havia diversos objetos de madeira pela oficina: uma poltrona reclinável, mesinhas, um banco com entalhes elaborados, um aparador com objetos menores — tigelas, armários —, alguns objetos de uma madeira cor de bronze, outros de uma madeira clara, muitos deles ainda por terminar. Era como se o carpinteiro estivesse trabalhando em vários itens ao mesmo tempo ou como se houvesse mais de um carpinteiro.

O cheiro de madeira era muito forte ali e Hamza ficou pensando de que tipo seriam aquelas madeiras. Seu trabalho de conserto de móveis na missão era desajeitado, trabalho de iniciante, arrumando o que estava bambo ou se desmontando. Ele não conhecia nada sobre madeiras mas achava aquele cheiro salutar, natural. Pegou um punhado de serragem do chão e cheirou. O idoso ergueu os olhos do bordado e disse: "Mvule" e Hamza arquivou o nome agradecido. Foi caminhando até outro montinho de serragem, que era de onde vinha o cheiro adstringente, e antes mesmo de chegar ali o velho disse "Msonobari" e sorriu como se estivesse brincando. "Mvule dura para sempre, é mais dura que metal", ele disse. "Você está querendo comprar?"

"Não, eu vim trabalhar para o mercador", disse Hamza. O velho soltou uma espécie de grunhido e voltou a bordar o barrete.

Quando Hamza saiu de novo para o pátio, viu que Khalifa tinha ido embora. Sentou à sombra para esperar as ordens do mercador e ainda estava ali quando teve início a preguiçosa volta ao trabalho depois do almoço. Um homem que ele ainda não tinha visto atravessou o pátio que levava à oficina. Seu cabelo era pretíssimo e brilhante, amarrado num rabo de cavalo. Caminhava tranquilo, sem pressa, e gritou obscenidades para Sungura ao passar por ele. Ei, seu filho da puta, manda tua mãe caprichar no óleo. De noite eu vou passar lá. Sungura riu contente como uma criança que foi provocada, expondo uma boca cheia de dentes tortos.

Hamza ficou lá sentado a tarde toda esperando. Viu Idris com seu companheiro passarem uma ou duas horas esticados no furgão antes de sumirem dali. Ainda estava lá quando o velho carpinteiro e seu assistente de cabelo lustroso fecharam a oficina e foram embora. Sentia-se um idiota por ficar tanto tempo esperando mas não tinha para onde ir, e estava cansado, e não sabia nem se o mercador lembrava que ele existia. O mercador voltou ao pátio horas depois, bem quando o muezim estava convocando para a oração da tarde. Sungura era a única pessoa ali além dele, esperando para trancar tudo. Nassor Biashara ficou surpreso ao ver Hamza à sua espera.

"O que você está fazendo aqui?", disse. "Você ficou aqui esse tempo todo? Mas que ideia foi essa? Vá para casa agora. Você pode começar no depósito amanhã."

9.

Hamza dormiu aquela noite na frente da porta do depósito porque não tinha onde ficar. Perambulou algum tempo pelas ruas procurando lugares que conhecia, mas não reconheceu quase nada e muitas vezes nem sabia onde estava. Seguiu o movimento das pessoas e depois de algum tempo viu-se inesperadamente à beira-mar. Seguiu por aquela rua com uma leve empolgação de quem reconhecia alguma coisa e continuou nela em busca da casa onde tinha morado quando jovem, mas não conseguiu encontrá-la. Achou que estava no lugar certo mas que talvez a casa tivesse sido derrubada e que outra coisa tivesse sido construída no local. Na época aquilo era um vilarejo da Deutsch--Ostafrika e agora era colônia britânica, mas isso não bastava para explicar o desaparecimento de uma casa com um jardim murado e uma loja na frente. Era como se o vilarejo tivesse crescido desmedidamente e algumas vizinhanças tivessem desaparecido. Ele só havia passado sete anos longe e a cidade não podia ter mudado tanto nesse tempo. Ou talvez ele estivesse no lugar errado. Raramente saía da casa quando morou aqui, levava uma vida assustada nos fundos de uma loja, e talvez tivesse se esquecido das poucas ruas que conhecia. Talvez tivesse perdido parte da memória pelo caminho, sob o impacto das crueldades que sofrera nos últimos anos. Estava tão cansado que quem sabe isso aumentasse a impressão de que tudo ali era estranho. Algumas pessoas o cumprimentaram como se o conhecessem, com um sorriso, com um aceno alegre ou até com um aperto de mãos, mas ele sabia que não podiam conhecê-lo. Deviam ter se confundido, pensado que ele era outra pessoa. Ele pelo menos não conhecia aquelas pessoas.

Voltou ao depósito quando já ia escurecendo. Havia um poste de iluminação bem num canto da clareira e embora sua luz fosse fraca e multiplicasse as sombras, ela também aliviava um pouco a incômoda sensação de vazio. Ele sabia que havia uma mesquita descendo aquela alameda mais distante porque tinha ouvido o muezim chamar no fim da tarde. Foi se lavar ali e depois juntou-se às orações. As pessoas deram passinhos de lado para abrir espaço para Hamza, e ele ficou algum tempo ali, pela companhia. Quando a mesquita foi fechada à noite, ele voltou ao depósito e se esticou diante da porta no lugar que tinha varrido durante o dia, usando como travesseiro o saco de pano que continha todos os seus bens. Mal dormiu, apesar de sua exaustão. Um lado de seu corpo doía e os mosquitos não lhe deram folga. Gatos perambulavam por ali, gritando fora de vista e vez por outra mirando-o de dentro da escuridão. Quando cochilava era perturbado por sonhos: caía numa escuridão vazia, rastejava sobre corpos, era intimidado por um rosto retorcido por um ódio implacável. Ouvia berros, golpes e montanhas distantes transbordando de vísceras de um vermelho translúcido.

Tinha sonhos perturbadores com frequência. Foi um alívio quando ouviu a convocação matinal para a oração e foi de novo se lavar na mesquita.

Quando Khalifa chegou, ficou surpreso ao ver Hamza sentado abatido no chão, encostado na porta do depósito. Ele estacou subitamente, encarando Hamza com um espanto exagerado. "O que você está fazendo aqui tão cedo? Ainda não são nem sete horas", disse. "Você mora aqui perto?"

Hamza estava cansado demais para fingir. "Eu dormi aqui", disse, apontando para o chão.

"Ele não te pediu isso", disse Khalifa. "Por acaso você é algum vagabundo, dormindo assim na rua?"

Hamza não respondeu. Ele se pôs cuidadosamente de pé e desviou os olhos da afrontosa expressão de Khalifa.

"Ele quer um vigia para depois que a entrega chegar", disse Khalifa, falando devagar como se estivesse explicando alguma coisa a um tolo. "Ele está começando a trabalhar com equipamentos de pesca e tem medo que um desses pescadores arrombe a porta para roubar tudo. Eles vivem meio doidos de haxixe, os pescadores, mas não acho que fariam uma coisa dessas. Não havia necessidade de você dormir aqui. Ele não te pediu isso, não é?"

"Eu não tinha onde dormir", disse Hamza.

Khalifa olhou fixamente para ele em resposta, esperando que ele gemesse e viesse com bajulações, e quando isso não aconteceu ele deu um passo na direção da porta e abriu o cadeado enquanto Hamza se afastava apressado. Khalifa abriu uma das folhas da porta dupla e entrou por um momento antes de voltar a sair impetuosamente. "Como assim não tinha onde dormir? Você não conhece ninguém? Eu achei que você tinha dito que morava aqui."

"Muitos anos atrás, fora do vilarejo. Não sei se aquelas pessoas ainda estão vivas", disse Hamza. "Se estão, acho que não vão querer saber de mim."

Khalifa ficou calado por algum tempo, sem saber o que fazer, de cara fechada, olhos fulgurantes de tantas perguntas. "Então você simplesmente dorme na rua, que nem um vagabundo? Qual é o seu povo? Você não pode dormir na rua", disse com raiva. "Você vai acabar machucado. Não tem nenhum conhecido que possa te receber? Não tem dinheiro?"

"Eu acabei de chegar", Hamza disse como se essa explicação bastasse.

"Por que você não pediu dinheiro para ele ontem? Nassor. Por que não pediu um adiantamento ao mercador?", Khalifa perguntou exasperado, e quando Hamza não respondeu ele perguntou: "Quando foi a última vez que você comeu? Você por acaso é algum imbecil, algum tipo de santo?". Ele pegou o pulso direito de Hamza e meteu uma moeda em sua mão. "Encontre um café e tome uma xícara de chá, coma um pão. Vai, some daqui, volte mais tarde."

Hamza não tinha pedido por vergonha, caso o mercador recusasse ou retirasse sua oferta de emprego. Nem tinha perguntado quanto ia ganhar. Não disse tudo isso a Khalifa mas foi atrás de um café como ele tinha mandado, onde comeu um pão com uma caneca grande de chá. Quando voltou, Khalifa o ignorou — provavelmente, Hamza imaginou, porque achava que ele era patético demais para se incomodar com ele. Mais tarde o caminhão do empreiteiro apareceu e três empregados dele carregaram sacos de cimento e postes de metal e foram embora, com o motorista buzinando sem parar como se estivesse transitando em uma rua cheia de gente. O chinês também apareceu, todo vestido, de calça e camisa, e parou para falar com Khalifa; enquanto eles conversavam Khalifa lançava olhares para Hamza, como quem diz: Ouça só esse sujeito... parece um de nós, com esse chinês não tem nada de fong fong fong.

O furgão do pátio do mercador também veio entregar os caixotes com tigelas e os armários pequenos que Sungura tinha embalado no dia anterior, e pegar mais madeira. Khalifa mostrou a Hamza onde guardar os caixotes e explicou sobre as outras mercadorias que ficavam no depósito e como tudo era distribuído e organizado ali. Aqui a madeira, ali os caixotes com urnas ornamentais, ali as sacas de painço e aqui nas prateleiras o olíbano embalado com palha. Mostrou-lhe o livro onde todas as mercadorias que entravam ou saíam eram registradas. Você sabe ler?, perguntou. Hamza assentiu com a cabeça e Khalifa lhe lançou um olhar penetrante. Sabe escrever?, perguntou. Hamza fez que sim novamente e Khalifa sorriu com amargura, vendo confirmadas suas suspeitas sobre os motivos do mercador para contratar Hamza. Ele está te preparando para assumir o meu cargo, não é? De um jeito ou de outro, a manhã do segundo dia de Hamza foi agitada e a clareira parecia um local onde se trabalhava e não um deserto abandonado e silencioso. Foi só bem mais no fim da manhã que as coisas se acalmaram e Hamza conseguiu dar um descanso a suas pernas doloridas.

"O que aconteceu com você?", perguntou Khalifa, apontando para o quadril de Hamza. Seus olhos percorreram de cima a baixo a perna de Hamza, uma só vez, e depois foram para o rosto dele. "Doença? Ou ferimento?"

"Ferimento", disse Hamza.

"O que aconteceu?", repetiu Khalifa. "Você esteve na guerra?" Ao fazer essas perguntas ele ia projetando o queixo de maneira impaciente, como se a lentidão de Hamza o irritasse.

"Acidente", disse Hamza desviando os olhos, pronto a se pôr de pé e sair dali se Khalifa insistisse. Não gostava de interrogatórios.

Mas Khalifa riu. "Você é um sujeito calado com algum segredo sujo, certeza", ele disse com um sorriso largo, "mas fui com a sua cara. Eu conheço as pessoas. Ouça o que eu te digo, isto aqui não é um lugar seguro para você dormir a céu aberto. Você não sabe que pessoas ou que coisas andam por esses ermos da noite, ou o que as pessoas vêm fazer aqui no escuro. Ninguém ia aparecer aqui de noite para fazer alguma coisa boa. Se alguma coisa te acontecesse não ia ter ninguém para te ajudar. É melhor você dormir dentro do depósito, e trancado, mas Nassor não vai te dar as chaves até saber que pode confiar em você."

Ele fez uma pausa, esperando que Hamza falasse, mas este não abriu a boca. Khalifa soltou um suspiro resignado. "Você está entendendo o que eu digo? Não é seguro dormir na rua", disse. "Eu tenho uma loja num cômodo separado da minha casa que você pode usar por uns dias. Antes eu alugava para um barbeiro. Ele passou uns dois anos ali e de repente foi embora. A cadeira e o espelho do barbeiro ainda estão lá. Coitado, não sei o que aconteceu com ele. Quem sabe um dia desses ele volte para buscar as coisas dele, quando estiver pronto pra trabalhar de novo.

"Você pode usar a loja por uns dias se quiser — mas só por uns dias. Eu sei que você é quase um mendigo então nem adianta eu querer cobrar aluguel, pelo menos agora. Pode passar uma semana ou duas lá, até você dar um jeito na vida. Não vá pensando que pode ficar para sempre, e eu não quero saber de você levando mulheres ou amigos malucos para lá. É só um lugar para você poder dormir tranquilo. E deixe aquilo bem limpinho, está certo?"

Isso fez Hamza dar outra olhada em Khalifa, aquele oferecimento generoso, a moeda de manhã, aquela bondade toda junto com os modos irritadiços e a cara fechada dele. Eu fui com a sua cara, Khalifa tinha dito. Nassor Biashara também havia lhe dito a mesma coisa. Já tinha acontecido com Hamza antes de a sua aparência lhe trazer uma bondade inesperada. O oficial alemão também tinha dito isso mais de uma vez.

A casa de Khalifa era térrea, nyumba ya chini, sem andar de cima. Era geminada com uma casa mais alta e do outro lado dava para uma ruela. Kibanda chetu, ele a chamou, nosso barraco, ainda que não fosse isso. Havia uma varanda funda e coberta na parte da frente, com o recesso da porta de entrada ao lado. O telhado da varanda se apoiava em duas colunas grossas de madeira de manguezal envernizada. A loja que seria o quarto de Hamza ficava do lado oposto da varanda, com uma porta dando direto para a rua. Era um cômodo pequeno com uma cadeira de barbeiro e um espelho em cima de uma mesa como lhe tinha sido dito e com um banco de madeira encostado numa parede para o freguês que estivesse esperando sua vez. Khalifa abriu a janela, que tinha sólidas persianas de madeira, enchendo o pequeno cômodo de luz. Hamza imaginou facilmente o cômodo como uma barbearia, com um ou dois clientes conversando ali sentados enquanto esperavam, ou um amigo do barbeiro de visita papeando com ele para matar o tempo. Pensou ter visto um pouco de cabelo misturado às bolas de poeira no piso de concreto mas talvez fosse apenas sua imaginação. Khalifa ficou parado junto à janela, olhando para ele, com uma mão apoiada na travessa da esquadria, cara fechada e zangada como sempre mas com uma curva satisfeita no canto dos lábios. "Vossa Eminência acha o espaço adequado?", perguntou.

 Khalifa lhe entregou a chave do cadeado e trouxe uma vassoura para Hamza. Ele varreu as teias de aranha do chão, virou o espelho contra a parede e redistribuiu a mobília para criar um espaço onde dormir. Depois sentou na cadeira e reclinou-se contra o apoio de cabeça, feliz com sua sorte. A rua do outro lado da porta ficava à sombra das casas mais altas. Sua superfície não pavimentada tinha sido compactada pelo trânsito de pessoas e enquanto Hamza ficava ali sentado elas iam passando pela janela e dando uma espiada de lado pela porta aberta. Ele fechou a porta e ficou muito tempo, horas, sentado sem se mexer, adorando a sensação de segurança que a cela escura lhe provocava.

Ouviu os muezins convocando para o maghrib, os chamados vindo ligeiramente fora de sequência. Contou quatro convocações diferentes. Sempre houve uma abundância de mesquitas naquela cidade, ele se lembrava disso. Pensou em ir atrás de uma, para se lavar e procurar companhia. Por muitos lugares por onde tinha passado não havia mesquitas, e ele sentia falta delas, não pelas orações mas pela ideia de ser um entre muitos que sempre lhe vinha quando estava numa mesquita. Levantou-se rápido antes de perder o ânimo e foi procurar uma. Não precisou falar com ninguém quando chegou lá e ficou sentado em silêncio com os olhos baixos até chegar a hora de se juntar aos outros fiéis. Depois das orações ele apertou em silêncio a mão dos homens que estavam à sua direita e à sua esquerda e foi embora.

Passou por lojas e quiosques e cafés nas ruas iluminadas, com pessoas passeando ou sentadas em pequenos grupos, conversando ou apenas olhando os passantes. Pareciam em paz, satisfeitas, e ele ficou pensando se isso se devia ao fato de ele estar numa parte diferente e mais próspera da cidade, ao fato de estar caminhando numa hora diferente do dia quando as pessoas tinham mais chance de estar com aquela disposição ou se elas estavam pacificadas apenas por causa do tédio. Quando voltou à casa encontrou Khalifa sentado numa esteira na varanda, que agora estava acesa. Fez um gesto para Hamza ir ter com ele e serviu uma pequena xícara de café do frasco que tinha consigo.

"Você comeu?", perguntou.

Khalifa entrou e voltou com um prato de bananas-verdes cozidas e uma jarra d'água, que Hamza aceitou agradecido. Quando os amigos de Khalifa chegaram, Hamza os cumprimentou e antes de se recolher à sua loja ficou lá fora alguns minutos por educação. Permaneceu deitado no escuro, direto no chão, por muito tempo, sem conseguir dormir, a mente passeando pela época em que morara naquela cidade e por todas as pessoas que desde então tinha perdido e pelas humilhações que sofrera. Sua única escolha era aceitar tudo aquilo. Os piores erros que cometeu no tempo em que passou na cidade resultaram de seu medo de ser humilhado, que o fez perder um amigo que era quase um irmão e a mulher que estava aprendendo a amar. A guerra arrancou essa delicadeza de seu coração e lhe mostrou visões atordoantes de brutalidade, que lhe ensinaram humildade. Essas ideias o deixaram melancólico, o que ele achava ser o destino inescapável dos homens.

Nos dias que se seguiram Hamza sentiu Khalifa menos ríspido com ele e lhe dando conselhos, que ele ouvia sem discutir. Certa tarde Khalifa insistiu que Hamza devia pedir um adiantamento ao mercador. Eles pararam no pátio a caminho de casa e Hamza foi ver o mercador em seu escritório e lhe pediu algum dinheiro de seu salário enquanto Khalifa parou junto à porta, podendo ver o que se passava mas aparentemente sem ouvir. Hamza percebeu o mercador insatisfeito, mas não soube se o que mais o irritava era a presença de Khalifa ou o pedido de dinheiro.

"Você só está aqui há três dias e já está querendo salário. Você vai receber quando tiver trabalhado, não antes", disse Nassor Biashara, sem arredar pé. Eram cinco dias, mas Hamza ficou calado diante dele, sem acrescentar pedidos ou súplicas à solicitação, e no fim Nassor Biashara lhe deu cinco xelins e voltou a seu livro-caixa. "Não vá se acostumando", ele disse, a cabeça inclinada sobre seus papéis.

Khalifa ria na caminhada de volta. "Mas que pão-duro desgraçado, bakhili maluun! Ele acha que pode tratar os outros como lixo. Ele está devendo dinheiro até para a velhinha do lado que faz pão de painço. Ele manda a pobre coitada trazer um pão mofa para ele todo dia e aí não paga. Você precisa ver o trabalho que dá para a velhinha fazer cada pão desse. Ela tem que deixar os grãos de molho a noite toda, pilar no almofariz, misturar e sovar, aí assar num forno de barro que ela tem nos fundos da casa. Depois desse trabalho todo, ela cobra vinte centavos por um pão e esse tajiri miserável fica esperando a velhota implorar pelo dinheiro até ele pagar."

Chegaram em casa com Khalifa de bom humor depois de, na sua opinião, constranger o mercador. "Entre para comer alguma coisa", disse, transbordando generosidade. "Hodi, temos um convidado", ele gritou ao abrir a porta.

Foi a primeira vez que Hamza entrou na casa, e ele ficou pensando se não seria hospitalidade demais assim tão cedo. Não era comum que um quase total desconhecido fosse convidado a entrar na casa de uma família. Ele já estava aprendendo que Khalifa era imprevisível e que seu primeiro encontro com ele tinha deixado uma impressão equivocada. Suas explosões de mau humor não duravam muito e ele já havia lhe demonstrado uma generosidade surpreendente. Hamza mal tivera oportunidade de viver em família, só um breve período de sua infância. Depois morou nos fundos de uma loja e então passou muito tempo como fugitivo, numa vida itinerante, portanto não sabia de verdade o que se podia e o que não se podia fazer, apenas o que lhe restava das lembranças da primeira infância.

Dentro da casa havia dois cômodos, um de cada lado da porta da frente, e um corredor que ia direto até o fundo e dava para um pátio interno cercado por um muro. Ele tinha visto o muro de fora, quando passava pela ruela. Khalifa o fez entrar no cômodo da esquerda que tinha o piso coberto por uma esteira trançada com algumas almofadas encostadas na parede. Era nitidamente a sala onde se recebiam as visitas. Deixou Hamza ali por um momento, e quando voltou pediu que ele viesse cumprimentar as pessoas da casa. Hamza foi com ele até a porta do pátio dos fundos e ficou esperando ser chamado. Uma mulher roliça de seus quarenta anos estava sentada num banquinho sob um toldo, preparando a comida. Havia um fogareiro com uma panela à esquerda dela e do outro lado, a seus pés, uma panela de barro coberta com um abafador de palha. A cabeça da mulher estava coberta por uma kanga bem apertada contra a testa e as bochechas de modo que seu rosto saltava, pressionado. Claro que a kanga tinha acabado de ser ajustada quando Khalifa anunciou a presença de um convidado. Alguns tufos de cabelo grisalho escapavam daquela compressão. Ela olhou para Hamza sem abrir a boca nem para sorrir, um olhar intenso que parecia de desprezo. Khalifa a apresentou como sua esposa Bi Asha e Hamza disse shikamoo. Ela não pareceu se alterar e fez um ruído para retribuir o cumprimento dele.

"Era desse aí que você estava me falando? O sujeito para quem você deu um cômodo que nem é seu? Você nos criou um problema", ela disse com voz firme e ranzinza. Lançou um olhar para Khalifa ao dizer isso e depois se voltou de novo para Hamza, sem vacilar. "De onde é que ele vem? A gente sabe de onde ele veio? Ele é um total estranho e você lhe dá um quarto como se a casa fosse sua."

"Não fale desse jeito", Khalifa disse impaciente.

"Olhe a cara dele. Balaa", ela disse ainda mais alto e com evidente raiva. "Claro que vai dar problema. Você traz o sujeito aqui para dormir e comer como se a gente fosse uma instituição de caridade, quando você nem tem nada no seu nome. Primeiro uma coisa, depois a outra. Agora você traz o sujeito aqui para dentro de casa para ele poder dar uma boa olhada na gente e decidir o que vai fazer com todo mundo. Você não conhece a família dele nem sabe por onde ele andou nem o que andou aprontando, mas isso nem te incomoda. E ainda traz o sujeito para dentro de casa para ele poder fazer o mal que quiser com a gente. Você não tem nada na cabeça?"

"Pare de falar desse jeito. Não deseje o mal a um desconhecido", disse Khalifa.

"Eu estou te dizendo, olhe bem a cara dele. Hana maana, um inútil", ela disse com o rosto contorcido de raiva. "Balaa, isso é o que ele é. Problema."

"Tudo bem, só sirva a comida para nós", Khalifa disse e cutucou Hamza para que ele voltasse para dentro da casa. "Entre lá, eu já vou."

Ele voltou para a sala das visitas e sentou para esperar. Estava abalado com aquele desprezo tão imprevisto — hana maana — mas não quis se aprofundar nessa sensação. Pensaria nisso depois. Agora só queria que Khalifa voltasse e lhe pedisse para ir embora. Talvez Bi Asha não estivesse se sentindo bem, e por isso seu mau humor, porém o mais provável é que ela fosse simplesmente uma pessoa má e descontrolada. Pensou ter visto nos olhos dela um tipo de loucura. Quando Khalifa entrou com dois pratos de arroz e peixe, ele também estava mal-humorado, como se tivesse discutido com a esposa. Comeram rápido e em silêncio. Depois Khalifa saiu para lavar as mãos e em seguida chamou Hamza. Bi Asha não estava lá e ele lavou as mãos na pia como Khalifa lhe disse para fazer. Quando tinha olhado pela primeira vez o jardim havia notado uma menina ou uma mulher agachada do outro lado do toldo, num cantinho junto à porta de um depósito ou de um quarto. Imaginou que seria a criada, e agora ao lavar as mãos ele viu que a mesma menina estava lavando as panelas no cano d'água que ficava no canto. Ela tinha a cabeça coberta e não ergueu os olhos, portanto ele não viu seu rosto. Disse oi para ela e ela respondeu sem olhar para ele.

Khalifa e Bi Asha andavam falando assim um com o outro bem mais do que antes. Sempre houvera certo grau de exagero na severidade que ela adotava com ele, o que a fazia parecer mais irritada do que na verdade estava e a abusar da liberdade que tinha de dizer aquelas coisas. Isso não significava que ela não queria dizer tais coisas nem que não estivesse sempre querendo ter razão. Queria, e havia se acostumado ao domínio que exercia sobre quase tudo em casa. Khalifa fazia seu papel de marido tolerante e sofrido que estava disposto a suportar aquilo mas que sabia se impor quando necessário. As discordâncias entre os dois às vezes terminavam numa troca de minúsculos sorrisos imperceptíveis como se um tivesse desmascarado o outro. Mas nos últimos tempos o tom dela era muitas vezes cortante e desconfiado quando falava com ele, e ele ficava na defensiva a ponto de parecer choraminguento quando pedia desculpas, ou às vezes brusco e desdenhoso com ela.

Afiya não entendeu por que Baba trouxe o homem para dentro de casa. Não era uma coisa que ele já tivesse feito, ao menos não desde que ela foi morar com eles. Quando Ilyas o visitava nunca passava da sala de visitas, e era Bi Asha quem ia cumprimentá-lo. Baba devia ter imaginado que Bimkubwa não ficaria feliz de ver um total desconhecido ser levado para dentro daquele jeito. Até o peixeiro e o carvoeiro, que sempre passavam pela casa, não davam um passo além da porta do pátio. A única exceção de que ela se lembrava tinha sido o homem que fazia colchões, que era velho e conhecia Bi Asha desde que ela era criança e que desde aquela época reformava os colchões dela.

Baba também devia ter se lembrado de que Bi Asha já não simpatizava com o homem. Em parte por causa das histórias que ele contou a ela sobre o rapaz: que Hamza não parecia bem de saúde, que ele não revelava nada de suas origens nem de suas andanças.

"Ele parece um vagabundo", Bi Asha disse desdenhosamente.

"Acho que ele esteve na guerra", disse Baba.

"Então provavelmente ainda é perigoso, um assassino", ela disse, cuspindo as palavras para provocá-lo.

"Não, não", disse Baba. "Ele deve ter passado por maus bocados. Podia ser o Ilyas."

"Eu é que digo não! Ilyas tinha família. Você está dizendo que esse aí não tem ninguém", disse Bi Asha. "Como é que uma pessoa decente pode não ter ninguém? Ele não passa de um sonhador."

Talvez Baba não tivesse esquecido o quanto ela não gostava de desconhecidos. Talvez tenha levado o homem para dentro de casa para dizer que Ilyas também podia ter sobrevivido e estar a caminho em sua longa jornada de regresso. Já fazia três anos que a guerra havia acabado e ainda não se tinha notícias dele. Afiya não dizia a ninguém mas por dentro sentia que tinha perdido o irmão. Se Baba trouxe aquele outro homem para dentro de casa para fazê-las se lembrar de Ilyas, havia cometido um erro porque aquilo só precipitou Bi Asha em uma maldosa profecia de desastre. Balaa! Ela estava ficando estranha e descontrolada com Baba, e Afiya sabia que ela própria também contribuía para a impaciência e a agitação de Bi Asha por ter dezenove anos e ainda estar solteira, embora não conseguisse entender por que isso tinha tanta importância para ela. Afiya suspeitava que Bi Asha tinha dito a algumas conhecidas que ela estava disponível. Já havia recebido e recusado dois pedidos de casamento.

O primeiro veio de um homem de seus quarenta anos que trabalhava no escritório do novo departamento de agricultura criado pela administração inglesa. Afiya nunca tinha visto nem ouvido aquele homem, mas ele a viu passando e descobriu quem ela era para fazer o pedido. Baba disse não, ele era um homem de má reputação, e por que a pressa? Afiya estava presente quando ele disse isso.

"Que má reputação?", Bi Asha perguntou como quem quer briga. "Ele tem um bom emprego público. O pedido chegou através de pessoas de confiança e ele está oferecendo um bom dote. Me dê um bom motivo para eu não aceitar esse pedido."

"Um bom motivo é que o pedido não é para você e sim para Afiya", Baba disse furioso. "Então quem tem que aceitar ou não é ela."

"Não me venha com essa conversa. Não depende dela. Ela precisa de conselhos para tomar uma decisão. Que má reputação?"

"Depois eu te conto", disse Baba, e Afiya entendeu que era alguma coisa que ele preferia não dizer na frente dela.

Bi Asha riu zombeteira e disse: "Você quer ficar com ela para você, não é? Você acha que eu sou cega. Você vai negar todo e qualquer pedido porque está esperando ela ficar madura para poder ficar com ela como segunda esposa".

As palavras causaram um baque no peito de Afiya. Ela olhou rapidamente para Baba cujo queixo tinha caído de pasmo. Depois de um momento, ele disse numa voz contida: "Ele tem a reputação de ser obcecado por mulheres fáceis... por mulheres que aceitam o dinheiro dele em troca de... prostitutas. É assim que ele se diverte. Poupe a nossa menina dessa desgraça e diga não de uma vez".

O segundo pedido tinha chegado poucas semanas antes, de outro homem mais velho, gerente de um café. Afiya tinha ouvido falar dele porque muita gente o conhecia bem. Seu café ficava na rua principal e ela havia passado várias vezes por ali. Ao contrário do primeiro pretendente, que nunca tinha se casado, o gerente do café gostava de se casar. Se Afiya se tornasse sua esposa, seria a sexta, embora ele nunca ficasse com mais de uma por vez. Era um marido fiel àquela que fosse sua atual esposa. Tinha preferência por jovens órfãs ou meninas de famílias pobres que ficariam agradecidas pelo dote que ele oferecia. Casava, ficava com elas por alguns anos e depois, quando outra moça chamava a sua atenção, ele se divorciava e casava de novo. Cuidava de um café de sucesso e tinha dinheiro para bancar esse passatempo. Bi Asha não precisou ser encorajada a recusar esse pedido.

"Aquele predador, aquele sujeitinho imundo. Nós não estamos em tantas dificuldades assim para precisarmos daquele dote nojento", ela disse.

Sua acusação contra Baba pairava entre eles e ajudou Afiya a dar contornos mais nítidos a certos elementos da hostilidade de Bi Asha. Lamentou que Bi Asha temesse uma traição como essa da parte dela e de seu próprio marido. Não podia nem imaginar que aquele temor tivesse qualquer base na realidade. Depois que sua esposa disse aquelas palavras, Baba se levantou e saiu de casa e Bi Asha e Afiya ficaram sentadas vários minutos em silêncio até Bi Asha também se levantar e ir para o seu quarto. Ela não fez essa acusação novamente, mas também não interrompeu sua campanha persistente para lhe arranjar um marido. Afiya ficou pensando se esse foi outro motivo para Baba ter trazido o desconhecido para dentro de casa. Ela tinha resistido à tentação de erguer a cabeça quando ele a cumprimentou, mas o viu com o canto do olho logo que ele entrou no quintal. Sabia pelas histórias do Baba que ele era jovem, então talvez ele quisesse lhe mostrar alguém mais próximo de sua idade em vez dos pretendentes mais velhos e dissolutos que ela parecia estar atraindo.

Ela não descobriu como mas as pessoas ficaram sabendo dos pedidos de casamento, e Jamila e Saada brincaram com ela por causa disso. Talvez a casamenteira, fosse lá quem fosse, tivesse dado com a língua nos dentes só de maldade. Jamila agora estava casada e grávida do primeiro filho. As amigas de Khalida riram muito dos pretendentes recusados, dizendo a Afiya que ela merecia coisa melhor e que devia esperar o rapaz rico e bonito que certamente ia aparecer para pedir sua mão. Quem quer ser a segunda esposa de alguém? Quando Khalida disse isso, Afiya sentiu um solavanco no coração e ficou pensando se de alguma forma a acusação contra Baba tinha se tornado conhecida. Nenhum olhar significativo acompanhou essas palavras, nenhum silêncio carregado seguiu-se a elas, então Afiya as considerou apenas uma demonstração de desprezo pela ideia em si e não alguma coisa dirigida contra determinada pessoa.

10.

Naquela mesma tarde, depois do triste almoço na casa de Khalifa, Hamza foi ao mercado para gastar os cinco xelins que recebeu de adiantamento. Comprou uma vela para o quarto, um rolo de esteira grossa de palha e um lençol de algodão. Ele se estendeu na esteira e gemeu quando a conhecida dor o percorreu. Depois de alguns minutos a intensidade diminuiu e ele deixou o corpo encontrar o repouso que lhe coubesse. Passou a mão pela feia cicatriz que tinha no quadril e massageou o músculo curado. Vai melhorar. Já estava melhor. Isso era tudo o que ele podia fazer. Esta cidade que ele mal reconhecia era o mais próximo que ele teria de um lar. A dor vai melhorar.

Todas as manhãs Hamza saía cedo de casa e ia se lavar na mesquita, fazer uma oração de ação de graças e depois comprar um jarro de chá doce no café. Depois ia para o depósito esperar por Khalifa. Quase todo dia alguma coisa ia ou vinha do pátio para o depósito e às vezes do depósito para as docas à medida que as mercadorias iam sendo enviadas a seus destinos, esvaziando aos poucos o depósito. Quase todo dia Idris e seu companheiro chegavam no furgão chacoalhante para uma entrega ou uma retirada. Parecia que toda vez que Idris abria a boca alguma coisa obscena saía dela e seu companheiro Dubu se contorcia obediente numa gargalhada.

Era tarefa de Hamza varrer a clareira em frente ao depósito e nos dias de vento jogar um pouco de água na superfície para a poeira não subir. Às vezes ele tinha que acompanhar o furgão até o pátio ou a outros locais, para ajudar Idris e Dubu com a carga e descarga. Isso ainda deixava muito tempo para ele ficar sentado com Khalifa à sombra do depósito encarando a clareira vazia e conversando. Khalifa gostava de falar e Hamza era um ouvinte atencioso e incansável. Suspeitava que Khalifa achasse que essa deferência lhe era devida. Ele nunca mencionou o encontro de Hamza com Bi Asha.

"Idris é um sujeito horroroso", disse Khalifa. "Fico todo arrepiado quando ele aparece aqui. É um valentão imundo e cruel, o tempo todo falando porcaria como se fosse um bicho tarado. Ele trata aquele Dubu como escravo. Você sabe por que chamam ele de Dubu? Porque quando era criança as pessoas achavam que ele era imbecil. Tinha uma cabeça tão grande, sabe, como se fosse deformado. Agora a aparência dele nem é tão ruim mas quando ele era pequeno... Às vezes esse tipo de zombaria não acaba nunca. Idris pode não ter lhe dado esse nome cruel, mas o obriga a fazer jus a ele. Tira sarro dele e faz sei lá mais o quê com ele quando os dois não estão trabalhando. É um sujeito burro e fraco, aquele Dubu.

"E sabe o que Sungura faz nas horas vagas? O coelhinho é cafetão, sabia? Você não imaginava isso? Como é que você não viu o quanto ele é pervertido? Claro que ele não é desses violentos, mas só de olhar pra ele você já pensa: Ele está aprontando alguma coisa nojenta. Ele trabalha para duas mulheres, todo mundo sabe. Se um sujeito quer uma delas, troca uma palavra com Sungura que acerta tudo. Por isso chamam ele de Sungura: pequeno e covarde que nem um coelho, mas matreiro. Ninguém se arrisca a encostar um dedo nele porque as duas protegem o sujeito como se fosse filho delas. Ele chama as duas de mães. São umas mulheres boquirrotas e sem-vergonhas capazes de te deixar pelado só com a língua. Você também não se meta com ele, que ele é má influência."

Hamza passava os dias quieto em seu quarto-despensa, entrando e saindo discretamente, tentando causar o menor estardalhaço possível. Não voltou a ser convidado a entrar embora ouvisse a voz de Bi Asha, agora que a conhecia, toda vez que ela aumentava o volume da voz, exasperada ou angustiada. Khalifa às vezes ia atrás dele no fim do dia pedindo que fosse sentar à varanda com ele e com quem mais aparecesse para conversar. Havia dois homens em particular que iam sempre à baraza dele, o mestre-escola Maalim Abdalla e Topasi, um lavadeiro que morava perto e era amigo de infância dos dois. O piso da varanda era coberto por uma grossa esteira de palha trançada e iluminado por uma lamparina de querosene, um kandili, que pendia de um gancho preso a uma viga do teto. Ela emitia um suave brilho dourado que transformava aquela área sem paredes num espaço interior. As pessoas que passavam pela rua murmuravam saudações, como se dizê-las em voz alta fosse uma intromissão. Os três adoravam fofocar.

Maalim Abdalla era normalmente o último a falar. Era o mais sábio, muitas vezes oferecendo palavras tranquilizadoras depois de Topasi trazer os mais recentes boatos. Por isso o chamavam de Topasi, o lixeiro, por seu amor aos boatos. Depois de Topasi apresentar a última história, Khalifa vinha com sua indignação por tudo estar indo ladeira abaixo. Em seguida era a vez de Maalim Abdalla trazer alguma sagacidade à conversa deles.

Maalim Abdalla tinha começado seus estudos em Zanzibar e depois foi para a escola avançada alemã na cidade, para se formar professor. Ele conhecia alguém que trabalhava como contínuo no escritório do Oficial Distrital, o quartel-general da administração colonial inglesa na cidade, e através dele conseguia ler os jornais velhos que eram arquivados. Eram exemplares do jornal governamental *Tanganyika Territory Gazette* e do jornal colonial queniano *East African Standard*. Maalim Abdalla sabia só um pouco de inglês, o que tinha conseguido juntar de seus anos de educação em Zanzibar, mas usava bem o que conhecia, tanto em sua profissão quanto na baraza. Seu acesso esporádico ao que chamava de publicações internacionais dava um peso incomparável a suas opiniões e sentenças, ao menos aos olhos dele mesmo. As discussões dos homens eram acaloradas e muitas vezes melodramáticas, acompanhadas por muita risada e muito exagero. Hamza não era obrigado a participar mas eles sabiam que ele estava ali porque um ou outro parava o que estava dizendo para lhe explicar algum detalhe. Foi assim que ele soube como Topasi tinha ganhado seu apelido. Na maioria das vezes Hamza virava alvo de piadas por causa de seu jeito reticente, mas ficava ali com eles pela companhia e sabia que lhes propiciava uma distração inofensiva.

Depois da convocação para a isha, a que nenhum dos três amigos respondia, a porta da casa se entreabria e Khalifa se levantava para aceitar a bandeja com o bule de café e as xícaras. Hamza não via quem entregava a bandeja, não seria educado olhar, mas imaginava que era a criada que tinha visto quando entrou na casa. Não podia imaginar Bi Asha, a mal-humorada dona da casa, fazendo algo tão servil como entregar uma bandeja de café aos tagarelas da varanda. Na primeira vez em que a bandeja apareceu ela continha apenas três xícaras e Hamza usou isso como desculpa para sair.

"Ele é todo santinho, esse aí", disse Khalifa. "Vai para a mesquita, imagino. Bom, ele não vai conseguir chegar a tempo."

"Acho que ele cansou de ouvir esse seu palavrório besta", disse Maalim Abdalla. "Vai, meu jovem, vai garantir alguma bênção."

Algumas noites depois quando ele estava na baraza e assim que o muezim chamou para a isha, a porta se entreabriu como antes. Khalifa olhou para ele e Hamza se levantou para ir pegar a bandeja. Tinha se esquecido do quadril e não conseguiu evitar um pequeno gemido de dor quando se pôs de pé. Ele se apoiou na coluna de madeira de mangue e foi depressa para a porta antes que qualquer um dos homens tivesse se mexido ou falado. Pegou a bandeja e olhou para a mulher à sombra da porta, e viu surpresa e talvez preocupação nos olhos dela. Sorriu levemente para tranquilizá-la e murmurou um agradecimento mas não sabia se alguma palavra tinha sido dita com clareza. Quando se afastou com a bandeja viu que ela continha quatro xícaras. Largou-a diante de Khalifa mas não voltou a sentar.

"Sente e tome café com os mais velhos", disse Khalifa. "Depois você tira o atraso das orações."

"Ei, seu kafir", disse Topasi. "Não desencoraje um homem a fazer as orações. Você vai piorar ainda mais a sua situação. Vai te render uma carrada de pecados e você já tem uma pilha gigante no seu nome."

"Nunca fique entre Deus e o homem", decretou Maalim Abdalla.

Hamza sorriu e não respondeu, não disse que não era apenas por causa das orações e da bênção que ele ia à mesquita. Muitas vezes era um alívio se afastar daquela tagarelice, se afastar de todos. Ninguém precisava falar nem mesmo numa mesquita lotada. Ao se afastar dali ele não conseguiu tirar da cabeça a expressão preocupada nos olhos da mulher e continuou espantado com a surpresa e a leve agitação que aquilo tinha lhe causado. No mesmo instante em que entreviu o vulto esguio havia enxergado uma pessoa cujos olhos e rosto possuíam a aparência limpa da honestidade. Não saberia com que outras palavras descrever essa impressão, sabia que era isso o que tinha visto. Aquilo o fez sentir pena de si mesmo de um jeito que não compreendia, o fez sentir uma tristeza pelos anos de sua vida vividos sem amor e pelos episódios de delicadeza que tinham sido tão breves. Havia imaginado que ela era a criada, e talvez fosse, mas era uma mulher de seus vinte anos, não uma menina. Ficou pensando se, no fim das contas, não seria esposa de Khalifa. Não era incomum que homens da idade dele voltassem a casar e escolhessem mulheres bem mais jovens. Hamza passou uma hora ou mais caminhando pelas ruas, e nesse tempo ficou se censurando por sua sentimentalidade ingênua e por aquela nostalgia. Tudo vinha da solidão e da pena que sentia de si próprio, como se não tivesse visto o bastante em sua breve vida para entender que preservar a cabeça lúcida e o corpo seguro exigia dele toda a inteligência que possuía.

 Alguns dias depois o mercador mandou buscá-lo e pediu que ele fosse com Idris e Dubu até o porto para pegar uma encomenda. Algum equipamento que ele estava esperando tinha chegado. Era a primeira visita de Hamza às docas de carga desde a manhã em que regressara à cidade. O tempo havia passado tão rápido e de alguma maneira parecia tão preenchido que era como se ele tivesse voltado à cidade havia meses. Idris dirigia o furgão, altivo como um aristocrata em sua carruagem dourada passando veloz por uma multidão de servos devotados, um braço apoiado na janela aberta, o outro no volante, sacolejando pelas estradas de terra e acenando para um ou outro conhecido. Enquanto isso ia mantendo uma conversinha arrastada que consistia basicamente de indecências. Dubu, que estava sentado no meio do banco da frente da cabine, gargalhava obediente enquanto Hamza desviava o rosto, olhando pela janela. Não sentia mais a mesma repulsa que tivera pelos dois no início, embora ainda não tivesse encontrado uma forma de se livrar da matraqueação imunda de Idris.

No fim, o equipamento que o mercador tinha encomendado era uma grande hélice. Idris encostou bem na frente do portão de um dos depósitos do cais, onde eles encontraram Nassor Biashara à espera. Estava sorridente ao lado da reluzente hélice deixada sobre várias camadas de sacos de aniagem. A papelada estava toda pronta, ele disse. Vamos levar o aparelho para o depósito. Colocaram a hélice no furgão e subiram na caçamba. O mercador foi na cabine com Idris. Nassor Biashara estava empolgado com sua nova aquisição e supervisionou pessoalmente seu armazenamento num espaço que tinha mandado Khalifa preparar bem no meio do depósito, protegido e camuflado por mercadorias menos glamorosas. Depois que o equipamento foi guardado, ele dispensou o furgão e fez um gesto para que Hamza o acompanhasse. Khalifa pareceu irritado e sumiu na escuridão do depósito.

Quando estavam do lado de fora, parados à porta do depósito, o mercador olhou em volta como se quisesse garantir que não estavam sendo observados. Pôs a mão no bolso interno do paletó e puxou algumas cédulas dobradas. "Este é o seu salário das últimas três semanas, e eu vou te pagar de novo daqui a três semanas", ele disse, sério, como se esperasse uma reação truculenta. "Fui generoso porque você trabalhou bem. Eu achei mesmo que você ia trabalhar bem. Daqui em diante quero que você seja o vigia noturno do depósito. Quero que passe todas as noites ali e proteja as mercadorias valiosas que ficam guardadas. Vai fazer isso por enquanto e depois nós conversamos sobre outras coisas que você pode fazer. Você vai trabalhar aqui de dia como sempre e depois você se tranca do lado de dentro para passar a noite. Está entendendo?"

Ele entregou as cédulas, que Hamza aceitou sem dizer uma palavra e guardou sem contar. O mercador sorriu e concordou com a cabeça, sem dúvida achando divertida a imagem do pobre que mantém a dignidade, pensou Hamza. Nassor Biashara tirou o barrete, esfregou a cabeça como sempre fazia e foi embora.

Hamza esperou que Khalifa saísse imediatamente batendo os pés para reclamar de ter sido excluído dessas instruções mas talvez ele estivesse ainda mais magoado do que tinha parecido. Hamza sentou no banco próximo à porta para esperar por ele e passados um ou dois minutos o chamou. Quando Khalifa saiu Hamza mostrou as notas. Khalifa estendeu a mão como se fosse pegá-las e Hamza as colocou de novo no bolso. "A partir de hoje é para eu ficar de vigia noturno e trabalhar no depósito de dia", ele disse.

"Ele é um idiota", disse Khalifa. "Quanto ele está te pagando?"

"Não sei", disse Hamza. "Eu não contei."

"Você também é um idiota, mas eu fico com pena de você porque no seu caso isso vem de alguma ideia torta de que assim é mais educado ou mais digno. Eu conheço o tipo, pode acreditar", disse Khalifa. "Mas aquele lá é só um bobo que nunca cresceu de verdade. Por que ele está tão empolgado com essa hélice? Ele acha que todos os barqueiros e pescadores da cidade só estão esperando para roubar a hélice dele. É seu novo projeto. Há uns anos ele gastou milhares para comprar um barco. Era para ganhar dinheiro fazendo fretes na região. Não ganhou, e agora ele gastou mais milhares para comprar uma hélice porque assim vai ganhar dinheiro, e até pode ser, mas enquanto isso ele fica agindo como um imbecil e te coloca em perigo. Você tem que se trancar aí dentro à noite e não abrir a porta para ninguém. Umas figuras que bebem e fumam haxixe vêm dormir nesses lugares abandonados. Você está entendendo? Não importa o que você escute lá fora, não abra a porta. Deixe que façam o que quiserem uns com os outros e fique do lado de dentro."

Khalifa parecia tão preocupado com a segurança dele que Hamza não chegou a dizer que tinha visto coisa muito pior na vida do que umas figuras que bebiam e fumavam haxixe, e se limitou a concordar com a cabeça e dizer que ia se cuidar. Naquela tarde pegou suas coisas na despensa de Khalifa, parou no café para comprar um pãozinho e um pouco de peixe e voltou ao depósito. Durante a noite ouviu gatos correndo pelo teto e miando nas ruelas, e um pouco antes de pegar no sono ouviu alguém cantando embriagado e depois chorando, gritando um nome como se estivesse morrendo de saudade. Acordou no escuro e ficou ali deitado pensando, esperando o sol nascer.

Todo dia, logo antes de escurecer, ele fazia uma cama com sacos de aniagem, sobre os quais estendia seu colchão de palha, seu pedacinho de busati. A flexibilidade e a maciez das camadas de sacos absorvia um pouco da dor que sentia, a não ser quando ele se virava dormindo. Depois ele ia até o café para comprar comida, curry de bode ou de peixe ou às vezes só um pão com manteiga. Mais tarde ia à mesquita para se lavar e rezar e depois voltava ao depósito, quando já estava escuro de verdade. Ele acendia a lamparina de querosene que tinha pedido para o mercador arranjar, se trancava do lado de dentro e se deitava para dormir. Quando não conseguia dormir pegava um de seus livros na sacola e folheava um pouco. A luz da lamparina era um tanto escura para ele conseguir ler os tipos antigos do volume de Schiller com alguma facilidade e ele só podia repassar os trechos que já conhecia. Pegava o livro tanto pelo prazer de manuseá-lo quanto pelo que podia ler.

Então ele se deitava à luz dourada da lamparina e tentava ignorar os passinhos minúsculos dos ratos que não podia deixar de ouvir por entre os sacos e caixotes. Às vezes se sentia como um homem primitivo, dos tempos em que o fim da luz do dia significava retirar-se para uma toca no chão, como um homem das cavernas que se escondia dos terrores da noite. Deixava a lamparina acesa a noite toda para manter esses terrores afastados mas não tinha defesa contra os sussurros que o assolavam nas noites insones. Muitas noites pegava no sono sem esforço mas em outras via corpos destroçados e mutilados em seus sonhos e ouvia broncas de vozes altas e cheias de ódio e era examinado por olhos transparentes e gelatinosos. Quando as noites no depósito viraram semanas ele passou a dormir mais tempo, chegando por fim a dormir até a aurora. Toda manhã acordava surpreso por ter dormido tanto e contava as horas de seu sono imperturbado como um lojista sovina contava as moedinhas acumuladas em seu caixa. Ficava grato por aquele descanso benéfico.

Levou quase dois meses para o mecânico que montava as hélices chegar ao dhow de Nassor Biashara. O trabalho seria feito no promontório arenoso na foz de um riacho atrás do porto, onde normalmente os barcos ficavam para conserto. A maré no riacho ia até o mar aberto e depois voltava bem no fim do dia. Só atingia o promontório arenoso quando era lua cheia. O comparecimento do mecânico foi anunciado e depois adiado quatro vezes. Vários dias antes de ele de fato aparecer, o barco foi atracado no promontório na maré baixa. A tripulação colocou troncos de madeira do mangue na praia e esperou a maré subir, quando todos os homens disponíveis, inclusive os empregados do mercador e qualquer passante interessado, trabalharam juntos para colocar o barco sobre os troncos e levá-lo ao ponto mais alto do promontório que conseguiram atingir. Ali ele foi amarrado a postes bem firmes para evitar que escorregasse para trás, e lá ficou enquanto o mecânico ia adiando sua chegada. Khalifa não participou desse trabalho, limitando-se a fazer perguntinhas sarcásticas sobre o famoso mecânico. O mercador também não prestou atenção ao andamento disso e nem se deu ao trabalho de se aborrecer com a prolongada ausência do sujeito, como se nada daquilo fosse problema seu. Hamza achou intrigante o comportamento do mercador, mas depois pensou que talvez fosse a maneira dele de manter a dignidade, não dar ao mecânico a sensação de ser indispensável. O barco ficou esperando vários dias daquele jeito, como um besouro virado de costas. No dia em que o mecânico pôde vir, o furgão foi buscar a hélice e Hamza, que também iria para ajudar. Nem Khalifa resistiu ao espetáculo do aparecimento definitivo do mecânico para consertar a hélice, e foi com os outros observar os ritos finais.

Ao contrário do mercador, o nahodha do barco não estava preocupado com sua dignidade, e no dia em que o mecânico finalmente chegou, os dois passaram a primeira hora acusando e xingando um ao outro enquanto Dubu e Hamza permaneciam sentados na pouca sombra que o barco projetava, e Idris e Khalifa continuavam na cabine do furgão. O nahodha, que era um homem baixo e grisalho de seus cinquenta anos, cuja pele o sol e o mar tinham escurecido e curtido como um couro grosso, disse ao mecânico que ele era um idiota ignorante, um babaca sem respeito pelos outros, por ter feito todo mundo perder tempo. O mecânico, que parecia ter cerca de uns trinta anos, com uma barba bem aparada e um barrete pontudo, e que chegou de motocicleta e sabia de sua importância, disse para o nahodha não falar com ele daquele jeito, que ele não era um daqueles meninos bonitinhos com que ele gostava de mexer. Ele tinha o próprio negócio para cuidar e se o nahodha não estivesse satisfeito que fosse procurar outro mecânico. Como não se tinha certeza de que algum outro fosse aparecer tão cedo, a ameaça teve força. Depois de um tempo, o mau humor diminuiu e eles foram instalar a hélice enquanto continuavam esporadicamente a trocar xingamentos. Quando a maré subiu, eles empurraram o barco para a água e ali o mecânico terminou a instalação. Idris foi com o furgão buscar o mercador no pátio para que ele estivesse presente quando o mecânico acionasse o motor, coisa que ele fez ao som de vivas e exclamações. A essa altura o nahodha e o mecânico já estavam conversando e rindo juntos satisfeitos com o trabalho como se fossem velhos conhecidos, o que muito provavelmente eram mesmo.

Enquanto ainda se comemorava a instalação da preciosa hélice, os sorrisos do mercador se mostraram preocupados, talvez por causa do futuro de sua nova empreitada. Chamou Hamza e diante do promontório arenoso do riacho disse a ele que como a hélice agora estava instalada e segura não havia mais necessidade de ele ser vigia no depósito e que podia pegar suas coisas e voltar para casa. No outro dia de manhã ele deveria levar as chaves do depósito ao mercador para poder receber, e depois talvez houvesse mais alguma coisa que ele pudesse fazer mas o mercador não podia prometer nada.

Hamza não estava esperando ser dispensado tão rápido. Lamentou o fim de suas ocupações no depósito. Tinha sido um período dos mais tranquilos apesar da solidão e da angústia que por vezes o atacavam: trabalhar no depósito de dia, conversar com Khalifa ou na verdade escutar Khalifa à luz dourada da lamparina de querosene entre o mofo e o estranho calor de todas aquelas mercadorias... aquilo lhe dera tempo para descansar e refletir e trazer um pouco de calma à sua vida. Também o tinha feito reviver muitas dores e arrependimentos, mas isso já fazia parte dele e talvez nunca pudesse ser superado.

No dia seguinte ele disse a Khalifa que não era mais o vigia. "Ele pediu para eu devolver as chaves agora de manhã. Acho que ele estava me dizendo que eu não tenho mais emprego mas não tenho certeza."

"Ele é uma ratazana, um oportunistazinho ardiloso e traiçoeiro", disse Khalifa, abismado com a mesquinharia do mercador. "Imagino que você estivesse achando que ele ia te dar um uniforme para você virar um segurança de verdade e construir um anexo com um banheiro para poder fazer suas abluções e orações no depósito. Você é um imbecil por confiar nesse sujeito." Depois de um instante soltou um rosnado manso e disse: "Bom, melhor então você voltar para a sua despensa. Talvez apareça outro trabalho".

Hamza encontrou Nassor Biashara na oficina de móveis. Estava conversando com o homem que Hamza tinha visto bordando seu barrete semanas atrás na carpintaria. Hamza tinha ido algumas vezes à oficina quando vinha ao pátio para algum trabalho, e sempre dava uma olhada para ver o que estava sendo feito ali só pelo prazer de sentir o cheiro de madeira. Agora sabia que o nome do velho era Sulemani e que ele era o mestre-carpinteiro da oficina. Todos o chamavam de Mzee Sulemani embora ele provavelmente nem tivesse chegado aos sessenta anos. Havia um homem mais novo que trabalhava para ele, o sujeito que se orgulhava de seu rabo de cavalo preto lustroso, que o alisava o tempo todo com a mão, mas naquela manhã ele não estava ali. Seu nome era Mehdi e ele normalmente tinha um cheiro rançoso de álcool como se tivesse acabado de acordar de uma noite de bebedeira e vindo trabalhar sem nem enxaguar a boca. Às vezes apertava as têmporas com os dedos como se estivesse com dor de cabeça, e Hamza pensava que fazer o que ele tinha que fazer de ressaca devia ser um pesadelo, bater, martelar, serrar. Lembrava como as ressacas do oficial o atormentavam depois das sessões de pesada bebedeira a que os alemães se permitiam. Havia também um adolescente chamado Sefu na oficina que realizava tarefas como lixar e envernizar e que limpava tudo no fim do dia. Seu irmão mais velho vinha ajudar às vezes, só para ter o que fazer e também para se mostrar à disposição caso aparecesse um emprego no futuro. Eram os dois que Hamza tinha visto carregando um pote de verniz em seu primeiro dia no pátio. O próprio Nassor Biashara também trabalhava às vezes na oficina. Ele desenhava todos os móveis em seu escritório mas muitas vezes ele mesmo fazia os acabamentos e os pequenos detalhes ornamentais.

Quando Hamza os encontrou na oficina, Mzee Sulemani estava ouvindo o mercador com um pequeno vinco na testa que normalmente era lisa, e tinha uma expressão fria e distante. O mercador terminou de falar com ele e depois se virou para Hamza e estendeu a mão para receber as chaves. Venha comigo, ele disse e saiu dali sem esperar. Hamza olhou rapidamente para o carpinteiro que por sua vez o olhou com uma expressão indecifrável.

Quando alcançou Nassor Biashara em seu minúsculo escritório que ficava logo ao lado da oficina, o mercador disse, como se a ideia tivesse acabado de lhe ocorrer, quando Hamza viu claramente que ele estava o tempo todo esperando para dizer estas palavras: "Você queria trabalhar com madeira, não é? Eu vejo você entrando ali de vez em quando. Eu sempre reconheço as pessoas que gostam de madeira. Eu te vi cheirando a madeira — isso sempre entrega as pessoas. Enfim, você não tem mais o que fazer lá no depósito. Eu só estava te ajudando porque fui com a sua cara e você precisava trabalhar, mas você não me decepcionou. Como é que você deu um jeito de aturar aquele resmungão do Khalifa é que eu não sei, mas parece que ele gostou de você, o que não é normal nele. O que acha de trabalhar na oficina? Você pode ajudar Mzee Sulemani e ele pode te ensinar alguma coisa. Ele é um excelente carpinteiro. Não fala muito mas é de confiança, e você pode aprender muito com ele, e até virar carpinteiro. Vipi, o que você acha?".

A proposta foi tão inesperada que por um momento Hamza só conseguiu reagir com um sorriso de surpresa. O mercador sorriu também e concordou com a cabeça. "Um sorriso desse te cai bem melhor", disse. "Então parece que a ideia te agrada. Mehdi não vai voltar agora. Ele se perdeu totalmente... bebendo daquele jeito, cambaleando pelas ruas querendo briga e aí indo para casa bater na mulher e na irmã. Eu não teria ficado com ele tanto tempo aqui mas o pai dele era amigo do meu pai então me vi obrigado a manter ele empregado por causa dos dois. Desta vez parece que ele puxou briga com a pessoa errada e alguém ameaçou dar uma facada nele. A mãe dele implorou para ele ir para a casa de uns parentes em Dar es Salaam, como se isso fosse salvar o indivíduo dele mesmo. Enfim, não sei o que você está esperando, vá para a oficina e comece."

Mzee Sulemani de início deu tarefas simples para Hamza, pedindo que ele transportasse móveis para outras partes da oficina, segurasse a ponta de uma tábua enquanto ele a aplainava ou perfurava, e com isso ia observando-o e instruindo. Hamza fazia o que ele pedia e desculpava-se pelos menores erros. O carpinteiro lhe dizia o nome de outras madeiras: mkangazi, mogno, mvinje, cipreste, mzaituni, oliveira. Ele o fazia cheirar a madeira e passar a mão pelas tábuas para reconhecê-las no futuro. Hamza fazia perguntas e deixava transparecer seu entusiasmo, e em poucos dias já sabia que o velho agora desconfiava menos dele que no começo. No fim do dia de trabalho Mzee Sulemani guardava ele mesmo as ferramentas num baú, que trancava com um cadeado, cuja chave punha no bolso. Cerrava todas as janelas e explicava como queria que a oficina ficasse. Quando no fim do dia chamava Hamza pelo nome na hora de fechar a oficina dizia: Hamza, amanhã inshaallah, era como se aquilo fosse uma espécie de acolhimento: venha amanhã de novo. Eles sempre paravam para almoçar de modo que Mzee Sulemani pudesse trabalhar em seus bordados embora ele não comesse nada. Pensar em sua nova atividade na carpintaria enchia Hamza de um entusiasmo que ele jamais lembrava de ter sentido por qualquer trabalho na vida.

Falou do novo emprego para Khalifa com tanto entusiasmo que ele achou graça e repetiu a história para seus amigos da baraza que ficaram provocando o rapaz e o chamaram de fundi seramala. Ele se instalou na despensa da casa de Khalifa como antes e retomou a antiga rotina: abluções na mesquita, refeição da noite num café e algumas noites na varanda com Khalifa e seus amigos enquanto eles refletiam sobre a situação do mundo. Mas isso só durou alguns dias. Certa manhã Bi Asha o chamou à porta da casa e o mandou até o café. O menino que costumava ir buscar o pão de forma e os pãezinhos do café da manhã deles não tinha vindo então ela pediu que Hamza fosse até o café para ela. Era a primeira vez que ela falava com ele desde a cena que fez nos fundos da casa mas ela agiu como se nada tivesse acontecido. Pegue esse dinheiro e vá buscar o pão para o café — anda. Aquilo virou uma tarefa de todas as manhãs. Ele batia na porta e a mulher mais nova lhe dava o dinheiro do café e um cesto para os pães. Quando voltava ele batia de novo na porta e entregava o cesto. Como retribuição ganhava uma fatia de pão e uma caneca de chá para o desjejum. A mulher chamava seu nome e ele ia até a porta pegar. Não pensava mais nela como criada. Ela lhe disse que se chamava Afiya.

Ele recebia outras tarefas: levar um pacote ou um cesto de comida ou um recado para vizinhas ou parentes. Às vezes Bi Asha o chamava e emprestava seus serviços a uma vizinha que precisava de ajuda com alguma coisa. Muitas vezes ela ficava zangada, pelas costas, com as mesmas vizinhas repisando as histórias das inúmeras vezes em que tinham feito pouco dela ou de todas as suas blasfêmias. Vivia cercada de blasfemadores, ao que parecia, e recitava pedaços do Corão quando emprestava Hamza a elas, para lhe dar alguma proteção, ele esperava. Ela o mandava cumprir essas tarefas com seu jeito bruto de sempre, como se tivesse todo o direito de lhe fazer essas exigências. Khalifa não aceitava que ele pagasse aluguel pelo quarto, o que transformava Hamza num agregado da casa, devendo-lhes certas obrigações. Ele achava isso reconfortante, como se tivesse um lugar no mundo, e não se incomodava de ser mandado para lá e para cá. Até se acostumou à rispidez de Bi Asha, que não dava mostras de diminuir. Além do mais era uma evolução ele se ver obrigado a ser útil em vez de ser declarado um desastre iminente: Balaa. Hana maana.

"Mzee Sulemani está contente com o seu trabalho", disse Nassor Biashara. "Eu sabia. Sabia que você ia ser bom nisso. Ele diz que você tem bons modos, o que para ele é coisa séria. Ele não está falando só de educação, para ele é bem mais que isso."

Nassor Biashara fez uma pausa e ficou esperando. Hamza sentiu que estava sendo testado mas não sabia exatamente de que maneira. Esperou que o mercador explicasse. Nassor Biashara disse: "Não é que ele tenha me falado isso, mas é o que eu acho. A gente se conhece há muito tempo. Ele nunca usa palavras graves. Não estou nem falando de palavrões, ele não usa o nome de Deus como todo mundo faz, wallahi e assim por diante quando a gente quer dizer que está falando sério. Ele te manda ficar quieto se você disser wallahi, como se você estivesse espezinhando o nome de Deus. A pior coisa que ele pode dizer de alguém é: Eu não acredito nele. Ele tem muita fé na verdade, apesar de isso soar mais pomposo do que eu queria. Talvez fosse melhor dizer que ele tem fé na franqueza, na candura, algo assim, sem barulho e sem exibicionismo... você também é desse modo. E cortês — ele gosta disso. É disso que ele estava falando quando disse que você tinha bons modos. Ele mesmo não vai te dizer nada disso, então eu quis te contar".

Hamza não soube o que dizer. Ficou comovido por pensarem bem dele e com a bondade do mercador em lhe dizer isso. Sentiu os olhos arderem de emoção. Às vezes se incomodava com o fato de Khalifa achar o mercador tão repulsivo. Ele não parecia tão mau assim para Hamza.

"Ele me diz que você está morando na casa de Khalifa", disse Nassor Biashara, atrapalhado com seus livros-caixa, num tom menos pessoal, menos afetivo. "Você não me contou isso. Você está se acomodando muito bem então. Olha, eu não sei se eu ia querer morar com aquele velho resmungão."

"Eu não moro exatamente na casa dele", disse Hamza. "Eles me deixam ocupar um cômodo externo que antes era uma barbearia."

"Eu conheço a casa mais do que bem, e na verdade ela não é dele. Nem dela. O que você pensa de Bi Asha? Meio ríspida, hein? Não sei quem deixou o outro mais azedo, mas acho que é mais culpa dela. Ela é uma mulher cheia de rancores. Você não vai sair fofocando sobre isso, não é? Nós somos parentes, sabe. Bom, eu sou parente da família", o mercador disse, e depois encerrou o assunto com um gesto vago de mão enquanto se ajeitava para lidar com a papelada.

"Ouvi dizer que você é parente de Nassor Biashara", Hamza disse mais tarde a Khalifa. "Ou, melhor, ele disse que era parente da família."

Khalifa refletiu por um momento, depois disse: "Foi isso que ele falou? Que é parente da família?".

"Por que ele diz da família?", perguntou Hamza. "Isso quer dizer Bi Asha?"

215

Khalifa fez que sim com a cabeça. "Ele é uma ratazana, eu te falei. É um intrigueiro dos diabos que gosta desse tipo de conversinha floreada de antigamente. As pessoas do tipo dele acham que é falta de educação falar das mulheres da casa."

Hamza percebeu que Khalifa hesitava em dizer mais alguma coisa então lhe serviu outro café — estavam sentados na varanda sozinhos nessa noite — e perguntou: "Vocês são aparentados como?".

Khalifa não teve pressa, tomou um gole e pensou calmamente no que dizer enquanto Hamza esperava, sabendo que na hora certa ouviria a história. "Eu te contei que trabalhei para o pai dele, Amur Biashara, o mercador pirata. Trabalhei muitos anos para ele. Foi durante essa época que Bi Asha e eu nos casamos. Bwana Amur era parente dela e ele... arranjou... bom, foi ele quem nos uniu."

"Como foi que você acabou trabalhando para ele?", Hamza perguntou depois de uma longa pausa quando Khalifa permaneceu estranhamente reticente. Não era sempre que ele precisava ser instado a continuar.

Khalifa disse: "Você quer mesmo ouvir esse monte de coisa velha? Você não me conta nada da sua vida e quando me pergunta eu não consigo resistir. É a praga da velhice. Eu não consigo ficar de bico fechado".

"Eu quero mesmo é saber do velho pirata", disse Hamza sorrindo, certo de que Khalifa não resistiria a lhe contar.

Foi nos primeiros dias da kusi, a monção de verão, que Hamza chegou à cidade naquela tarde que ia escurecendo rápido. Naquele tempo os comerciantes que cruzavam o oceano tinham chegado à Somália e ao sul da Arábia e ao oeste da Índia. Ele não se lembrava muito bem de como era o clima na época em que viveu na cidade tantos anos antes, e boa parte dos anos depois que partiu foram árduos e passados no interior profundo bem longe dos ventos costeiros. Todo mundo lhe dizia que esses meses do meio do ano eram os mais agradáveis mas ele não entendeu isso muito bem logo que chegou. A terra ainda mostrava o verde decorrente das chuvas prolongadas e os ventos eram suaves. Mais para o fim do ano, aproximadamente no último trimestre, o tempo foi ficando mais seco e mais quente, e aí com o começo da monção de inverno, a kaskazi, vieram mares encapelados e ventos fortes a princípio, seguidos de chuvas breves, e por fim ventos constantes de nordeste no Ano-Novo. Esses ventos trouxeram de volta os navios dos comerciantes vindos do oceano. O verdadeiro destino deles era Mombaça ou Zanzibar, cidades prósperas com mercadores ricos com os quais podiam negociar, mas alguns deles se perdiam por outras cidades portuárias, inclusive aquela. Semanas antes da chegada dos navios já havia empolgação, e lendas populares sobre capitães e tripulações foram revividas e circularam novamente: o caos que eles provocavam ao se espalhar por qualquer espaço vazio e transformá-lo num acampamento, as mercadorias fabulosas que vendiam pelas ruas, muita quinquilharia mas algumas coisas de valor maior do que o suspeitado pelo mascate, tapetes espessos e perfumes raros, os carregamentos de tâmaras e peixes salgados e tubarão seco que eles vendiam em pacotes aos mercadores, a notória avidez deles por frutas e especialmente mangas, e sua violência descontrolada, que no passado causara batalhas campais pelas ruas e forçara as pessoas a se trancar em casa aterrorizadas. As mesquitas transbordavam de marujos que perfumavam o ar com seus kanzus e kofias salgados pelo mar e manchados de suor, e muitas vezes marrons de tanta sujeira. A área em volta do porto suportava a pior parte dos excessos deles. O depósito de madeira e a casa de Khalifa ficavam mais afastados dali, e os únicos viajantes que iam até lá eram mascates de rua com seus cestos de goma e especiarias e perfume e colares e objetos de latão e tecidos grossos tingidos e bordados com cores medievais. Às vezes mercadores suris mais aventureiros que tinham se perdido percorriam a vizinhança, balançando suas bengalas como se estivessem atravessando território inimigo. As crianças formavam um pelotão atrás deles, gritando zombarias que os estranhos não compreendiam e fazendo barulhos de peido com a boca, coisa que se dizia que os suris achavam especialmente ofensiva.

Se o depósito de madeira e a casa de Khalifa ficavam afastados demais para os comerciantes e marujos, não era o caso da clareira em frente aos depósitos. Eles se reuniam ali todos os dias, e alguns acampavam à noite. Vendedores de frutas e milho assado e mandioca e café iam atrás deles e transformavam a área em algo parecido com o mercado agitado e confuso que Khalifa descrevera saudosamente a Hamza tantos meses antes. O depósito tinha sido esvaziado nos últimos meses e semanas e agora estava livre e pronto para receber novos itens. Nassor Biashara mudou seu escritório do cubículo que ocupava no depósito de madeira de manhã e instalou outra pequena escrivaninha bem perto das portas do depósito. À tarde ele voltava ao pátio para organizar sua papelada, deixando Khalifa responsável pelas entregas e pelo armazenamento das mercadorias. Era um período frenético para ele, que muitas vezes tinha que trabalhar até mais tarde, correndo de um lado para o outro com pose de importante e munido de sua prancheta, registrando as novas entradas. Hamza achou que ele parecia um peixe de volta à água, trabalhando para um mercador pirata, enviando Idris e Dubu repetidamente ao porto e supervisionando os carregadores que tinham sido contratados para guardar as mercadorias.

Isso era bem diferente de um dia normal de trabalho para ele. Khalifa costumava fechar as portas no começo da tarde, deixava as chaves no depósito de madeira e ia para casa. Se o trabalho estivesse tranquilo na carpintaria, Hamza ia almoçar com ele, em seu quarto ou na varanda. Mzee Sulemani ficava na oficina e não almoçava. Hamza voltava depois do almoço até o muezim convocar para as orações da tarde quando eles varriam a oficina e fechavam as portas. Se não ia almoçar em casa, sua comida ficava separada e ele comia quando voltava. Dessa maneira, tinha se tornado parte da família mesmo permanecendo do lado de fora da casa, em sua despensa. Ele não entrou de novo na casa depois daquela primeira vez, e quando Bi Asha o chamava lá do pátio interno e dizia para ele ir fazer alguma coisa para ela, como às vezes acontecia, com aquela sua voz que chegava com facilidade até ele e bem mais longe, Hamza esperava na porta da frente. Quando em sua irritação ela se descontrolava com ele e o mandava entrar, Hamza apenas dava um passo para dentro e esperava ali até ela vir. Ele tentava manter uma linha clara entre ser um criado, o que não desejava ser, e um agregado com obrigações para com a família mas que não se arrogava nenhum direito.

Um dia, durante uma longa ausência de Khalifa, que estava no depósito, Hamza bateu na porta para pegar seu almoço como sempre fazia e Afiya abriu. Ela lhe passou uma caneca d'água e um prato de arroz com espinafre. Quando ela não fechou a porta imediatamente como sempre fazia, ele sentou na varanda ao lado da porta e começou a comer. Sentia a presença dela nas sombras logo atrás da porta. Ele já estava morando na despensa havia meses e não tinha trocado mais que umas poucas palavras necessárias com ela, embora pensasse bastante nela. Depois de comer alguns bocados, ainda pressentindo sua proximidade, ele disse baixinho para que Bi Asha não ouvisse de dentro da casa: "Quem foi que te deu esse nome? Seu pai ou sua mãe?".

"Afiya? Significa boa saúde", ela disse. "Foi minha mãe quem me deu."

Ele achou que ela fosse fechar a porta depois disso mas ela não fechou. Ficou ali porque também queria conversar com ele. A coisa tinha chegado a um ponto em que ele pensava muito nela, principalmente quando estava sozinho em seu quarto. Às vezes quando ela passava e a janela dele estava aberta e ela fazia um cumprimento sem olhar para dentro ele corria para capturar um vislumbre da mulher que descia a ruela. Às vezes ela passava sem cumprimentá-lo e ele a via e ficava abalado mesmo assim. Toda vez que era chamado à porta ou quando a via de passagem, ele falava as poucas palavras que podia usar sem provocar uma ofensa a ela, apenas para poder ouvir sua voz, que era encorpada e sonora de uma maneira que ele achava comovente.

"Ela te deu esse nome para te desejar uma boa saúde", ele disse, para não deixar a conversa morrer.

"Isso, e também para ela talvez. Ela não estava bem", disse Afiya. "Foi o que me disseram. Ela faleceu quando eu era muito pequena, com uns dois anos de idade talvez, não sei bem. Eu não me lembro dela."

"E o seu pai está bem?", perguntou Hamza, sem saber se devia, sem ter certeza se devia parar.

"Ele faleceu há muitos anos. Eu nem o conheci."

Ele murmurou seus pêsames e se concentrou em sua tigela de arroz. Queria dizer a ela que também tinha perdido os pais, que foi roubado deles e não sabia onde estavam e que eles não sabiam mais onde ele estaria. Queria perguntar o que tinha acontecido com aquele pai que ela não conhecia. Será que ele faleceu quando ela era bebê, como a mãe, ou será que simplesmente abandonou a filha à própria sorte depois da morte da mãe? Não perguntou porque era apenas para saciar sua curiosidade, e ele não sabia que dor podia vir à tona com essa pergunta.

"A sua perna dói? Eu já vi você fazer umas caretas de dor e percebi agora de novo quando você sentou", ela disse.

"Dói, mas está cada dia melhor", ele disse.

"O que foi que te aconteceu?", ela perguntou.

Ele riu, emitindo uma bufada pelo nariz, tentando manter leve sua resposta. "Um dia eu te conto."

Pouco depois ele percebeu que ela se afastava e lamentou não ter dado algo a ela em troca do que recebera. Ela voltou sem demora para recolher a tigela vazia e lhe trazer uns gomos de laranja num pratinho. "Você pode entrar para lavar as mãos quando acabar", ela disse.

Quando acabou ele avisou e entrou. Ficou esperando que ela aparecesse na porta do quintal antes de lhe oferecer o prato vazio e ir atrás dela. Ela apontou para a pia que ficava na parede do lado esquerdo do quintal e ele foi até lá para lavar as mãos. Nem sinal de Bi Asha. Ele tinha imaginado que ela não estava pelo jeito como Afiya se sentiu à vontade para conversar com ele e convidá-lo a entrar. Lavou as mãos na pia e depois olhou em volta sem disfarçar a curiosidade já que da outra vez ele tinha feito tudo às pressas para escapar das irritadiças boas-vindas de Bi Asha. Do mesmo lado da pia ficava o canto com a torneira onde tinha visto Afiya lavando louça naquela primeira vez. Agora via que a lavanderia ficava lá no fundo do quintal perto do toldo e que havia dois cômodos do lado direito. Imaginou que um deles era uma despensa, diante da qual ficavam dois braseiros seredani, um deles carregado de carvão e pronto para ser aceso. O outro cômodo era maior do que ele lembrava e tinha uma cortina de gaze com forro na janela aberta. A porta estava fechada. Se era o quarto dela então era mais do que decente comparado ao que se costumava oferecer. As criadas às vezes tinham apenas uma esteira e um canto de corredor, se tanto. Talvez ela não fosse uma criada e fosse mesmo a segunda esposa de Khalifa como ele havia suposto antes.

Ela acompanhou o olhar dele e fez um breve aceno positivo com a cabeça. Sua kanga tinha escorregado um pouco para trás na cabeça e ficado presa numa fivela ou num broche, e ele viu mais dela do que já tinha visto assim tão de perto. O cabelo estava dividido no meio e preso em duas tranças que se juntavam atrás. Ela usava a kanga tão frouxa que ele conseguiu ver um pouco de seu tronco e da cintura. Depois de um instante ela ajeitou a kanga e a prendeu direito na cabeça. Era um conhecido gesto de recato mas ele ficou pensando se por um momento ela tinha se descuidado para que ele pudesse vê-la. Trocaram sorrisos enquanto ele agradecia e ia embora, mas ele achou que ela sabia o que ele sentia por ela. Ficou entusiasmado. Se ela sabia o que ele sentia e retribuíra seu sorriso daquela maneira, então não podia ser esposa de Khalifa. O fato de ter ficado ali sentada com ele e depois convidá-lo para ir lavar as mãos quando Bi Asha não estava significava que ela estava sendo ligeiramente travessa. Pela avaliação dele, que não era muito boa para essas coisas, a situação tinha todos os sinais do flerte e Hamza voltou para a oficina num leve estado de êxtase.

Mas sua alegria carregava um peso. Ele mal tinha o que oferecer a ela: um emprego que não era seguro, uma casa concedida como um favor e que ele podia perder de uma hora para a outra se as atenções que dedicasse a ela provocassem alguma ofensa, uma cama que era um busati no chão. Seu corpo era mutilado e maltratado. Ele não comportava nem alegrias passadas nem promessas futuras, apenas uma triste história de degradação para se somar às dela quando ela talvez esperasse algum alívio das próprias dores. Ainda havia alguma chance de que ela fosse esposa de alguém e de que ele estivesse prestes a se meter em questões perigosas e indecorosas. No entanto, não havia conversa interna que diminuísse seu entusiasmo, muito embora receasse não ter determinação suficiente para realizar seus desejos. Além de tudo, podia ter interpretado os acontecimentos recentes de maneira totalmente equivocada. Tanta coisa tinha sido arrancada de sua vida que ele às vezes ficava paralisado por uma sensação de inutilidade diante de tudo o que pudesse desejar fazer. Era uma sensação que ele combatia diariamente e que a oficina e o trabalho com a madeira, além da benéfica companhia cotidiana do carpinteiro, de alguma maneira ajudavam a dissipar.

Naquela tarde o estado de espírito de Mzee Sulemani também estava calmo e alegre, com ele recitando baixinho seus qasidas preferidos enquanto trabalhava. Talvez tivesse recebido notícias animadoras ou acabado de terminar o bordado de seu mais recente kofia. Aquilo aumentava a euforia de Hamza e ele não conseguia conter seus sorrisos, tanto que o carpinteiro percebeu que ele estava diferente e ficou olhando para ele intrigado sem dizer uma única palavra. Em certo momento Hamza derrubou distraído sua gazua e depois não conseguia encontrar um esquadro, procurando irritado pela peça que estava bem à sua frente. Eram erros que ele não cometia sempre. Em outro momento o olhar de Mzee Sulemani cruzou com o de Hamza enquanto ele sorria sozinho e o carpinteiro ergueu as sobrancelhas como se perguntasse o que o estava deixando tão satisfeito. Hamza riu sozinho de sua distração. O carpinteiro continuou calado mas Hamza viu que ele também reprimia um sorriso. Será que o velho tinha descoberto seu segredo? Será que essas coisas eram sempre tão óbvias?

"Leuchtturm Sicherheitszündhölzer." Hamza encontrou a caixa de fósforos no fundo de uma das gavetas da oficina e leu a marca em voz alta. Mzee Sulemani levantou os olhos intrigados da lixadeira.

"O que foi que você disse?", perguntou.

Hamza repetiu as palavras, Leuchtturm Sicherheitszündhölzer. Fósforos de Segurança Farol. O velho carpinteiro foi até onde Hamza estava e pegou os fósforos da mão dele. Olhou por um instante a caixa e depois a devolveu. Foi até uma prateleira e pegou uma latinha que eles usavam para guardar pregos que precisavam ser desentortados. Levou a lata para Hamza, que leu: "Wagener-Weber Kindermehl".

"Você sabe ler", disse o carpinteiro.

"Sei, e escrever também", disse Hamza. Ele não conseguiu esconder o orgulho ao falar.

"Em alemão", disse o carpinteiro. Depois, apontando para a lata, perguntou: "O que isso quer dizer?".

"Leite para Crianças Wagener-Weber."

"Você também sabe falar alemão?"

"Sei."

"Mashaalah", disse Mzee Sulemani.

11.

Aquilo tinha chegado a um ponto em que ela pensava nele o tempo todo. Quando ele passava em casa de manhã para pegar o dinheiro do pão, ela se continha para não falar com ele para que Bi Asha não escutasse. Pelo que ela entendia de pecados, conversar com um homem equivalia a combinar um encontro secreto com ele. Hamza dizia: Habari za asubuhi e ela dizia: Nzuri, e entregava o cesto e o dinheiro em vez de tocar nele ou pressionar seu corpo contra o dele. Quando passava pelo quarto dele e via a janela aberta, ela tinha que resistir à tentação de se debruçar na soleira e conversar um pouco ou estender a mão para ele. Às vezes ela gritava um cumprimento mas não ousava parar. Sentia um leve sobressalto toda vez que ele batia na porta e sentia o princípio de um sorriso nos lábios, que suprimia para não parecer ansiosa ou agitada quando abrisse a porta. Contava as horas para vê-lo ainda que brevemente. Ela não o chamava mais para a fatia de pão dele com uma xícara de chá. É como se você fosse dono de um cachorro, ela lhe disse certa manhã. Agora batia na porta dele e lhe levava o desjejum numa bandeja. Ele estava sempre pronto, esperando por ela com um sorriso no rosto. Certa manhã quando estava prestes a lhe entregar o dinheiro para os pães do café da manhã, ela encostou na mão dele, pareceu um acidente mas claro que não foi, e só para garantir ela a segurou por um breve segundo a mais. Até mesmo um imbecil entenderia aquilo.

"A sua perna está melhorando, não é?", ela disse. "Dá para ver no seu jeito de andar."

"Está melhor, sim", ele disse. "Obrigado."

Ia chegando o momento em que o que precisava ser dito seria dito mas ela não sabia bem se acabaria apressando a situação ou esperaria ele agir. Não queria que ele pensasse que ela sabia fazer essas coisas, que pensasse que ela já tinha feito essas coisas. Queria poder trocar confidências com Jamila e Saada, e muitas vezes ficou com aquilo na ponta da língua mas alguma coisa a deteve. Não sabia se era por medo de que elas fossem rir dele e dizer para ela criar juízo e se dar ao respeito com um sujeito cuja família ela não conhecia. Talvez elas pensassem que ele era um homem errante sem um tostão furado, não que ela mesma fosse mais do que isso. Ela era uma mulher, as outras diriam, e no fim a honra é tudo o que uma mulher tem, e será que ela tinha certeza de que ele valia o risco? Também não ousava mencioná-lo a Khalida, porque ela ia contar às amigas que iam rolar de rir e encorajar Afiya a uma audácia que ela no fundo não queria ter. Enfim, para que a pressa? Ela não estava impaciente e até gostava da tensa expectativa da realização.

Em alguns momentos ela ficava com medo de perdê-lo e de que ele fosse embora dali como havia chegado, sem rumo certo, mas para longe dela. Isto ela tinha entendido sobre ele, de tanto olhar e escutar, que ele era um homem solto, sem raízes, que sempre podia se desgarrar. Ou ao menos supunha isso, pelo que tinha visto, que ele era tímido demais para dar o passo decisivo, que um dia ela ia ficar esperando que ele aparecesse à porta para pegar o dinheiro do pão e ele não viria e teria desaparecido para sempre de sua vida. Era um medo que a deixava mergulhada na melancolia, e em momentos como esse ela se decidia a lhe dar um sinal. Depois o momento passava e ela voltava a se ver cautelosa e insegura.

Pensava tanto nele que às vezes se distraía na frente dos outros. Jamila percebeu e perguntou rindo em quem ela estava pensando. Alguém tinha pedido a sua mão? Afiya riu também e mudou de assunto e não lhe contou o que tinha acontecido recentemente em casa. No dia anterior Jamila a pegou sonhando acordada, Bi Asha tinha voltado de uma das visitas que fazia à tarde, sorrindo com uma malícia que não lhe era comum, "Acho que logo vamos ter boas notícias para você".

Aquilo só podia significar que um pedido de casamento estava a caminho. Era outro medo. Já fazia vários meses que os dois anteriores haviam sido recusados, e Bi Asha tinha começado a murmurar que eles talvez tivessem se precipitado e que agora estariam com fama de arrogantes por causa de suas expectativas. O sorriso de alívio e prazer de Bi Asha apavorou Afiya. Ela não perguntou quem seria o pretendente ou quem teria feito perguntas em nome dele. Bi Asha a avaliou com um olhar e tirou as próprias conclusões, mas elas provavelmente não lhe causaram preocupação uma vez que seu sorriso permaneceu no rosto. Quando Jamila lhe perguntou aquilo, a cabeça de Afiya estava concentrada em descobrir maneiras de fazer Hamza entender o que ela sentia. Será que devia lhe escrever um bilhete? Será que devia ir à janela dele e dizer: Não consigo parar de pensar em você? E se ele não correspondesse? Era uma tortura, ainda pior para ela que tinha tempo livre e não podia falar sobre ele com ninguém.

Hamza também tinha seus problemas. Em muitas ocasiões ele seguiu a pé pela estrada costeira na direção da casa em que havia morado. Ficara muitos anos ali, desde que era pouco mais que uma criança tirada de sua primeira casa até o momento em que fugiu para ir para a Schutztruppe. Passara muitos desses anos trancafiado na loja do mercador que era seu dono, a não ser pelos vários meses em que o acompanhou numa longa e árdua jornada pelo interior, caminhando com os carregadores e os guardas por semanas a fio numa terra que o deixava ao mesmo tempo aturdido e aterrorizado. O mercador trabalhava para as caravanas, e Hamza depois ficou sabendo que os alemães queriam encerrar esse comércio e assumir tudo o que ia do litoral às montanhas. Estavam cansados da resistência dos vendedores do litoral com suas caravanas e tinham lidado severamente com eles nas guerras al Bushiri, quando foi necessário mostrar àqueles comedores de arroz de barbas cerradas e caçadores de escravos que o tempo deles tinha chegado ao fim e que a ordem alemã agora estava no controle. Naquela época Hamza não entendia muito bem essas coisas, por mais que estivesse percorrendo o interior e ouvindo falar da aproximação das forças alemãs. O que ele entendia era seu próprio estado de servidão e impotência, e na verdade nem isso ele entendia direito, mas sentia como aquilo aniquilava seu espírito e o transformava num fantasma.

Durante o tempo que passou na loja do mercador ele quase nunca veio à cidade. Do nascer do sol até o fim da tarde, ele e outro menino mais velho ficavam na loja servindo a maré de clientes. Depois que escurecia eles fechavam o estabelecimento e dormiam nos fundos. Ele estava incomodado por não conseguir encontrar mais a casa. A loja dava para a estrada e havia um jardim murado num dos lados da casa e uma torneira onde eles faziam suas abluções. Não havia mais sinal desse lugar, e onde ele achava que ficava a casa havia outra, majestosa, pintada de um leve tom de creme. Tinha dois andares, uma varanda com treliças ao longo de toda a fachada e um muro baixo que delimitava uma entrada coberta com pedriscos. Passou pela casa várias vezes porém mesmo depois de muitas idas até ali não tinha tido coragem de bater na porta e perguntar o que havia acontecido com a casa que ficava ali antes. Aqui, há muitos anos, ele diria a quem abrisse a porta, eu vi minha covardia e minha fraqueza brilhando como vômito no chão. Aqui eu vi como humildade e timidez eram transformadas em humilhação. Ele não bateu e não disse essas palavras, apenas fez meia-volta e regressou à cidade.

Havia partes da cidade onde ele não era mais um desconhecido, e no fim da tarde e começo da noite ele caminhava por essas regiões familiares. Às vezes sentava num café e comia alguma coisa ou se deixava ficar em volta de uma roda de conversa ou de carteado. As pessoas o cumprimentavam ou sorriam para ele ou até trocavam palavras sem lhe fazer perguntas nem lhe oferecer informações sobre si próprias. Por conversas entreouvidas ele conseguia dar nome a certos rostos e chegou até a conhecer histórias breves sobre eles, embora elas pudessem ser exageros criados pelo ambiente dos cafés.

Agrupadas numa rua ele viu pessoas sentadas num banco diante da porta aberta de uma casa onde um pequeno conjunto de músicos ensaiava e uma mulher cantava. Parou ali por algum tempo e ficou na rua sob a luz forte da lâmpada de querosene que iluminava a sala onde acontecia o ensaio e o grupo de pessoas sentadas e de pé do lado de fora. A canção da mulher era cheia de desejo por seu amado, a quem ela citava uma série de exemplos de sua dedicação. A letra e a voz o encheram de saudade, dor e êxtase ao mesmo tempo. Numa pausa da música ele perguntou ao jovem parado a seu lado o que estava acontecendo.

"Eles estão ensaiando para algum concerto?"

O adolescente pareceu surpreso e deu de ombros. "Não sei", disse. "Eles tocam aqui e a gente vem ouvir. Vai ver eles também fazem concertos."

"Eles tocam sempre?"

"Quase toda noite", disse o rapaz.

Hamza sabia que ia voltar.

A boa vontade de Mzee Sulemani aumentou depois de ficar sabendo que Hamza sabia não apenas ler, mas ler em alemão. Ele adorava dar uma frase a Hamza e pedir que traduzisse para o alemão. Ele gostava de entrar nessa brincadeira de Mzee Sulemani, um preço baixo a pagar pela dádiva do trabalho de carpinteiro que estava aprendendo com ele.

Guia-nos pela senda reta, torna-nos firmes sem dúvidas ou ceticismo, sem sombras ou arrependimentos. "Como é que se diz isso em alemão?", o velho carpinteiro perguntava com uma alegre expressão de curiosidade.

Hamza fazia o que podia mas às vezes era obrigado a admitir sua derrota, sobretudo nos pronunciamentos mais místicos ou devotos. Mzee Sulemani pronunciava alguma sabedoria proverbial e esperava sorridente enquanto Hamza se atrapalhava. O carpinteiro ria tanto do sucesso quanto do fracasso de Hamza e aplaudia de um jeito ou de outro. "Eu só fui para a escola para ler o Corão, e apenas por um ano. Depois disso me mandaram trabalhar como o meu pai e o senhor dele exigiam."

"Senhor dele?", perguntou Hamza apesar de achar que já sabia a resposta.

"Nosso senhor", disse Mzee Sulemani sem perder a compostura. "Meu pai era escravo e eu também. Nosso senhor nos alforriou em seu testamento, que Deus tenha piedade de sua alma. Meu pai queria que eu aprendesse carpintaria e o senhor permitiu. Então tive que abandonar a escola e ir trabalhar. As poucas suras que eu sei, eu decorei. Alhamdulillah, mesmo sendo poucas elas me libertaram da condição de um animal."

Mzee Sulemani descreveu o talento de Hamza para o mercador que preferiu ignorar essa informação por algum tempo, e depois um dia perguntou: "Que história é essa de que você sabe ler e falar alemão? Onde foi que você aprendeu? Eu achava que você tinha me dito que não frequentou a escola".

"Eu não frequentei a escola. Fui aprendendo por aí", disse Hamza.

"Por aí onde? Mzee Sulemani me disse que ele te passa versículos do Corão e você traduz para o alemão. Não é o tipo de conhecimento de alemão que você capta aqui e ali."

"São traduções muito ruins. Eu faço o que posso", disse Hamza.

Khalifa estava presente durante essa conversa, e sorriu amarelo para o mercador e disse: "Ele tem os seus segredos. A um homem é dado o direito de ter lá os seus segredos".

"Que segredos?", perguntou o mercador. "Que história é essa?"

"Isso é problema dele", disse Khalifa, afastando Hamza dali, satisfeitíssimo por frustrar Nassor Biashara.

Naquela noite Khalifa contou a seus amigos da baraza a história das habilidades linguísticas de Hamza e das perguntas do mercador e de como Khalifa o deixara frustrado. Maalim Abdalla era professor e, claro, famoso leitor de jornais em inglês e alemão. Khalifa tinha trabalhado para banqueiros guzerates e para o mercador pirata. Então coube a Topasi, que não tivera o luxo de frequentar a escola, manifestar encanto e admiração pelo talento de Hamza, especialmente pelo fato adicional de ele ter aprendido tudo isso sem ir à escola. "Eu sempre disse que escola é perda de tempo. Mil perdões, Maalim, não a sua escola, é claro, mas muitas. A pessoa pode aprender direitinho sem escola."

"Bobagem", disse Maalim Abdalla sem hesitar, e ninguém contestou, nem mesmo Topasi, principalmente porque naquele momento a bandeja do café apareceu e Hamza se levantou para pegá-la das mãos de Afiya. Ele viu pelo sorriso dela ali na sombra que ela tinha ouvido a conversa. Ele deixou a bandeja na varanda para os velhos amigos e foi para a isha na mesquita. Os outros não o deixaram partir sem protestar e fazer perguntas. Depois das orações ele caminhou algum tempo pelas ruas como costumava fazer e depois voltou. Quando chegou, os amigos de Khalifa tinham ido jantar em casa, e ele ficou na varanda.

"Guardei um pouco de café para você", disse Khalifa. "Ela também sabe ler e escrever", ele disse, apontando para a porta da casa, sem dúvida falando de Afiya mas sem dizer seu nome. Era a primeira vez que ele se referia a ela. Hamza já tinha percebido que ela andava por ali em silêncio, tímida, e que Khalifa agia como se ela fosse invisível. Podia ser sua maneira de tratar com cortesia uma mulher solteira que morava na mesma casa, cobrindo-a com um véu ao não mencionar seu nome nem chamar a atenção para ela. Ou podia ser uma maneira de tratar com cortesia a própria esposa ao falar com um homem que não era membro da família. Hamza não ousou perguntar por medo de ofender. Ele não era da família e as mulheres da casa não eram problema seu. Ele encontraria um modo de perguntar mais cedo ou mais tarde, disse a si mesmo, mas não agora. Khalifa entrou com a bandeja enquanto Hamza enrolou a esteira e a pôs para dentro.

Aquilo ocorreu a ela no meio da noite. Tinha ouvido comentar sobre como o alemão dele era bom então pensou que iria pedir um poema em alemão para ele. Nem mesmo um dummkopf deixaria de entender que ela estava pedindo que ele traduzisse um poema de amor para ela, o que era praticamente a mesma coisa que pedir que lhe escrevesse uma carta de amor.

"Então você sabe ler e escrever em alemão", ela lhe disse de manhã quando entregava o dinheiro do pão. "Você consegue encontrar um bom poema e traduzir para mim? Eu não sei alemão."

"Claro. Eu não conheço muitos poemas mas vou achar um."

No fim do expediente quando ela de novo mencionou para ele a ideia do poema, ele foi caminhar outra vez pela estrada costeira e encontrou uma sombra na praia onde pôde se sentar por algum tempo. O mar ali passava sobre as pedras serrilhadas e a praia não era popular nem entre os pescadores nem entre os banhistas. Ele adorava ficar ali olhando as ondas, só contemplando, seguindo a linha da espuma com os olhos, vendo-a se aproximar com um rugido abafado e depois se recolher com um chiado impaciente. Antes de sair do trabalho ele tinha entrado sorrateiro no escritório do mercador enquanto ele conversava com Mzee Sulemani para pegar uma tira de papel na escrivaninha. O nome e o endereço do mercador estavam impressos no alto mas não seria difícil rasgar aquela parte. Uma carta de amor tinha que ser entregue em segredo, e quanto menor fosse mais fácil seria de esconder.

Os únicos poemas alemães que ele conhecia estavam no livro que o oficial tinha lhe dado, *Musen-Almanach für das Jahr 1798*. Pegou os quatro primeiros versos de "Das Geheimnis" de Schiller e traduziu para ela:

Sie konnte mir kein Wörtchen sagen,
Zu viele Lauscher waren wach,
Den Blick nur durft ich schüchtern fragen,
Und wohl verstand ich, was er sprach.

Escreveu os versos no pedaço de papel que tinha roubado do escritório de Nassor Biashara, cortou as margens até ele ficar pouco maior que a estrofe e depois dobrou o papel até ele ter apenas dois dedos de largura. Sabia o que iria parecer se aquele papel fosse interceptado. Se Afiya fosse esposa de Khalifa como ele temia, no mínimo Hamza seria expulso de seu quarto com uma enxurrada de palavrões e talvez algumas bofetadas mais que merecidas. Mas as coisas já tinham ido longe demais para ele ainda hesitar, e na manhã seguinte ao encontrar Afiya à porta ele passou disfarçadamente o pedaço de papel para a palma da mão dela. Ali ele tinha escrito:

Alijaribu kulisema neno moja, lakini hakuweza —
Kuna wasikilizi wengi karibu,
Lakini jicho langu la hofu limeona bila tafauti
Lugha ghani jicho lake linasema.

Ela já estava esperando à porta quando ele voltou correndo do café, e ao pegar o cesto de pães que ele estendeu, não soltou a mão dele. Queria garantir que ele não teria como entender errado. "Eu também consigo ler o que os seus olhos estão dizendo", ela disse, referindo-se aos dois últimos versos da tradução: *Meu olhar enxerga com certeza/ a língua que o olhar dela fala.* Então ela beijou a ponta dos próprios dedos e lhe tocou a face esquerda. Momentos depois, quando foi levar para ele a bandeja do desjejum, ela entrou sorrateira no quarto e caiu nos braços dele.

"Habibi", ela disse.

"Você é esposa dele?", ele disse apressado enquanto ela estava em seus braços e os dois não queriam se soltar. Ela ficou surpresa. Estava encantada com aquele momento, presa àquele corpo querido, e ele lhe pergunta se era casada! Ela se afastou de Hamza e sentiu que os braços dele a detinham. "Perdão", ele sussurrou.

"Esposa de quem?", ela perguntou com os olhos também tomados de medo.

Ele apontou com o polegar para a casa atrás de si. Quando ela entendeu o que ele quis dizer, o medo em seus olhos virou travessura e ela sorriu e se deixou cair de novo nos braços dele. "Eu não tenho marido... ainda", disse antes de se libertar e sair.

Foi numa sexta-feira de manhã que Afiya entrou no quarto dele e o abraçou deixando-o sem palavras de tanta alegria. Nas sextas-feiras eles só trabalhavam meio período no pátio. Quase todos os estabelecimentos também fechavam ao meio-dia para as pessoas poderem ir para a juma na maior mesquita da cidade. Claro que nem todos iam, apesar de poderem sair mais cedo do trabalho, só aqueles que obedeciam aos mandamentos de Deus e os que não tinham escolha, em geral crianças e jovens. Nem Khalifa nem Nassor Biashara iam. Hamza sim — o santinho — porque gostava de sentar com um grupo de pessoas tranquilas, ouvindo as palavras meticulosamente pias do sermão do imame sem prestar muita atenção. Quando criança não tinha sido forçado a ir e agora sentia prazer em fazer as próprias escolhas. E ele também sabia, simplesmente sabia, que Afiya encontraria um jeito de ir até seu quarto à tarde. Deixou a janela fechada e a porta entreaberta, e no calor calcinante do começo da tarde quando as pessoas de bom senso ficavam em casa ou se deitavam para descansar, ela veio trajando seu buibui a caminho de algum lugar. O quarto foi tomado pelo cheiro dela quando ele fechou a porta. Eles se beijaram e trocaram carícias e sussurros por alguns minutos atordoantes, mas quando ele puxou levemente o buibui cujo tecido escorregadio não o deixava sentir direito o corpo dela, ela sacudiu a cabeça e se libertou do abraço. Afiya disse que tinha que ir caso contrário Bi Asha ia sentir sua falta e fazer um escândalo. Como desculpa para sair disse que precisava ir até a loja de Muqaddam Sheikh comprar ovos para a sobremesa que estava fazendo.

"Por que a pressa?", ele disse.

"Ela sabe que a loja do Muqaddam é bem perto."

"Você tem que trabalhar para ela?", ele perguntou, sem vontade de deixá-la ir.

Afiya pareceu surpresa. "Eu não trabalho para ela. Eu moro aqui."

"Não vá embora", ele disse.

"Eu tenho que ir, depois te explico", ela disse.

Ele passou o resto do dia com a lembrança das carícias dela e censurando-se por aquela impaciência ridícula. Além do mais era a última sexta-feira antes do Ramadã e ter visto a lua nova naquela noite deixara o dia ainda mais empolgante. Bi Asha o encarregou de espalhar a notícia da lua nova pela vizinhança, para aqueles blasfemadores não terem a desculpa de comer ou beber por não estarem sabendo no dia seguinte. Ele preferiu fazer uma longa caminhada e manter distância dela, porque não tinha vontade nenhuma de virar alvo de gozação e ser chamado de santinho e intrometido.

Muita coisa mudava durante o Ramadã. O trabalho começava mais tarde e várias lojas e estabelecimentos só abriam à tarde já que as pessoas dormiam para encurtar o dia e depois ficavam acordadas até tarde da noite. O mercador considerava essas práticas preguiçosas e antiquadas e pedia que seus empregados trabalhassem nos horários normais, mas não conseguia que todos concordassem com isso. Khalifa não dava ouvidos ao mercador e fechava o depósito ao meio-dia e ia para casa dormir. Idris e Dubu e Sungura se declaravam mortos de fome e de sede em algum momento do princípio da tarde e desmoronavam para tirar uma soneca em alguma sombra num canto do pátio ou simplesmente sumiam. Mzee Sulemani insistia em manter sua pausa para o almoço durante a qual fazia suas orações e recitava as suras do Corão que sabia de cor e depois trabalhava em seu barrete bordado. Disse a Hamza que lamentava não poder ler direito o Corão, já que era o que se devia fazer durante o Ramadã, ler um capítulo do livro sagrado por dia até terminar todos os trinta capítulos no fim do mês.

O sistema das refeições também mudou, não apenas a fome e a sede durante o dia mas a maneira de dar fim ao sofrimento. O Ramadã era um evento da comunidade e considerava-se um ato de virtude transformar a quebra de jejum depois que o sol se punha numa refeição compartilhada, portanto em vez de ir comer alguma coisa num café, Hamza era convidado a entrar e comer junto com a família. A comida do Ramadã era sempre especial já que as cozinheiras se esforçavam mais e tinham mais tempo para planejar e preparar as refeições. Os pratos deliciosos também eram uma recompensa pelo estoicismo do dia. Hamza quebrava o jejum com Khalifa na varanda onde segundo a tradição eles comiam algumas tâmaras e tomavam uma xícara de café juntos e depois eram chamados para dentro onde os aguardava o modesto banquete que Bi Asha e Afiya tinham preparado e que podiam comer com os homens. Não era a quantidade e sim a variedade de pratos que transformava a refeição num banquete, e eles falavam da comida e elogiavam seu preparo enquanto comiam. Até mesmo Bi Asha estava mais afável do que tinha sido no passado e dirigiu palavras jocosas a Hamza para falar sobre sua habilidade cada vez maior como carpinteiro e sua nova fama como leitor de alemão. Daqui a pouco vamos ouvir dizer que ele está escrevendo poesia, ela disse. Hamza conteve no último momento a vontade de olhar para Afiya mas esboçou o movimento apenas o bastante para que Bi Asha olhasse na direção suposta do gesto e depois voltasse os olhos para Hamza, que baixou a cabeça e se concentrou no peixe.

Depois da refeição ele sentou na varanda com Khalifa onde logo depois Maalim Abdalla e Topasi vieram se juntar a eles, e às vezes também outros vizinhos paravam para jogar conversa fora. As noites do Ramadã eram cheias de conversas e de idas e vindas. Em outras varandas ou nos cafés que ficavam abertos até tarde, aconteciam maratonas de jogos de cartas ou de dominós ou de coram, mas na varanda de Khalifa não havia lugar para essas frivolidades. Ali a conversa se concentrava em intrigas políticas, fraquezas humanas e escândalos antigos. Hamza ia andar pelas ruas, lotadas de gente, e às vezes parava para ficar assistindo a algum jogo ou ouvindo a troça espirituosa das ruas. Os músicos tinham parado de tocar depois que o Ramadã começou mas ele esperava que fosse apenas nos primeiros dias. Todas as noites das semanas anteriores o conjunto que ele ouviu pela primeira vez por acaso tocava um concerto rápido para sua plateia fiel, da qual ele agora era membro. Tocavam apenas por amor, ao que parecia, pois nunca pediam dinheiro nem ninguém se oferecia para pagar. Em algumas noites a mulher cantava, e com o tempo Hamza ouviu várias canções de amor do repertório da cantora e ficou comovido com o desejo a que elas davam voz. Queria poder trazer Afiya para ouvir a música, mas não sabia como poderia fazer uma coisa dessas e nem mesmo quando poderia contar a ela sobre os músicos. Agora que o Ramadã tinha chegado não havia café da manhã nem motivo para ir pegar o dinheiro para comprar pães no café. Ele tomava cuidado para não olhar para ela quando ia fazer a refeição da noite dentro da casa mas sabia que aquela troca de olhares tinha sido interceptada por Bi Asha, que agora o vigiava desconfiada.

Então, na primeira sexta-feira do Ramadã, no mesmo horário da semana anterior, Afiya entrou sorrateira em seu quarto, cuja porta ele tinha deixado entreaberta. Eles se abraçaram e tiraram toda a roupa e fizeram amor com uma fome pecaminosa, um silenciando o outro para que ninguém ouvisse.

"É a primeira vez", ela sussurrou.

Ele se deteve por um segundo e depois sussurrou: "Para mim também".

"Você espera que eu acredite?", ela disse.

"Talvez não faça a menor diferença", ele sussurrou, rindo, satisfeito por não ter falhado e por ela ter pensado que ele era mais experiente.

"Nós não devíamos estar fazendo isso durante o jejum", ela disse depois quando estavam deitados nus na esteira dele. "A única maneira de isso não ser errado é se você jurar ser meu e eu jurar ser sua. Eu juro."

"Eu também juro", ele disse, e os dois riram daquela conversa absurda de apaixonados.

Ela correu a mão direita pelo corpo de Hamza e tocou a cicatriz do lado esquerdo do quadril dele. Passou os dedos por ela durante vários segundos, afagando e sentindo como se pudesse suavizar seus contornos serrilhados. No instante em que ela ia falar ele pôs a mão esquerda sobre a boca de Afiya.

"Agora não", ele disse.

Delicadamente, ela tirou a mão dali. "Muito bem, é o seu segredo", ela disse e depois viu os olhos dele cheios d'água. "O que foi? O que te aconteceu?"

"Não é segredo. Só que agora não, por favor, não neste exato momento", ele disse suplicante. "Não depois do amor."

Ela o calou com um beijo e depois que ele tinha se acalmado ela ergueu a mão esquerda até a altura do rosto dele, dobrou os dedos como se estivesse tentando cerrar o punho mas a mão não fechava. "Quebrada. Eu não consigo pegar nada com esta mão", ela disse.

"O que aconteceu?", ele perguntou.

Ela sorriu e tocou o rosto dele com a mão mutilada. "Foi o que eu te perguntei e você caiu no choro", ela disse. "Meu tio quebrou. Ele não era meu tio de verdade, mas quando eu era mais nova morei na casa dele. Ele quebrou porque disse que era errado eu saber escrever. Ele disse: O que é que você vai escrever? Vai escrever coisas feias, vai escrever bilhetes para algum cafetão." Eles ficaram calados por algum tempo. "Eu sinto muito mesmo. Por favor me conte mais", disse Hamza.

"Ele bateu em mim com uma vara. Ficou enfurecido quando descobriu que eu sabia escrever. Meu irmão me ensinou mas aí ele teve que ir embora e eu voltei a morar com o meu tio. Quando ele viu que eu sabia ler e escrever perdeu a calma e bateu na minha mão, mas bateu na mão errada então eu ainda consigo escrever. Mas agora picar legumes é bem difícil", ela disse.

"Me conte desde o começo", ele disse.

Ela se levantou e começou a se vestir, e ele fez o mesmo. Ela sentou na cadeira de barbeiro enquanto ele permaneceu no chão, encostado na parede. "Muito bem, mas depois que eu te contar e te perguntar o que aconteceu com você, você não vai me afastar?"

"Você é a minha amada. Eu juro", ele disse.

"Vai ser rápido porque eu tenho que ir ajudar Bimkubwa a cozinhar. Ela acha que fui numa vizinha e se eu demorar vai mandar alguém atrás de mim."

Então ela lhe contou sobre como seu irmão tinha voltado e ido buscá-la quando ela estava com dez anos e nem sabia que tinha um irmão, contou que havia morado um ano com ele e que ele a ensinou a ler e escrever e que aí foi para a guerra. "Meu irmão Ilyas", ela disse.

"Onde ele está agora?", disse Hamza.

"Eu não sei. Não vi nem ouvi falar mais dele desde que foi para a guerra."

"Não tem como descobrir?"

Ela olhou longamente para ele. "Não sei. Nós tentamos", ela disse e depois baixou os olhos para o quadril dele. "Isso te aconteceu na guerra?"

"Sim", ele disse. "Durante a guerra."

Naquela noite depois de quebrar o jejum Khalifa foi sentar na varanda como sempre mas por algum motivo seus dois velhos amigos demoravam a chegar. Hamza ficou lhe fazendo companhia quando teria preferido dar uma volta para ver se os músicos estavam se apresentando de novo. Eles conversaram de forma descontraída por algum tempo e Hamza mencionou o conjunto. Como sempre Khalifa sabia do grupo e da história deles sem tirar o pé da varanda. "O poder dos boatos e da fofoca", disse com um sorriso. "Eles param de tocar durante o Ramadã e só ensaiam a portas fechadas. Os mais religiosos não aprovam festividade alguma durante o mês sagrado. Querem nos ver sofrendo e passando fome e ralando a testa de tanto rezar." Depois no meio de um longo silêncio e sem olhar para Hamza, Khalifa disse: "Você gosta dela".

Quando se virou e olhou para ele, Hamza fez um gesto afirmativo com a cabeça.

"Ela é uma boa mulher", disse Khalifa, ainda sem olhar para Hamza e falando baixo e sem nenhum tom de confronto na voz. Era um assunto delicado. "Ela mora conosco há muitos anos e Bi Asha e eu cuidamos dela como se fosse da família. Eu preciso saber das suas intenções. Eu tenho uma responsabilidade."

"Eu não sabia que vocês eram parentes", disse Hamza.

"Eu jurei ao irmão dela", disse Khalifa.

"Ilyas?", disse Hamza.

"Então você sabe dele. Isso, Ilyas, ele morou aqui na cidade com a irmãzinha quando voltou de suas viagens. Ele conseguiu emprego na grande fábrica de sisal porque sabia falar alemão muito bem. Eles gostavam disso. Foi nessa época que ficamos amigos. Foi logo depois de nós termos casado e vindo morar aqui. Ilyas às vezes trazia a menininha quando vinha nos ver. Aí quando chegou a guerra ele se alistou, não sei por quê. Talvez tenha começado a se considerar alemão ou talvez sempre tenha desejado ser askari. Ele contava que foi raptado por um askari shangaan que o levou a uma cidade das montanhas onde ele foi libertado e ficou aos cuidados de um alemão proprietário de terras. Uma vez me disse que desde aquele encontro com o shangaan ele pensava em segredo que seria extremamente satisfatório ser da Schutztruppe. Aí quando a guerra chegou ele não resistiu. Não sabemos se ainda está vivo. Já faz oito anos que ele foi para a guerra e nunca mais tivemos notícias. Eu jurei que ia ficar de olho nela", disse Khalifa. "Não sei quanto você sabe dela."

"Ela me falou dos parentes do interior."

"Ela era tratada como escrava. Ela te contou? O sujeito que ela chamava de tio bateu nela com uma vara e quebrou a mão dela. Quando ele fez isso ela me mandou um bilhete — isso mesmo. Ilyas ensinou a menina a ler e escrever, e eu disse que se ela estivesse em dificuldades devia escrever um bilhete endereçado a mim e entregar ao vendeiro do vilarejo. Foi o que ela fez, a menininha corajosa. Escreveu um bilhete e o vendeiro entregou ao carroceiro que trouxe para mim. Aí eu fui até lá pegar a menina e ela mora conosco há oito anos. Vai ser bom para ela agora ter sua própria vida", disse Khalifa. "Você conversou com ela?"

"Conversei", disse Hamza.

"Isso me deixa feliz", disse Khalifa. "Você precisa me falar mais da sua família, da sua linhagem. Como se chamam o seu pai e a sua mãe, e quais são os nomes das mães e dos pais deles? Você pode me contar depois. Já te conheço o suficiente para ficar tranquilo mas fiz uma promessa a Ilyas. Me sinto responsá-

vel. Pobre Ilyas, teve uma vida cheia de dificuldades e mesmo assim vivia com uma certa ilusão de que nada de ruim podia lhe acontecer neste mundo. A realidade era que ele estava sempre prestes a tropeçar. Você não imagina que pessoa mais generosa e mais iludida Ilyas era."
Hamza tinha começado a pensar em Khalifa como um portador sentimental de crimes do mundo, alguém que carregava um pouco da responsabilidade pelos problemas dos outros e por erros cometidos em sua época: Bi Asha, Ilyas, Afiya e agora Hamza, pessoas com quem ele se importava calado enquanto disfarçava essa preocupação inesperada com uma rispidez sem rodeios e com um cinismo constante.

Afiya voltou ao quarto de Hamza na sexta-feira seguinte mas dessa vez ela disse a Bi Asha que ia visitar sua amiga Jamila que havia se mudado da casa dos pais para o outro lado da cidade, então eles sabiam que tinham a tarde inteira.
"Eu mesma fico surpresa com a minha audácia", ela lhe disse. "Mentindo, entrando escondida no quarto do meu amante no meio de uma tarde de Ramadã, e surpresa até por ter um amante. Nunca me imaginei capaz disso, mas agora não consigo deixar de vir se sei que você está deitado aqui a poucos metros de mim."
Fizeram amor aos sussurros e depois ficaram deitados sob a meia-luz do entardecer conversando um pouco. Por fim ele disse: "Eu quase não consigo suportar a beleza disso tudo".
Ela passou as mãos pelo corpo dele como se quisesse decorá-lo, pela testa, pelos lábios, pelo peito, pelas pernas e pela parte interna das coxas. "Você gritou", ela disse. "Foi a perna?"
"Não", ele disse sorrindo. "Foi de êxtase."
Ela lhe deu um tapa brincalhão na coxa e depois massageou a cicatriz de seu quadril como tinha feito antes. Me conte, disse.

Ele começou a lhe contar sobre seus anos de guerra. Iniciou com a marcha na manhã em que foi para o campo de treinamento, depois o boma e os treinos na Exerzierplatz, como aquilo era exaustivo mas empolgante, como era violenta aquela cultura. Contou sobre o oficial e como ele lhe ensinou alemão. Primeiro contou rapidamente porque havia muito a contar. Ela ouviu sem interromper e não fez perguntas, soltando apenas um leve som de surpresa de vez em quando. Quando ele falou do oficial ela sacudiu um pouco a cabeça e pediu que ele repetisse o que havia dito, e ele viu que ela não queria que ele fosse assim tão rápido. Diminuiu a velocidade e deu mais detalhes: os olhos dele, a intimidade incômoda, os jogos de linguagem de que ele gostava. Explicou sobre o ombasha e o shaush e o Feldwebel.

"Foi ele que fez isso, o Feldwebel", disse Hamza. "Bem no fim do conflito, quando todos nós estávamos exaustos e quase enlouquecidos pela carnificina e crueldade em que tínhamos passado anos mergulhados. Ele era um sujeito cruel, sempre foi. Me cortou num acesso de fúria, com o sabre, mas talvez sempre tenha desejado me machucar, não sei por quê. Acho que por causa do oficial."

"Como assim por causa do oficial?", ela perguntou.

Ele hesitou por um momento. "O oficial me protegia muito. Ele me queria por perto. Não sei por quê... não sei bem por quê. Ele disse: Eu fui com a sua cara. Acho que umas pessoas... o Feldwebel e talvez os outros alemães também... achavam que tinha alguma coisa errada ali, alguma coisa inadequada... alguma coisa... demais, carinhosa demais."

"Ele encostava em você?", ela perguntou baixinho, querendo que ele fosse explícito, querendo que dissesse o que precisava dizer.

"Uma vez ele me deu um tapa, e às vezes encostava no meu braço quando falava comigo, só de leve, nada de encostar daquele jeito. Acho que ele achava que estava… encostando em mim. Ele me dizia umas coisas assim, o Feldwebel, umas acusações feias. Ele me fazia passar vergonha, aquela crueldade obsessiva, como se eu tivesse feito alguma coisa para merecer aquilo."

Ela sacudiu a cabeça na meia-luz. "Você é bom demais para este mundo, meu escolhido. Não sinta vergonha, sinta ódio dele, deseje coisas ruins para ele, cuspa nele."

Ele ficou calado por bastante tempo e ela esperou. Depois ela disse: "Continue".

"Quando eu fui ferido o oficial me levou para uma missão alemã, um lugar chamado Kilemba. O pastor ali era médico e me curou. Era um lugar lindo. Fiquei ali mais de dois anos, ajudando na missão, me recuperando, lendo os livros da Frau. Quando o departamento médico inglês assumiu, o que demorou bastante, eles disseram ao pastor que o treinamento médico dele não era o que os regulamentos oficiais exigiam. Ele não era um médico propriamente qualificado. Queriam transformar a enfermaria da missão numa clínica rural mas não podiam deixar o pastor responsável por ela então ele decidiu que era hora de voltar para a Alemanha. Era hora de eu seguir em frente também. Fui aceitando os trabalhos que encontrava, passava para o próximo, nas fazendas, nos cafés e nas tabernas, varrendo rua, como criado doméstico… o que desse para arranjar. Às vezes era difícil, por causa da perna, e provavelmente no fim acabei exagerando, mas trabalhei em Tabora, Mwanza, Kampala, Nairóbi, Mombaça. Eu não tinha nenhum destino em mente, pelo menos não achava que tivesse", disse, sorrindo. "Só que agora vejo que tinha sim."

Depois de outro longo silêncio enquanto assimilava o que ele tinha dito, Afiya se levantou e começou a se vestir.

"Deve estar ficando tarde. Quero ouvir tudo, quero saber mais do bom pastor e da missão dele e de como ele te curou, mas agora preciso ir", ela disse. "Ela vai ficar brava se eu me atrasar porque anda desconfiada. Ela me disse que alguém quis saber sobre mim, mas agora é tarde. Não estou mais disponível. Quando você entrar na casa para quebrar o jejum eu ainda vou estar com o seu cheiro. Vou sentir saudade de te amar até a próxima vez. Enquanto te escuto também fico pensando em Ilyas. Ele é mais velho que você. Eu já te falei que ele canta divinamente? Fico imaginando como deve ter sido a vida dele na guerra e se ele está bem em algum lugar, conversando com alguém como você está conversando comigo."

"Nós podemos descobrir. Nós podemos tentar", disse Hamza, se corrigindo. "Existem registros. Os alemães são bons de registros. Aí você vai ficar sabendo o que aconteceu com ele."

"O que nós podemos descobrir? Talvez assim eu não tenha que descobrir alguma coisa definitiva, e o que tiver acontecido aconteceu. Se ele estiver bem em algum lugar, o fato de eu saber não faz a menor diferença para ele, e se ele estiver bem em algum lugar talvez não queira ser encontrado", ela disse. "Preciso ir."

12.

"A sorte nunca é permanente, isso quando ela vem", disse Khalifa na terceira noite do Idd quando eles estavam sentados na varanda. "Faz poucos meses que você está aqui com a gente mas parece que eu te conheço há mais tempo. Eu me acostumei com você. Desde o começo eu soube que tinha alguma coisa viva atrás dessa sua cara de zumbi. Você parecia prestes a desmoronar na minha frente quando chegou. Agora olha como você está. Encontrou um trabalho adequado e conseguiu até agradar aquele nosso tapado mão de vaca, só que você tem que pedir um aumento agora que ele viu que você é um carpinteiro competente. Ah, não, você vai ser o santo que vai ficar humildemente esperando que sua recompensa chegue!

"Mas ouça o que eu estou te dizendo: a sorte nunca é permanente. Você nunca vai saber quanto tempo os bons momentos vão durar ou quando eles vão acontecer de novo. A vida é cheia de arrependimentos, e você precisa reconhecer os bons momentos e ser grato por eles e agir com convicção. Corra riscos. Eu não sou cego. Estou de olho e algumas coisas que já vi me deixaram preocupado. Eu estava pensando em esperar você estar pronto para vir falar comigo, que eu não ia te abraçar nem te constranger, e que enquanto isso nada de indecoroso ia acontecer. Agora que o Ramadã acabou e essa beatice toda ficou para trás, agora que o Idd chegou e um novo ano começou, pode ser a hora também de você mostrar alguma convicção. Se esperar demais pode perder a oportunidade ou acabar sendo arrastado para alguma coisa de que você vai se arrepender. Portanto eu estou te dando uma dica.

"Bi Asha também tem dois olhos e uma cabeça boa para entender as coisas e, como eu tenho certeza que a esta altura você já percebeu, uma língua afiada para falar delas. Não sei se ela já conversou com Afiya, apesar de eu suspeitar que se ela tivesse conversado nós já saberíamos. Ela tem suas próprias ideias e elas podem não te agradar. Eu tenho alguma ideia do que você sente por Afiya, você mesmo me disse. Pode ser que agora nós estejamos num desses momentos decisivos de que eu estou falando, e que eu quero muito que você não perca. Eu estou falando de um jeito enigmático ou você está me entendendo? Estou vendo que sim. Eu não quero te apressar nem estou correndo para me livrar de Afiya. Já te perguntei se você conversou com ela e você disse que sim. Se está decidido entre vocês, por mim está tudo certo. Eu gosto da ideia, mas você vai ter que me contar alguma coisa sobre a sua família para podermos ficar seguros de que não estamos dando um passo em falso. Por que não fala da sua história? Os seus silêncios parecem suspeitos, como se você tivesse feito alguma coisa ruim."

"Por que eu não posso mentir como você já me disse para fazer? Por que eu não posso simplesmente inventar alguma coisa?", perguntou Hamza, provocando Khalifa pois sabia aonde ele queria chegar e confiava que se sairia bem.

"Sim, eu sei que eu disse para você simplesmente mentir mas agora é diferente. Isso não é uma brincadeira, não é uma questão de não sacudir o barco e deixar tudo como está. Talvez você ache que eu esteja agindo como um patriarca enxerido, interferindo nas escolhas que uma jovem pode fazer na vida. Eu não sou pai nem irmão dela mas ela mora aqui conosco desde criança e tenho minhas responsabilidades com ela. É importante que a gente saiba sobre você para podermos ficar tranquilos. Você não tem onde morar e tem boas chances de continuar morando aqui conosco. Eu gostaria que vocês continuassem morando conosco, portanto essa é a outra razão de precisarmos saber mais sobre você. Você podia ser qualquer um. Claro que eu nem sonho que você possa ter feito alguma coisa ruim antes de aparecer aqui, ao menos não pior do que todos nós, mas preciso que me conte. Olhe nos meus olhos e me conte. Se você me contar uma mentira sobre a sua vida eu vou ver nos seus olhos."

"Você tem muita fé nessa sua capacidade", disse Hamza.

"Pode me testar. Me diga a verdade que eu vou ver na hora", Khalifa disse com tanta veemência que conseguiu apagar o sorriso de Hamza. "Muito bem, vou te fazer umas perguntas e você pode responder como quiser. Você disse que morou aqui muitos anos atrás quando era bem jovem. Me diga como foi isso."

"Isso não é uma pergunta", disse Hamza, ainda sem conseguir abandonar o tom de provocação.

"Não me irrite. Eu sei que não é uma pergunta. Muito bem, como foi que você veio parar nesta cidade quando era novo?", Khalifa perguntou irritado, sem achar graça na brincadeira de Hamza.

"Meu pai me deu para um mercador como pagamento das dívidas que ele tinha", disse Hamza. "Só fiquei sabendo que ele tinha feito isso quando o mercador me levou embora, então não sei o que meu pai estava devendo ou por que foi necessário me entregar. Talvez o mercador estivesse castigando o meu pai por ser um mau devedor. O mercador morava aqui e me trouxe para cá para eu trabalhar na loja dele apesar de ele não ser vendeiro. A loja era só uma pequena parte dos negócios dele, com as caravanas. Ele era como Amur Biashara, o seu mercador pirata, fazia todo tipo de negócios. Ele me levou numa das suas viagens pelo interior, que durou vários meses. Foi inacreditável. Nós fomos até os lagos e depois até as montanhas do outro lado."

"Como ele se chamava?", perguntou Khalifa.

"Nós o chamávamos de Tio Hashim mas ele não era meu tio", disse Hamza.

Khalifa ficou pensativo por um momento, depois concordou com a cabeça. "Hashim Abubakar, eu sei quem é. Então você trabalhou para ele. O que te aconteceu?"

"Eu não trabalhava para ele. Eu era servo dele como garantia das dívidas do meu pai ou alguma coisa assim. O mercador não me explicava e não me pagava nada. Ele me tratava como se eu fosse propriedade dele."

Os dois ficaram algum tempo calados, cada um absorto em seus pensamentos. "O que aconteceu com você?", Khalifa perguntou novamente.

"Eu não aguentava mais viver daquele jeito então fugi para a guerra", disse Hamza.

"Como Ilyas", Khalifa disse cheio de desprezo.

"Isso, como Ilyas. Depois da guerra fui para a cidade onde eu tinha morado com os meus pais mas eles não estavam mais lá, e ninguém sabia para onde tinham ido. O mercador que me tirou deles, Tio Hashim, tinha me contado muitos anos antes de eu fugir. Ele me contou que eles não moravam mais lá, mas eu quis ter certeza. Por muito tempo eu não quis procurar a minha família. Achava que eles tinham me jogado fora e não me queriam. Aí depois da guerra eu tentei mas não consegui. Portanto eu não tenho uma família para contar sobre ela para você. Eu perdi a minha família. Perdi quando era muito novo e não sei o que posso te dizer sobre eles que seja de alguma utilidade para um adulto que se sente responsável por outra pessoa. Você quer que eu te conte a minha vida como se eu tivesse uma história completa mas eu tenho fragmentos entrecortados por uns buracos complicados, coisas que eu teria perguntado se pudesse, momentos que acabaram cedo demais ou foram inconclusivos."

"Você já está me contando bastante coisa. O que foi que te fez voltar para uma cidade onde você deve ter passado tanta vergonha?", perguntou Khalifa.

"Vergonha? Que vergonha?"

"Servir a outra pessoa, ter seu corpo e seu espírito como propriedades de outro ser humano. Existe vergonha maior que essa?"

"O mercador não era dono do meu corpo nem do meu espírito", disse Hamza. "Ninguém é dono do corpo e do espírito de ninguém. Aprendi isso há muitos anos. Ele me usou enquanto eu não tinha a sabedoria e a capacidade de fugir, só que mesmo quando fiz isso eu ainda não tinha inteligência suficiente para me manter em segurança e corri para a guerra. Se senti alguma vergonha foi pelos meus pais, mas isso só depois que fiquei mais velho e soube melhor o que era vergonha. Voltei para cá por ser o único lugar que eu conhecia. Andei por toda parte, aceitando trabalhos que estavam me matando aos poucos, e no fim simplesmente caí de novo aqui, acho.

"Eu fiz um amigo na primeira vez que morei aqui. Quando penso no passado, acho que ele foi o único amigo que fiz na vida, e senti vontade de voltar quando me vi perdido e triste por tantas coisas. Ele também era servo do mercador, mas quando voltei a loja não existia mais e não o encontrei. Não arrisquei sair perguntando pelo Tio Hashim com medo de que a dívida do meu pai tivesse passado para mim."

"Isso foi prudente. É sempre melhor tomar cuidado, eu sei que você sabe disso. Posso te contar o que aconteceu com o seu mercador Hashim Abubakar", disse Khalifa, sorrindo, feliz como sempre por ser o portador de boas notícias, mascate de fofocas. "O rapaz que cuidava da loja para ele fugiu com todo o dinheiro que o mercador tinha escondido em casa. E também fugiu com a jovem esposa do mercador, sua segunda esposa. O casalzinho sumiu, nunca mais deu notícias. Isso foi um pouco antes da guerra então sabe-se lá o que pode ter acontecido com eles. Tanta gente perdida na guerra. Para o mercador foi um grande escândalo e ele vendeu tudo e desapareceu daqui. Da última vez que eu soube alguma coisa ele estava em Mogadíscio ou Aden ou Djibuti ou em algum lugar por aqueles lados. Ele foi um daqueles últimos mercadores de caravanas, então o tempo dele já estava acabando mesmo. Os alemães queriam dar fim naquela coisa toda e controlar tudo sozinhos. Como era o nome desse seu amigo que trabalhava para Hashim Abubakar?"

"O nome dele era Faridi", disse Hamza.

"É exatamente o tal rapaz!", disse Khalifa, dando um tapa na coxa todo feliz de tanto que a história estava ficando apetitosa. "Mas que canalha, hein! O dinheiro e a esposa! Devia ser um belo de um patife, esse seu amigo."

"Eu era muito novo quando me trouxeram para cá e ele cuidou de mim como um irmão. Nenhum de nós conhecia ninguém aqui, só fazíamos trabalhar dia e noite na loja. Às vezes íamos para a cidade mas ele também não sabia onde estava. Andávamos à toa. Se ele fugiu com o dinheiro um pouco antes da guerra então deve ter sido logo depois que eu também fugi. A jovem esposa com quem ele fugiu era irmã dele. Ela também era serva do Tio Hashim."

Khalifa suspirou ao ouvir mais esse detalhe que ia deixar sua história tão impossivelmente deliciosa que ninguém ia acreditar. "Então é essa a sua história", ele disse. "Eu aqui trabalhando para o meu mercador pirata e você e o seu amigo do outro lado da cidade tramando a queda de outro pirata. Não sei por que mas me sinto feliz de pensar no seu amigo Faridi fugindo e deixando o mercador aqui para encarar a vergonha. Todos nós pensamos que a coisa tivesse sido planejada pela jovem esposa. Senão como ele ia saber onde o mercador escondia o dinheiro? Eles deviam ser uns patifes, aqueles dois, para levar tudo embora. Bom, para o bem deles, espero que nunca sejam encontrados porque foi errado levar aquele dinheiro, mesmo que Faridi fosse seu amigo."

"O que aconteceu com a casa? Era lá no fim da estrada costeira. Tinha um jardim lindo. Disso eu me lembro bem, não é?", perguntou Hamza.

"Um empresário indiano comprou e demoliu a casa para construir a mansão que agora está lá. Nem todo mundo gosta de ter um jardim. O empresário chegou com os ingleses. Quando derrubaram os alemães, os ingleses trouxeram os próprios homens para cuidar dos negócios. Trouxeram esse pessoal da Índia e do Quênia, e aqueles novos indianos meteram os dentes bem fundo por aqui, e continuam bem instalados. Estão assumindo o controle do comércio e dizendo ao governo que são cidadãos britânicos e que precisam ter os mesmos direitos dos mzungus, que não podem ser tratados como se não fossem melhores que os nativos."

No quarto e último dia do Idd, enquanto ainda havia vestígios de comemoração no ar da manhã, Afiya abriu a porta da despensa de Hamza para entrar com sua bandeja do desjejum com uma fatia de pão e uma xícara de chá. Como ainda era Idd, ela trouxe uma festiva fatia de pão passado no ovo batido e frito.

Ele tirou a bandeja das mãos dela, colocou na mesa e ela então ficou livre para cair em seus braços. Foi aí que ele pediu a mão dela. Tinha dito a Khalifa que pediria diretamente a ela porque queria que ela dissesse que também queria. Khalifa disse que não era assim que se fazia. Ele, Hamza, devia falar com Khalifa que falaria com Bi Asha que perguntaria a Afiya. Então a resposta dela voltaria pelo mesmo caminho. Era assim que se faziam essas coisas, e era assim que essas coisas continuariam a ser feitas depois de Hamza ter falado com ela, mas se ele também queria perguntar diretamente a Afiya, pois que fosse em frente e perguntasse.

Afiya estava em seus braços quando ele disse: "Você ficaria feliz se nós casássemos?".

Ela se afastou para olhar nos olhos dele, talvez para ter certeza de que ele não estava brincando. Quando viu sua expressão séria, ela sorriu e estreitou seu abraço, depois disse: "Idd mubarak, eu ficaria muito feliz".

"Eu não tenho nada", ele disse.

"Nem eu", ela disse. "Vamos ter nada juntos."

"Nós não vamos ter onde morar, só esta despensa que não tem nem mosquiteiro. Nós devíamos esperar até eu conseguir alugar um local mais adequado", ele disse.

"Eu não quero esperar", ela disse. "Eu não pensava que fosse achar alguém para amar. Eu pensava que alguém ia aparecer e que eu não teria escolha. Agora você veio e eu não quero esperar."

"Não tem onde a gente se lavar. Só a esteira para dormir. Você vai viver como um animal numa toca", ele disse.

Ela riu. "Não exagere", disse. "A gente pode se lavar e cozinhar lá dentro, e fazer amor no chão sempre que tiver vontade. Vai ser como uma jornada que vamos fazer juntos e nós vamos seguir o nosso caminho mesmo que o nosso corpo fique cheirando a suor velho. Faz anos que ela está esperando eu ir embora. Ela disse que não gostava de como ele me olhava. Desde que eu virei mulher. Ela disse que ele queria me transformar em esposa — Baba Khalifa. Ela disse que os homens são animais. Que eles não sabem se conter."

"Eu não sabia", disse Hamza. "Você me disse que aqui era a sua casa."

"Bi Asha tem um coração amargo. Ela odiava o fato de eu ser moça. Queria que eu fosse embora mas odiava que algum rapaz me olhasse. Era só alguém me olhar de passagem na rua que ela começava a me acusar. Dizia que aquilo dava nojo, o jeito como os homens me olhavam. Dizia que eu encorajava aquilo quando eu não fazia nada. Ela queria que eu fosse embora mas queria que um velho viesse e me levasse para ser sua segunda esposa. Ela não queria que eu me sentisse atraente e jovem, mas que eu fosse levada por alguém que ia me usar a seu bel-prazer, que ia me degradar com o seu desejo. A amargura dela é que torna ela malvada. Ela não era assim comigo quando eu era criança. Era dura como você vê que ela é até hoje mas não era malvada. Foi quando eu virei mulher que ela ficou assim."

"Eu não sabia", ele disse de novo. "Alguém veio atrás de você?"

Ela deu de ombros. "Duas vezes. Um eu não conhecia. O outro foi o gerente do café da rua principal. Ele me viu passando. Faz tempo que ele me vê passar, desde que eu tinha dez anos. Eles são assim, os homens desse tipo, eles têm dinheiro e querem uma jovenzinha para brincar com ela por uns meses. Eles te veem passando na rua e dizem quem é aquela mulher e vêm atrás de você porque podem. Foi o que Baba Khalifa disse."

"Mas você disse não."

"Eu disse não e Baba Khalifa disse não. Ela disse que era porque ele me queria para esposa. Foi a primeira vez que ela veio com essa. Ela passou vários dias acusando Baba Khalifa. Quando ele te levou naquele dia, quando te levou para dentro de casa, acho que ele queria que eu te visse. Não sei se ele pensou mesmo nisso, talvez só tenha gostado de você. Mas eu te vi, e cada vez que eu te via eu sentia um pouco mais de vontade de estar com você. Eu não sabia que seria assim. É por isso que não quero esperar, e por isso este quarto não é uma toca."

"Ela conversou com você sobre nós? Khalifa disse que não sabia se ela tinha conversado."

"Anteontem ela me disse para não envergonhar a família, mas ela já disse isso antes." Afiya sorriu para ele. "Agora é tarde."

Quando Hamza lhe disse que eles pensavam em morar na despensa, Khalifa não quis nem saber. Hamza não podia repetir o que Afiya lhe dissera sobre sua perseguição, mas depois de gaguejar como um desesperado ele disse o nome de Bi Asha. Khalifa deu de ombros e sacudiu a cabeça enfaticamente. "Você vai vir morar na casa com ela, conosco", ele disse. "Não lá fora como pedintes. Dentro será mais confortável para vocês. Aquele quarto pode ser bom para um jaluta como você que está acostumado a viver à toa como um vagabundo. Não serve para uma filha desta casa."

"Nós vamos achar um local nosso para alugar", disse Hamza. "Talvez seja melhor a gente esperar até eu poder pagar por alguma coisa melhor."

"Esperar para quê?", perguntou Khalifa. "Vocês podem se mudar para cá agora e quando estiverem prontos para pagar um aluguel, pé na estrada."

"Bom, vamos ver", disse Hamza, relutante diante da ideia de se ver forçado a entrar, forçado a viver intimamente com o descontrole de Bi Asha.

Os dois se casaram duas semanas depois. O casamento foi tão discreto que o mercador Nassor Biashara e o pessoal do depósito de madeira só ficaram sabendo depois que ele ocorreu. Khalifa convidou o imame e seus amigos da baraza para um jantar, e Bi Asha fez o mesmo com suas vizinhas. Eles contrataram uma cozinheira que foi preparar um biriani e ocupou o quintal para esse fim. As mulheres ficaram no quarto de Bi Asha e Khalifa, com a cama posta de pé e apoiada na parede. Os homens ocuparam a sala de visitas onde o imame convidou Hamza a pedir a mão de Afiya em casamento. Como a cerimônia era um acordo estabelecido diante de testemunhas, era costume declarar nesse momento o mahari ou dote que o homem pretendia oferecer e esperar que a esposa ou seu representante declarasse se ele era satisfatório. Essas questões eram discutidas com grande antecedência e confirmadas diante das testemunhas. Hamza não tinha o que oferecer como mahari. Disse isso a Khalifa que declarou que a decisão de aceitá-lo sem o dote cabia a Afiya. Como ela desconsiderou essa conversa — vamos ter nada juntos — essa parte da cerimônia foi tacitamente ignorada, e Hamza apenas perguntou a Afiya se ela o aceitava como marido e Khalifa aceitou em nome dela. A notícia foi transmitida às convidadas de Afiya e de Bi Asha no outro cômodo, que a receberam com ululações. Depois foi servido o jantar e acabou-se a festa.

Khalifa não lhes deixou alternativa e eles foram para a casa. Insistiu até o fim, e Afiya deu de ombros e disse que eles podiam tentar. Se não funcionasse sempre podiam voltar para a despensa. Hamza levou seus poucos pertences para o quarto de Afiya: sua pequena sacola, que continha a cópia do *Musen-Almanach für das Jahr 1798* que o Oberleutnant tinha deixado para ele, outro livro de Heinrich Heine, *Zur Geschichte der Religion und Philosophie in Deutschland*, que a Frau lhe deu como presente de despedida, sua esteira e suas roupas.

O quarto de Afiya era maior que a despensa, era confortável e ficava bem perto do banheiro. Tanto a janela quanto a porta estavam cobertas por uma cortina que ela costumava deixar aberta até a hora de dormir para a brisa entrar. A cabeceira da cama ficava bem grudada em uma das paredes e a cama mal deixava espaço de cada lado para eles entrarem. Uma moldura quadrada de madeira ficava pendurada no teto, para o mosquiteiro. Havia um armário velho e frágil e todo desengonçado encostado na parede oposta, e quando Hamza o viu pela primeira vez disse a ela que ia fazer um armário novo para eles na oficina. Seria o mahari dela. Dentro do armário havia uma caixinha pintada com listras diagonais verdes e vermelhas. Ela abriu a caixa para ele e mostrou os tesouros que continha: os cadernos que havia usado quando seu irmão a ensinou a ler, o livro-caixa com capa marmorizada que Baba lhe dera, um bracelete de ouro que Ilyas comprou para ela no Idd no único ano em que passaram juntos, agora apertado demais para ela, um cartão-postal da montanha que contemplava a cidade onde ele havia trabalhado na fazenda do alemão e depois ido para a escola, e o minúsculo pedacinho de papel com o poema de Schiller que Hamza tinha traduzido para ela.

O quarto de Afiya dava para o quintal, que era onde se fazia a comida da casa, e onde eles comiam e se lavavam, e onde as mulheres da casa passavam várias horas do dia. Aquela parte da casa era delas e homens desconhecidos não podiam ir até lá. Hamza não era mais um estranho porém ainda não se sentia membro da família. Depois do que tinha ouvido a respeito da amargura de Bi Asha, aquela situação o deixava nervoso por não saber como ela aceitaria sua presença no quintal. Ele a cumprimentava ao passar por ela e ela parecia retribuir com uma espécie de assentimento sem olhar para ele mas não havia conversas. Ele sentia no ar a resistência dela e se arrepiava de desconforto e de repulsa por si próprio. Não queria estar ali. Assim que se levantava de manhã usava o banheiro, bebia seu chá no quintal com Khalifa que se juntava a ele e insistia que fosse assim, e saía da casa com ele. Quando voltava no fim da tarde o quintal estava vazio e Hamza ia direto para o quarto deles onde Afiya o esperava. À noite Bi Asha e Afiya preparavam o jantar no quintal e às vezes quando as vizinhas apareciam ele fazia questão de não estar no quarto para que elas pudessem conversar sem ser ouvidas. Era o seu entendimento do que uma boa educação exigia. Depois de vários dias dessa tensão constante Afiya lhe disse que parasse de sair correndo do caminho delas.

"Usijitaabishe", ela disse. "Não se preocupe. Ele te convidou para morar aqui, então simplesmente ignore Bi Asha que ela vai se acostumar."

"Ela não me quer aqui", ele disse. "Balaa, lembra? Ela acha que eu vou atrair desastres."

"Ela só estava sendo má", disse Afiya. "Ela não é tão rabugenta assim."

A preocupação dele com Bi Asha não diminuía o prazer das novas intimidades que ele e Afiya descobriam quando estavam juntos. A sorte o tinha preservado durante a guerra e o trazido para a vida dela, e o mundo segue sempre em frente apesar de todo o caos e desolação.

Ainda assim viver no quintal era complicado. Mesmo quando conversava à toa com Bi Asha ele permanecia sempre consciente de um certo tom em suas palavras como se ela fosse dizer alguma coisa ríspida dali a pouco. Quando ela falava rispidamente com Khalifa ele a ignorava, como se não tivesse ouvido. Mesmo quando ela falava de questões cotidianas, do preço do peixe ou da qualidade do espinafre vendido no mercado, parecia que essas coisas também lhe causavam amargura e frustração. Ele não sabia por quanto tempo conseguiria suportar aquela guarida tão mal-humorada.

O mercador Nassor Biashara lhe disse: "Aha, por que essa cara tão triste? Minha esposa me disse que você casou há poucos dias, e você nem nos convidou para o casamento. Você devia estar com uma cara alegre! Ou será que é porque você não está dormindo tanto assim? He-he-he. Eu conheço Afiya, ou conheci quando era menina. A minha esposa me diz que ela agora é uma linda mulher. Meus parabéns. Está tudo dando certo para você, não é? Você merece. Veja só. Agora você tem um bom emprego e uma boa mulher para te ajudar com as dificuldades da vida e tudo por minha causa. Eu não estou pedindo sua gratidão, você deu duro, mas tudo dependeu de mim. Eu te vi e pensei: Por que não dar uma oportunidade a esse rapaz meio bocó? Ele tem cara de otário mas talvez com uma oportunidade ele dê em boa coisa. Eu tenho intuição no que se refere aos outros, sabe. Eu vi alguma coisa ali naquela barafunda que era a sua vida. Agora olhe só para você. Ainda está morando naquela despensa? Espero que não, não com a sua nova esposa. Espero que você tenha encontrado um lugar decente para morar... Você mora com aqueles dois resmunguentos! Isso não é jeito de começar a vida de casado. Como assim, não tem como pagar um aluguel? Que conversa é essa? Você por acaso precisa alugar uma mansão com sauna e jardim murado e varanda com treliça? Como assim, quer aumento? Eu te pago o suficiente, não pago? Eu te trato bem. Eu não sou um poço de dinheiro, você sabe. Você não vai ficar ganancioso agora só porque tem uma esposa. Foi o Khalifa que te botou essas ideias na cabeça?".

Quando Mzee Sulemani ficou sabendo do casamento ele disse a Hamza: "Peça um aumento para aquele sovina. É o mínimo que ele pode te dar depois de tudo que você está fazendo aqui desde que o bêbado do Mehdi foi embora. Alhamdulillah, que você seja abençoado com muitos filhos. Você sabe dizer isso em alemão?".

"Mögest du mit vielen Kindern gesegnet sein."

Mzee Sulemani riu satisfeito como sempre fazia quando Hamza apresentava uma de suas traduções.

QUATRO

13.

Foi um tempo de tranquilidade para Hamza comparado com os anos anteriores. A tensão de morar com Bi Asha e Khalifa foi diminuindo com o passar das semanas e dos meses ou talvez eles tenham se acostumado. Encontraram maneiras de se evitar sem parecer estarem em conflito, ou de não ver os olhares acusadores de Bi Asha e de não ouvir seus resmungos por trás das palavras. Hamza aprendeu a ficar longe dela tão bem que apenas a via de passagem quando voltava do trabalho no fim da tarde, embora sua voz nunca estivesse muito longe. Afiya era sempre a primeira a se levantar, mas Hamza normalmente já estava acordado, ele não conseguia ter um sono pesado depois que o sol nascia. Ela fazia o chá enquanto ele se lavava e depois saía de casa antes de Khalifa e Bi Asha saírem do quarto.

Quando ele chegava ao pátio, Nassor Biashara estava sempre lá. Eles se cumprimentavam e o mercador lhe dava a chave da oficina sem qualquer conversa e às vezes até mesmo sem tirar os olhos de seus preciosos livros-caixa. Depois que Mzee Sulemani chegava, os três se reuniam rapidamente para discutir a agenda de trabalho do dia e às vezes Nassor Biashara ia com eles para a oficina, para fazer o acabamento em tigelas e armários ou dar sua opinião crítica sobre algum novo projeto. Tinha planos de fabricar sofás estofados e em algum momento precisaria contratar um estofador, mas por enquanto fazia experimentos com a estrutura. A procura por móveis não parava de crescer. Seu negócio de fretes também estava aumentando, e ao contrário do que previra Khalifa o investimento na hélice se revelou muito bem-sucedido, atraindo mais negócios do que apenas um barco poderia realizar e exigindo a compra de uma embarcação motorizada maior. Nassor Biashara gostava de chamar essa embarcação de seu vapor. Os negócios do mercador estavam indo tão bem que ele desenhou uma placa que ele mesmo entalhou e pintou e que mandou Sungura prender nos portões do depósito: Móveis e Armazém Geral Biashara.

"Acho que vamos ter que ampliar a oficina e trazer equipamentos novos", ele disse, olhando primeiro para Mzee Sulemani, cuja expressão se manteve inalterada, e depois para Hamza, que concordou com a cabeça. "É um pátio grande este aqui, não é? Podemos erguer outra oficina do outro lado, equipada direitinho para ganhar as licitações públicas — mesas para as escolas, móveis de escritório, esse tipo de coisa. Podemos deixar a oficina antiga para pedidos domésticos e coisas pessoais. O que acham?"

Quanto mais ele falava da nova oficina, coisa que fez muito nas semanas seguintes, tanto mais se dirigia a Hamza, ao que parecia destinado a ser seu gerente. O governo colonial britânico tinha anunciado uma expansão na construção de escolas e um impulso na alfabetização, o que era a origem do entusiasmo de Nassor Biashara com uma licitação pública. A administração também estava ampliando suas atividades nas áreas de agricultura, obras públicas e saúde. Na pior das hipóteses aquilo iria mostrar aos alemães como se administrava direito uma colônia. Todos esses departamentos e projetos necessitavam de escritórios e escritórios necessitavam de mesas e cadeiras. Hamza aquiescia com um entusiasmo cuidadosamente calculado enquanto Nassor Biashara, que agora preferia ser chamado de empresário e não de mercador, ia se convencendo a entrar nessa nova empreitada. Mais cedo ou mais tarde Hamza pediria um grande aumento mas por enquanto ia esperando.

Ele se demorava a voltar para o almoço a fim de permitir que Khalifa e Bi Asha comessem antes. Quando chegava os dois quase sempre já tinham terminado e se preparavam para a sesta obrigatória. Ele comia frugalmente, arroz e espinafre mais a fruta da estação. Às vezes comia um paratha, um pedacinho de peixe ou uma tigela de iogurte, depois voltava ao trabalho. Quando chegava em casa no fim da tarde ele se lavava e se deitava para descansar por cerca de uma hora, e se ela estivesse em casa Afiya ia com ele para o quarto e os dois conversavam e contavam seu dia. Muitas vezes ela estava fazendo visitas, vendo sua amiga Jamila que agora era mãe, ou Khalida, a esposa de Nassor Biashara, ou frequentando algum evento da corrente interminável de obrigações que prenchiam a vida diária das mulheres: reuniões de tributo depois dos enterros, noivados, casamentos, leitos de doentes, visita a uma mãe e a seu recém-nascido bebê.

À noite Hamza caminhava pela cidade e se encontrava com as pessoas com quem tinha travado conhecimento e feito amizade, principalmente um dos músicos do conjunto que ia ouvir sempre que podia. Seu nome era Abu e ele também era carpinteiro, só um pouco mais velho que Hamza. Eles se encontravam depois do maghrib num café perto da ponte do outro lado do riacho e conversavam com outros que estavam sempre por lá também e que abriam espaço para ele. Hamza não era de muito falar num grupo de grandes conversadores, então era sempre bem-vindo. O tom da conversa ali era leve e irreverente, muitas vezes imoral, e lhe parecia que eles ficavam competindo para ver quem era capaz de dizer as coisas mais escandalosas. Às vezes as piadas eram tão baixas e tão irresistíveis que ele ficava com dor na barriga de tanto rir porém continuava consciente de que nada sério tinha sido dito e de que havia perdido tempo com frivolidades indecentes. Algumas noites Hamza ia com Abu à sala de ensaios e ficava com os músicos por cerca de uma hora enquanto eles tocavam e ensaiavam.

Depois voltava para a casa — ainda não conseguia dizer "para casa" — e ficava com Khalifa e Maalim Abdalla e Topasi enquanto eles avaliavam a situação mundial e esmiuçavam e analisavam os mais recentes escândalos e boatos. Na época a administração tinha começado a publicar uma revista mensal em kiswahili chamada *Mambo Leo*, para informar as pessoas que já sabiam ler a respeito de questões mundiais e locais, eficiência na agricultura, higiene médica e até notícias esportivas. Khalifa comprava um exemplar, que passava depois para Hamza e Afiya quando acabava de ler. Maalim Abdalla ia para a baraza com seu próprio exemplar e informava os amigos de qualquer artigo interessante que lhe tivesse chamado a atenção e que muitas vezes precisava ser esquadrinhado e desmentido e atacado. Outras vezes ele chegava com um exemplar antigo do *East African Standard*, o jornal colonial de Nairóbi que seu amigo que trabalhava no escritório do Comissário Distrital lhe emprestava a perder de vista. Algumas histórias do *Standard* proporcionavam material para acaloradas discussões dos três sábios, especialmente os argumentos exaltados de colonos que queriam expulsar todos os africanos do Quênia, para ser transformado no que eles chamavam de Uma Terra de Brancos, contrapostos àqueles que queriam expulsar todos os indianos e deixar entrar apenas europeus mas mantendo os africanos como mão de obra e como servos, com um punhado de pastores de animais numa reserva para garantir o espetáculo. As propostas e seus defensores soavam tão estranhos que era como se os colonos morassem na lua.

Hamza os deixava ali depois de pegar a bandeja do café com Afiya e seguia até a mesquita para o isha. Lá vai o santinho, Khalifa sempre o dispensava animado. Quando voltava, Hamza ia direto para o quarto dos dois onde Afiya se juntava a ele para o momento mais doce do dia. Eles passavam horas conversando, lendo jornais antigos, conhecendo melhor a vida um do outro, pensando no futuro, fazendo amor.

Certa noite ela acordou sobressaltada ao lado dele. Ela agarrou o antebraço dele e sussurrou seu nome. "Hamza, quieto, quieto... pare agora."

O rosto dele estava molhado e seu corpo empapado de suor. Ainda havia um soluço preso em sua garganta quando despertou. Os dois ficaram imóveis no escuro, com a mão de Afiya agarrada ao antebraço dele. "Você estava chorando", ela disse. "É ele de novo?"

"Ele, ele mesmo. Às vezes é ele, outras vezes é o oficial. Ou o pastor. São sempre eles", disse Hamza. "Só que nem é tanto a pessoa, é a sensação que vem com eles."

"Que sensação? Me diga."

"Uma sensação de perigo, de terror. Como se um perigo muito grande estivesse chegando e não houvesse como fugir. Barulhos e gritos e sangue."

Eles ficaram novamente imóveis no escuro por bastante tempo. Bem depois ela perguntou: "É sempre a guerra?".

"Sempre. Antes, quando eu era criança, vivia sofrendo com pesadelos", ele disse. "Animais me devoravam enquanto eu estava deitado de bruços, sem conseguir me mexer. De alguma forma aquilo não parecia um perigo, era mais uma derrota, como uma tortura. Agora quando os pesadelos vêm, eles me deixam aterrorizado. Como se o que me espera fosse me destruir com uma dor imensa, fosse me fazer passar por tormentos e me afogar no meu próprio sangue. Eu sinto o sangue se acumulando na minha garganta. É essa sensação que me apavora, não a pessoa. Mas às vezes é ele, o Feldwebel. Eu não entendo por que ver o pastor me deixa desse jeito. Não sei como ele entra nessa história. Ele me curou. Fiquei dois anos na missão dele."

"Me fale mais dele", ela disse. "Me conte dos galpões de tabaco e das árvores frutíferas e dos livros que a Frau emprestava para você ler."

Ela percebeu que ele estava sorrindo no escuro. "Então você estava prestando atenção. Achei que você tinha caído no sono quando te contei da Frau pastora. O pastor era um sujeito muito minucioso e o galpão de tabaco o enchia de prazer, acho. Ali ele estava totalmente no controle. Ele queria sempre ter razão, não conseguia evitar isso. Era como se ele precisasse se esforçar para ouvir as pessoas, como se tivesse que ensinar a si mesmo a ser bondoso. Parecia até estranho ele ter escolhido ser missionário. Acho que foi ela quem ensinou o pastor a ser tolerante quando a inclinação natural dele era ser um homem severo. Ela era bondosa sem precisar fazer força, atenciosa e generosa. Nunca vou me esquecer dela. Ela me emprestava livros, verdade. E me deu o endereço deles na Alemanha. Disse que eu deveria mandar notícias para eles de vez em quando. Escreveu isso naquele livro de Heine de que eu te falei."

"Talvez um dia você escreva para ela", disse Afiya. "Talvez um dia você consiga esquecer aqueles tempos terríveis mesmo que não se esqueça dela. Às vezes quando eu não estou em casa acho que vou chegar aqui e descobrir que você foi embora, que me abandonou e desapareceu sem explicação. Ainda não sei se te entendo totalmente e vivo apavorada com a ideia de um dia te perder. Perdi a minha mãe e o meu pai antes até de conhecer os dois. Nem sei direito se me lembro deles. Depois perdi meu irmão Ilyas que apareceu como uma bênção na minha infância. Eu não vou aguentar perder você também."

"Eu nunca vou te abandonar", disse Hamza. "Também perdi os meus pais quando era criança. Perdi a minha casa e passei muito perto de perder a vida no meu desejo cego de fugir. Essa vida nem valia muito até eu chegar aqui e te encontrar. Eu nunca vou te abandonar."

"Jure", ela disse, com uma carícia e um sinal de que estava pronta para ele.

Cinco meses depois do casamento, Afiya perdeu seu primeiro filho. Ela contou a Hamza quando sua menstruação não veio por dois meses mas disse que ele não devia falar daquilo com ninguém. Contar para quem?, ele perguntou. Eles não conseguiam deixar de sorrir e de fantasiar coisas agradáveis sobre o Vindouro, como começaram a se referir à vida dentro dela, especulando sobre o sexo e nomes. Ela nem ousava chamar seu estado de gravidez, lembrando a ele que Ilyas lhe dissera que a mãe deles tinha perdido mais de um filho. Ela esperou nove dias depois do terceiro mês para anunciar a Hamza que agora era uma certeza.

"É menino", ela disse.

"Não, é menina", ele disse.

Na tarde do dia seguinte, o décimo dia depois da terceira menstruação que não veio, Bi Asha conversou com Afiya. Primeiro deu uma olhada em seu ventre e depois passou um longo tempo olhando bem dentro de seus olhos.

"Você engravidou?", perguntou.

"Acho que sim", disse Afiya, bastante surpresa por ela ter percebido quando eles haviam tomado tanto cuidado para manter o assunto apenas entre os dois.

"Quantos meses?", perguntou Bi Asha.

"Três", Afiya disse hesitante, sem querer soar definitiva demais para não provocar o desprezo de Bi Asha.

"Estava na hora de você engravidar", ela disse, sem o menor sinal de alegria na voz. "Só que... é comum a mulher perder o primeiro."

No dia seguinte, enquanto pendurava roupa no quintal, Afiya sentiu algo molhado entre as coxas. Foi correndo para o quarto e viu as roupas de baixo vermelhas de sangue. Bi Asha, que também estava no quintal, foi com ela para o quarto e a ajudou a se despir. Pegou lençóis velhos e fez Afiya se deitar.

"Talvez você não perca", ela disse. "As roupas não estão muito ensanguentadas. Só descanse e vamos esperar para ver."

O sangramento continuou por toda a manhã, manchando continuamente os lençóis em que Afiya se deitava. Ela ficou o tempo todo imóvel, resignando-se aos poucos com a perda. Quando Hamza voltou para o almoço, Bi Asha primeiro tentou evitar que ele fosse até o quarto. Eram coisas de mulher, disse, mas ele afastou a mão que tentava contê-lo e foi ficar com a esposa.

"Nós comemoramos cedo demais", Afiya disse em meio às lágrimas. "Não sei como ela ficou sabendo. Ela disse que eu ia perder. Desejou isso para mim."

"Não", ele disse. "É só azar. Não dê atenção a ela."

O sangramento tinha diminuído bastante na manhã seguinte embora ainda manchasse um pouco as roupas. Depois de três dias não havia mais sinais de sangue mas Afiya estava exausta e sem energia e se esforçando demais para não se sentir triste. Bi Asha lhe disse que ela precisava descansar mas ela sacudiu a cabeça, se levantou e fez as tarefas que conseguiu. De alguma maneira a notícia de seu infortúnio correu como as notícias sempre acabam correndo de um jeito ou de outro, e suas amigas Jamila e Saada vieram visitá-la e Khalida, que nunca vinha por causa da briga de Bi Asha com seu marido, mandou palavras de solidariedade e um oferecimento de ajuda para o que ela precisasse. Enquanto isso Bi Asha ficava em volta dela tomando conta de tudo, preparando sopa de milho, sem tirar o cabelo da espiga, que ela disse que faria bem a Afiya, e comidas que dizia ser apropriadas à sua frágil condição: fígado salteado, peixe no vapor, manjar branco, frutas cozidas. Era a Bi Asha que Afiya tinha conhecido na infância, com uma voz ainda seca mas com gestos bondosos.

Essa trégua durou o tempo de sua convalescença. Depois de três semanas os pratos especiais pararam de vir e o tom cortante foi voltando à voz de Bi Asha. A perda do filho fez Afiya se sentir ainda mais esposa de Hamza. Ele foi delicado com ela por dias e dias, ficando abraçado a ela mesmo depois de eles dormirem, mão apoiada no ombro ou na coxa dela. Ele baixava a voz quando falava com ela como se um tom mais forte pudesse lhe fazer mal. Depois de vários dias desse tratamento e de ele se privar de fazer amor com ela, ela lhe estendeu a mão e sussurrou que já sentia falta de sua atenção. Ele tinha medo de que ela estivesse com dores, disse, mas ela logo demonstrou que não havia motivos para preocupação. Foi estranho também que a perda a fez se sentir mais independente das restrições daquela casa, a fez se sentir adulta, quase mãe. Ia ao mercado todo dia cedo e tomava decisões sobre o que iria preparar para o almoço da família sem consultar Bi Asha previamente. Comprava o que tinha aparência melhor e o que lhe dava vontade, nada de mais, só bananas mais verdes e polpudas ou inhames ou mandioca recém-colhidos ou abóboras frescas que brilhavam de tão enceradas. Para sua surpresa, Bi Asha não fez qualquer objeção, limitando-se a lhe dar uma ou outra bronca e a rir dela se achava uma compra cara demais ou se algum prato dava errado. Onde você arranjou este quiabo? Está podre, e coisas assim.

Quase toda tarde Afiya visitava Jamila e Saada, que agora trabalhavam em casa fazendo vestidos para vender, e ela ficava sentada com as amigas cuidando de pequenas tarefas simples que elas lhe permitiam fazer: pregando botões, medindo e cortando as rendas e as fitas que todo mundo adorava nos vestidos. Com o tempo elas lhe passaram tarefas mais complicadas e aos poucos Afiya aprendeu a medir os tecidos com base em um vestido que a cliente quisesse copiar, a cortar de maneira mais eficiente e a escolher a renda e as fitas e os botões do armarinho do indiano aonde suas amigas a tinham levado. Como todas as clientes eram conhecidas e vizinhas das irmãs, elas cobravam quase nada pelo trabalho. Dedicavam-se àquilo tanto para ocupar as horas vagas depois do trabalho diário da casa quanto pelo dinheiro, satisfeitas por fazer alguma coisa que as mantinha ocupadas e que exigia habilidade, a fim de minorar a frustração da vida cerceada que eram forçadas a suportar.

Meses mais tarde Afiya engravidou de novo, pouco mais de um ano depois do casamento. Ela só contou a Hamza quando sua menstruação não veio pelo segundo mês seguido e eles esperaram castamente até terem passado em segurança pelo terceiro mês para começarem a falar do Vindouro, e mesmo assim apenas entre eles.

Foi mais ou menos nessa época que as dores de Bi Asha começaram — não que ela não sofresse ocasionalmente de algumas mazelas como todo mundo, mas foi diferente. Elas estavam preparando o almoço quando Bi Asha se levantou da banqueta da cozinha para pegar um leque porque estava com calor e sentiu uma pontada repentina e violenta na parte de baixo das costas. Foi tão repentina e tão forte que ela se deixou cair de novo na banqueta com um grito de susto.

"Bimkubwa", Afiya gritou e se pôs de pé com os braços estendidos. Bi Asha segurou as mãos que ela oferecia e soltou um gemido que não era comum nela. Afiya se ajoelhou a seu lado, segurando suas mãos trêmulas e murmurando bem baixinho "Bimkubwa, Bimkubwa". Depois de alguns minutos arquejando calada Bi Asha soltou um suspiro imenso e arqueou as costas para conferir se a dor ainda estava ali. Afiya ajudou-a a se levantar e ela deu alguns passos pelo quintal sem nenhum contratempo.

"Olha, foi como se alguém estivesse me rasgando ao meio", disse Bi Asha, massageando a lateral do corpo logo acima do quadril. "Vá pegar uma esteira para mim. Vou deitar aqui no chão um minutinho. Deve ter sido um mau jeito."

Mais tarde Bi Asha pediu para Afiya massagear suas costas como fazia quando criança. Ela se estendeu numa esteira em seu quarto enquanto Afiya se ajoelhou a seu lado e lhe fez massagens dos ombros aos quadris. Bi Asha gemia satisfeita e depois achou que estava bem melhor. Mas a dor não sumiu. Todos os dias ela reclamava da dor na lateral das costas, que às vezes a pegava tão desprevenida que ela não conseguia conter um grito. Com o passar do tempo Bi Asha foi piorando. As dores começavam quando ela se levantava da cama e ficavam com ela quase o dia todo, depois voltavam também à noite quando estava deitada tentando descansar.

"Você devia ir até o hospital ver o que é isso", disse Khalifa. "Você não pode ficar aí gemendo sem fazer nada."

"Não, que hospital? Eles não tratam mulheres lá", ela disse.

"Que bobagem! Eu estou falando do hospital do governo", disse Khalifa, inclinado a não levar tão a sério os queixumes dela. "Eles estão tratando mulheres desde o tempo dos alemães."

"Só as grávidas", ela disse.

"Isso não é mais verdade, se é que foi um dia. O governo quer todo mundo saudável para que a gente possa trabalhar mais. É o que diz no *Mambo Leo*."

"Pare com essa sua besteirada, seu inútil. Você se acha muito engraçadinho", ela disse. "Me deixa em paz."

"E o médico indiano?", ele sugeriu. "A gente pode pedir para ele passar aqui. Ele atende em casa."

"Com ele é jogar dinheiro fora. Ele vai pegar o meu dinheiro e me dar uma aguinha colorida dizendo que é remédio."

"Não mesmo", disse Khalifa, sorrindo e provocando a esposa. "Você está é com medo da injeção. Você sabe que ele dá injeção para curar quase tudo. Tem gente que fica tão viciada na injeção que se recusa a pagar se ele não der. Vamos pedir para ele vir te ver. Ele vai te dar uma injeção e você vai melhorar rapidinho."

Agora já estava claro que a dor não era nas costas de Bi Asha e sim dentro dela, na parte macia acima do quadril. Ela passava longos períodos sentada no quintal, de olhos fechados, emitindo de vez em quando um gemido involuntário. Sua expressão era mal-humorada e fechada, e a inequívoca fonte de seu sofrimento era o corpo. Afiya tentava se antecipar às tarefas que Bi Asha podia pensar que lhe cabiam. Bimkubwa, deixe que eu faço, ela dizia quando Bi Asha estava varrendo o quintal ou juntando roupas e lençóis para levar até a lavanderia, mas ela era orgulhosa e a afastava dizendo: Eu não sou aleijada.

Seu apetite diminuiu e ela começou a perder peso. Depois de um ou dois bocados de arroz com mandioca ela sufocava, incapaz de engolir. Afiya lhe preparava sopa de ossos e amassava frutas com iogurte e ficava a seu lado enquanto ela comia, caso precisasse de ajuda. No fim o orgulho de Bi Asha acabou cedendo e a dor a forçou a ficar de cama, gemendo e quase delirante. Khalifa implorava que ela fosse para o hospital ou no mínimo recebesse o médico indiano mas Bi Asha se negava, ela não precisava desse tipo de atenção. Não queria homens desconhecidos cutucando seu corpo com aquele negócio que eles carregavam no pescoço e aí colocavam no seu coração para beber o seu sangue. Em vez disso, pediu a presença do maalim, do hakim.

"E você acha que ele vai fazer o quê? Fazer uma oração e te deixar melhor. Você é uma ignorante", disse Khalifa, olhando para Afiya em busca de apoio, esperando que ela acrescentasse também suas palavras persuasivas. "Você não é importante a ponto de o hakim vir te ver. Ele só vai à casa dos eminentes e dos endinheirados. As orações dele não são baratas. Tem alguma coisa errada com o seu corpo. Você precisa é de um médico."

"Talvez a gente possa chamar o médico aqui", sugeriu Afiya. "Ele às vezes visita os pacientes em casa. Eu sei." Ela não disse que sabia disso porque o médico tinha ido à casa de Khalida quando o filho dela teve icterícia para não provocar ainda mais resistência em Bi Asha.

Bi Asha sorriu desdenhosa. "Aí ele vai poder nos cobrar ainda mais por aquelas porcarias dele. Vá até a casa do hakim e explique a dor que eu estou sentindo. Pergunte o que ele acha que eu devo fazer."

Afiya foi à casa do hakim. Ficava perto de uma mesquita e ao lado de um velho cemitério. O uso do cemitério tinha sido proibido pelos alemães muitos anos antes por medo de infecções e contágio, e a ameaça que fizeram de desenterrar os mortos só foi evitada pelo começo da guerra. A administração inglesa não renovou a ameaça mas manteve a proibição de novos enterros, determinando que o mato do terreno do cemitério fosse limpo para evitar a propagação da malária.

Afiya foi conduzida a um cômodo no térreo logo ao lado da porta de entrada. Ela estava quase no sexto mês de gravidez então se ajoelhou com cuidado e se acomodou o melhor que pôde enquanto esperava o hakim aparecer. Havia esteiras grossas de palha no chão e um suporte onde ficava um exemplar do Corão e um incensório inativo ao lado dele, que mesmo assim soltava um cheiro de ud. A janela, que era gradeada, estava bem aberta e uma luz suave passava pelos galhos do pé de nim do lado de fora, que era o único sobrevivente da limpeza do cemitério vizinho.

O hakim era um homem idoso e ascético de eminência e respeitabilidade consideráveis. Usava uma túnica marrom sem mangas e um barrete branco justo. Afiya nunca tinha conversado com ele e estava um pouco intimidada por seu ar de controle e segurança. Ele não sorriu nem lhe fez qualquer gesto, apenas se acomodou silenciosamente em seu lugar ao lado do livro e ficou ouvindo sem falar enquanto Afiya descrevia a condição de Bi Asha. Quando ela não teve mais o que dizer ele perguntou a idade de Bi Asha e seu estado geral de saúde. Sua voz era grave e maleável, acostumada a se dirigir a multidões. Depois disse que Afiya devia voltar à tarde, para pegar uma coisa que ele ia preparar e que traria alívio à doente.

Quando ela voltou à tarde ele lhe deu um pratinho de porcelana com bordas douradas no qual estavam escritos alguns versículos do Corão com uma tinta marrom-escura. Ele explicou que a tinta era um extrato da polpa da noz, que por si só já tinha propriedades medicinais. Também lhe deu um amuleto. As instruções eram para ela despejar no prato, com muito cuidado, meia xícara de café de água até as palavras sagradas se dissolverem. Ela não podia mexer nem acrescentar nada ao líquido e assim que as palavras se dissolvessem devia dar o prato para a doente beber. O amuleto era para ser preso ao tornozelo direito dela. Afiya traria o prato de volta na manhã seguinte para que ele preparasse a outra dose que ela viria buscar à tarde. Afiya recebeu esses objetos com as mãos estendidas e depois entregou ao hakim a bolsinha que Khalifa lhe dera que ele aceitou sem conferir a quantia. Esse tratamento continuou por várias semanas sem diminuir a dor de Bi Asha.

Com o passar dos dias, as pessoas ficaram sabendo que Bi Asha estava muito mal e as vizinhas e conhecidas passaram a visitá-la. Ela as recebia na sala de estar porque não queria ser vista como uma doente grave, mas depois começou a deixar que as visitantes fossem até sua cama. Foram elas que a convenceram a ver a mganga que morava ali perto. Eu já me consultei com ela, não adiantou nada, disse Bi Asha. Não, não aquela, as visitas insistiram, andam falando bem dessa outra. Ela conhece remédios.

A mganga foi até a casa e ficou muito tempo trancada com Bi Asha, fazendo-lhe perguntas enquanto a examinava. Bi Asha pediu que Afiya ficasse com ela. A mganga era uma mulher magérrima em algum ponto da meia-idade, olhos penetrantes e delineados com kohl, movimentos determinados e precisos. Falou quase sem parar enquanto esteve com Bi Asha, chegando até a mover os lábios como um ventríloquo acompanhando as respostas que ela lhe dava. Depois do primeiro exame ela deixou algumas ervas que Afiya devia pôr de molho em água morna e dar para Bi Asha beber antes de se deitar. Ela vai dormir melhor, disse a curandeira. A mganga veio todos os dias depois disso e esfregou poções e um bálsamo nas áreas afetadas, o que fazia Bi Asha gemer satisfeita e se declarar muito melhor. Ela fez Bi Asha se deitar de costas no chão e cobriu seu corpo inteiro com um grosso pano de calicô azul num processo que durou vários minutos. Depois fez a doente se virar para o lado esquerdo e contorcer o corpo da cabeça aos pés. Fez com que repetisse isso do lado direito, enquanto lia orações junto dela e cantava coisas que Afiya não entendia. Essa cerimônia foi realizada quatro dias e depois a curandeira deixou instruções sobre a comida que Bi Asha devia ingerir, mesmo que fosse apenas uma ou duas colheres por dia. Ainda assim, a dor não desapareceu e a mganga cochichou para Afiya que talvez eles precisassem chamar um curandeiro de espíritos caso o problema não fosse com o corpo da paciente e sim com um invisível que tivesse se apossado dela.

"Eu disse isso a ela", a mganga afirmou. "Só um curandeiro de espíritos vai conseguir ouvir o que o invisível deseja antes de te libertar. Mas ela sacudiu a cabeça como se não acreditasse. Sem um curandeiro de espíritos, como ela pode saber o que o invisível quer? É preciso saber fazer ele falar."

Afiya não contou isso a Khalifa porque sabia que ele ia rir, mas contou a Hamza que não comentou nada. Com o tempo Bi

Asha ficou tão presa à cama que passou a usar uma comadre, e foi então que Afiya viu o sangue em sua urina. Como também havia pedacinhos de fezes na comadre no início ela não teve certeza de onde vinham os traços de sangue, até encontrar na outra vez apenas urina e coágulos minúsculos de sangue.

"Bimkubwa", ela disse, mostrando a comadre. "É sangue... sangue escuro."

Bi Asha virou o rosto para a parede, sem demonstrar surpresa.

"Bimkubwa, é hora de ir para o hospital", disse Afiya.

Ainda com o rosto virado, ela sacudiu a cabeça e seu corpo todo tremeu. Afiya contou a Khalifa que sem nem pensar duas vezes foi até o médico indiano, mas ele só podia vir na manhã seguinte porque tinha saído para atender a um chamado. O médico era um homenzinho baixo e roliço de seus cinquenta e poucos anos, grisalho e educado. Estava de camisa branca e calça cáqui como um funcionário do governo. Pediu que Khalifa saísse do quarto e Afiya ficasse. No início fez perguntas e olhava para Afiya a fim de confirmar as respostas. Bi Asha tinha perdido toda a arrogância e respondia com voz derrotada e sem resistência. Há quanto tempo ela tinha visto sangue na urina? O que ela tinha comido no desjejum, no almoço? Ela conseguia comer sem vomitar? Onde doía mais? Ela sabia se alguém de sua família havia tido esse tipo de dor, sua mãe ou seu pai? Depois ele examinou as partes do corpo dela que doíam mais. No fim ele disse a Khalifa e a Afiya que primeiro tinha pensado que o sangue na urina fosse esquistossomose na bexiga, mas o mais provável é que os rins dela estivessem entrando em falência. Na verdade a falência dos rins podia ser resultado de uma esquistossomose não tratada, portanto ela teria que ir para o hospital fazer exames. No entanto era possível que a situação fosse ainda pior porque ele palpou um calombo nas costas dela que podia muito bem ser alguma coisa perigosa. Eles não deviam ter esperado tanto tempo.

Ela fez um raio X no hospital e descobriu que tinha um tumor em estado avançado no rim esquerdo e um menor na bexiga. Também tinha o verme da esquistossomose mas era quase certo que os tumores estivessem em estado avançado e fossem malignos. O médico indiano disse a eles que o hospital havia pedido que ela voltasse para fazer mais raios X para o caso de haver outros tumores, mas ele disse que a decisão era dela. Não havia tratamento para os tumores que eles encontraram mas ele podia lhe dar um remédio para a esquistossomose. Para Khalifa o médico disse que seria questão de poucos meses e que o melhor que ele podia oferecer eram injeções analgésicas. Khalifa achou que o certo era contar a Bi Asha, para que ela pudesse se preparar e deixar suas coisas em ordem. Ele disse à esposa que o médico havia se oferecido para lhe aplicar injeções analgésicas se ela quisesse, e não pôde deixar de sorrir ao dizer isso. O dr. Sindano, ele disse. Ele pensou, sem dizer a Bi Asha mas expondo a ideia a Afiya, se não seria hora de conciliar a esposa com seu sobrinho Nassor Biashara, por mais que ele não merecesse. Não estava certo ir embora com esse tipo de rancor. Não disse isso a Bi Asha porque a notícia que ela havia recebido já era demais para ela. Khalifa nunca imaginou que ela iria antes dele. Ela sempre foi tão forte.

Afiya foi ver Khalida, a esposa de Nassor Biashara, para lhe contar sobre a doença de Bi Asha. Ela agora estava imensa, quase no fim da gravidez, e as escadas da casa deles a deixaram exausta. "Baba me pediu que eu viesse lhe dizer isso", disse Afiya, deixando claro que a informação também era um convite implícito para uma visita à parenta moribunda.

Naquela tarde Khalida foi até a casa pela primeira vez. Beijou a mão de Bi Asha deitada na cama e sentou numa banqueta ao lado dela, puxando o tipo de conversa que as pessoas puxam junto ao leito de um doente. Foi uma reconciliação discreta e nem Khalida nem Bi Asha fizeram muito drama. Depois de cerca de uma hora Khalida lhe desejou melhoras e saiu. Bi Asha soltou um suspiro enorme depois que ela foi embora, como se fosse o fim de um suplício. Ela perdeu toda a capacidade de resistir nos últimos dias em que esteve com eles. Ia e vinha em seus delírios, resmungando coisas incompreensíveis, às vezes entre lágrimas.

14.

Afiya deu à luz em casa, sob os cuidados da parteira responsável pela chegada de dúzias de bebês na cidade. Como tantas outras, Afiya preferiu um parto acompanhada das mulheres que conhecia em vez de ficar sob os cuidados de desconhecidas, portanto apesar da campanha da Saúde Materna promovida pela administração ela não foi dar à luz na nova clínica. Mandaram chamar a parteira assim que a bolsa rompeu, e também Jamila, que tinha prometido ficar com ela durante o parto. O trabalho de parto começou no fim da tarde e avançou noite adentro e até o fim da manhã do dia seguinte. Hamza foi mandado para a sala que eles usavam para receber visitas, onde Khalifa também foi se refugiar. Ninguém dormiu naqueles momentos de tensão. Eles deixaram as portas abertas para poderem ouvir Bi Asha, e Khalifa ficava indo e voltando do quarto dela quando ela chamava seu nome, gemendo, cansada. A porta do quintal também ficou aberta e os gemidos da moribunda se misturavam aos intermitentes gritos de dor de Afiya. Hamza foi se sentar por algum tempo no degrauzinho dos fundos caso elas precisassem de ajuda e porque se sentia muito inútil parado dentro de casa. Quando a parteira saiu e o viu ela o espantou dali. A noite ainda vai ser longa, ela disse, e não era adequado o marido ficar tão ansioso daquele jeito. Ele não sabia o que havia de inadequado naquilo mas obedeceu e voltou à sala de visitas.

Uma vizinha chegou de manhã para cuidar de Bi Asha e Khalifa poder ir trabalhar, e as mulheres convenceram Hamza a ir também. Ele não tinha nada o que fazer ali e elas mandariam chamá-lo quando houvesse novidades. Ele foi com relutância, sentindo-se acuado pelas mulheres quando na verdade queria ficar por perto enquanto Afiya passava por aquele sofrimento, e ao alcance quando o Vindouro nascesse. Ninguém foi chamá-lo até o fim da manhã e ele mal conseguiu se concentrar no trabalho. Khalifa apareceu na oficina logo depois do chamado para as orações do meio-dia, ansioso para voltar para casa ainda que por motivos diferentes, e os dois foram juntos para lá. Foi a bondosa vizinha que estava cuidando de Bi Asha quem contou a eles que Afiya tinha dado à luz um menino. Hamza a encontrou deitada na cama, exausta mas triunfante, enquanto Jamila sorria ali perto e a parteira cuidava calada de seu trabalho.

"Estávamos terminando de limpar antes de te chamar", disse Jamila.

Deram ao bebê o nome de Ilyas. Isso tinha sido decidido antes da chegada dele, Ilyas se fosse menino, Rukiya se fosse menina.

Depois do parto Bi Asha pareceu cair num profundo torpor, não exatamente adormecida mas também não acordada. Não aceitou comer e não pareceu despertar quando a vizinha ou Khalifa a rolava de lado para retirar a toalha amarrada em sua cintura como uma fralda. Sua respiração estava pesada e sôfrega mas ela não soltava mais os gemidos cansados dos últimos dias. No terceiro dia depois do parto Jamila preparou o almoço da casa e voltou para sua família. Disse que viria na manhã seguinte.

Afiya já estava de pé e reassumiu as tarefas domésticas enquanto o bebê dormia. Naquela mesma tarde, sem acordar uma única vez desde que o bebê chegou, Bi Asha faleceu num silêncio que não lhe era característico.

Eles passaram os dias seguintes envolvidos com os ritos obrigatórios de seu falecimento, e só depois que tudo acabou a família foi assumindo seu novo formato sem Bi Asha. Em público, Khalifa ostentava a expressão cabisbaixa de um marido de luto em respeito a Bi Asha, e mesmo em casa ele parecia ter perdido certo brilho apesar de eles saberem havia meses que ela estava morrendo.

"É tão definitivo, e isso é que surpreende, que eu não entendi direito", ele disse, "que aquela pessoa desapareceu para sempre." Ele olhou para Hamza e não conseguiu resistir a uma pequena maldade. "Ou você acredita naquele conto de fadas que diz que um dia todos os mortos vão ressuscitar?"

"Pare, Baba, agora não", disse Afiya.

"Bom, mas de qualquer forma nós vamos ter que mudar algumas coisas", ele disse. "Vocês dois e o pequeno não podem ficar naquela despensa no quintal enquanto eu vivo como um lorde numa casa vazia. Então a minha sugestão agora é esta. Vocês dois vêm para dentro da casa, ocupam os dois quartos contíguos e eu me mudo para o quintal. Vocês vão precisar de espaço e eu vou gostar de mais ar fresco. O que acham? Vamos arranjar uns móveis novos para a outra sala, assim vocês podem receber visitas, e o pequeno príncipe pode brincar e convidar os amigos dele."

Afiya sugeriu que eles quebrassem a parede da despensa da frente para que ela fizesse parte da casa, aí eles poderiam manter a sala de visitas com essa função, ou caso alguém viesse para ficar mais tempo. E quem viria? As palavras não foram ditas mas eles sabiam que Afiya se referia à possibilidade do regresso do Ilyas mais velho. Debateram essas sugestões por algum tempo para decidir o que seria melhor enquanto Hamza lembrou aos dois que a casa não era deles e que deviam conversar com Nassor Biashara antes de derrubarem qualquer parede. Agora a casa é inquestionavelmente de Nassor Biashara e ele pode muito bem querer que a gente saia, ele disse. Khalifa desconsiderou essa ideia: Ele não teria coragem, disse.

Apesar do seu jeito prático e equilibrado, alguma coisa parecia ter se quebrado em Khalifa. Ele ia para o depósito de manhã e resmungava todo dia daquela perda de tempo. Passava a noite sentado com os amigos na varanda e manifestava sua indignação de maneira mais contida do que antes, e até recriminava Topasi quando suas fofocas se tornavam imaginativas demais quando antes teria alegremente ajudado a enfeitar ainda mais a história. Para Afiya e Hamza ele disse que precisava de novos planos, fazer alguma coisa mais útil do que passar o resto da vida sentado num banco na frente de um depósito. O governo está abrindo todas essas escolas, talvez eu possa virar professor, disse.

Nassor Biashara também tinha novos planos. A construção da nova oficina estava a pleno vapor e novas máquinas estavam para chegar. "Vai levar uns meses para a oficina ficar pronta", ele disse a Hamza. "E quando estiver pronta eu quero que você seja o responsável. Quando as máquinas chegarem, vou chamar alguém de Dar es Salaam para te treinar. Mzee Sulemani vai continuar na outra oficina fazendo as nossas coisas de sempre. Enquanto isso, vamos ter que encontrar outro carpinteiro para trabalhar com ele na linha de sofás e poltronas… talvez o jovem Sefu esteja pronto, o que você acha? Ou que tal o seu amigo Abu? Ele é carpinteiro, não é? Acho que no momento ele só está fazendo alguns serviços aqui e ali para as pessoas. Pergunte se ele quer um emprego de verdade trabalhando para mim. Você também vai precisar de um assistente, alguém com o devido treinamento, quem sabe até mais de um se a coisa embalar. Talvez esse emprego seja melhor para Sefu. Ele é novo, vai aprender rápido."

"Abu vai trabalhar comigo, ele vai aprender tão rápido quanto eu aprendi. Sefu já trabalha com Mzee e sabe o que é necessário lá", disse Hamza.

"Como quiser", disse Nassor Biashara.

"Aumento?", sugeriu Hamza.

"Eu vou aumentar o seu ordenado. A bem da verdade, vou dobrar o seu ordenado quando você começar na oficina nova. Encontre uma casa para alugar e suma daquela casa miserável."

"E Khalifa?"

"Ele também pode achar uma casa para alugar", disse Nassor Biashara.

"Isso é para tirar Khalifa da casa?"

"Eu iria adorar fazer isso. Aquele imóvel podia me render um belo aluguel", ele disse.

"Então alugue para mim", disse Hamza.

Nassor Biashara riu surpreso. "Você é um tonto sentimental", disse. "Por que você quer se preocupar com aquele velho resmungão?"

"Porque ele é o Baba de Afiya", disse Hamza.

"Vou pensar no assunto", disse Nassor Biashara. "De onde você tirou que vai bancar o aluguel dali?"

"Você é um empresário competente. Não vai querer que o novo gerente da sua oficina fique na miséria cobrando dele um aluguel exagerado."

"Você está virando um manipuladorzinho cheio de histórias! Primeiro passa a conversa no velho resmungão para ele te aceitar em casa, depois seduz a filha dele e ludibria o velho carpinteiro com suas traduções do alemão e agora está tentando me chantagear", disse Nassor Biashara. "Já falei, vou pensar no assunto."

A construção da nova oficina seguia veloz. Nassor Biashara estava tão empolgado com seus novos planos quanto tinha ficado com a chegada da hélice anos antes. Vai ser outra ideia brilhante, disse, e nem Khalifa zombou dele. Mzee Sulemani olhava tudo com indulgência e se concentrava em treinar seu jovem aprendiz que assumiria quando Hamza não estivesse mais à sua disposição. Depois que o reluzente maquinário chegou e foi ligado à rede elétrica, um mecânico e carpinteiro indiano chegou de Dar es Salaam para treinar Hamza e Abu. A empresa do pai dele era a importadora e distribuidora das máquinas e também proprietária de uma serraria de uma companhia de transportes. Passou três dias fazendo demonstrações práticas para Hamza e Abu com Nassor Biashara atento em volta deles. Depois de três dias e de vários testes com as lixadeiras e as serras de fita e de arco, o mecânico indiano se preparou para ir embora, prometendo voltar quando fosse necessário e certamente no fim do ano para uma revisão. Vão com calma. Tomem cuidado com as máquinas, ele disse. Nassor Biashara esperava que essa nova relação comercial crescesse e que a serraria passasse a fornecer madeira para a nova oficina, e encheu o rapaz de agradecimentos e manifestações de boa vontade.

 Foram anos felizes para Afiya e Hamza. O filho deles estava bem, aprendeu a andar e a falar e parecia não ter problemas. Quando ainda era bebê, Hamza o levou ao hospital para tomar as vacinas recomendadas e dedicou muita atenção à sua saúde. Mortes na infância não era incomuns porém muitas doenças que levavam as crianças eram evitáveis, como ele sabia desde o tempo que passou na Schutztruppe, que cuidava bem da saúde dos askaris. No ano em que Ilyas nasceu, os ingleses estavam no começo do período que a Liga das Nações havia lhes concedido para administrar a antiga Deutsch-Ostafrika e prepará-la para a independência. Embora ninguém tenha percebido na época, essa última cláusula era o começo do fim dos impérios europeus, que jamais chegaram a sonhar com a ideia de preparar alguém para a independência. A administração colonial britânica levava a sério a responsabilidade que lhe fora outorgada em vez de só fazer de conta ou coisa pior. Talvez fosse apenas uma afortunada conjunção de administradores responsáveis, ou a conformidade de um povo exausto depois do domínio alemão e suas guerras, depois da fome e das doenças que se seguiram, e que agora estava disposto a obedecer sem questionar desde que fosse deixado em paz. Os administradores ingleses não temiam guerrilheiros ou saqueadores em seu território e puderam tocar a administração colonial sem a resistência dos colonizados. Educação e saúde pública se tornaram prioridades. Eles se empenharam em informar as pessoas sobre questões de saúde, em treinar assistentes médicos e em abrir dispensários em pontos distantes da colônia. Distribuíram panfletos informativos e fizeram equipes médicas viajar pelo país para instruir as pessoas sobre a prevenção da malária e cuidados com as crianças. Afiya e Hamza ficaram atentos a essas novas informações e faziam o que podiam para proteger a si mesmos e a seu filho.

Também fizeram algumas mudanças na casa. Com a permissão de Nassor Biashara, abriram uma porta na parede da antiga despensa, que virou parte do quarto deles, que agora era grande e arejado, com janelas que davam para a rua. Quando Ilyas já tinha idade para andar por ali, ele corria por todos os quartos e o quintal e até mesmo pelo quarto de Khalifa. Khalifa adorava que ele entrasse ali com seu passo cambaleante e fosse para a cama dele.

Uma das tristezas de Hamza e Afiya era não terem conseguido dar um irmão ou uma irmã a Ilyas. Por duas vezes nos cinco anos seguintes Afiya engravidou e perdeu a criança no terceiro mês. Eles aprenderam a viver com essa desilusão porque de resto tudo estava indo muito bem, ao menos era o que Hamza dizia a Afiya quando ela ficava triste por perder outra gravidez. Outra desilusão era o silêncio contínuo a respeito do Ilyas mais velho. Nada de ele se manifestar ou de se ter notícias dele. Já fazia seis anos que a guerra tinha acabado e Afiya se angustiava demais por não saber se já era hora de perder a esperança e entrar em luto ou de continuar pensando que ele estava vivo e a caminho de casa. Afinal, ele já tinha ficado perdido por dez anos e acabara aparecendo como por milagre.

"Tudo *está* indo bem", insistia Hamza. A nova oficina era um sucesso e em sua prosperidade Nassor Biashara foi generoso com eles. "Vou pedir que Maalim Abdalla investigue de novo."

Maalim Abdalla agora era diretor de uma grande escola e tinha bons contatos com o escritório da administração inglesa graças àquele seu amigo que trabalhava no Escritório Distrital. Ofereceu um emprego de professor de inglês para Khalifa mas ele ainda não tinha respondido, sem saber ao certo se queria se aborrecer com a falta de respeito de crianças de doze anos. Continuava agradavelmente ocupado no depósito com a crescente prosperidade dos negócios, e tão à vontade com a nova situação doméstica com seu quarto no quintal que sua satisfação era visível em sua aparência. Na verdade não tinha certeza se queria começar uma nova profissão naquela idade. Estava ocupado sendo avô. Tinha sempre uma coisinha para Ilyas: a banana mais doce da feira, um pedaço de goiaba vermelha e bem madura, uma panqueca. Cadê o meu neto?, dizia ao entrar. A brincadeira favorita dos dois era quando Ilyas de vez em quando se escondia enquanto Khalifa fingia procurar por ele embora fosse normalmente fácil de imaginar onde ele estava.

Ilyas era um menino magro e bonito, e quando cresceu foi ficando claro que era dado ao silêncio. Seus silêncios não pareciam torturados ainda que Afiya nem sempre tivesse certeza e ficasse pensando se havia nele um sofrimento que o menino ainda não sabia manifestar. Hamza dava de ombros e não dizia que era impossível evitar o sofrimento. Às vezes Ilyas ficava sentado no mesmo cômodo que ele, com Hamza esticado numa esteira, e nenhum deles abria a boca por longos períodos. Hamza achava que esse silêncio era um lugar onde seu filho se refugiava.

Quando ele tinha cinco anos, a economia mundial entrou numa grande Depressão, não que ele soubesse muita coisa sobre isso. Ilyas cresceu naqueles anos de austeridade quando os negócios de Nassor Biashara entraram novamente em decadência, e tudo da vida de todos os dias foi ficando raro e caro. Os planos do governo para novos hospitais e escolas foram abandonados e os operários foram demitidos e passaram fome nas cidades, nos vilarejos e no campo. Parecia que os tempos difíceis nunca demoravam a voltar. Nassor Biashara não demitiu seus empregados mas reduziu os salários e discretamente retornou ao ramo do contrabando em que tinha trabalhado durante a guerra, comprando suprimentos de Pemba e trazendo as mercadorias sem pagar os impostos alfandegários e depois vendendo por preços inflacionados. Todos eles precisavam ganhar a vida.

Com bastante tempo livre, Khalifa começou a ensinar Ilyas a ler. Você logo vai para a escola, então por que não começarmos agora?, ele disse. Ilyas ficava ouvindo boquiaberto as histórias de Khalifa, que ele misturava com exercícios de leitura e de escrita para manter o menino interessado. Era uma vez, ele começava, e os olhos do menino cresciam e sua boca lentamente afrouxava enquanto ele ia caindo no mundo da história.

"Um macaco morava numa palmeira à beira-mar."

Era uma história que Ilyas conhecia mas ele não sorriu nem esboçou reconhecimento, apenas seu olhar se entregou, ansioso.

"Um tubarão passou nadando ali perto e eles fizeram amizade. O tubarão contou para o macaco as histórias do mundo em que ele morava, Tubarolândia, com sua paisagem luminosa e seus habitantes felizes. Ele falou de sua família e de seus amigos e das festividades que eles celebravam em certas épocas do ano. O macaco disse que o mundo dele parecia maravilhoso e que ele gostaria muito de ir ver, mas como não sabia nadar se tentasse chegar lá morreria afogado. Não se preocupe, o tubarão disse, você pode ir nas minhas costas. Só se agarre na minha barbatana que você não correrá perigo. Então o macaco desceu da árvore e sentou nas costas do tubarão. Eles viajaram pela água até..."

"Tubarolândia!", Ilyas preenchia a lacuna que Khalifa deixava para ele.

"A viagem até Tubarolândia foi tão empolgante que o macaco gritou: Você é um amigo bom demais por fazer uma coisa dessas para mim. O tubarão se sentiu mal com isso e disse: Preciso te confessar uma coisa. Estou te levando para Tubarolândia porque o nosso rei está doente e o médico disse que a única coisa que pode curar a doença dele é um coração de macaco. É por isso que estou te levando. Sem qualquer hesitação o macaco disse: Por que você não me contou?"

"Eu deixei meu coração em casa", declarou Ilyas, sorrindo de alegria ao completar a fala.

"Ah, não, o tubarão disse. O que é que a gente faz agora? O macaco disse: Me leve de volta que eu subo lá na árvore para pegar. Então o tubarão levou o macaco de volta para a árvore à beira-mar e ele subiu correndo na palmeira e nunca mais deu as caras. Você não acha que ele era um macaquinho muito do esperto?"

Ilyas não lembrava muita coisa de seus primeiros dias na escola, mas no futuro seus professores o elogiariam por sua disciplina e obediência. Eles às vezes o usavam como exemplo para os outros: Olhem o Ilyas, por que vocês também não podem ficar quietinhos e fazer as contas? Apesar disso, as outras crianças não o perseguiam nem prestavam muita atenção nele. Ele ficava de lado observando as brincadeiras mais brutas dos meninos, e às vezes era arrastado para participar se eles precisavam de mais uma pessoa para completar o time.

Sofreu sua pequena parcela das inevitáveis indignidades da infância. Uma vez ele avaliou mal o quanto estava precisando urinar e calculou errado a distância da sala de aula até o banheiro. Em outra ocasião descobriram que ele tinha pegado piolhos de outro menino da turma e foi preciso raspar sua cabeça. Voltando para casa um dia ele deu uma topada numa pedra e quando caiu um caco de vidro de uma garrafa cortou sua panturrilha. Chegou em casa com o pé coberto de sangue e Afiya chorou ao ver o ferimento. Ela enfaixou a perna dele e o levou ao hospital onde os olhos do menino passearam por todo o terreno enquanto eles esperavam do lado de fora da clínica, voltando o tempo todo para as casuarinas que balançavam tão elegantes ao vento.

Um dia ele se perdeu. Fora com o pai assistir a uma corrida de barcos na praia. Os barcos estavam alcançando a linha de chegada e Hamza esticava o pescoço para ver quem ia vencer quando percebeu que Ilyas não estava mais a seu lado. Saiu correndo por toda parte procurando o filho mas não o viu. No fim, já alucinado por ter perdido seu precioso filhinho, voltou correndo para casa na esperança de que alguém que conhecesse a criança a tivesse encontrado vagando pela cidade e levado para casa, mas ele também não estava lá. Então Hamza foi até o Hospital do Governo para ver se por caso seu filho tinha se machucado e o encontrou sentado à sombra das serenas casuarinas, olhando aquele balançar elegante ao vento. Hamza sentou ao lado dele e respirou fundo algumas vezes para se acalmar.

"Ele tem algum problema?", Afiya perguntou a Hamza, que sacudiu a cabeça enfaticamente.

"Ele às vezes se desliga, só isso", ele disse. "É um sonhador."

"Como o pai", disse Afiya.

"Para mim ele se parece é com a mãe."

"Você acha que ele se parece com o meu irmão Ilyas?"

Ele sacudiu a cabeça. "Eu não sei, já que eu nunca vi o Ilyas mais velho."

"Não", ela disse. "O nosso Ilyas é bem mais bonito. Vou perguntar ao Baba."

Seu irmão perdido nunca estava longe do coração dela e Hamza às vezes ficava sem saber se tinha sido um erro dar seu nome ao menino, se aquilo deixava o ausente ainda mais presente e renovava a angústia de sua perda. Via de regra, a lembrança dele entristecia Afiya ainda que às vezes ela recordasse momentos felizes que passou com ele. Depois que falavam dele Afiya às vezes ficava calada de uma maneira que ele começava a reconhecer e demorava algum tempo para ela se desvencilhar de tais recordações.

"Queria que a gente soubesse o que aconteceu com ele", ela disse. "Queria saber como descobrir isso de uma vez, mas não sei. Você viajou e trabalhou em todo canto e lutou em guerras em muitas terras. Às vezes quando eu te escuto falar das pessoas e dos lugares que você viu, lamento ter ficado presa aqui a vida toda."

"Não fique triste por isso. Não é como você imagina lá fora", ele disse, dando-lhe um abraço enquanto ela deixava lágrimas delicadas caírem no escuro.

Mais uma vez ele perguntou a Maalim Abdalla se seus amigos da administração inglesa tinham alguma notícia e ele disse que não. Ninguém estava interessado num askari perdido. Havia tantos mortos não reconhecidos que era impossível conseguir informações sobre alguém em especial. Nem se conhecia o número exato deles, centenas de milhares provavelmente, entre os quais carregadores dos dois lados e civis no sul que haviam morrido de fome ou na epidemia de influenza. Também muitos askaris morreram por causa de doenças. Já faz muito tempo que a irmã perdeu contato com ele, disse o maalim. Infelizmente acho que isso só quer dizer uma coisa.

Afiya ouviu Khalifa falar de uma campanha de recrutamento de mães jovens para serem treinadas como assistentes de parteiras. A nova clínica de maternidade era um grande sucesso, embora as mães só fossem lá para fazer o acompanhamento pré-natal e quase todas se recusassem a dar à luz na clínica. Eles queriam recrutar mais assistentes de parteiras para fornecer um serviço completo, que incluísse visitas em casa. Esperava-se que as candidatas fossem suficientemente alfabetizadas para fazer anotações básicas e ler manuais simples, e que fossem fluentes em kiswahili. Acreditavam que o fato de elas já terem passado por um parto ajudaria outras grávidas com quem poderiam se comunicar de maneira mais sensível em vez de apenas fornecer instruções e proibições. Quando ela contou a Hamza ele se animou. Você é a candidata perfeita, disse. É um trabalho muito necessário, e você também vai aprender novas habilidades.

Ilyas tinha onze anos quando os boatos começaram a correr. Ele gostava de brincar sozinho, era filho único. Talvez seu temperamento já o deixasse mesmo inclinado àquilo, seus silêncios contentes, como Hamza pensava. Em suas brincadeiras ele fazia vários objetos inocentes representar os papéis principais das histórias que inventava: uma caixa de fósforos virava casa, um carretel de linha vazio era a locomotiva que entrava uivando no centro da cidade. Enquanto manuseava esses objetos ele contava a história de cada um com uma voz delicada que só ele e seus brinquedos ouviam.

Um dia, logo ao pôr do sol, Hamza chegou em casa depois de um passeio à beira-mar. Era sua rotina, uma caminhada pela beira-mar no fim da tarde e depois direto para a mesquita para o maghrib. Nesse dia o passeio acabou um pouco mais cedo então ele decidiu passar primeiro em casa. Estava indo até o banheiro do quintal para fazer suas abluções antes de ir à mesquita quando viu Ilyas sentado numa banqueta perto do muro lateral olhando para o nada. Ele não deu sinais de ter percebido a chegada de Hamza. Estava falando num estranho tom sussurrado, rosto erguido, sem narrar alguma história nem fingir que era uma casa ou um coelho mas aparentemente se dirigindo a uma pessoa alta que estivesse à sua frente. Hamza deve ter feito algum barulho ou sua presença pode ter criado uma perturbação na atmosfera porque Ilyas logo olhou em volta e parou de falar.

Talvez, Hamza pensou depois, ele estivesse decorando um poema ou um trecho de literatura para a aula de inglês. Seu professor gostava desse método de ensino, fazer os alunos copiar os poemas no caderno, decorá-los e depois recitá-los enquanto ele corrigia a pronúncia e dava notas. Era uma forma leve e agradável de o professor usar seu tempo. Ele preferia que os alunos pensassem nos poemas como algo que guardariam no coração por toda a vida — ou ao menos era o que lhes dizia quando surgiam sinais de rebelião. Algumas escolhas do professor surpreendiam Hamza quando ele lia os poemas. Ele não os conhecia nem conhecia poemas ingleses em geral mas aqueles lhe pareciam difíceis ou até mesmo incompreensíveis para crianças da idade de seu filho. Hamza tinha meramente vagas noções de inglês mas sabia que era um leitor mais fluente que Ilyas. Ele não tinha certeza do que um menino de onze anos poderia entender de "The Psalm of Life" ou "The Solitary Reaper". Por outro lado, o pastor tinha achado que Schiller e Heine eram demais para Hamza mas ele tinha visto alguma coisa neles lá do seu jeito. Assim, depois de ver Ilyas sussurrar daquele modo pela primeira vez e de ter tempo para pensar no que tinha visto, supôs que o menino estivesse treinando para recitar na sala de aula.

No dia seguinte ele voltou para casa no mesmo horário mas Ilyas tinha saído e não estava no quintal falando de um jeito estranho. Hamza ficou atento por alguns dias só para garantir. À noite Afiya e ele dormiam na antiga despensa, que agora tinha uma porta que dava para o quarto que antes era de Bi Asha e Khalifa. Ilyas dormia no quarto interno, que também tinha uma mesa que seu pai fabricara para ele ter onde fazer a lição de casa. A porta entre os dois quartos quase nunca ficava fechada embora houvesse uma cortina no batente para dar alguma privacidade aos pais quando eles desejavam. Hamza às vezes parava junto à porta à noite, atento aos murmúrios de Ilyas, mas não escutava nada. Fez isso várias noites seguidas até ter certeza de que o que tinha ouvido naquele dia ao pôr do sol era o menino decorando um poema.

Khalifa estava chegando aos sessenta anos e falava de si próprio como se fosse um velho já nas últimas. Verdade que às vezes ele cambaleava, quando mudava de direção muito rápido ou se levantava depois de passar muito tempo sentado no chão de pernas cruzadas, mas Afiya se incomodava quando ele dizia isso. Ela disse para ele não desejar mal a si mesmo senão um dia seu desejo poderia virar realidade. Quem também se irritava era Maalim Abdalla, agora um alto funcionário do Departamento de Educação, inspetor escolar e não mais professor. Ele gostava de dizer a Khalifa que ele não ficaria dizendo que estava nas últimas se tivesse um emprego de verdade em vez de ficar escondendo mercadorias contrabandeadas num depósito. Eles ainda se viam quase todas as noites na varanda, Khalifa, Maalim Abdalla e Topasi, rindo das fofocas mais quentes, se atualizando sobre as notícias do mundo e denunciando seus intermináveis abusos. Hamza às vezes permanecia algum tempo com eles, e de vez em quando levava a bandeja de café como antigamente, dividindo esse dever com Ilyas, mas gostava de passar parte da noite dentro de casa, sentado na sala de visitas ouvindo Afiya falar de seu dia na clínica e folheando os jornais antigos que Khalifa e Maalim Abdalla repassavam para eles. Vários jornais novos tinham surgido nos últimos anos: em kiswahili, em inglês e até em alemão para os colonos que decidiram permanecer depois da guerra. Ilyas às vezes ficava com eles, escutando ou lendo, mas normalmente era o primeiro a ir se deitar.

"Tem um negócio aqui falando de pensões e compensações para soldados da Schutztruppe", disse Hamza, lendo o jornal alemão numa noite. "Diz que tem uma campanha para convencer o governo alemão a voltar a pagar as pensões agora que a economia deles está saindo da Depressão. Lembra que eles pararam de pagar há uns anos?"

"Não, não lembro", disse Afiya. "Você recebeu alguma coisa?"

"A pessoa precisava mostrar um certificado de dispensa. Eu não tinha. Eu era desertor", disse Hamza.

"Será que o meu irmão Ilyas vai receber uma pensão? Talvez a gente possa saber dele desse jeito."

"Se ele ainda estiver vivo." Hamza se arrependeu de ter falado isso assim que terminou. Afiya pôs a mão na boca como se quisesse se impedir de falar, e ele viu que os olhos dela de repente se encheram d'água. Ela já havia falado dessa possibilidade e tinha sido ele a lhe pedir que não desistisse. Agora era ele quem falava abruptamente de seu falecimento.

"Eu fico tão triste com isso de a gente não saber...", ela disse com voz trêmula.

"Desculpa...", ele começou a dizer mas ela o silenciou e olhou para Ilyas que ainda estava na sala, olhos imensos de dor e fixados na mãe.

"Enfim, você não foi desertor, você foi ferido, cortado por um oficial alemão enlouquecido. Não diz nada aí sobre pensões para os feridos?", ela perguntou.

Ele entendeu que ela estava mudando de assunto para distrair Ilyas, por isso não disse que o pastor havia lhe contado que no exército imperial alemão ele teria passado por uma corte marcial e seria fuzilado por ter fugido e jogado a farda fora. Ele não sabia se era verdade ou se o pastor estava novamente tentando colocá-lo em seu lugar. Ele nem tinha condições de fugir quando abandonou a tropa e foi o próprio pastor quem mandou queimarem a farda, com medo de que os ingleses mandassem a ele e sua família para um campo de detenção por terem ajudado um membro da Schutztruppe. E Hamza nem queria aquela pensão. "Diz aqui que o general ainda está trabalhando pesado pelos soldados lá em Berlim, então talvez todo mundo acabe ganhando uma pensão", ele disse. "Os colonos aqui adoram o general."

Nas férias escolares e nos dias em que Afiya estava na clínica, Ilyas ia ficar com o pai no depósito de madeira. Às vezes passava a manhã toda lá, outras vezes saía andando à toa por algum tempo e voltava já na hora de irem para casa. Mzee Sulemani recebia o menino com sorrisos e deixava que ele fizesse pequenos serviços na oficina. Chegou até a ensinar o garoto a bordar um barrete. Quando Idris estava com sua verve obscena a todo o vapor, tinha agora uma plateia cativa formada não só por Dubu mas também por Ilyas, e às vezes parecia que ele chafurdava ainda mais na imundície para divertir o menino. Nassor Biashara, que ainda trabalhava naquele escritoriozinho apesar de sua prosperidade, muitas vezes precisava intervir e silenciar o motorista boquirroto. Você está estragando a cabeça do menino com esse falatório porco. Ilyas sorria desse exagero todo e ficava esperando ouvir mais. No caminho de casa na hora do almoço eles passavam no mercado para comprar frutas e folhas para a salada, e às vezes à tarde depois do trabalho o menino acompanhava Hamza em seu passeio à beira-mar por algum tempo antes de voltarem para casa. Eles não conversavam muito, não eram assim, mas às vezes Ilyas pegava a mão do pai enquanto caminhavam.

Depois que a baraza se encerrava na varanda Khalifa normalmente trancava a porta da frente e ia para seu quarto nos fundos. A caminho de lá às vezes parava para trocar uma palavra se eles ainda estivessem acordados mas muitas vezes passava somente acenando com a mão. Numa noite ele disse o nome de Hamza ao passar mas não parou. Afiya e Hamza se olharam surpresos com o tom abrupto de sua voz. Os lábios dela formaram as palavras: O que foi que você fez? Ele deu de ombros e os dois trocaram sorrisos. Ele apontou com o polegar para a varanda. Talvez eles tenham brigado por alguma coisa lá fora. Melhor eu ir ver.

Hamza encontrou Khalifa sentado de pernas cruzadas na cama e se instalou cautelosamente no pé da cama como sempre tinha que fazer, para ficar de frente para ele.

"Eu queria conversar com você a sós depois do que o Topasi acabou de me contar", disse Khalifa. "Está tudo bem mas eu queria conversar primeiro para ver o que você está sabendo. É o menino, o Ilyas. Andam falando dele por aí. Ele desaparece sozinho no mato. As pessoas acham estranho um menino de doze anos andar quilômetros no interior sem ninguém."

"Ele gosta de caminhar", Hamza disse depois de um momento, sorrindo mas também incomodado por ver o menino como assunto desse tipo de conversa. "Ele vive caminhando comigo enquanto eu vou no meu passo manco. Talvez ele goste de esticar as pernas direito de vez em quando."

Khalifa sacudiu a cabeça. "Ele fala sozinho enquanto caminha. Ele anda pelas trilhas largas do interior falando sozinho."

"Como é?! O que é que ele diz?"

Khalifa sacudiu novamente a cabeça. "Ele para de falar quando alguém chega perto. Ninguém escutou o que ele diz. Você sabe que para muita gente isso é sinal de..." Ele parou, incapaz de dizer a palavra, rosto contorcido pela repugnância da acusação.

"Talvez ele esteja recitando os poemas que o professor manda eles decorarem na escola. Eu já vi ele fazendo isso. Ou talvez esteja inventando uma história. Ele gosta disso. Vou dizer para ele tomar cuidado."

Khalifa assentiu com a cabeça e depois a sacudiu mais uma vez, seu olhar se desviando para Afiya que tinha acabado de entrar. Ele esperou enquanto ela fechava a porta. "Você não contou para ele", disse, e ela fez que não com a cabeça. "Antes de ontem eu estava descansando aqui no fim da tarde", disse Khalifa, dirigindo-se a Hamza e falando quase num sussurro. "Eu normalmente não estou aqui nessa hora, como você sabe. A janela que dá para o quintal estava aberta mas a porta aqui do quarto estava fechada. Eu ouvi alguém falando, pertinho, uma voz desconhecida, uma voz de mulher. Eu não consegui entender o que ela estava dizendo mas o tom de voz era de sofrimento. Por um instante pensei que fosse ela, a Afiya, mas logo percebi que não era. Não era a voz dela. Achei que era uma visita contando alguma história triste para ela, aí lembrei que tinha ouvido Afiya dizer alguma coisa para Ilyas quando saiu de casa logo antes. Foi um susto. Alguém estava na casa sem ser convidado.

"Eu me levantei da cama para dar uma olhada mas devo ter feito algum barulho porque a voz parou imediatamente. Abri a cortina e ali estava ele, o Ilyas, sentado numa banqueta encostada no muro. Estava surpreso, não esperava que eu estivesse aqui. Quem estava conversando com você?, eu perguntei. Ninguém, ele disse. Eu ouvi uma voz de mulher, eu disse. Ele pareceu intrigado e depois deu de ombros. Não sei. Por que você está sorrindo?"

A última pergunta foi dirigida a Hamza que disse: "Eu consigo imaginar como foi. É a resposta preferida dele toda vez que não sabe o que dizer. Não sei… Mas por que você está tão preocupado, Baba? Ele devia estar fingindo que era uma mulher entristecida na história que estava inventando".

Khalifa sacudiu enfaticamente a cabeça, começando a dar mostras de impaciência. "Eu conversei com Afiya quando ela voltou. Falei da voz desconhecida que tinha escutado. Você não estava aqui, Hamza. Era uma voz estranha e velha, ao mesmo tempo um lamento e uma reclamação. Assim que comecei a falar já vi que ela conhecia essa voz. Conte para ele."

Hamza agora estava de pé, apoiado na coluna da cama, olhando para Afiya. "Eu já ouvi", ela disse, chegando mais perto, falando baixinho. "Ele sempre fez isso, essas brincadeiras em que faz todos os papéis. Já foram duas as vezes que eu ouvi ele falando desse jeito que o Baba descreveu, uma voz triste, aqui no quintal. Ele não me viu parada na porta e fiquei esperando porque não queria deixar ele assustado ou se sentindo mal. Achei que fosse como um sonambulismo e que era melhor deixar ele acordar quando estivesse pronto. Uma noite quando você estava dormindo eu escutei um barulho no quarto dele e quando fui ver ele estava se revirando e se encolhendo e gemendo com aquela voz."

"Tem alguma coisa perturbando essa criança", disse Khalifa.

Hamza olhou para ele com uma expressão enfurecida mas se calou por alguns momentos. Sabia o que estavam esperando dele. "Talvez ele estivesse tendo um pesadelo. Talvez ele tenha uma imaginação fértil. Por que vocês estão falando dele desse jeito, como se Ilyas... não estivesse bem?"

"Ele caminha pelo interior falando sozinho", disse Khalifa, erguendo a voz irritado. Afiya imediatamente pediu que ele ficasse quieto mas ele não tinha acabado. "Estão falando dele, e são essas pessoas que vão fazer ele não ficar bem se não procurarmos ajuda. Tem alguma coisa incomodando essa criança."

"Eu vou falar com ele", Hamza disse como quem encerra a conversa. Olhou rapidamente para Afiya e começou a se encaminhar para a porta.

Não assuste ele, ela disse quando os dois ficaram a sós.

Eu sei conversar com o meu filho, disse Hamza.

Só que ele não sabia bem como abordar o assunto, e passaram-se dias sem ele tomar a iniciativa, apenas aguentando com ar inabalável os olhares interrogativos de Khalifa. Por alguns dias não houve novos relatos dos estranhos sussurros de Ilyas e Hamza foi tentado pela ideia de que talvez o episódio estivesse encerrado e eles não estivessem mais diante de um problema. Então no sábado, quando Hamza estava se preparando para ir ao clube de música, Ilyas perguntou se também podia ir. O clube pertencia aos músicos que ele tinha ouvido pela primeira vez muitos anos atrás. Agora eles já eram uma orquestra e aos sábados faziam uma apresentação gratuita para uma pequena plateia. Tocavam apenas por uma hora e às cinco da tarde tudo estava encerrado e eles continuavam seus ensaios a portas fechadas. Hamza e Ilyas voltaram para casa pela beira-mar e como Hamza tinha gostado da música e se deixou levar pelo silêncio absorto de Ilyas a seu lado, o que o fez pensar que ele também tivesse gostado, os dois pararam ao ver um banco vazio de frente para o mar e sentaram para olhar as ondas enquanto o sol se punha atrás deles. Hamza tentou pensar numa brecha que lhe permitisse abordar a questão das vozes. Analisou e rejeitou várias chances até por fim dizer: "Você tem lição de casa nesse fim de semana?".

"Eu tenho que estudar para uma prova de álgebra na segunda-feira."

"Álgebra? Parece complicado. Eu nunca fui à escola, como você sabe, então nunca aprendi isso de álgebra."

"É, eu sei. No fundo não é difícil, até aqui a nossa álgebra é bem simples", disse Ilyas. "Acho que depois vai ficar bem difícil."

"Então você não tem poemas para decorar? O teu professor de inglês não te deu nada para decorar nessa semana?"

"Não, ele faz a gente recitar os mesmos de sempre", disse Ilyas.

"São eles que você recita quando faz os seus passeios compridos pelo interior? Os poemas?" Ilyas olhou para Hamza como se estivesse esperando que seu pai explicasse. Hamza sorriu para mostrar que aquilo não era uma bronca. "Ouvi falar desses seus passeios compridos e que você fica dizendo coisas em voz alta. Você está recitando esses poemas?"

"Às vezes", disse Ilyas. "É errado?"

"Não, mas tem gente que acha esquisito. Eles dizem que você está falando sozinho. Então quando você está decorando os poemas ou inventando alguma história, é melhor fazer em casa ou na escola. Você não quer nenhum ignorante dizendo que você é louco, não é?"

Ilyas fez que não com a cabeça parecendo derrotado. Bem naquele momento o disco ardente do sol tocou a linha dos contornos da cidade atrás deles e Hamza conseguiu mudar de assunto. Logo começou a escurecer e eles se puseram a caminho de casa.

Os italianos invadiram a Abissínia em outubro de 1935 e trouxeram de volta a ameaça da guerra. Capturaram Adis Abeba em maio de 1936 e isso alarmou os ingleses a ponto de começarem uma mobilização de recrutamento nos dois anos seguintes para o exército colonial, o King's African Rifles, que tinha sido praticamente dissolvido nos anos de vacas magras da Depressão. A administração estava não apenas preocupada com as intenções dos italianos com suas colônias, mas também preocupada com o que restava da presença alemã na Deutsch-Ostafrika, que acreditavam ser antibritânica e pró-Hitler. Também temiam que a violência dos italianos contra a resistência abissínia, que incluía armas químicas empregadas contra civis, causasse um levante dos povos somalis e oromos e gallas que não estavam perfeitamente reconciliados com a ideia do domínio britânico na fronteira norte. A guerra e os boatos de guerra tomaram os jornais.

O distúrbio sussurrante de Ilyas, que tinha deixado sua mãe e Khalifa tão transtornados, desapareceu por vários meses depois daquela conversa com Hamza à beira-mar. Ficaram aliviados por aquilo afinal ter sido apenas um breve episódio de um comportamento infantil. Mas depois a menção à guerra e ao recrutamento de um exército fizeram os sussurros voltar. Uma noite Afiya encontrou seu filho caído ao lado da cama tapando os ouvidos com as mãos.

"O que foi? Você está com dor de cabeça?", ela perguntou, ajoelhada ao lado dele. Ela viu lágrimas descendo pelo rosto dele. Ilyas tinha agora treze anos e ver lágrimas em seu rosto não era mais uma coisa comum.

Ele fez que não com a cabeça. "É a voz", disse.

"Que voz? Que voz?", Afiya perguntou assustada, sabendo que enfrentavam de novo dificuldades quando tinham pensado estar seguros.

"É a mulher. Eu não consigo fazer ela parar."

"O que ela está dizendo?", Afiya perguntou mas Ilyas sacudiu a cabeça e não falou mais nada. Ele soluçava baixinho e não dava mostras de que ia parar, então no fim Afiya o ajudou a se levantar e o pôs na cama. Para seu alívio ele logo estava dormindo, ou fingindo dormir. Quando na manhã seguinte ela perguntou se ele estava bem, ele disse rispidamente que estava tudo certo. A mulher ainda está aí?, ela perguntou mas ele sacudiu a cabeça e foi para a escola.

Tinha sido apenas uma trégua curta. Outro episódio ocorreu poucos dias depois quando eles acordaram no meio da noite ao som dos gritos dele. Ele gritava seu próprio nome, Ilyas, Ilyas, mas com voz de mulher. Hamza se deitou com ele na cama e o abraçou enquanto o menino se debatia. Quando ele se acalmou depois do que pareceram horas, Hamza perguntou: "O que ela quer?".

"Onde está Ilyas?", disse o menino. "Ela diz: Onde está Ilyas? Sem parar."

"Você é Ilyas", disse Hamza.

"Não", ele disse.

Khalifa disse a Afiya: "Ele está falando do seu irmão Ilyas. Eu sabia que era um erro dar esse nome a ele. Essa conversa toda de guerra fez isso voltar. Talvez ele se ache culpado. Ou culpe você. Talvez por isso ele fale com voz de mulher. Ele está falando por você. Ninguém aqui pode ser de alguma ajuda para ele. Se levarem o menino para o hospital vão meter o coitado num manicômio a cem quilômetros daqui e prendê-lo com correntes. Nós mesmos temos que cuidar dele".

Depois disso a voz vinha toda noite perguntar por Ilyas. "Nós temos que fazer alguma coisa", disse Afiya. "Jamila acha que talvez devêssemos ver se o hakim pode ajudar."

"Ela cresceu no interior", Khalifa disse sarcasticamente, dirigindo-se a Hamza. "Eles acreditam nessa coisa toda de bruxas e demônios. Você é um homem religioso então talvez também possa ir ver se o hakim te dá um pozinho de expulsar demônios."

"Por que não?", disse Hamza apesar de não ter fé nesse tipo de religião. Portanto, Afiya foi ver o hakim de novo como na época em que Bi Asha não estava bem e voltou com um prato de bordas douradas com versículos do Corão escritos nele. Despejou um pouco de água no prato para dissolver as palavras e fez Ilyas beber. Os sintomas não desapareceram nem com várias doses de palavras sagradas dissolvidas. Agora Ilyas já não saía de casa. Estava perdendo peso e dormindo por horas durante o dia de tão conturbadas que eram suas noites. Afiya estava transtornada e ficando mais e mais desesperada. Numa noite em que Ilyas gemia baixinho seu próprio nome na cama, ela disse em voz alta e torturada: Ah meu Deus, eu não aguento mais esta agonia. Foi depois dessa noite que ela decidiu chamar uma shekhiya cujo nome lhe tinha sido informado pela vizinha mganga que viera atender Bi Asha em seus últimos dias.

"E ela vai fazer o quê?", perguntou Hamza.

"Se ele foi possuído a shekhiya vai saber nos dizer."

"Possuído pelo quê? Eu te disse que ela cresceu no interior. Nós vamos mexer com bruxaria aqui em casa", disse Khalifa, indo enojado para seu quarto.

A shekhiya entrou na casa cercada por uma nuvem de incenso, ao que parecia. Era uma mulherzinha de pele pálida com um rosto bonito de contornos marcados. Cumprimentou Afiya com voz alegre e começou a conversar animadamente enquanto tirava o buibui, que soltou uma nova nuvem de incenso e perfume, e depois se acomodou na esteira da sala de visitas. "O sol lá fora está um horror. Eu parei para descansar toda hora que achava um pouco de sombra mas olha como eu fiquei, estou coberta de suor. Tomara que logo chegue a kaskazi com uma brisa. Então, minha filha, você está bem, a sua família está bem? Alhamdulillah. É, eu sei que alguém que você ama está sofrendo, senão você não teria me chamado. Haya, bismillahi. Me diga com o que ele está sofrendo."

A shekhiya ficou ouvindo de olhos baixos enquanto Afiya descrevia os episódios e as vozes, manuseando o tempo todo um rosário de arenito. Usava um xale vermelho de um tecido fino e uma larga bata branca que a cobria inteira. Apenas o rosto e as mãos estavam expostos. A shekhiya não fez perguntas enquanto Afiya falava mas ergueu a cabeça vez por outra como que impressionada com algum detalhe. Afiya repisou várias vezes os mesmos eventos, sem estar convicta de que tinha conseguido transmitir a força do que descrevia, até que no fim começou a sentir que estava divagando e parou.

"Ele chama pelo nome Ilyas, que é o nome dele e também o do seu irmão que não voltou da última guerra. Você não sabe se ele faleceu ou se ainda está vivo e preso em algum lugar. O pai dele também esteve na guerra mas voltou", a shekhiya disse e ficou esperando que Afiya confirmasse. "Agora eu quero ver o menino."

Afiya chamou Ilyas e ele entrou, parecendo fragilizado e um tanto nervoso. A shekhiya abriu um grande sorriso e bateu na esteira a seu lado para convidá-lo a sentar. Passou um momento olhando para ele, ainda sorrindo, mas não lhe fez perguntas. Ficou de olhos fechados por um tempo que pareceu bem longo, com o rosto solene e composto, depois ergueu as mãos, com a palma virada para ele, sem tocar o menino. Em seguida abriu os olhos e sorriu de novo para Ilyas, que estremeceu. "Haya, agora vá descansar", ela disse. "Preciso conversar a sós com a sua mãe."

"Não há dúvida de que o seu filho foi possuído", disse a shekhiya. "Um espírito baixou nele. Você entende o que estou dizendo? É uma mulher e isso me deixa otimista. Os espíritos femininos falam, os masculinos às vezes só ficam se debatendo enfurecidos. Ela fala com ele — isso também me deixa otimista. Pelo que você me disse ela não machucou o garoto e pelo que senti dele sentado aqui do meu lado não acho que o espírito queira fazer mal a ele mas temos que descobrir o que ela quer e o que vai apaziguá-la e aí fornecer se for possível. Se você desejar, eu trago a minha gente aqui e nós purificamos o menino aqui neste cômodo mesmo e ouvimos as exigências do espírito. A cerimônia não vai ser barata."

Várias pessoas ficaram sabendo da cerimônia que seria realizada e ninguém além de Khalifa riu como Hamza temia que fizessem. Mzee Sulemani quis saber como Ilyas estava mas não abriu a boca para falar da cerimônia. Hamza não imaginava que o velho carpinteiro aprovasse aquilo. Vou rezar pela saúde dele, falou. Nassor Biashara soube dos detalhes através da esposa que tinha ouvido da própria Afiya. Ele também perguntou sobre Ilyas e disse dando de ombros: Não custa tentar de tudo. Hamza sabia que agora eles não podiam mais desistir da cerimônia apesar de ele mesmo ter sérias dúvidas a respeito. Tinha ouvido falar dela na Schutztruppe onde toda semana havia cerimônias regulares no vilarejo do boma nas famílias nubis, mas sabia que Afiya estava transtornada e com medo de tudo aquilo, que estava ficando louca de tanta angústia. Ela mesma estava se adoecendo.

Ele não discutiu a cerimônia nem a menosprezou como Khalifa fez. Estava às voltas com sua própria culpa, remoído pela ideia de que o seu trauma era a razão do tormento do filho, consequência de alguma coisa que ele tivesse feito na guerra. Como não imaginava o que podia ser, não havia lógica na sensação de que aquele mal que os rondava se devia a alguma coisa ocorrida em seu passado. E ainda havia a questão do Ilyas perdido. Eles deram o nome dele ao próprio filho e com isso estabeleceram algum tipo de conexão entre os dois, fizeram recair sobre o menino a tragédia da perda sofrida por Afiya, fizeram o filho dividir com a mãe a culpa que ela sentia pelas fracassadas tentativas de encontrar seu irmão ou descobrir o que havia acontecido com ele.

O endereço da Frau estava no exemplar do *Zur Geschichte der Religion und Philosophie in Deutschland* de Heine. Quando o pastor viu Hamza com o livro disse: "O que é que você está fazendo com esse livro?".

"A Frau me emprestou", ele disse.

"Ela te emprestou Heine!" Lembrar da surpresa e do espanto dele ainda fazia Hamza sorrir alegre mesmo depois de tantos anos. "E o que você está achando do livro até agora?", perguntou o pastor.

"Eu estou indo muito devagar", Hamza disse humilde, sabendo o quanto o pastor se irritava quando a Frau elogiava sua capacidade de leitura em alemão, "mas achei interessante descobrir que houve uma época na Alemanha em que as pessoas faziam o sinal da cruz quando ouviam o canto do rouxinol. Achavam que ele era um representante do mal, como costumavam achar de qualquer coisa que desse prazer".

"Exatamente o que eu esperaria de um leitor ignorante", disse o pastor. "Você só consegue entender o lado frívolo de Heine enquanto os conceitos mais profundos te escapam."

Quando o pastor decidiu voltar à Alemanha e Hamza começou a se preparar para também ir embora, a Frau lhe deu o livro e escreveu seu nome e seu endereço na folha de rosto. Era um endereço em Berlim. Escreva para me contar quando alguma coisa boa te acontecer, ela disse. Hamza já tinha pensando em lhe escrever para perguntar se havia como descobrir sobre Ilyas nos registros da Alemanha. Porém a audácia dessa ideia o desencorajou. Por que ela se daria ao trabalho de descobrir? Como ela ia saber dos registros dos askaris da Schutztruppe? Além disso, o fato de ele mesmo não ter um endereço postal para a resposta dela o desencorajou. Recentemente a Companhia de Móveis e Armazém Geral Biashara tinha adquirido uma caixa postal então agora esse problema estava resolvido. Ele escreveu uma carta breve para a Frau, lembrando quem ele era e explicando sua busca pelo cunhado. Será que ela sabia como eles poderiam descobrir o que tinha acontecido com ele? Passou a carta a limpo numa folha de papel timbrado da companhia, endereçou um envelope aéreo e levou à agência dos Correios no mesmo dia. Isso foi em novembro de 1938.

Depois da isha na noite do dia marcado, logo após Hamza enviar sua carta, a shekhiya chegou à casa deles com seu séquito. Trajava preto da cabeça aos pés e tinha os olhos e os lábios pintados com kohl. Sua cantora e os dois tocadores de tambor vestiam roupas mais comuns e informais. Ela fechou a janela e acendeu duas velas aromáticas. Depois borrifou o cômodo com água de rosas e acendeu os incensórios, um com ud e o outro com olíbano. Esperou até que a sala estivesse tomada pelos perfumes e pela fumaça, mandou Ilyas e Afiya entrarem e pediu que sentassem de costas para a parede. Ninguém mais pôde entrar embora ela não tenha fechado a porta. Sentou de pernas cruzadas na frente de Ilyas e de Afiya, com os olhos fechados. Então os tocadores de tambor começaram, batendo num ritmo tranquilo enquanto a cantora murmurava.

Hamza ficou sozinho no quarto do casal, de porta aberta caso precisassem dele. Lembrou que essas cerimônias costumavam ser bem longas e às vezes se tornavam ruidosas e caóticas e as pessoas saíam machucadas. Khalifa ficou na varanda com os amigos tentando ignorar a percussão e a cantoria. Naquela noite passou mais gente ali do que o normal, todos curiosos para ver nem que fosse um fiapo do que estava acontecendo, mas se desapontaram. Tanto a porta quanto a janela da frente estavam fechadas, então só acabaram vendo três idosos sentados na varanda fingindo que nada estranho estava acontecendo lá dentro.

Os tambores continuaram soando por uma, duas horas, monótonos e cada vez mais altos. O tom da cantora foi ficando mais agudo mas suas palavras continuaram incompreensíveis, se é que eram palavras. A shekhiya recitava orações mas elas eram inaudíveis em meio ao estrondo e ao ritmo dos tambores. Ela mantinha o incensório aceso, acrescentando pedaços de carvão que retirava de um braseiro a seu lado. Em algum momento da segunda hora, a cabeça de Afiya tombou e instantes depois a de Ilyas fez o mesmo. Ela começou a resmungar e passado algum tempo aquilo formou uma palavra: Yallah. Yallah. Na terceira hora tanto Afiya quanto Ilyas se balançavam para a frente e para trás em estado de transe assim como a shekhiya. De repente Ilyas caiu deitado de lado e Afiya gritou. Os percussionistas e a cantora nem perceberam, e a shekhiya também não parou de dizer suas orações.

A essa altura Khalifa já tinha trancado a casa e estava sentado em sua cama, com Hamza ao lado, esperando todo aquele teatro acabar. Um pouco antes da meia-noite, a percussão parou e os dois homens foram até a sala. Viram Ilyas deitado de lado no chão e Afiya apoiada na parede, olhos arregalados de enlevo. Sem olhar para eles, a shekhiya fez sinal para que os dois entrassem enquanto os percussionistas e a cantora se levantavam exaustos e iam ao quintal comer o que tinham pedido que fosse preparado.

A shekhiya lhes disse: "O espírito mora nesta casa. Ela já estava aqui quando o menino nasceu. Alguém morreu logo depois que ele nasceu, e o espírito deixou aquela pessoa e baixou no menino. Está esperando Ilyas e vai incomodar o menino com sua angústia. Não vai haver cura enquanto vocês não encontrarem Ilyas ou descobrirem o que aconteceu com ele, só então o espírito vai aprender a conviver com a aflição da ausência dele e vai parar de atormentar o garoto. Enquanto vocês não souberem o que aconteceu com Ilyas vão ter que me chamar toda vez que o menino tiver uma crise e nós vamos fazer outra cerimônia para apaziguar o espírito. Ela não quer fazer mal ao menino. Ela também está sofrendo. Quer ver Ilyas".

Depois disso a shekhiya recebeu seu pagamento e os presentes que tinha solicitado e naquela hora da noite saiu da casa com seu séquito, deixando atrás de si um silêncio perfumado.

Hamza ajudou um Ilyas exausto a se pôr de pé e ir para a cama do casal caso precisasse de cuidados à noite. Vou dormir na cama do menino, ele disse. Voltou para conferir se estava tudo bem e viu Khalifa parado à porta da sala de visitas.

"Mas que bobagem! Esses perfumes e a percussão e aqueles uivos imbecis!", ele disse. "Essa mulher é que sabe ganhar dinheiro. Ela entendeu o que Afiya quer ouvir: encontre o seu irmão. A história do demônio cheio de amor é o tipo de asneira em que nem o Topasi ia acreditar. De qualquer modo pode ser que isso acabe acalmando o menino e pondo fim aos pesadelos dele ou seja lá o que aquilo for. A única parte que fez sentido foi o demônio estar na Asha o tempo todo. Para mim não foi surpresa."

A cerimônia da shekhiya ocorreu poucas semanas antes da chegada da kaskazi com seus ventos constantes e secos, logo antes do começo do ano letivo. Não houve novos episódios de vozes naquelas semanas e o menino foi perdendo aos poucos a expressão de tensa expectativa que o caracterizava na época. De início ficou recolhido e contido mas suas atitudes eram obedientes e afetuosas. Parecia que o tratamento tinha ajudado a livrá-lo das vozes e do medo que elas causavam nele, pelo menos até aquele momento. Khalifa disse que era porque aquela bruxa velha tinha aterrorizado tanto o menino que ele precisou desistir daquela bobagem de ficar sussurrando. Angustiada, Afiya permaneceu de olho no filho, temendo secretamente que o tratamento não tivesse representado uma cura.

A escola dele recebeu um novo diretor no começo daquele ano. Ele também era o professor de inglês de Ilyas e não pedia que os alunos decorassem poemas. Em vez disso era apaixonado por caligrafia e por escrita em geral. Eles tinham exercícios de escrita em todas as aulas, copiando meticulosamente com a melhor letra que conseguiam os trechos curtos que o professor escrevia na lousa. Não havia mais aquelas aulas preguiçosas e entediantes em que um menino após outro se levantava para recitar o mesmo poema enquanto o professor ficava sentado à mesa todo feliz. Como tarefa eles tinham que escrever um conto com base em um título dado toda semana, que o melhor aluno da turma recolhia logo cedo às segundas-feiras. Ilyas mergulhou de cabeça nessa nova atividade. Com o encorajamento do professor, seus contos iam ficando cada vez mais longos, e eram escritos com uma letra bem cuidada que o professor cobria de elogios. Com o passar dos meses daquele ano, seus contos foram incluindo macacos, gatos selvagens, encontros com desconhecidos em estradas do interior, um oficial alemão maldoso que enlouqueceu com uma espada e até uma história sobre um djim de mil e quinhentos anos que morava nas redondezas e se apossava de um menino de catorze anos. Ele escrevia seus contos com dedicação e com nítido prazer, sentado à escrivaninha que Hamza tinha posto na sala de visitas para o filho poder estudar tranquilo. Ilyas passava horas ali, escrevendo em seu caderno de notas antes de passar a limpo os textos prontos no caderno de tarefas nos domingos à noite. Todos leram seus contos: Afiya, Hamza e Khalifa. Quando Ilyas ficava especialmente satisfeito com um deles às vezes perguntava se podia ler em voz alta.

"O menino tem uma imaginação fértil", Khalifa disse cheio de admiração. "Eu fico muito aliviado de ele ter começado a escrever e parado de sussurrar."

"Como eu disse, talvez fosse isso que ele estivesse fazendo o tempo todo", Hamza disse todo cheio de si. "Inventando histórias."

Afiya olhou para os dois cheia de dúvida. Será que eles já tinham mesmo se esquecido daquela voz arrepiante, as lágrimas e os gritos atormentados no meio da noite? Será que aquilo não passava de histórias que queriam ser escritas? Para ela aquilo tinha parecido uma tortura. Achava que não ia conseguir suportar de novo os tambores intermináveis e aquela fumaceira de incenso da shekhiya e de seu séquito. Por ora o garoto parecia empolgado e seguro de seus novos feitos, mas ela continuava temendo o ressurgimento da voz monstruosa.

15.

No meio de uma manhã de março do ano seguinte um policial de bicicleta foi até o depósito de madeira da Companhia de Móveis e Armazém Geral Biashara. Caía uma chuva leve, que mal marcava sua roupa cáqui, era o fim das chuvas do vuli, as chuvas rápidas. O policial era de estatura mediana, com um rosto estreito e delicado e um ligeiro tique nervoso em volta do olho esquerdo. Deixou a bicicleta em um lugar coberto e entrou no escritório de Nassor Biashara.

"Salam alaikum", ele disse com educação.

"Waalaikum salam", respondeu Nassor Biashara, reclinando-se para trás na cadeira, óculos na testa, desconfiado. Receber a visita de um policial nunca era por um bom motivo.

"Hamza Askari está aqui?", ele perguntou numa voz tão delicada quanto sua aparência.

"Tem um Hamza aqui mas não com o nome Askari", disse Nassor Biashara. "Ele foi askari há muito tempo. O que você quer com ele?"

"Deve ser esse. Cadê ele?"

"O que é que você quer com ele?", Nassor Biashara perguntou novamente.

"Bwana mkubwa, eu tenho o meu trabalho e o senhor tem o seu. Não quero fazer o senhor perder tempo. Estão atrás dele no QG e eu tenho que levar ele lá", o policial disse com educação, até sorrindo. "Kwa hisani yako, por favor chame o sujeito para mim."

Nassor Biashara se pôs de pé e o levou até a oficina onde o policial informou a Hamza que ele precisava ir imediatamente com ele até o QG. O que é que ele fez?, perguntou Nassor Biashara, mas o policial nem deu ouvidos, olhando para Hamza e apontando para a porta com o braço esquerdo estendido.

"De que se trata?", perguntou Hamza.

"Não é problema meu, vamos. Garanto que logo você vai ficar sabendo", disse o policial.

"Você não pode vir aqui prender uma pessoa sem nem dizer de que se trata", reclamou Nassor Biashara.

"Bwana, eu tenho o meu trabalho. Eu não estou aqui para prender ninguém, mas posso, se ele não vier comigo por vontade própria", disse o policial, com a mão direita tocando as algemas que pendiam de seu cinto.

Hamza ergueu as mãos em sinal de paz. Eles percorreram as ruas, Hamza só um pouco à frente, o policial levando a bicicleta logo atrás. Atraíram olhares mas ninguém lhes dirigiu a palavra. No QG da polícia outro oficial escreveu o nome de Hamza num livro e apontou para um banco onde ele deveria esperar. Ele tentou adivinhar o motivo daquela convocação. O policial tinha perguntado se ele era Hamza Askari, então era alguma coisa a ver com a Schutztruppe. Ele nunca se chamou de Askari. Será que ia ser preso depois de tantos anos? Havia boatos de que alguns colonos alemães do interior estavam se preparando para ir embora. Os rumores cada vez mais constantes de uma guerra entre ingleses e alemães aumentavam o medo da prisão de estrangeiros inimigos.

Depois do que lhe pareceu uma hora mas provavelmente foi menos, o chamaram e levaram a um escritório no fim de um pequeno corredor. Um policial europeu de cabelo ralo, bigode eriçado e olhos reluzentes estava sentado atrás de uma mesa. Não vestia a farda da polícia, mas usava camisa branca de mangas curtas, bermuda cáqui, meia branca e sapato marrom engraxado, o uniforme de uma autoridade colonial inglesa. Outro policial de farda cáqui mas sem quepe estava sentado a uma mesa pequena perto dele, preparado para tomar notas. O funcionário inglês apontou para uma cadeira sem dizer nada. Esperou Hamza se acomodar e depois esperou mais um instante.

"O seu nome é Hamza?", ele perguntou em kiswahili com uma voz roufenha e ameaçadora que parecia sair do canto de sua boca. Houve um breve e inesperado cintilar de diversão em seus olhos, depois ele repetiu a pergunta com voz mais suave. "Hamza?"

Ele achou que reconhecia uma contida violência naquele tom de voz, que tinha ouvido com muita frequência nos oficiais alemães. Não havia tratado muitas vezes com autoridades inglesas, esse policial era a primeira que ele conhecia aqui na cidade. "Isso, meu nome é Hamza", ele disse.

"Hamza, você sabe ler?", perguntou o policial inglês, falando novamente com voz roufenha.

"Sei", ele disse surpreso.

"Em alemão?", perguntou o policial inglês.

Hamza fez que sim com a cabeça.

"Quem você conhece na Alemanha?", perguntou o policial.

"Eu não conheço ninguém", disse Hamza, e se lembrou da Frau antes mesmo de terminar de responder.

O policial mostrou um envelope. Tinha sido aberto. "Isto está endereçado a Hamza Askari, com o número da caixa postal da Companhia de Móveis e Armazém Geral Biashara. É você?"

Ela tinha respondido! Ele se levantou para pegar a carta. O policial fardado também se levantou.

"Sente", o policial inglês disse com firmeza, olhando de um para o outro.

"A carta é minha", disse Hamza ainda de pé.

"Sente-se", o policial disse com mais delicadeza e esperou Hamza sentar. "De onde você conhece essa mulher?", perguntou, dizendo o nome dela.

Sim, ela respondeu! "Eu trabalhei para ela há muitos anos", ele disse e o policial assentiu com a cabeça. Não podia haver nenhuma irregularidade em um nativo trabalhar para um europeu. O oficial tirou a carta do envelope e pareceu passar os olhos por ela em silêncio.

"A carta é minha. Por que vocês não me dão de uma vez?", Hamza exigiu falando alto.

"Por questões de segurança. Não levante a voz para mim senão você nunca mais vai ver esta carta", disse o policial num alemão fluente. "Por que uma respeitável senhora alemã iria te escrever e como é que um sujeito como você sabe ler uma carta escrita com uma linguagem tão sofisticada? Que outras cartas você já trocou com ela?"

"Eu nunca recebi uma carta de ninguém em toda a minha vida", Hamza respondeu em kiswahili, entendendo agora o motivo do interesse do policial em sua carta. "Há anos estamos esperando notícias do meu irmão. Ele era um askari. Eu sei um pouco de alemão então acabei escrevendo para a Frau para pedir ajuda. O nome dele está na carta?"

O oficial estendeu a carta e Hamza se levantou para pegá-la. "Me diga o que está escrito", disse o policial.

Hamza leu a carta toda em silêncio, depois leu mais uma vez. Era um texto longo, duas páginas, e ele não se apressou, fingindo que estava com dificuldade para entender tudo aquilo.

"Está escrito que ele está vivo e na Alemanha", ele disse. "Alhamdulillah, ela conseguiu descobrir. Alguém que ajudava a Frau viu duas menções ao nome dele no escritório que cuidava dos registros dos askaris, em 1929 quando ele se inscreveu para pedir pensão e em 1934 quando se inscreveu para receber uma medalha. Então ele está vivo, alhamdulillah, mas ela não sabe mais do que isso. Diz que vai continuar perguntando. É inacreditável. Ela diz que demorou muito para receber a minha carta porque eles se mudaram mas acabou recebendo e aí ela teve que entrar em contato com…"

"Chega", disse o policial inglês, cortando seu falatório. "Eu li a carta. Que história é essa de um livro de Heine? Você leu esse livro?"

"Ah, não, foi a madame que me deu", disse Hamza. "Foi de brincadeira, eu acho. Ela sabia que era difícil para mim. Eu perdi o livro há muitos anos."

O policial inglês refletiu um instante sobre isso e então decidiu desistir. "As relações com a Alemanha estão muito tensas no momento. Se houver mais trocas de cartas com alguém que esteja residindo lá nós vamos investigar e poderemos confiscar as cartas. Haverá consequências para você. Fique sabendo que daqui em diante vamos vigiar de perto tanto você quanto esse seu endereço. Pode ir."

Hamza guardou o envelope no bolso e voltou tranquilamente para o depósito de madeira, saboreando com antecedência como daria essa notícia a Afiya mais tarde. Eles o cercaram na volta ao pátio e ele suavizou a situação, dizendo que foi interrogado por um policial inglês a respeito do tempo que passou na Schutztruppe. Queria dar a notícia primeiro a Afiya. "Eles devem estar verificando a situação dos antigos askaris", disse, "para recrutar para o KAR. Eu disse que tinha sido ferido então a coisa acabou ali mesmo."

Ele ficou esperando que eles chegassem em casa para o almoço. Khalifa não trabalhava mais no depósito, passava a manhã em casa ou aparecia em um café ou outro para falar sobre as notícias do dia, depois ia comprar frutas e verduras no mercado a pedido de Afiya, que trabalhava na clínica de manhã. Ilyas já tinha voltado da escola quando ela chegava em casa para preparar o almoço. Normalmente eles não comiam antes das duas da tarde. Hamza esperou o almoço acabar, comendo o matoke com peixe num deleite silencioso, depois lavou as mãos e pediu a atenção de todos.

"O que é que você está aprontando?", disse Afiya, sorrindo. "Eu sabia que tinha alguma coisa."

Hamza tirou o envelope do bolso da camisa e todos souberam imediatamente do que se tratava. Ninguém ali recebia cartas. Ele leu, traduzindo ao mesmo tempo.

Caro Hamza, foi uma surpresa tão boa receber sua carta. Já faz tanto tempo e nós sempre falamos sobre aquela nossa época na Ostafrika e na missão. Fico feliz de saber que você está bem e que agora é carpinteiro, e um homem casado.

Nós demoramos muito para receber a sua carta porque não estamos mais morando em Berlim e sim em Würzburg, então ela teve que ser encaminhada. Lamentamos muito saber do seu cunhado e começamos imediatamente a investigar. Por sorte um amigo nosso trabalha no Ministério do Exterior em Berlim e ele encontrou duas menções a Ilyas Hassan nos registros da Schutztruppe, que ficam guardados lá, então o seu parente está aqui na Alemanha. Um nome tão diferente, acho que só pode ter havido um Ilyas Hassan em toda a Schutztruppe. A primeira referência ao nome é de 1929 quando ele se registrou para receber pensão, e a segunda é de 1934 quando ele se registrou para receber a medalha pela campanha da Ostafrika. Ele se registrou em Hamburgo nessas duas ocasiões então é provável que esteja morando lá. Muitos estrangeiros moram na cidade por trabalharem nos navios, então talvez ele trabalhe com isso também. A inscrição dele para receber a pensão não foi aceita porque ele não tinha os documentos da sua baixa. A inscrição para a medalha também não foi aceita porque ela era dada apenas para os alemães e não para os askaris.

Estes últimos anos foram difíceis para a Alemanha, e na condição de estrangeiro imagino que a vida não tenha sido fácil para o seu cunhado, mas pelo menos você sabe que ele está vivo. O nosso amigo não conseguiu descobrir quando ele veio para cá e onde estava antes. Acho que há mais informações e vamos continuar investigando. Se soubermos de mais alguma coisa, vamos avisar, e vamos dar a ele o seu endereço quando o encontrarmos. Seria maravilhoso se vocês pudessem estar em contato novamente.

Quando a missão encaminhou a nossa correspondência aqui para a Alemanha, havia uma carta do Oberleutnant, o seu antigo oficial que levou você até nós. Ele nos escreveu depois de ter sido repatriado para a Alemanha em 1920 quando já estávamos aqui. Parece que ele ficou em um campo de prisioneiros primeiro em Dar es Salaam e depois em Alexandria. Ele perguntou de você e eu respondi dizendo que você tinha se recuperado totalmente e que o seu alemão tinha evoluído demais, e que você era um leitor apaixonado de Schiller. O pastor manda cumprimentos e gostaria de saber como você se deu com o Heine. É assim que ele se recorda de você, não como o homem cuja perna e talvez a vida ele salvou, mas como o askari que se atreveu a ler o Heine dele. O volume que eu lhe dei era dele. Por favor aceite os nossos votos de que tudo corra bem para você e a sua família.

Eles nunca mais receberam outra carta. Hamza respondeu para agradecer a Frau mas talvez a carta nem tenha saído do país.

Se saiu e ela respondeu com mais notícias, talvez a carta não tenha passado pelo atento policial. Em setembro daquele ano foi declarada a guerra entre Inglaterra e Alemanha e com isso encerrou-se o serviço postal entre os dois países. Na cidade eles estavam muito afastados dessa guerra e só tiveram notícia dela por algum tempo, apesar dos deslocamentos de KAR por Tanga a caminho da campanha contra os italianos na Abissínia. Khalifa não sobreviveu à guerra. Morreu tranquilamente numa noite de 1942 aos sessenta e oito anos. Quando seu corpo foi levado no caixão para as orações fúnebres era a primeira vez que ele entrava numa mesquita em décadas. Não deixou nada para ninguém a não ser uns poucos trapos e uma pilha de jornais velhos.

Ilyas terminou a oitava série em 1940 mas não havia escola secundária na cidade, e a oitava série já não era pouca coisa aos olhos de muitos. Era o suficiente para que alguém pudesse passar pelo treinamento necessário para trabalhar em algum departamento do governo, saúde ou agricultura ou alfândega. Ilyas se alistou no KAR em dezembro de 1942 logo após a morte de Khalifa e poucos meses depois da derrota dos italianos na Abissínia. Estava em seu décimo nono ano de vida. Vinha falando da ideia de se alistar havia mais de um ano mas Khalifa se opôs tão ferozmente que Ilyas não ousou desobedecer. Isso não tem nada a ver com você, ele disse a Ilyas. Já não basta o seu pai e o seu tio terem tido a estupidez de arriscar a vida nas guerras desses orgulhosos?

Depois do falecimento de Khalifa, Ilyas venceu a resistência dos pais com suas argumentações. A administração inglesa prometia enviar os veteranos qualificados do KAR para estudarem quando a guerra acabasse e Ilyas não conseguiu resistir a essa isca. Foi enviado a Gilgil nas terras altas da colônia do Quênia para treinamento e depois mandado para a guarnição de Dar es Salaam onde ficou no regimento costeiro até o fim da guerra. Não participou dos combates mas aprendeu muito a respeito dos ingleses e de seus objetivos. Também aprendeu a andar de bicicleta e a dirigir um jipe, e até a mexer com sucesso no motor. Jogou futebol e tênis e pescou com arbalete e pés de pato. Por um tempo até fumou cachimbo.

No fim da guerra, o prometido período de estudos se transformou num treinamento para trabalhar como professor em Dar es Salaam e depois disso Ilyas achou um emprego numa escola da cidade e alugou um quarto na rua Kariako. Eram os anos em que se espalhava uma nova onda de sentimentos anticoloniais, alimentada pelo sucesso da campanha na Índia e pelo triunfo de Nkrumah na Costa do Ouro e pela derrota dos holandeses na Indonésia. Estudantes politizados por sua experiência na Associação Africana no University College de Makerere e pelo envolvimento com organizações estudantis na Inglaterra e na Escócia eram membros ativos desse movimento. Eles e todos que sabiam disso ficaram alarmados com as tendências de ocupação da nova administração colonial. Ilyas ainda não se sentia atraído por essas atividades mas se sentiria mais tarde. Nesses anos, quando estava chegando aos trinta, ele se dedicou aos esportes e a dar aulas, e com o passar do tempo começou a ganhar alguma reputação com seus contos em kiswahili, por vezes publicados em jornais. Nos anos 1950 a administração colonial inaugurou um novo serviço de rádio que transmitia noticiários e programas musicais e informações sobre avanços nas áreas de saúde, agricultura e educação. Os noticiários logo se transformaram em violentos relatos das atrocidades dos Mau-Maus no Quênia, e eles eram tão convincentes que as mães ameaçavam os filhos que não se comportavam bem dizendo que os rebeldes iam aparecer.

Quando tirava férias Ilyas ia passar alguns dias com Hamza e Afiya. Algumas áreas da cidade já tinham luz elétrica, inclusive sua antiga casa. Ele andava pelas ruas com certo prazer mas logo ficava inquieto e com vontade de voltar à cidade. Seus pais adoravam as histórias da cidade, pedindo para ouvir detalhes de seu progresso como professor e do sucesso de suas publicações na imprensa. Afiya suspirava espantada com os feitos esportivos dele, exagerando sua surpresa, o que deixava Ilyas satisfeito e orgulhoso por ter vencido a timidez da juventude. Ele perguntava sobre seu tio Ilyas, se havia novidades. Perguntava sempre, sem esperar que houvesse alguma. Seu pai lhe disse que tinha escrito de novo para a Frau pastora mas que não recebeu resposta. Histórias da destruição que a guerra causou na Alemanha iam chegando aos poucos, e ele temia que a Frau e o pastor não tivessem sobrevivido. Hamza agora já estava com seus cinquenta anos, um tanto mais lento porém ainda feliz e bem de saúde, gerenciando o depósito de madeira Biashara para Nassor que não era mais empresário e sim um magnata com diversos estabelecimentos comerciais — companhias farmacêuticas, lojas de móveis e mais recentemente de produtos elétricos, inclusive rádios. Hamza e Afiya tinham um.

Uma atração popular do serviço de rádio era um programa de contos que pedia contribuições dos ouvintes. O produtor-assistente chamou a atenção de seu chefe para um dos contos de Ilyas. O produtor pediu que uma reunião fosse marcada com ele. Era um inglês grandalhão e simpático de rosto largo e bigode cor de cobre. Estava usando o uniforme colonial de camisa branca, bermuda cáqui, meia branca até a panturrilha e sapato marrom. As partes expostas de seus braços e pernas eram musculosas e cobertas de pelos cor de cobre, como em seu rosto.

"Meu nome é Butterworth e eu fui cedido pelo Departamento de Agricultura", ele disse a Ilyas. "Não sou especialista nem em rádio nem em contos. Por mim dava na mesma terem me mandado para cá ou para o Serviço Nacional de Ancoradouros e Túneis mas o negócio é baixar a cabeça e cumprir a missão. O que eu sei é que eu gosto que os contos tenham algum elemento didático. Esse aqui sobre as experiências de um professor primário vai servir muito bem. Você pode fazer outro com alguma coisa sobre agricultura?"

Mr. Butterworth também era oficial da reserva do KAR e quando ficou sabendo que Ilyas era veterano de guerra encontrou formas de mostrar que o favorecia. Foi assim que Ilyas teve a oportunidade de ler ele mesmo seus contos no rádio e virar uma pequena celebridade. Mr. Butterworth foi liberado de sua substituição temporária no meio dos anos 1950 e transferido para as Índias Ocidentais mas a essa altura Ilyas já trabalhava com eles e progredia sozinho em sua nova profissão. Ele acabou se tornando membro permanente da equipe de produção do serviço de radiodifusão, trabalhando especialmente no noticiário e escrevendo contos quando tinha tempo. Meados dos anos 1950 foram os anos da marcha da União Nacional Africana do Tanganica pela independência liderada por Julius Nyerere, aluno de uma escola missionária que em algum momento considerou a possibilidade de se ordenar padre da Igreja católica e depois se tornar um ativista radical pró-independência. Quando as eleições de 1958 chegaram ficou claro que a administração colonial inglesa estava se desmantelando e batendo em retirada. As eleições de 1960, realizadas sob a supervisão da administração colonial, deram à UNAT e a Nyerere noventa e oito por cento dos membros eleitos para o Parlamento. Não eram resultados tirados do chapéu por uma comissão eleitoral corrupta, e sim números obtidos sob a vigilância de funcionários coloniais mal-humorados e cheios de má vontade. Não houve como contestar aqueles resultados e no ano seguinte os ingleses já tinham ido embora.

Em 1963, dois anos depois da Independência, que tanto seu pai quanto sua mãe viveram para ver, Ilyas recebeu uma bolsa da República Federal da Alemanha para passar um ano em Bonn aprendendo técnicas avançadas de radiodifusão. Tinha trinta e oito anos. A República Federal da Alemanha era o que popularmente se conhecia como Alemanha Ocidental, uma federação formada pelas regiões ocupadas por americanos, ingleses e franceses depois da guerra. A parte da Alemanha ocupada pela União Soviética tornou-se a República Democrática Alemã. A RDA era extremamente ativa na política colonial, e junto com outros aliados dos soviéticos no Leste Europeu oferecia abrigo, treinamento e armas para movimentos insurrecionistas de libertação em várias regiões da África. Ela havia se posicionado como defensora das nações que se descolonizavam, e as bolsas oferecidas pela República Federal eram presentes que tinham como objetivo contrabalançar os da República Democrática Alemã e obter o apoio das nações pobres em fóruns como as Nações Unidas. Ilyas foi entrevistado e avaliado e ficou felicíssimo ao receber a bolsa. Ele nunca tinha viajado, a não ser naqueles meses em Gilgil onde fez seu treinamento básico. Agora viajava como um homem maduro, de olhos bem abertos, curioso.

Ele passou os primeiros seis meses em Bonn num curso intensivo de língua alemã. Gostou do período vivido ali, sem perder uma aula, estudando horas e horas a fio, caminhando todo dia pelas ruas para ver o que houvesse para ver, circulando por lojas e exposições, mandando postais para os pais e amigos do trabalho. Morava num prédio de três andares onde se hospedavam estudantes maduros. Eram seis quartos grandes com banheiros compartilhados em cada andar. Não ficava longe do refeitório da universidade e de maneira geral era confortável e atendia às necessidades de Ilyas. Parecia que ele tinha herdado alguma coisa do pai porque seu alemão melhorou muito rápido, e seus professores elogiavam sua competência na língua.

Ao fim dos primeiros seis meses ele começou a parte do programa que tratava de rádio. Nela se esperava que ele desenvolvesse um projeto jornalístico que exigisse pesquisa e entrevistas gravadas. Recebeu um orçamento e seis horas de conversas com um supervisor que lhe daria assistência técnica. Já sabia disso antes de chegar e já sabia qual seria seu projeto. Decidiu investigar o paradeiro de seu tio Ilyas. Tinha copiado o endereço da Frau pastora do exemplar de Heine de seu pai e ainda durante as aulas de alemão começou a ler sobre Würzburg. Soube que noventa por cento da cidade foi destruída num bombardeio aéreo em 16 de março de 1945 em que centenas de bombardeiros Lancaster da força aérea britânica lançaram explosivos incendiários. Não havia imperativos de ordem militar para o ataque, a intenção fora apenas desmoralizar a população civil. Ele achou um mapa atual da cidade reconstruída na biblioteca da universidade e procurou a rua que constava do endereço da Frau. Os detalhes da destruição generalizada o faziam duvidar que a rua ainda estivesse lá, mas estava. Quando seu alemão já tinha melhorado, escreveu um bilhete explicando que era filho do askari Hamza e que desejava cumprimentar o pastor e a Frau em nome de seu pai. Escreveu seu endereço no canto esquerdo do envelope. Dez dias depois a carta voltou fechada com Nicht bekannt unter dieser Adresse escrito na parte de baixo do envelope. Destinatário desconhecido neste endereço.

O supervisor que trabalharia com ele, o dr. Köhler, fechou a cara quando Ilyas começou a descrever seu projeto. "Uma guerra na África cinquenta anos atrás", ele disse. "A Alemanha nunca vai ter sossego por causa de suas guerras."

O dr. Köhler tinha quarenta e poucos anos, era alto, cabelo claro, uma presença vigorosa e sorridente no departamento, e Ilyas ficou desapontado com sua desaprovação. Esperou um momento antes de continuar e então explicou que o membro da Schutztruppe que tentava rastrear era seu tio que tinha vindo morar na Alemanha depois da guerra na Ostafrika. O dr. Köhler ergueu o queixo e com um pequeno movimento de cabeça fez sinal para ele continuar. Ilyas falou do pastor que havia salvado a perna de seu pai e talvez sua vida, da missão em Kilemba e da carta da Frau pastora sobre seu tio. Contou ao dr. Köhler a história da carta que tinha escrito para o endereço em Würzburg e de sua devolução. O dr. Köhler deu de ombros. Ilyas pensou ter entendido o que aquele dar de ombros significava.

"'Pastor' quer dizer que ele é luterano", disse o dr. Köhler. "Não vai ser difícil localizar um ministro luterano numa cidade católica como Würzburg. Como você pretende começar?"

"Eu estava pensando em ir até lá para ver se ainda há registros da rua ou de qualquer coisa ligada ao pastor ou à Frau."

"Quanto antes melhor", disse o dr. Köhler com um fiapo de entusiasmo. "Onde é que você vai procurar esses registros?"

"Não sei. Eu descubro quando chegar lá", disse Ilyas.

O dr. Köhler sorriu. "Se eu fosse você, começaria pela Rathaus. Como você sabe, você pode pedir o reembolso das despesas de viagem e de estadia relacionadas ao projeto mas só depois. A nossa burocracia é muito meticulosa em questões financeiras... ah, em todo tipo de questões. A burocracia alemã é motivo de inveja no mundo todo. Espero que você tenha dinheiro para gastar e pedir o reembolso depois. O projeto é seu e você encaminha tudo como quiser, mas quero marcar uma reunião por semana como esta para você me fazer um relatório. Isso, vá lá ver o que acha na Rathaus de Würzburg. Era uma cidade linda mas não voltei lá depois da guerra."

Ilyas pegou o trem de Bonn para Frankfurt e lá uma conexão para Würzburg. Na Rathaus o mandaram procurar o Escritório de Registro Civil onde ele ficou sabendo que a rua em que o pastor morava com sua família tinha sido totalmente destruída e que o pastor, a Frau pastora e uma filha tinham sido dados como mortos no incêndio deflagrado pelo bombardeio. Eram duas filhas, ele lembrava, mas uma claramente não morava mais com os pais naquela época. Isso era tudo que estava registrado naquele escritório, o nome deles, a rua em que moravam e sua destruição. A mulher do escritório explicou que se a pessoa que ele procurava era um pastor luterano, ele devia verificar o arquivo luterano da Baviera em Nuremberg.

Ele relatou suas descobertas ao dr. Köhler que o aconselhou a telefonar para o arquivo antes de ir. Nesse meio-tempo, mostrou-lhe um gravador compacto de fitas cassete lançado pela Phillips meses antes. O departamento tinha comprado dois, ele disse, e por que Ilyas não levava um deles caso pudesse gravar uma conversa com o arquivista? Ele fez seu telefonema e viajou de novo para a Baviera, passando outra vez por Frankfurt e Würzburg. Ele não sabia o quanto tinha passado perto de Nuremberg na viagem anterior. O arquivista era um sujeito de mais idade, magro, com um terno escuro um pouco folgado para ele. Conduziu Ilyas a uma sala com uma mesa comprida onde ele viu uma pequena pilha de documentos. O arquivista sentou a uma extremidade da mesa com alguns documentos seus, possivelmente para ficar de olho em Ilyas. Se precisar de alguma ajuda, por favor pode me pedir, ele disse.

Ilyas leu nos documentos que depois de voltar da Ostafrika o pastor se integrou à Igreja Evangélica Luterana de Santo Estêvão em Würzburg. A igreja foi totalmente destruída em março de 1945 e reerguida nos anos 1950. Ele também lecionou meio período na Julius-Maximilians-Universität de Würzburg. Dava um curso de teologia protestante. Não havia registro da ocupação da Frau. Ambos tinham falecido com a filha mais nova no ataque aéreo. Vocês sabem o que aconteceu com a outra filha?, Ilyas perguntou ao arquivista que sacudiu a cabeça sem dizer nada. Entre os documentos havia um pequeno recorte de jornal ou de revista a respeito da missão em Kilemba, uns poucos parágrafos sobre uma clínica e uma escola e o nome do pastor. Não havia fotografias e o título e a data da publicação tinham sido cortados. Ilyas perguntou ao arquivista se ele conhecia a fonte do recorte.

Ele foi até onde Ilyas estava e olhou o recorte por um instante. Ele disse: "Bem provável que seja a *Kolonie und Heimat*, a antiga, de antes do Reichskolonialbund assumir o controle".

"O que é isso?", perguntou Ilyas.

O arquivista fez uma cara séria, menosprezando sua ignorância. "Era o bund, o Gleichschaltung para o movimento de recolonização. Houve uma campanha pela recuperação das colônias perdidas depois de Versalhes."

"Que palavra é essa, Gleichschaltung?", perguntou Ilyas. "Por favor, eu agradeceria demais sua ajuda."

O arquivista concordou com a cabeça, talvez amolecido pelo modo como Ilyas pediu. "Ela se refere a como o governo nazista reuniu organizações diferentes sob uma mesma administração. Significa... coordenação, controle. O Reichskolonialbund reuniu todas as associações de recolonização e as pôs sob o controle do partido."

"Eu nunca soube de um movimento de recolonização", disse Ilyas.

O arquivista deu de ombros. Dummkopf. "Eles ressuscitaram a *Kolonie und Heimat*, que era uma publicação dos tempos do império. Acho que este recorte é da versão antiga", ele disse, e voltou a seu posto na mesa enquanto Ilyas tomava notas. Foi então que ele se deu conta de que tinha esquecido de ligar o gravador compacto Phillips de fitas cassete. Não achava que pudesse pedir àquele homem tão sério que repetisse o que tinha dito sobre o Reichskolonialbund. Ao se despedir, de repente lhe ocorreu perguntar: O senhor esteve na Ostafrika? Eles estavam diante da porta da frente quando ele perguntou e o arquivista disse que sim e lhe deu as costas antes que Ilyas pudesse fazer mais perguntas.

O dr. Köhler ficou surpreso ao saber que Ilyas não tinha ouvido falar do movimento de recolonização. "Era uma coisa importante, um rancor pesado para os nacional-socialistas explorarem. Eu me lembro dos desfiles. Você usou o gravador? Ah, que pena. Como você está fazendo um programa de rádio seria bom ter alguns trechos de alguém como o arquivista. Talvez na sua próxima viagem."

Ilyas descobriu que o arquivo do Reichskolonialbund ficava em Koblenz, não muito longe de Bonn, uma linda cidade antiga na confluência dos rios Reno e Mosela. Ele telefonou antes pedindo para consultar o arquivo da *Kolonie und Heimat* e foi recebido por uma arquivista que o levou a uma grande sala com fileiras de estantes com prateleiras. Ela disse que seu escritório era logo ao lado caso ele precisasse dela. No arquivo Ilyas descobriu que o Reichskolonialbund foi fundado em 1933 e incorporado ao Partido Nacional Socialista em 1936. A *Kolonie und Heimat* foi ressuscitada em 1937 e era tanto revista quanto fotojornal. Folheando os exemplares ele viu muitas fotografias de residências e cerimônias coloniais, tiradas antes da perda das colônias, e também fotografias de eventos organizados pelo Reichskolonialbund durante campanhas e manifestações pela devolução das colônias. Nos comícios e nos palanques, os membros usavam o uniforme da Schutztruppe e carregavam uma bandeira desenhada especialmente para eles. Num exemplar de novembro de 1938 ele viu uma fotografia granulada de um grupo num palanque, dois alemães adultos uniformizados e um alemão adolescente de camisa branca e calção preto, parado diante de um microfone, e atrás dele e à esquerda da foto um africano com o uniforme da Schutztruppe. Atrás de todos estava a bandeira do Reichskolonialbund, com a suástica num dos cantos. A legenda da fotografia descrevia a cena como o Baile de Gala do Reichskolonialbund de Hamburgo mas não identificava os quatro indivíduos. Ele perguntou à arquivista se era possível encontrar a fotografia original ou quaisquer detalhes sobre a fonte ou a ocasião. Dessa vez lembrou de ligar o gravador Phillips.

"Nós temos muitas fotos originais mas não sei exatamente onde elas estão ou se estão classificadas direito", ela disse em tom de quem pedia desculpa. "Eu preciso cumprir uns prazos aqui, mas se você me der uns dias eu te digo alguma coisa. Eu tenho o telefone do seu departamento na universidade."

Poucos dias depois ele estava de novo em Koblenz e, com o gravador acionado, a arquivista o ajudou a examinar as caixas de fotografias que estavam organizadas por ano. Encontraram a foto original com facilidade. No verso havia uma etiqueta com o nome do fotógrafo e das pessoas na foto que o editor de fotografia deve ter decidido deixar fora da legenda. A etiqueta também dizia que o evento era um comício realizado em Hamburgo depois da projeção de um filme sobre uma comunidade da Deutsch--Ostafrika. O africano com a farda da Schutztruppe estava identificado como Elias Essen. Aqueles olhos, aquela testa.

Ele pediu que a arquivista lhe fornecesse uma foto do original e enviou à sua mãe. Ela respondeu em poucos dias dizendo que era seu tio Ilyas.

Ele estava em Bonn e morava perto dos escritórios do governo, inclusive do Ministério das Relações Exteriores, e suas credenciais tanto como aluno de um programa de radiodifusão financiado por uma bolsa do governo federal quanto como jornalista profissional lhe deram acesso a muitos funcionários. Mesmo quando eles não eram capazes de lhe fornecer as informações de que precisava, normalmente lhe diziam onde procurar. Ilyas escreveu para os pais e contou como ia sua investigação, mas algumas descobertas ainda eram vagas demais para ser anunciadas numa carta.

Fez viagens a Freiburg para visitar o Instituto de História Militar, em Berlim esteve no arquivo da Associação Colonial e também no Instituto de Línguas Orientais para se reunir com linguistas e vasculhar os arquivos dos programas de ensino de línguas a policiais e administradores que deveriam governar as colônias reconquistadas. Algumas pesquisas serviram para consolidar informações que ele já tinha recolhido, outras para contextualizar e entender melhor os antecedentes. Ele falou com entusiastas militaristas, historiadores amadores e profissionais, com seu gravador compacto Phillips acionado sempre que a pessoa que falava permitia, e aos poucos foi conseguindo montar uma narrativa, uma história, que ainda demandava uma pesquisa mais longa e mais determinada para preencher suas lacunas, mas que era mais do que adequada para seu projeto na rádio. O dr. Köhler ficou fascinado com o trabalho e achou que a má qualidade de som que o gravador compacto produzia de alguma maneira realçava o impacto emocional dos registros.

Ele esperou ir para casa para só então contar aos pais a história completa do que havia acontecido com o tio Ilyas. Contou a eles o seguinte. O tio Ilyas foi ferido na Batalha de Mahiwa em outubro de 1917. (Eu participei, disse Hamza. Foi uma batalha terrível.) Ele foi feito prisioneiro e mantido em campos de detenção primeiro em Lindi e depois em Mombaça. (Então ele estava a só um dia de distância da gente, disse Afiya.) Depois da guerra, os ingleses repatriaram os oficiais alemães para a Alemanha mas libertaram os askaris da Schutztruppe sem nem pensar em como isso seria feito, apenas soltaram os homens e deixaram que se virassem como pudessem. Ilyas não sabia direito onde ou quando o tio Ilyas foi libertado. Não conseguiu encontrar informações sobre isso. Podia ter ido parar em qualquer ponto do litoral ou mesmo do outro lado do oceano. Também não sabia direito em que ele trabalhou depois de ser libertado. Em algum momento ele trabalhou em navios ou como garçom ou como uma espécie de criado de um general. Era certeza que ele tinha trabalhado num navio alemão e que esteve na Alemanha em 1929 pois eles sabiam disso graças à carta da Frau e ao que Ilyas viu no escritório do Ministério das Relações Exteriores. Àquela altura ele tinha mudado seu nome para Elias Essen e estava ganhando a vida como cantor em Hamburgo. Lembravam dele como Elias Essen, uma figura dos cabarés da ralé de Hamburgo que usava o uniforme imperial dos askaris no palco, inclusive o tarbuche com a insígnia da águia imperial. Ele casou com uma alemã em 1933 e teve três filhos. Ilyas soube disso porque uma das entradas no arquivo dele era um recurso que sua esposa impetrou contra uma ordem de despejo da propriedade que eles alugavam, e ali ela fornecia detalhes de seu casamento e do nascimento de seus filhos e da ficha do marido como veterano da Schutztruppe. Outra entrada era a inscrição do tio Ilyas para receber uma medalha de campanha em 1934, mas disso eles já sabiam porque a Frau tinha contado. O que eles não sabiam, porque a Frau também não sabia, era que o tio Ilyas participava das marchas do Reichskolonialbund, uma organização do Partido Nazista. Os nazistas queriam as colônias de volta, o tio Ilyas queria os alemães de volta, então ele aparecia nas passeatas carregando a bandeira da Schutztruppe e nos palanques cantando músicas nazistas. Portanto enquanto vocês sofriam por ele aqui, disse Ilyas, o tio Ilyas estava dançando e cantando nas cidades alemãs e balançando a bandeira da Schutztruppe em desfiles que exigiam a devolução das colônias. "Lebensraum" não significava apenas a Ucrânia e a Polônia para eles. O sonho dos nazistas incluía também os morros e vales e as planícies que cercavam aquela montanha coberta de neve na África.

Em 1938 o tio Ilyas morava em Berlim, e talvez no exato momento em que a Frau fazia suas investigações em nome deles, ele foi preso por descumprir as leis raciais nazistas e corromper uma mulher ariana. Não por ter casado com sua esposa alemã!

Esse casamento acontecera em 1933 e as leis raciais só foram aprovadas em 1935, portanto não se aplicavam a eles. Foi devido a um caso que o tio Ilyas teve com outra alemã em 1938. É isso que significa estado de direito. Ele descumpriu inquestionavelmente a lei em 1938 mas não em 1933 porque as leis raciais ainda não tinham sido aprovadas. O tio Ilyas foi mandado para o campo de concentração de Sachsenhausen na periferia de Berlim e seu único filho que ainda estava vivo, que tinha recebido o nome de Paul em homenagem ao general da guerra da Ostafrika, foi voluntariamente com ele para lá. Não se sabe o que aconteceu com sua esposa. Tanto o tio Ilyas quanto seu filho Paul morreram em Sachsenhausen em 1942. A causa da morte do tio Ilyas não está registrada mas no livro de memórias de um interno que sobreviveu conta-se que o filho de um cantor negro que entrou no campo como voluntário foi fuzilado ao tentar fugir.

Então o que sabemos com certeza, Ilyas disse aos pais, é que alguém amou o tio Ilyas a ponto de ir com ele ao encontro da morte certa num campo de concentração só para lhe fazer companhia.

ESTA OBRA FOI COMPOSTA EM ELECTRA PELO ACQUA ESTÚDIO E IMPRESSA PELA GRÁFICA SANTA MARTA EM OFSETE SOBRE PAPEL PÓLEN SOFT DA SUZANO S.A. PARA A EDITORA SCHWARCZ EM MARÇO DE 2022

A marca FSC® é a garantia de que a madeira utilizada na fabricação do papel deste livro provém de florestas que foram gerenciadas de maneira ambientalmente correta, socialmente justa e economicamente viável, além de outras fontes de origem controlada.